光文社古典新訳文庫

今昔物語集

作者未詳

大岡 玲訳

光文社

Title : 今昔物語集

『今昔物語集』目次

訳者まえがき　6
一　男と女の因果な世界　9
二　武人の誉れ　139
三　僧侶も人の子、欲心・悪心あり　227
四　跳梁する霊鬼たち　295
五　異類と人間　371
六　滑稽は賢愚貴賤を問わず　463
七　悪行の顛末　545

八　仏の救いは摩訶不思議　601
付録『今昔物語集』関係図表・地図　644
解説　大岡　玲　647
年譜　694
訳者あとがき　702

訳者まえがき

『今昔物語集』は、平安時代末期に編纂された日本最大の仏教説話集である。ただし、「仏教」説話だから抹香臭いお行儀の良い話が集められているのかといえば、大違い。

恋の執念が凝り固まって大蛇になったり、歴史に残る高徳な僧侶が呪殺合戦を繰り広げたり、浮気な男が奥さんを別人と間違えて口説いてしまったり、勇猛な武将の親子が漆黒の闇夜の中、別々に盗人を追い、阿吽の呼吸で見事に相手を射止め(いと)たり、朽ちたお経のたったひと文字が男を鬼から救ったりと、この世のありとあらゆる「業」にまつわる面白い物語が目白押しなのだ。

説話は完全なフィクションとはいえない。いつかの時代の誰かが起こした「事件」を核にして、噂や誇張がそれをふくらませ、人々が「えっ！」と目を瞠(みは)るようなゴシップに成長したもの、それが説話である。『今昔物語集』に触発され、そこに収められた何篇かを見事な近代小説に仕立てあげた芥川龍之介は、『今昔』は「美しい生(な)ま々しさ」に満ちている、と評した。その美しさの一端をぜひご賞味いただきたい。

編訳者　識

今昔物語集

一　男と女の因果な世界

玄宗皇帝と楊貴妃の話

今は昔、中国は唐の時代に玄宗[1]という帝がいらした。性格は色好みで、女性をたいそう好まれた。

帝には寵愛している皇后とお妃があって、皇后は元献皇后[2]、お妃は武淑妃[3]といわれた。帝は、このふたりを朝に夕べにいつも愛し大切になさっていたが、ある時ふたりは次々にこの世を去ってしまった。帝はこのうえなく嘆き悲しまれたが、生死の理に逆らうことはできない。それからというもの、せめてこのふたりに似た女性はいないものかと、帝は国中を熱心に探された。人に命じて探させるのさえもどかしい、というお気持ちだったのか、みずからが宮殿を出てあちこち歩き回って探索されるほどだった。そんな風に各所を経めぐって、ついに弘農[4]という場所にたどりつかれた。

そこには、一本のしだれ柳に寄り添うように庵がひとつ建っていた。聞けば、楊玄琰[5]という老人のものだという。帝が家臣に庵を訪ねさせたところ、庵には老人とその娘がいた。娘は、世にも稀な美しい容姿の持ち主で、まさに光り輝くようである。訪れた家臣がそのことを復命すると、帝は喜び、

「すぐに連れてきなさい」

と仰(おお)せになった。命ぜられた家臣はすぐさま娘を連れてきたのだが、その姿形の美しさは、かつて皇帝が寵愛したふたりの美姫(びき)に勝(まさ)ること数倍である。玄宗皇帝はことのほか喜んで、彼女を輿(こし)[6]に乗せて宮殿に連れ帰った。後宮には三千人もの宮女がいたが、この楊貴妃[7]こそ最高の美女だった。帝はなにもかも放り捨て、彼女を夜となく昼となく寵愛し、政務などまったくかえりみなくなった。春には楊貴

1 六八五年~七六二年。中国、唐の第六代皇帝(在位七一二年~七五六年)。「開元の治」と呼ばれる善政を実現した。晩年に「安史の乱」を招き、子に位を譲り太上(たいじょう)皇帝となった。
2 ?~七二九年。玄宗の妻で、唐の第十代皇帝粛宗の生母。
3 未詳。
4 河南省霊宝県南部の地名。
5 楊貴妃の父。
6 二本の長柄(ながえ)の上に、屋形をしつらえた貴人用の乗り物。肩で担ぐ形態、腰だめに持ち運ぶ形態などがある。
7 七一九年~七五六年。最初は玄宗の皇子である寿王の妻となるが、その後七四五年に、玄宗の妃となった。「長恨歌」に歌われたことで有名。

妃と花を楽しみ、夏は清らかな泉のほとりに並んで坐り、秋になれば一緒に月を眺め、冬はふたりで雪見に興じるという日々を過ごされた。楊貴妃とのそんな暮らしに夢中の帝は、その他のことをかえりみる余裕などまったくない。政治は、貴妃の兄である楊国忠[8]にすべてまかせきりという状態である。世の人々は、このていたらくを見て嘆き悲しんだ。そして、

「こんなご時世じゃ、男の子なんか産んでも仕方がない。きれいな女の子が生まれればしめたものってやつさ」

などと言い合い、深いため息をつくのだった。

このように世間の不満は高じていったのだが、当時の大臣に安禄山[9]という人がいた。賢明で思慮深い人物だったので、楊貴妃に溺れて世をかえりみない帝のせいで天下が乱れるのではないか、と憂えていた。そして、「楊貴妃を亡きものにして、世を正さねばならない」と心に思い定め、ひそかに軍勢を集めて王宮に押し入った。玄宗皇帝はその軍勢に恐れおののき、楊貴妃を連れて宮殿から逃げ出した。楊国忠も一緒に逃れようとしたが、皇帝の護衛をしていた陳玄礼[10]という武将に殺された。

玄礼はそのあと、鉾を腰に差したまま皇帝の御輿の前にひざまずき、拝礼をしたあとこう申し上げた。

「陛下は楊貴妃を愛されるあまり、天下のまつりごとを放りだしておしまいになられました。それによって、天下は乱れました。国じゅうに民の嘆きの声が満ち満ちております。なにとぞこのわたくしめに楊貴妃をお下げわたしくださり、天下の怒りをやわらげるべきかと存じます」

だが、玄宗は楊貴妃への深い愛着を捨てることができず、彼女を陳玄礼に与えようとはしなかった。

そうしたやりとりの最中、楊貴妃はその場を逃げ出して近くの寺の本堂に走り込み、仏像の光背（こうはい）の陰に身を隠した。しかし、陳玄礼は彼女を見つけて捕らえ、柔らかい絹で首を絞めて殺してしまった。貴妃の死を目の当たりにした玄宗皇帝は、心臓が砕けるほどの衝撃を受け、雨のように涙を流した。愛した妃の変わり果てた姿を前にして、

8　?〜七五六年。楊貴妃の親族。兄という伝承が多い。玄宗の命に従って四川に逃れる途中、楊貴妃とともに馬嵬で殺された。

9　七〇五年?〜七五七年。唐代の武将でソグド人。玄宗に重用されて三地域の節度使を兼任していたが、七五五年に安史の乱を主導した。洛陽・長安を攻略。

10　生没年未詳。玄宗に即位前から仕えていた武将。楊国忠を殺害し、貴妃の死を玄宗に進言した。実際に貴妃を死に至らしめたのは、玄宗の側近だった高力士であるとも言われる。

堪(た)えがたい思いがあったからだろう。が、こうなったのも正しい理(ことわり)からいえば当然であったので、帝の心に怒りの気持ちはわきあがらなかった。

一方、帝を追いやった安禄山はというと、王宮に入って天下を動かし始めたが、すぐに命を失ってしまった。そこで、玄宗皇帝は子に位を譲り、みずからは太上(たいじょう)皇帝になられた。だが、そうなられても、やはり楊貴妃のことが忘れられず、ただひたすら嘆き悲しまれていた。春は花が散ることも気にとめられず、秋は木の葉が散るのをご覧になろうともしない。散った木の葉は庭に積もったまま、掃き清める人もいない。悲しみは癒(い)えることなく、日増しに嘆きだけがつのっていく。そうした日々を送られていた太上皇帝のもとに、ある日、東の彼方にある仙境・蓬萊(ほうらい)[11]にも行くことができると豪語する道士(どうし)が参上した。彼は玄宗太上帝に、

「私が帝の使いとなって、かの楊貴妃さまがおわすところを尋ねてまいりましょう」

と申し上げた。これを聞いた太上帝はたいそうお喜びになり、

「そのようなことができるのであれば、ぜひともそちは貴妃の居場所を探し当て、私にその様子を聞かせよ」

と仰せられた。道士はこのご命令をうけたまわって、上は大空の果て、下は地底深くの根の国[12]までも探し求めたが、どうやっても貴妃の行方を探し当てることはできない。

するとある人が、

「蓬萊というのは、東の海に浮かぶ島だ。島には大きな宮殿があって、中に大真院(たいしんいん)[13]という御殿が建っている。そこに楊貴妃さまはおられるということだ」

と道士に教えてくれた。道士はそれを聞いて、すぐに蓬萊に旅立った。ちょうど日が山の端に落ちかかり、海上はだんだん暗くなっていく時刻であった。たどりついた大真院では、花に埋もれた扉はすべて閉じられており、人の声も聞こえない。道士は扉をたたいてみた。すると、青い着物を身にまとい、左右に分けた髪を耳の横でそれぞれ輪にして束ねた姿[14]の乙女があらわれ、

「あなたはどこからおいでになった方ですか？」

と訊ねた。道士は、

11 中国の神仙思想に見える三神山の一つ。山東半島の東の海上にあって、不老不死の薬を持つ仙人が住むと言われた。日本がそれだという説もある。
12 原文は「底根の国」、つまり日本神代の地下の国。黄泉の国。
13 死後の楊貴妃が住むという仙宮。
14 原文は「鬟(みづら)上げたる」。鬟とは髪を頭の中央で分け、それぞれ両耳の辺りで束ねる髪型。

「私は、唐の帝のお使いでございます。楊貴妃さまに申し上げることがあり、はるばるこのように訪ねて参ったのでございます」

と答えた。乙女はその答えに対し、

「お妃さまは、もうおやすみになっておられます。ここでしばらくお待ちください」

と返した。道士はしかたなく、そのまま待つことにした。

やがて夜が明けると、楊貴妃は道士が来たことを聞き、近くに彼を召し寄せた。そして、

「陛下はお健やかにお過ごしでしょうか。安禄山が乱を起こしてこのかた、唐の国にはどのようなことがありましたか」

とお訊ねになる。道士はその問いに答えて、国内で起きたさまざまなことを語った。話が終わると、楊貴妃は道士に宝玉のかんざしをお与えになり、

「これを持って帰って陛下にさしあげてください。そして、『このかんざしを見て、昔のことを思い出してください』とわたくしが申した、とお伝えなさい」

とおっしゃった。しかし、道士は、

「宝玉のかんざしなどは、世間に普通にあるものです。これだけでは、帝は私が真実あなたさまにお目にかかったということを、お信じにはなりますまい。ですから、昔

あなたさまが帝とだけお話しになった、ほかの誰も知らない事柄についてお教えください。それを申しあげれば、帝はこうしてお目にかかったことを本当だと思ってくださいましょう」

と答えた。

楊貴妃はその言葉に、しばらく思いをめぐらされていたが、やがて、

「昔、七夕の夜、帝とともに夜空を見あげていた時のことです。陛下はわたくしに寄り添って、『年に一度しか逢えないのに、織り姫と彦星の契りは堅いのだね。私もそうありたいと思っているよ。もし私たちふたりが天にいるなら、かならずや翼を共有して飛ぶ鳥になろう。地上にいるなら、かならずや枝をつなげて並び立つ木になろう。天は長く地は久しく保たれるとはいえ、やがてそれにも終わりは来る。だが、そうなってもこの私の想いはいつまでもいつまでも、絶えることなく続いていくにちがいない』[15]とおっしゃったのです。このことを、帝に申しあげてください」

とおっしゃった。道士はこの言葉とかんざしを携えて戻り、帝に楊貴妃にお目にか

15　「長恨歌」にある「在天願作比翼鳥、在地願為連理枝、天長地久有時尽、此恨綿々無絶期」を踏まえる。

かった次第を言上した。太上皇帝は、楊貴妃の言葉を聞いていっそう悲しみを深められ、その悲嘆に堪えかねられたのか、ほどなくお亡くなりになった。

生前の帝は、悲しみを扱いかねて楊貴妃が殺された場所においでになったこともあった。あたりをご覧になると、一面に生え茂った浅茅(あさぢ)[16]が風に吹かれてなびくだけで、哀れもさらに増すばかり。帝の悲痛なお心持ちは、どれほどのものだったろうか。この話が哀れ深い事柄の例としてよく引き合いに出されるのも、もっともなことである。

とはいうものの、安禄山が楊貴妃を殺すことになったのは、あくまで世を正そうとした結果である。それだからこそ、玄宗皇帝も安禄山を非難なさることはなかったのだ。昔の人は、帝も大臣も正しい道を心得ていたから、こういうふるまいをしたのだ、ということで、今もこのように語り伝えられているのである。（巻第十第七）

木の葉に詩を書いて川に流した女御の話

今は昔、中国のある国[17]に呉招孝(ごしょうこう)[18]という人がいた。非常に聡明な人柄だった。

この人がまだ若かったある日のこと、王宮から流れでる川のほとりで遊んでいると、一枚の木の葉が水に浮かんでただよっているのを見つけた。なにげなく手に取ってみると、それは紅葉した柿の葉で、表面に詩が書きつけてある。筆跡は、女性のもののようだった。

「いったいどういう人がこの詩を作って書いたのだろう」

と思いめぐらすうちに、誰ともわからないその女性の人柄や姿かたちを想像して、恋しいという心持ちがふつふつとわきあがってきた。その気持ちはあっという間にはげしい恋心となって、堪えがたいほどになった。

そこで招孝は、その詩に唱和する詩を作り、流れてきたものと同じような柿の葉に書きつけて、川の上流から流し遣った。柿の葉は、流れに乗って王宮内へと入っていった。その後、招孝はその女性のことが恋しくてたまらなくなるたびに、流れてきた柿の葉を取り出しては書かれた詩の上に涙をそそぐようになった。

16　丈の低い、「ちがや」というイネ科の植物。
17　原文で、王朝の名の部分が空白であるため、どの時代か未詳。
18　未詳。松孝とも。

　こうして何年かが経った。王宮の奥には、長年そこに住まわせられたまま、皇帝の寵愛を受けることもなく長い年月をむなしく過ごしている女御たちがたくさんいた。ある時帝は、こうした女性たちについて、

「私を頼みにしているこれらの女御たちに、いたずらに歳月を過ごさせてしまったが、実にかわいそうなことをしてしまったと思う。この中の何人かを親元に帰してやって、しかるべきところに嫁がせてやるがよい」

とおっしゃった。このお言葉により、何人かの女御は家に戻ることになった。

　その中のひとりに、とても美しい女御がいた。親元に戻ったあと、親は彼女の婿として招孝を迎える算段をした。しかし、招孝は相変わらず柿の葉の女性を、誰とはわからないまま恋い慕っていた。別の人と結婚しようなどという気持ちには、どうしてもなれない。といって、親同士が決めたことに逆らうというわけにもいかない。しかたなく、心ならずもその女御と結婚することになった。

　ところが、妻になった元女御は招孝にとって理想的なすばらしい女性だった。一緒に暮らすうちに、どんどんいとしくいじらしく思えてきて、かつて夜となく昼となく恋い慕っていた柿の葉の女詩人のことは、いつしか遠い記憶になっていった。そんなある日、妻が招孝に向かい思い切ったように、こんなことを言いだした。

「あなたさまは、以前はよく物思いにふけって、なにか屈託がおありのようでした。あれはどういうことだったのでしょうか。隠さずにわたくしに話してくださいませんか」

招孝はそれを聞いて、

「昔のことなんだが、ある時王宮から流れでる川のほとりを散歩していたんだ。すると、そこに木の葉が流れてきてね。なにげなく手に取ったら、紅葉した柿の葉に女性の筆跡で詩がひとつ書きつけてあった。見たとたん、その詩を作った人に逢いたくてたまらなくなったんだが、どこの誰ともわからないし、尋ねて行く術もない。逢えないまま、今まで忘れかねていたんだ。けれど、あなたとこうして親しむようになってからは、いつのまにか悲しい思い出もなぐさめられて遠いものになったよ」

と答えた。

妻はこの答えを聞くと、

「木の葉に書かれた詩というのは、どんな詩でしたか。あなたは、それに和する詩をお作りになりませんでしたか？」

と訊いた。招孝は、書かれていた詩の内容を告げて、

「この詩は王宮の中の女性が書いたにちがいないと思ったから、唱和する詩を作って

川の上流から王宮に流し遣ったんだ。もしかしたら、その人の目にとまるかもしれないと思ったからね」

と言った。すると妻は、ふたりの深い因縁に涙をこぼしながら、

「流れてきた柿の葉の詩は、わたくしが書いたものです。あなたさまが和してくださった詩も、わたくしが見つけました。今もちゃんと持っております」

と言う。そこで、おのおのが持っていた柿の葉を取り出してきて見せ合ったところ、まさにそれぞれ自分の筆跡であった。これほど深い前世（ぜんせ）の宿縁（しゅくえん）があったのかと感動し、ふたりは泣きながら、固い愛情の誓いをあらためて交わした。

　そして妻は、

「わたくしがこのような詩を作りましたのは、皇帝に召されて後宮にあがりましたものの、帝のおそばに侍（はべ）ることもなく、ただいたずらに月日だけが過ぎていくのが悲しくてたまらなかったからです。川のほとりを散策している時、その思いを詩に託して柿の葉に書き流しました。そのあとしばらくしてまた川辺に行きましたところ、岩の間にとどまっている柿の葉があって、そこに詩がひとつ書いてありました。これはもしや、わたくしが書いて流した詩を見つけた方が、唱和する詩を作ってくださったのではないかと思い、今まで大切に取っておいたのです」

と言ったのである。夫となった招孝は、さぞや感無量だったことであろう。

こうしてふたりは、夫婦の結びつきが前世からの深い宿縁によるのだと悟った、ということで、今もこのように語り伝えられているのである。（巻第十第八）

女の執念が凝り固まって大蛇になった話

今は昔、熊野参詣[19]に行くふたりの僧がいた。ひとりは老人だったが、もうひとりは非常に美しい若者だった。ふたりは紀州の牟妻（むろ）[20]という郡（こおり）にたどりつき、とある民家に宿（やど）をとることにした。その家の主人は独り身の若い女で、召使の女が二、三人ほど

19　和歌山県の熊野三山にある三社（本宮・新宮・那智）へのお参り。三社は観音信仰の霊場で、山岳信仰の聖地。

20　現在の和歌山県新宮市と東・西牟妻郡と、三重県尾鷲市、熊野市、南・北牟妻郡。紀伊半島の南端。

いた。

あるじの女は、宿をとった若い僧が美しいのを見て、愛欲が炎のように燃えあがるのを感じた。そこで、かいがいしく若い僧の世話を焼き、心からもてなした。やがて夜になり、ふたりの僧は床に入ってやすんだのだが、真夜中頃、女がそっと若い僧の寝床(ねどこ)にしのんできた。彼女は着ている着物を脱いで寝ている僧のからだの上にかけ、その脇に添い寝をしながら相手をゆすって起こそうとした。若い僧ははっと目覚めて、このありさまにふるえあがった。すると、あるじの女は、

「わたくしは今まで、この家によその方をお泊めしたことなど、まったくございません。それを今夜お泊めいたしたのは、昼間はじめてあなたさまにお目にかかった時から、この方に夫になっていただこう、と深く心に決めたからなのです。泊まっていただきわたくしの思いを遂げよう、と。その決心を胸に、こうしておそばに参ったのです。わたくしは独り身でございます。どうか哀れとおぼしめして、お情けをかけてくださいませ」

とかき口説くように言った。

若い僧は女の言葉を聞いて、なおいっそう恐れおののき、床の上に起き直ると女に向かってこう言った。

「私には年来の願い事がございます。それが成就するよう日頃から身と心の精進(しょうじん)[21]を保つよう心掛け、こうしてはるばる熊野権現のお社(やしろ)までやって参ったのです。その精進をいきなりここで破るようなことをいたせば、私はもちろんあなたにも罪がふりかかることになりましょう。ですから、そのようなお考えはすぐにもお捨てください」

そして、その言葉通り、僧は懸命に女から身を守る。女の方は、僧のつれない態度をなんとか解きほぐそうと、一晩中僧を抱きしめたまま、身をもみ入れるように戯れかかり、誘惑の睦言(むつごと)を綿々(めんめん)とささやき続けた。僧は理非を説いて女を納得させるのはむずかしいと観念し、一時しのぎを口にした。

「あなたがおっしゃることをただお断りする、というわけではありません。これから熊野に詣(もう)で、二、三日かけてお灯明(とうみょう)や御幣(ごへい)[22]を奉納したあと、戻って参ります。その時には、あなたのお言葉に従いましょう」

あるじの女はこの約束を心頼みに、しぶしぶ自分の部屋に引き下がった。やがて夜

21　身を清め、不浄を避けて心を慎むこと。精進潔斎。
22　神に祈るときの捧げもの。上代には木綿や麻、のちに布や帛(はく)、紙などを用いた。

が明けたので、僧はこの家を出立して熊野に向かった。

それからというもの、女は約束の日を指折り数えて待ち焦がれ、若い僧をひたすら恋い慕いながら、彼を迎える準備に余念がなかった。しかし、僧の方は帰り道に女のところに寄るのを恐れ、別の道を通って逃げてしまった。女はいつになっても僧が戻ってこないので、気が気ではない。辛抱しきれず、道端に出て行き交う人々をつかまえては僧の消息を問い質す。と、そこにたまたま、熊野から戻ってきた僧侶が通りかかった。女はその僧に、これこれの色の衣をまとったふたり連れの僧を見なかったかと訊ねた。

「ひとりは若くて、もうひとりは年老いているふたり連れなんです。熊野から、もう戻る頃合いなのですが」

熊野帰りの僧侶はその問いに、

「ああ、そのふたり連れなら、もう三日も前に帰っていきましたよ」

と答えた。

女はこれを聞くと、くやしさのあまり音高く両手を打ち鳴らし、

「さてはほかの道を通って逃げたな」

と憤怒の形相になった。そして、家に戻ると寝所にとじこもった。そのまま物音ひと

つたてずにいるので、しばらく経ってから召使が確かめに行くと、女は息絶えていた。家の者たちが驚き悲しんでいるうちに、その寝所から五尋[23]ほどもある大きな毒蛇が這いだしてきた。毒蛇はそのまま家から出ると、若い僧が帰路にしているだろう方角にむかって、街道を矢のように走っていく。道行く人々は、このありさまに恐れおののいた。

一方、ふたりの僧は、すでにはるか前の方を歩いていたのだが、人々の口から口へと大蛇の噂は自然にひろまり、僧たちの耳に届いた。

「この道のうしろ、熊野に近いあたりで奇怪なことが起きたらしい。なんでも五尋もある大蛇があらわれて、野や山を越えてどんどんこちらに走ってくるようですよ」

と、教えてくれる者がいたのだ。ふたりはこれを聞くと、

「これはきっと、あの家のあるじの女が、約束を破ったことを恨んで悪心を起こし、毒蛇になって追いかけてくるのにちがいない」

と思い、一目散に走って逃げた。そして、道成寺[24]という寺に逃げ込んだ。

23　長さの単位。両手を左右に広げた長さが一尋。
24　和歌山県日高郡日高川町鐘巻に現存する天台宗の寺。

寺の僧たちは、ふたりが息せききって走ってきたのを見て、

「なにをそんなにあわてているのです？」

と訊ねた。ふたりは、これこれの次第で走ってきた、と事情をくわしく説明し、どうか助けて欲しいと懇願した。頼られた寺の人々は、寄り集まって策を議論した。その結果、鐘つき堂に吊るした大鐘を下ろして、その中に若い僧を隠すことに決まった。老僧の方は、寺の僧たちと一緒に隠れた。そして、寺の門はぴったり鎖された。

やがて大蛇が寺にやって来た。門が鎖されているのがわかると、軽々と塀を乗り越えて侵入し、本堂の周りをぐるぐると二周回った。それから、若い僧が隠れている鐘つき堂の戸口に近づいて、尻尾をふりあげ百回ほども扉を叩き、とうとう扉を破って鐘つき堂の中に入った。そして、大鐘にからだを巻きつけ、尾で鐘の竜頭を数時間にわたって叩き続けた。寺の僧たちは恐ろしくもあり、また不思議な思いにも駆られ、寺の四方の戸を開けて皆で集まってこの様子を眺めた。やがて毒蛇は、両の目から血の涙を流し、鎌首をもたげたまま舌で口のまわりをなめまわしたかと思うと、するすると鐘から身を離し、やって来た方に向けて走り去った。僧たちがおそるおそる鐘つき堂に近づくと、さすがの大鐘も大蛇の毒気に灼かれ炎を盛んに噴き上げている。とうてい近づけるような状態ではない。遠くから水をかけて鐘を冷やすほかなかった。

ようやく鐘に近づけるようになったので、皆で持ちあげてみると、中の僧は影も形もない。焼き尽くされてひとかけらの骨さえ残っておらず、そこにはわずかな灰があるばかり。年老いた僧はこれを見て、嘆き悲しみながら故郷へ帰っていった。

それからのちのこと、道成寺の高位の老僧が夢を見た。鐘を灼いた大蛇よりさらに大きな蛇が、まっすぐするすると老僧の前にやってくると、

「私は、鐘の中にかくまっていただいた僧でございます。毒蛇に変じた悪女が私を虜にしてしまいました。毒蛇の夫となった私は愛欲の煩悩にまみれ、けがらわしい蛇の身に生まれ変わり、いいようのない苦しみを受けております。なんとかこの苦患をまぬがれたいと思うのですが、自分の力ではどうにもなりません。生きておりました時には、法華経を肌身離さず持って信仰しておりましたが、今はもう失ってしまいました。願わくは、御聖人さまの大きな御恩徳をこうむって、この苦しみから解脱したいのでございます。広大無辺の大慈悲心におすがりいたします。心身を清浄に保って、法華経の『如来寿量品』[25]を書き写していただき、われら二匹の蛇のために

25　法華経にある。方便品、安楽行品、普門品とともに四要品といわれる重要な段。法華経は、大乗仏教におけるきわめて重要な経典。正しくは『妙法蓮華経』。

ご供養くださいませ。この苦しみからお救いくださいませ。法華経の功力におすがりするほかに、とうてい救われることはないのでございます」

と訴えて消えた。その瞬間、夢は覚めた。

高位の僧は夢を見たあと、慈悲の心がわきあがり、みずから『如来寿量品』を書写した。のみならず、私財を投じて多くの僧たちを招き、丸一日におよぶ法会をとりおこない、二匹の蛇の苦しみを取り除く供養を営んでやった。すると後日、ふたたび夢を見た。ひとりの僧とひとりの女が、喜びに満ちた微笑を浮かべながら道成寺にあらわれ、老僧を礼拝したのである。そして、

「あなたさまが清浄なお心で善根の法会を営んでくださったおかげで、わたくしどもは今や蛇身を捨てて浄土に生まれ変わることができました。女は六欲天[26]の第二天である忉利天に、私は第四天の兜率天に昇ることが叶いました」

と告げ、そのままふたりは別々に分かれて天に昇っていき、夢は終わった。目覚めた老僧は喜び感激し、以後ますます法華経の功力を尊んだ。

法華経の霊験というものは、実に不可思議であらたかなものである。けがれた蛇身と化したふたりが天上界に生まれ変われたのも、ひとえに法華経の功力ゆえである。

このことを見聞きした人々は、みなこぞって法華経を尊び信仰して、書写したり読み

唱えたりした。また、道成寺の老僧の心も、まことに立派である。思うに、この老僧と蛇身になった男女は、もともと前世で善き仏縁に結ばれていたにちがいない。そして、あの悪女が若い僧に愛欲の心を抱いたのも、みな前世の因縁によるものであろう。女人の悪しき心の激しさは、実にこのようなものなのである。それゆえ、仏は女人に近づくことを厳しく禁じられたのだ。これをよくわきまえ、ゆめゆめ女人に近づいてはならない、と、こうして今に語り伝えられているのである。（巻第十四第三）

六の宮の姫君がはかなく世を去る話[27]

今は昔、六の宮というところに[28]、皇族の子孫で兵部省[29]の次官を務めるある老人が住

26　仏教で、三界のうちの欲界に属する六つの天で、四王天・忉利天・夜摩天・兜率天・楽変化天・他化自在天がある。忉利天は宇宙の中心の須弥山頂上にあるとされ、兜率天は須弥山のはるか上にあるとされる。

んでいた。高雅な心の持ち主で、奥ゆかしく古風な人柄でもあったため、世間の人々と進んで交際することはなかった。彼が父から引き継いだ高い木々がこんもり茂る広い邸は荒れ果てていたが、わずかに主寝殿の東側の離れが残っていたので、そこでひっそり暮らしていた。年齢は五十を過ぎていたが、十歳あまりの若い娘がひとりいた。

彼女はたいそう美しく、髪といい姿形といい、どこもかしこも非の打ち所のない娘だった。気だてもよく、愛らしい人柄である。このようにすばらしい姫君なので、どんな貴公子と結ばれても恥ずかしくないはずである。しかし、なにしろ世間に知られていないので、求婚してくる人もない。父である老人は、

「娘のことを、こちらからあれこれ世間に言うのははしたない。きちんと求婚してくれる人があれば、結婚させてもいいが」

などと、控え目で古めかしい考えを崩さない。

時には、

「女御として入内(じゅだい)[30]させようか」

といった思いもよぎるのだが、貧しい身の上ではそのようなことができる資力など望むべくもない。結局、父も母も気をもむだけで、娘を不憫(ふびん)に思いながらどうしてやる

こともできない。ただ、夫婦の間に寝かせて、さまざまなことを教え聞かせてやるのみだった。乳母はとうてい信頼できそうにないし、助け合う兄弟もいない。まことに心細いかぎりで、両親は姫の行く末をただ嘆いて泣くよりほかなかった。

やがて、その父母も相次いで亡くなってしまった。ひとり残された姫君の悲しみを思うと、まことに切ない。身の置き所もないほどの、たとえようもなく深い悲しみである。そうした悲しみの中、いつしか日々は過ぎて喪服を脱ぐ時期になった。だが、父母が明け暮れに油断ならない女だと教えていたので、乳母に気を許すこともできない。そのままむなしく歳月が流れていき、先祖伝来の立派な家具調度類は、乳母の手でなしくずしに売り払われて消えていった。姫君は、家財がなくなっていくのを目にしながら、ただもう心細く悲しく思うばかりであった。

そのうち、乳母がこんなことを言い出した。

27　芥川龍之介は、この話をもとに短篇「六の宮の姫君」を創作した。
28　もとは「六番目の宮」の意味だったと推測されるが、本集の著者が地名と誤解したもの。
29　八省の一つで、兵馬、兵器など軍事一般を司った。
30　後宮に住んで天皇の寝所に仕える女官。

「実は、わたしの兄弟で僧になっている者のもとに、どこやらの国で国司を務められた方の息子さんから、姫さまへのお申し出があったそうです。お年は二十あまりで、お姿は美しく心ばえもうるわしいお方とのこと。お父上も今は地方官のご身分ですが、元々はやんごとないお家柄の生まれでいらっしゃいます。その息子さんが、姫さまの麗しくておいでであることを耳にされ、ぜひお近づきになりたい、とおっしゃっておいでなのです。そういうお方であれば、姫さまのもとにお通いになるにふさわしいのではないでしょうか。少なくとも、こんな風に心細くお暮らしでいるより、よほどましでございましょう」

乳母の言葉に、姫は長い髪をふり乱してただ泣くばかり。その後、乳母は何度となく相手の手紙を取り次いだが、姫君は見ようともしない。困った乳母は、若い侍女にそれらしい返事を書かせては男に渡していた。このようなことが度重なったあげく、とうとう相手が日を決めて訪れることになった。こうなっては、姫もどうすることもできず、しかたなしに相手を迎えいれて契りを結んだ。姫君が実に美しかったので、男は心からの愛情を傾けるようになったが、それも当然だろう。彼の方も、さすがに良き家柄の出だけあって、人品容姿ともに立派な貴公子だった。

姫君は、ほかに寄る辺もないままに、この男ひとりを頼みに日を過ごしていたのだが、そのうちに、男の父が陸奥[31]の守に任ぜられた。そして、春まだ浅い時期に、新任の国守[32]としてあわただしく任国に下らねばならなくなった。男子であるため、息子の彼もその供をして任地におもむかねばならない。だが、妻となった姫を見捨てて行くのは、到底忍びがたい。かといって、「一緒に連れていきたい」とは恥ずかしくて口にできない。なぜなら、姫との仲を親にきちんと明かしてはいなかったからだ。男はどうしてよいのか思い悩みながら、とうとう出立の日をむかえてしまった。しかたなく、将来必ず正式に結婚する、と男は固く約束をして、泣く泣く陸奥の国に下っていった。任地に着いてからも、一刻も早く姫のもとに便りをせねばと思ったのだが、手紙を託せる確かな手づるがなく、嘆きながらいたずらに歳月が経ってしまった。

父の任期[33]が終わる年になり、男は急ぎ京に戻ろうとした。ところが、常陸[34]の国に任官して羽振りよく暮らしているある人が、彼を「婿に迎えたい」と何度も使いを寄越

31　京都から見て、東山道の奥地にあたる地域。現在の青森県、岩手県、宮城県、福島県に該当。

32　国司（中央から各国に派遣され行政をおこなう官吏）の長官。くにのかみ。〜守と表記される。644ページの官職表も参照。

しては言ってくる。父親の陸奥守も「これはまことにありがたいご縁だ」と喜び、息子を常陸の国に婿にやった。結局、陸奥の国に足かけ五年、常陸の国に三、四年、都合七、八年がむなしく過ぎてしまった。常陸の国で娶(めと)った妻は、若くて愛らしい魅力の持ち主ではあったが、京に残してきた六の宮の姫とはとてもくらべものにはならない。心をいつも京に飛ばし、姫を恋い慕いながら、男は生き甲斐(がい)もない暮らしに耐えた。手を回して京に手紙を送ることもした。だが、ある時は、宛先を探し当てられなかったといって使いがそのまま手紙を持ち帰り、またある時は、使いの者が京に居残ったきり返事を持ち帰ってこない、という結果に終わった。

やがて、任期が終わった舅(しゅうと)の常陸守は京の都に戻ることになり、婿となった男も一緒に京に帰れる運びになった。帰路の間も、姫恋しさに居ても立ってもいられない。気ばかり焦るうちにようやく粟津[35]に着いたが、京に入るには日が悪いというので、二、三日そこにとどまることになった。姫のいる都を目前にしての足踏みに、ここ数年の焦燥感をはるかに超えるほどの激しいもどかしさがつのる。

いよいよ帰京の日になり、一行は人目をはばかり日が暮れてから都に入った[36]。京の町に入るや否(いな)や、男は妻を舅の家に送りつけ、自分は旅姿のまま六の宮に急いだ。行ってみると、昔はくずれながらも残っていた土塀は消え去って、小さな家があるばかり。以前はあった屋根付きの門[37]も、今は跡形もない。かつて姫が父母と共に暮らしていた離れはなくなり、わずかに邸内の執務室[38]だった板葺(いたぶ)きの建物だけが傾きながらもやっとのことで立っている。池の水は涸れ、水あおいが生い茂り、池の形さえ定かではない。見事な立ち木も、ずいぶん切られてしまっていた。このありさまを見て、男は激しい胸騒ぎに息も詰まる思い。「このあたりに誰か事情を知る人はいないか」と、供の者に探させたが、そのような人はまったく見つからない。

崩れ残った執務室の建物に人が住んでいる気配があったので、近づいて声をかける

33　中央から派遣される行政官・国司の任期は、『大宝律令』（七〇一年）では六年と規定されたが、数年後には四年に改められた。ただし、陸奥・出羽および九州（西海道）は遠隔地として五年の任期とされた。
34　現在の茨城県。
35　現在の滋賀県大津市、瀬田川辺りまでの琵琶湖畔一帯。
36　京都には、夕暮れ時になってから入るのが慣例だった。
37　原文「四足の門」。かつての門には、円柱に袖柱（補強用の小柱）が付いて屋根があったということ。
38　原文「政所屋」。いわゆる執務をおこなう部屋。

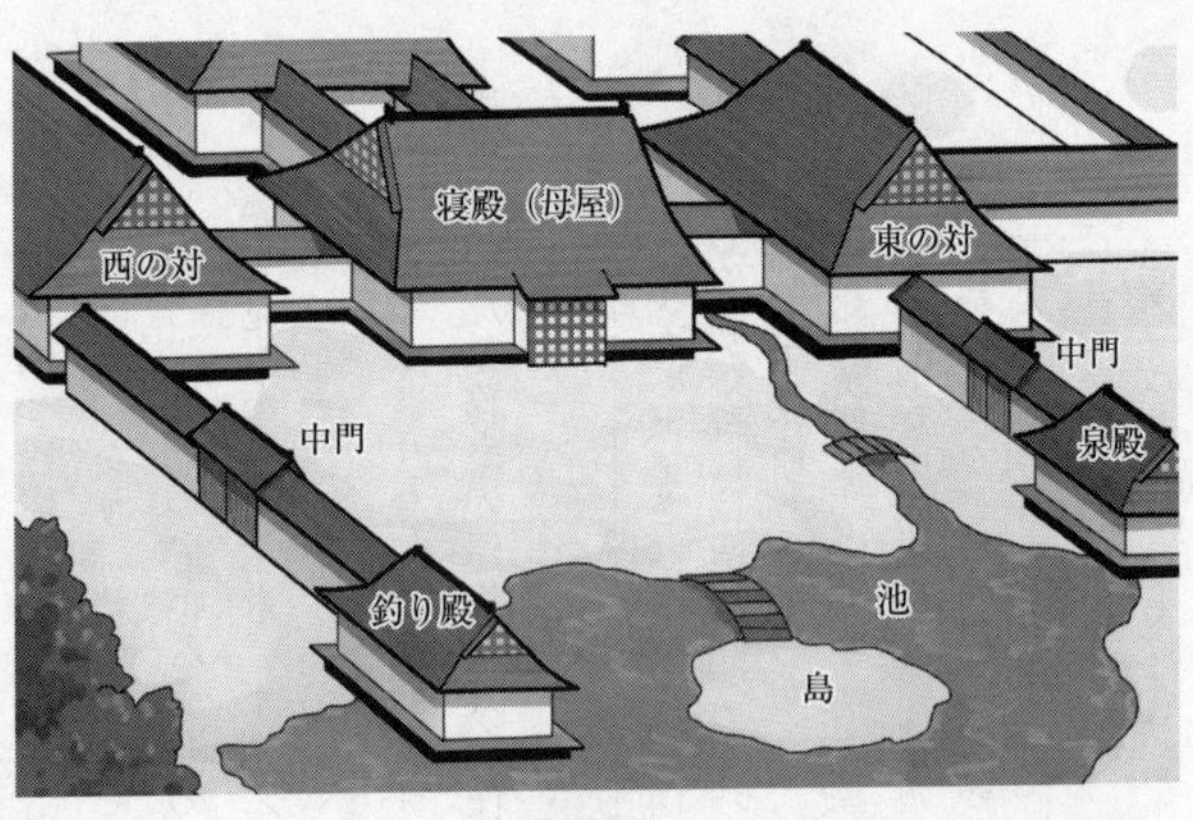

寝殿造り

と、尼（あま）がひとり出てきた。月の光に照らされたその顔をよくよく見ると、姫の下働きをしていた女の、その母親だった。男は倒れたまま残っている寝殿造り[39]の母屋の柱に腰をおろし、この尼を近くに呼び寄せ、

「ここに住んでおられた姫は、どうなされた？」

と訊ねたのだが、相手は口ごもったままではかばかしい返事がかえってこない。これはきっと隠しているのだろうと思い、その日がちょうど十月二十日で、尼がひどく寒そうにしている様子に目をつけ、着ていた着物を一枚脱いで与えてみた。すると、尼は驚きとまどいつつ、

「このようなものをくださるあなたさまは、いったいどなたでいらっしゃいますか」

と言う。そこで男は、

「私は、ほら、以前姫のもとに通っていた者だよ。忘れてしまったのか？　私は、お前のことを覚えているぞ」

と答えた。尼は、この返事を聞くや、激しくむせび泣いた。

しばらく泣いたあと、尼は語りはじめた。

「存じあげない方からのお訊ねと思い隠しておりましたが、なにもかもありのままに申しあげます。なんなりとお訊きください。

あなたさまが遠国（おんごく）にお下りになったあと一年ばかりは、ここの侍女たちも『今にお便りがあるだろう』と心待ちにしておりました。ですが、音沙汰がないまま年月が過ぎたので、『これはもう、姫さまのことをすっかりお忘れになられたのだろう』と思うようになりました。そんな風に日を過ごしておりますうちに、二年ほどで乳母の夫が亡くなったため、乳母はもう姫さまのお世話をすることができなくなり、あとはもう、みな散り散りばらばらにいなくなったのです。荒れていた母屋は屋敷内に住んでいた人たちが、薪代（まき）わりに壊しては持って行くので、とうとう倒れてしまいました。

39　当時の貴族の住宅様式。38ページ図版参照。

姫さまがお住まいだった東の離れも、道行く人が勝手に壊して持って行くままになり、先年の大風の時に倒れたのです。

その後、姫さまは、警備をする者たちの詰め所であった小部屋ふたつ、みっつを使ってお過ごしでしたが、それはとても暮らしなどと言えるものではありませんでした。わたくしは、娘が夫にしたがって但馬[40]の国に下ると申しますので、このまま京に残っても誰も自分を養ってくれる者はいないと思い、娘夫婦と一緒に但馬に参りました。それが去年、どうにも姫さまのことが気にかかってならず、京に戻って参りましたところ、このようにお屋敷は跡形もないありさま。姫さまもどちらに行かれたのか、皆目わかりません。知り合いにも頼み、この尼もあちこち捜し歩いているのですが、どちらにおいでなのかまるで見当がつかないのです」

そう言い終わると、またとめどなく泣いた。男は尼の話を胸が張り裂けそうな気持ちで聞き、泣く泣くその場をあとにした。

そうしていったんは家に帰ってみたものの、やはり姫に逢えないままではこの世に生きている甲斐もない。「これはもう、ただ足の向くままに捜し歩くほかはない」と思い定め、藁沓をはき笠をかぶり、寺や神社に詣でるようないでたちになって、あちらこちらを捜し回った。しかし、まったく手がかりはない。そこで、「ひょっとしたら、西の京[40]のあたりにいるのかもしれない」と思いつき、二条から西の方角に、内裏(だいり)の土塀に沿って歩いていった。夕方、五時頃になると、空が急に暗くなり秋の冷たい時雨が激しく降ってきた。これはいけないと、朱雀門(すざくもん)[41]の前の角にある建物の軒下に駆け込んで、雨宿りすることにした。すると、その建物の連子(れんじ)窓[43]の向こう側に、人の気配がある。

そっと近づいて覗くと、ひどく汚い筵(むしろ)を周囲にめぐらせた中に、人がふたりいた。ひとりは老いた尼で、もうひとりは若い女だった。若い女は痩せ衰え真っ青な顔色をしていて、まるで影のようである。彼女は、薄汚れた筵の切れ端(はし)を敷いて横になっていた。身につけているのは、牛に着せるような麻布で作ったぼろ着ひとつ。破れた筵で腰のあたりを覆い、手枕をして寝ている。男は、「ずいぶんひどい様子だが、どことなく気品がある。きっと由緒ある人だろう」と感じた。不思議に思いさらに近寄っ

40　現在の兵庫県の日本海側。
41　大内裏（天皇の住む宮殿）から南にのびる朱雀大路の西側の京。寂れた印象が強い地域。
42　大内裏外郭の、南面中央にある門で、大内裏の正門。646ページ地図参照。
43　格子窓。

て目を凝らすと、紛れもない、行方知れずのかの人ではないか。目もくらみ心臓が止まるような気持ちでじっと見ていると、若い女はとても品のよい愛らしい声音で、

　手枕のすきまの風も寒かりき
　　身はならはしのものにざりける

（昔は手枕の腕の隙間を通う風さえ寒く感じたのに、今はこんなあさましい姿でも平気で横になっている。ほんとうに慣れというのはおそろしいものだこと。）

と詠じた。

その声音もまた、まぎれもないかの人のものなので、男は痛ましさに動転しながら建物の中に入り、垂れている筵をかき分け、

「いったいどうして、こんなおいたわしい暮らしをなさっているのです。私は必死であなたの行方を捜し、さまよい歩いていたのですよ」

と言いながら、女をしっかり抱き寄せた。

姫は相手の顔を見るなり、「ああ、あの遠国に去ってしまった夫なのだ」、と気づいた。そして、驚きと恥ずかしさに耐えきれなかったものか、そのまま気を失い息絶え

てしまった。男は、しばらくの間、「もしかして生き返るのでは」と姫を抱きしめたまま坐っていたが、やがてそのからだは冷えてこわばってしまった。男はついにあきらめ、そのまま家にも帰らず愛宕山（あたごやま）に行き、髻（もとどり）を切って法師になってしまった。その後、男は道心堅固（どうしんけんご）に、行い正しい僧として暮らした。出家するということには、現世だけではない遠い前世の因縁がかかわっているのである。

この話は、『万葉集』という書物にくわしくではないが載せられているので[44]、今もこうして語り伝えられているのである。（巻第十九第五）

雨宿りをして不思議な契りを結ぶ話

今は昔、閑院[45]の右大臣（うだいじん）という方がいらした。お名前を冬嗣（ふゆつぐ）[46]といい、世間の評判もこ

44　現存する『万葉集』には、本話に関連する歌や詞書きは存在しない。
45　「閑院」とは藤原冬嗣の邸宅で、二条大路の南、西洞院西の方一町の広さの地。

とのほかよろしく、また生まれつき大変賢い方だったのだが、惜しいことに華の盛りでお亡くなりになった。しかし、お子さまは数多く、長男は長良(ながら)の中納言、次男は良房(よしふさ)の太政(だいじょう)大臣、三男は良相(よしみ)の左大臣、その下のお子は内舎人(うどねり)[47]の良門(よしかど)[48]と呼ばれておいでだった。昔は、このような高貴な家柄に生まれた方も、最初は内舎人のような低い職位に任官したのである。

この良門には高藤(たかふじ)というお子がいて、小さい時から鷹狩りを好まれた。父の内舎人もこの狩りがお好きだったから、たぶん父譲りの趣味だったのだろう。

さて、この若君が十五、六歳の時のこと、九月の中頃に鷹狩りに出かけられた。南山階(みなみやましな)[49]あたりの山野を獲物を求めて駆けめぐっていると、夕暮れ近くなる頃、急に空模様が怪しくなってきた。みるみるうちに黒雲が湧きあがり、時雨が降りだした。と同時に、風もはげしく吹きはじめ、稲光(いなびかり)が走り雷鳴がとどろきわたった。これに驚いた供(とも)の者たちは、馬を思い思いの方角に向け、蜘蛛(くも)の子を散らすように逃げてしまった。一刻も早く雨宿りをしたい一心で、てんでんばらばらに走ったのである。置き去りにされた若君は、西の方角の山すそに一軒の人家があるのを見つけて、そちらに馬を駆った。一緒についていったのは、馬のたづなを引いていた男だけだった。目当ての場所にたどりついてみると、そこは檜(ひのき)の薄板を網代(あじろ)[50]に組んだ垣根で囲われた家で、唐破風(からはふ)[51]の屋根がついた小さな門がしつらえてある。開き戸になっているその門の内に、若君は馬に乗ったまま駆け込んだ。母屋は板葺きの寝殿造りで、その端に三間(げん)[52]ほどの長さの小さな渡り廊下が付いていた。若君は、そこに馬を乗りつけて地面に降りた。馬は廊下の端の一隅に引き入れ、ついてきた馬の口取りの男に世話をまかせ、若君自身は板敷きの部分に腰を落ち着けられた。その間も、風雨はいつやむとも知れず、目もくらむ稲光や耳をつんざく雷鳴におびやかされる。恐ろしいほどの荒

46　藤原冬嗣（七七五年〜八二六年）は藤原北家隆盛の礎を築いた人物で「閑院大臣」と呼ばれた。
47　宮中の雑役や警護に当たる役職。
48　四名はみな冬嗣の子。良房は臣下で初の太政大臣・摂政となる。長良の子基経(もとつね)が良房の養子となり藤原家正統となる。
49　現在の京都市山科区南部で、藤原家に縁が深い地域。
50　多くは薄く剝いだ竹などを縦横、もしくは斜めに編んで作る敷物や壁。ここでは檜の薄板を組み合わせた垣根。
51　中央部が弓形、左右両端が反り返った曲線状の破風。46ページ図版参照。
52　一間は約一・八メートル。

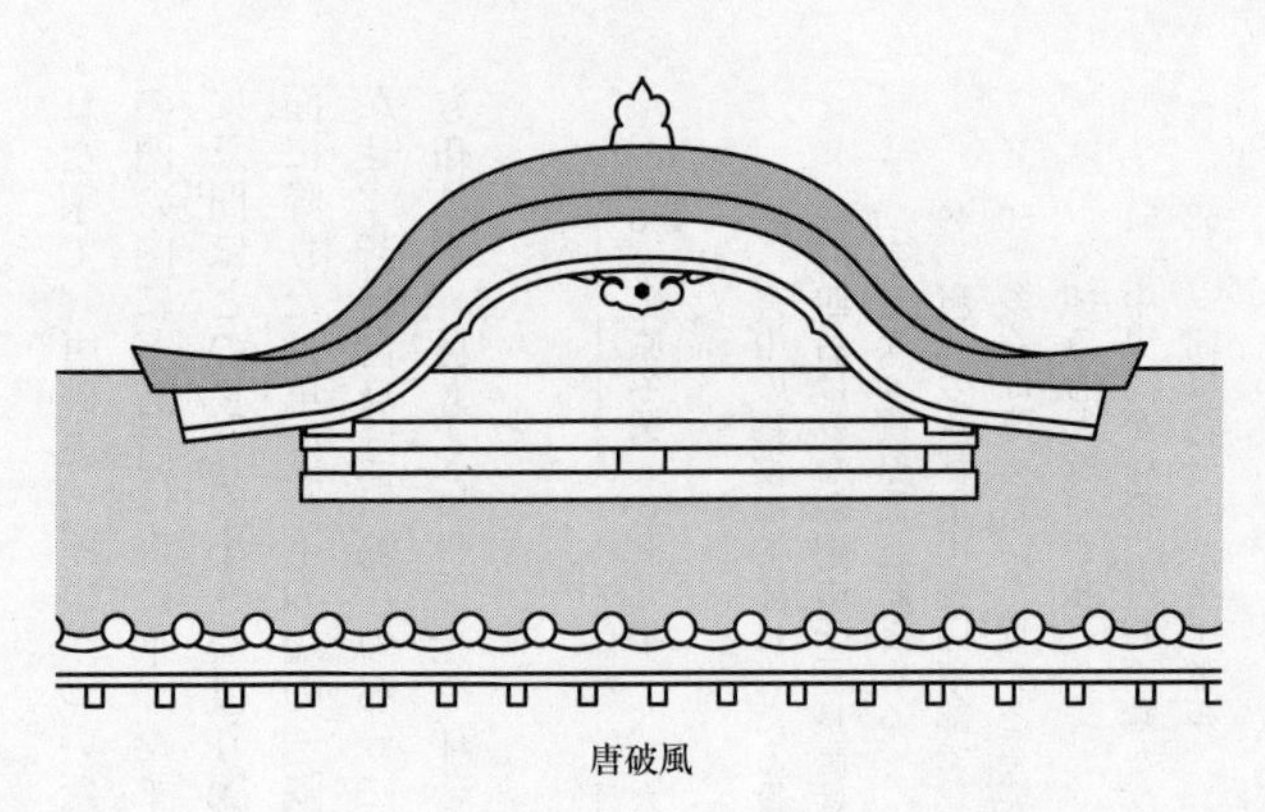

唐破風

れ模様である。これでは引き返すことなどできない。しかたなく、そのままじっとしておられた。

そのうち、だんだん日が暮れてきた。「どうしたものか」と心細くおそろしく思っていると、家の奥の方から、墨色がかった青い狩衣(かりぎぬ)[53]に袴(はかま)を身につけた四十歳くらいの男があらわれた。そして、

「こちらはどなた様でいらっしゃいますか？」

と丁重に訊いてきた。若君は、

「鷹狩りをしているうちに、このひどい雨風に遭い、どこに避ければよいかもわからないままに、ただ馬にまかせて走りました。この家がたまたま目に入ったので、ほっと安心して雨宿りさせてもらった次第。これ

からどうしたものかと困っております」

とお答えになった。奥から出てきた男は、

「そうでしたか。雨がやむまで、どうぞここでお休みください」

と言って、馬の世話をしている男に近寄り、

「あのお方は、どのようなご身分の？」

と小声で訊ねた。訊かれた男は、かくかくしかじかのご身分だ、と告げたところ、家の主人は驚いて奥に引っ込み、急いで部屋を用意し灯り(とも)も点(あか)してから、また姿をあらわした。そして、

「むさくるしいところではございますが、こちらの廊下にいらっしゃるよりは、いくぶんなりとましでございましょう。雨がやむまで中にお入りください。お召し物もすっかり濡れておいでのご様子。火で乾かしますので、どうぞお脱ぎくださいませ。御馬には飼い葉を与えますので、どうぞ裏の方にお回しください」

と申しあげた。

いやしい身分の者の家だと思ったが、いかにも由緒ありげな構えでもあり、心惹か

53　平安時代以降の公家の普段着。48ページ図版参照。

れるものがある。部屋に入れば、天井は檜の薄板を網代に組んだもので、周囲にはぐるりと竹で編んだ網代屏風が目隠しに立ててある。床には、すがすがしい高麗べりの畳[54]が三、四畳ほど敷かれていた。若君はくたくたに疲れていたので、濡れた装束を解き、脇息[55]に寄りかかるようにして身を横たえた。そこに家の主人がやってきて、

「御狩衣や指貫袴[56]を乾かして参りましょう」

と言って、脱いだ着物を持って引き下がった。

しばらくそのまま横になっていると、引き戸がするすると開いた。そして、部屋の外の庇(ひさし)[57]の間から、年の頃は十三、四ほどだろうか、若い女が入ってきた。薄紫色の単衣(ひとえ)[58]に濃い紅色の袴をつけ、扇で顔を隠している。片手に高坏(たかつき)[59]を捧げていた。はずかしそうに遠くの方で横を向いたまま坐っているので、若君は、

「こちらにおいで」

と声をおかけになる。それに応えて、坐ったままそっと膝をすべらせて近づいてくる姿を見れば、しなやかな髪が額から顔、肩、さらに背中へと流れるようにかかっていて、その様子はいやしい身分の家の娘とも思えず、なんともいえない美しさである。娘は膳に高坏を載せ、小皿の上に箸を置き、それを若君の前に据えると、立ちあがっ

54　畳の縁(へり)が、白地に菊花や雲形の模様を織り出したものになっている。
55　座ったとき脇に置いて、肱を掛け体をもたせかけて休む道具。
56　狩衣の下に身に着ける袴。裾をひもで指し貫いて絞れるようにしてあるため、この名で呼ばれる。48ページ図版参照。
57　寝殿造りで、母屋の周囲に付加された部分。
58　裏地のない一重の衣服。肌の上に直接着る。
59　丈の高い一本の脚のついた食器。

て引き戸の向こうに戻っていった。その後ろ姿を見ると、髪はふさふさと膝のうしろあたりを過ぎるほどにまで垂れていた。

別の膳にあれこれ食べ物を載せて、すぐにまた娘は姿をあらわした。まだ年端もいかない娘なので、行儀よくすすめるといっても無理がある。若君の前におずおずと膳を置くと、そのまま膝でうしろににじり下がって控えていた。膳の上には炊いた飯、小さな大根、鮑(あわび)に野鳥の干し肉、鮎のうるかといった食べ物がのっている。一日中鷹狩りをしていたので、若君はくたびれきって腹もぺこぺこだった。こうしてうやうやしく持ってこられれば、たとえ下賤な者の食べ物でも遠慮は無用と、ぺろりと平らげてしまわれた。酒も勧められたので、こちらもすべて飲み干した。

そのうちに夜も更けてきたので、寝ることにした。だが、給仕にでてきた娘のことが頭を離れない。そこで、

「ひとりで寝るのは心細い。さっきの娘さんもここにおいでなさい」

と声をおかけになった。すると、娘がやってきた。若君は、

「こちらにおいで」

とおっしゃり、引き寄せて抱き寝をなさった。近くで見ると、さきほど離れて眺めていた時より、いちだんと美しく可愛らしい。若君は、すっかり心を奪われてしまい、

お互いまだ子供のような年頃ではあったのだが、行く末も変わらない心でいようと、繰り返し約束を交わした。そして、秋のいつ明けるともしれない夜長を、一睡もせずふたりで語り明かしたのだった。

娘の気高く気品ある様子に深く感じ入った若君は、契り明かした翌朝、帰路につかねばならない時刻になった時、身に帯びていた太刀を彼女に渡し、こう告げた。

「この太刀を形見に置いていくからね。もしも両親が、深い考えもなく誰かと結婚させようとしても、決して他の男に身をまかせてはいけないよ」

そう言い置いて、帰りたくない想いを振り切るように、若君は一夜の宿りをあとにした。

馬に乗って四、五町[60]ほども行くと、昨日の嵐で散り散りになってしまった供の者たちが、主人の姿を見つけて集まってきた。皆の無事を喜びあったあと、若君はそこから一同を引き連れて、京の屋敷へと戻られた。

父の内舎人は、まだ少年といっていい息子が鷹狩りに出かけ、そのまま帰ってこなかったので、「何か変事でもあったか」と、一晩中まんじりともせずに心配なさって

60　町は距離の単位で、一町は約一〇九・〇九メートル。

いた。そして、夜が明けるのを待ちかねて若君を捜すように人を出されたのだが、そこに若君がお戻りになったので、心からお喜びになりながらも、

「若い者が、このように気ままに出歩きたくなるのは、なかなか止められるものではない。私も昔は鷹狩りが大好きでよく出かけたものだが、亡き御父上は制止なさることはなかった。だから、そなたの気ままな遊びも止め立てせず自由にさせていたのだが、こういうことがあると心配でならない。以後成人するまで、気ままに出歩くことはやめなさい」

とおっしゃった。お父上の命令である以上、若君は鷹狩りをやめざるを得なかった。

供についていった者たちは、例の家を見ていないので、雨宿りの件については誰も知らない。一緒にいた馬の口取りの男だけがいきさつを知っていたのだが、それからまもなく暇を取って田舎に帰った。それで、雨宿りした家の所在を知る者は、どこにもいなくなってしまったのである。若君は、かの娘を堪えがたいほどの恋しさで思い出していたが、使いの者を出すにも家の場所がわからない。月日はいたずらに過ぎ、恋しい想いはますます募るばかり。ああ、あの人に逢いたいと思い煩い(わずら)ながら、いつしか四、五年が過ぎた。

その頃、父である内舎人がまだ若い身空で不運にもお亡くなりになった。高藤の若

君は、伯父君たちの屋敷に通いながら暮らすことになったのだが、その姿形は美しく凛々しく、性格もことのほかすぐれておいでだったので、すぐに伯父君たちのお気に入りになられた。良房大臣は、「これはなかなかの人物だ」とご覧になって、なにくれとなく世話をしてくださる。しかし、高藤の君は父を失って心細い上に、雨宿りで契った娘を相変わらず恋い慕って物思いにふける日々。妻を娶ることもなく、さらに二年が経った。

こうしてあの契りの雨宿りから六年ほどが過ぎた頃、耳寄りな知らせがあった。お供をした例の男が田舎から上京してきた、というのである。若君は、さっそく男を召し出し、ご自分の乗馬の毛並みの手入れをさせるように見せかけながら、そば近くに呼び寄せ、

「だいぶ昔のことだが、鷹狩りの時に雨宿りをした家を、お前は覚えているか？」

とお訊ねになった。すると男から、

「はい、覚えております」

とうれしい答えが返ってきた。若君は躍りあがる思いで、

「今日すぐにもそこに行ってみたいのだ。鷹狩りに出かけるふりをして行くから、お前もそのつもりでいてくれ」

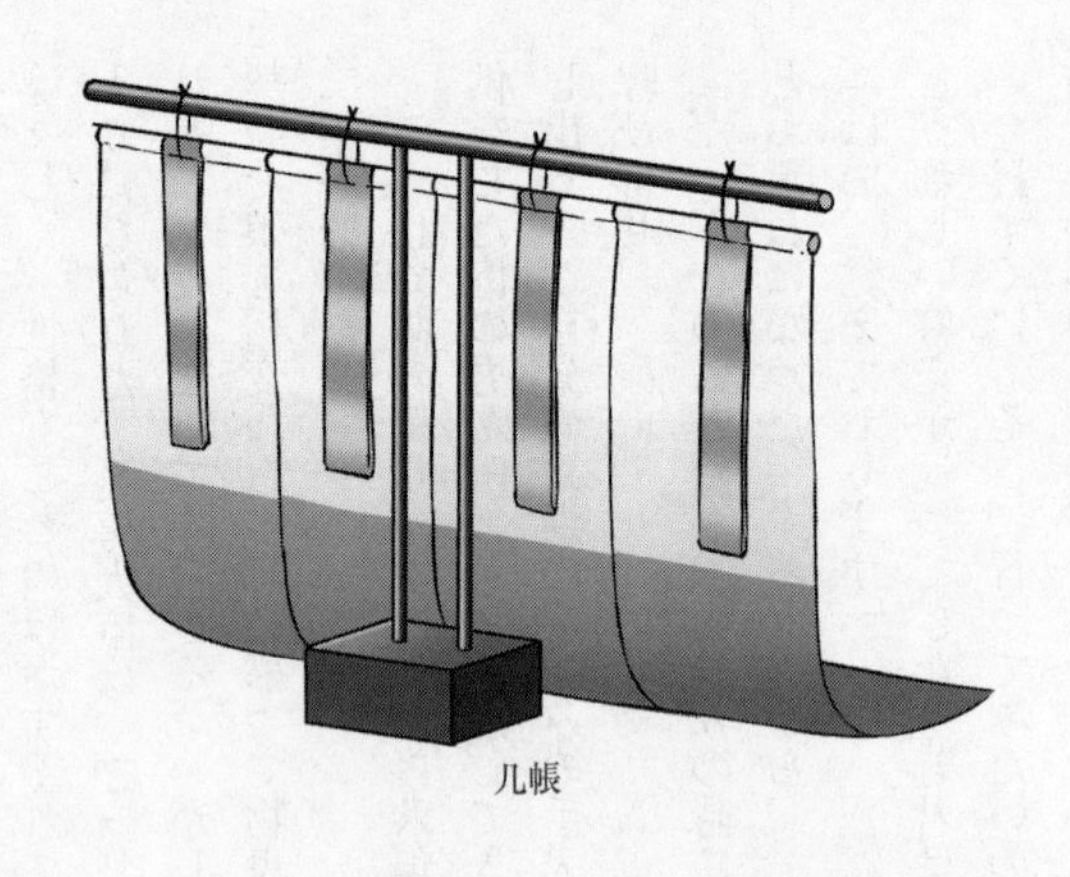

几帳

と言いつけた。そして、もうひとり、親しく使っている警護の武官を連れて、阿弥陀(あみだ)ヶ峰[61]を越えて山階(やましな)の方角に向かわれた。目的の家にお着きになったのは、日の入りの頃だった。

季節はちょうど二月の二十日[62]あたりで、家の前にある梅がはらはらと散り、梢(こずえ)にとまったうぐいすが美しい声でさえずっている。庭に引き入れた遣り水(やりみず)に、散った花びらが流れていく様子もまことに趣(おもむ)き深い。高藤の君は、いつかのように馬に乗ったまま門内に入って、下馬(げば)した。家の主人を呼ぶと、あの時の若君が思いもかけずおいでになったとわかり、大あわてで飛びだしてきた。

「いつぞやのあの娘御はおいでか」

と高藤の君がお訊ねになると、

「はい、おります」

との返事。たとえようもないうれしさに駆られ、娘の部屋へ行ってみると、彼女は几帳(きちょう)[63]の脇に半ば身を隠すようにして坐っている。近づいてつくづく眺めると、以前よりも大人びていっそう女らしくなり、別人ではないかとさえ思われるほどの洗練された美しさである。

「こんな美しい女人は、またとあるだろうか」と感嘆して見ていると、そのそばに、えもいわれぬ美しさと気品を備えた、五、六歳ほどの少女がいるのに気づいた。

「この子は?」

と問いかけたが、娘はうつむいたまま泣いているようで、はかばかしい答えは返ってこない。不審に思って、父である家の主人を呼んだ。やって来た父親が若君の前に平伏したので、

61　現在の京都市東山区にある山。京と山科(階)との境界にある。
62　二人の出逢いが九月中旬だったので、対になる季節である春(二月)の中頃が選ばれている。
63　間仕切りとして使われた調度の品。54ページ図版参照。

「この女の子の素性は？」

と質問された。すると主人は、

「先年あなたさまがおいでになったその後は、娘は他の男の近くに参ることはございませんでした。子供子供していた娘でございましたから、誰かと結婚させるなどということもまったく考えておりませんでした。ですが、あなたさまがおいでになった頃から懐妊（かいにん）いたしまして、やがて産み落としたのがこの子なのでございます」

と答えた。

　これを聞いた高藤の君は、言いようもないほど心をうたれた。ふと、寝床の枕元に目を走らせると、そこには彼が形見として渡した太刀が、守り刀のように横たえられていた。「この世には、かくも深い縁というものがあるのか」と、おののくような感動が彼の胸に満ちてきた。女の子も、自分と瓜二つなのである。その夜、高藤の君はそのままお泊まりになった。

　翌朝帰る時には、

「すぐに迎えにくるぞ」

と言い置いて出立した。京に戻って娘の父親の素性を調べさせたところ、そのあたりの郡（こおり）の大領（だいりょう）[64]を務める宮道弥益（みやぢのいやます）[65]という者であった。

「このような身分低い者の娘ではあっても、前世からの宿縁が深いのであろう」

高藤の君はそうお思いになり、その翌日、大領の身分に合わせた筵（むしろ）張りの牛車（ぎっしゃ）を用意し、さらに牛車の中から外に垂らす高貴な女房（にょうぼう）用の絹の下簾（したすだれ）[66]を付け、供の者をふたりほど連れて迎えに出かけた。先方に到着すると、部屋に車を寄せて大領の娘と幼い姫君を乗せた。供がいないのも具合が悪いので、娘の母を呼びだして一緒に行くよう伝えたところ、年の頃は四十くらいの小ぎれいな女があらわれた。いかにも大領の妻といった風情で、よく糊（のり）のきいた薄黄色の着物を身にまとい、垂れ髪をその衣の中にまとめ入れている。その姿で、牛車に膝をすべらせてにじり入った。用意が整ったところで出発し、高藤の君の屋敷に連れ帰った。そしてその後、高藤の君はほかの女人には目もくれず、ひたすら大領の娘[67]と仲睦まじく暮らした。男の子も、その後ふ

64　その郡の首長。在地の豪族から選ばれた。
65　生没年未詳。平安時代前期の貴族。山城宇治郡の大領（郡司）とされているが、その記録はなく在京の官職についていた中下級貴族と考えられている。
66　牛車の簾の内側にかける帳（とばり）。
67　宮道列子（みやぢのれっし）（?〜九〇七年）。宮道弥益と大宅氏出身の母の間に生まれる。高藤の妻となり、従三位（死後正一位）。

たり続けて生まれた。

さて、この高藤の君は衆にすぐれた方で、次第に出世されてついに大納言[68]の位に昇られた。最初に生まれた姫君は御名を藤原胤子(ふじわらのいんし)[69]といわれ、宇多天皇[70]の女御になられた。この方は、その後まもなく醍醐(だいご)天皇[71]を産み奉(たてまつ)った。また、ふたりの男の子のうち、兄は定国(さだくに)と申し上げ、大納言と右近衛大将[72]を兼任された。泉大将(いずみのだいしょう)というのは、この方のことである。弟君は定方(さだかた)[73]と申し上げ、右大臣にまで昇られた。三条の右大臣というのはこの方である。大領だった宮道弥益は、四位[74]の身分に叙せられ、修理大夫(しゅりのだいぶ)[75]になった。その後、醍醐天皇が即位されると、その外祖父に当たる高藤大納言は内大臣[76]になられた。

高藤大納言は、雨宿りをした宮道弥益の家を寺になさったが、それが今の勧修寺(かじゅうじ)[77]である。向かい側の東の山のほとりには、弥益の妻が堂を建立した。こちらは、大宅寺(おおやけでら)[78]という。大納言にとって忘れがたく懐かしい場所であるから、このように寺を建てられたのであろうか。醍醐天皇の御陵(ごりょう)も、この場所の近くにある。

思えば、鷹狩りで嵐に遭ってかりそめの雨宿りをし、このようなめでたい繁栄が生まれたというのも、これみなすべて前世の因縁によるものだったのだ、と、今もこのように語り伝えられているのである。

（巻第二十二第七）

68　昌泰二（八九九年）年に昇格した。
69　?〜八九六年。宇多天皇の更衣（後宮の女官で、女御に次ぐ位）で後に女御となった。醍醐天皇の母。
70　八六七年〜九三一年。親政をよくした天皇で、仁和寺を開いた。
71　八八五年〜九三〇年。第六十代の天皇。在位は八九七年〜九三〇年。宇多天皇の第一皇子。「延喜の帝」と称され、彼の治世は「延喜の治」と呼ばれた。その皇子の第六十二代村上天皇の治世「天暦の治」と共に理想的な時代とされた。
72　近衛府は、宮中や天皇の御幸などの警護にあたる役所。大将はそこの長官相当の役職。左右の近衛府がある。644ページの官職表も参照。
73　紫式部の曽祖父。
74　当時の律令制下における位階。645ページの位階表参照。
75　修理職（宮中の造営や修理を司る役職）の長官。644ページの官職表参照。
76　律令制下で、左大臣、右大臣に次ぐ官職。644ページの官職表参照。
77　現在の京都市山科区にある寺。亀甲山勧修寺。真言宗山科派大本山の一つで門跡。
78　「おおやでら」ともいう。大宅氏の氏寺との説もあるが、未詳。

蕪と交わった男が奇縁を結ぶ話

今は昔、京の都から東国に下る男がいた。その途中、どこの国のどこの郡ともわからない村を通りかかった。と、その時、にわかに強い淫欲がわきあがり、女性と交わりたくてたまらなくなった。錯乱しそうなほどその欲求は激しくて、どうにもこうにも我慢ができない。どうしたものかと困り果ててあたりを見回すと、道端の垣根のむこうに青々とした蕪の葉が、今を盛りと生い茂っている。ちょうど十月頃で、蕪の根も大きく太っている時期だった。男は急いで馬から飛び降りると、垣根の中に入って大きな蕪をひとつ引き抜いた。そして、抜いた蕪に刀で穴をくりぬき、その穴と交わって淫欲を満たした。ことが済むと、「ああ、すっきりした」と、男は蕪をぽいと垣根の中に投げこんで、また旅を続けた。

それから数日して、畑の持ち主が蕪を収穫するために下働きの女たちを大勢連れてやってきたが、その中には持ち主の年若い娘もいた。娘は年の頃十四、五歳、まだ男とどうこうするというようなことはまったくない少女だった。彼女は、皆が蕪を引き抜いている間、垣根のそばをぶらぶらと歩き遊んでいたのだが、ふと例の男が投げ捨てた蕪に目を止めた。

「あ、変な蕪が落ちてる。どうして穴なんか開けたのかな」

と言って拾いあげ、しばらく手でもてあそんでいたが、やがてしなびたその蕪を引き裂いて食べてしまった。そのあとは別に特別なこともなく、畑の持ち主は皆を引き連れて家に帰った。

ところが、その日を境に娘はなんとなく気分がすぐれなくなり、食欲もなくなってきた。病気にでもなったのかと心配した父母は、「どうしたんだろう」と言い騒いだが、数か月経つと身ごもっていることがわかった。両親はびっくり仰天し、

「親も知らないうちに、なんてことをしでかしたのだ」

と問い詰めた。だが、娘は、

「わたしは一度だって男の人のそばに近づいたことなんかありません。ただ、からだの具合がおかしくなったのは、秋に皆で蕪を抜きに出かけた時、穴の開いた蕪が落ちていたのを拾って食べた時からです。あの日から気分がすぐれなくて、とうとうこんなことに……」

と答える。父母は、しかし、まったく納得できない。本当のところはどうなのかと、いろいろ周囲に訊いてみたが、使用人たちも口をそろえて、

「お嬢さまが男のそばにお寄りになるなんてことは、全然ありませんでした」

と言う。こうして不思議はまったく晴れないまま、いつしか月満ちて、娘は可愛らしい男の子を無事に産み落とした。

両親も、こうなってしまえばくよくよしていても仕方がないので、大事に孫として男の子を育てることにした。そんな中、あの東国に下った男が、数年をそちらで過ごしたあと、大勢の従者を引き連れて京に戻ってきて、その帰途、例の蕪畑を通りかかった。折しもちょうど十月で、娘の両親は数年前と同じく、大勢の使用人たちと一緒に蕪の取り入れをしていた。男は、彼らが働いている畑の垣根の横を通り過ぎながら、馬上で会話を交わしていた供のひとりに大声で、

「そういえば、京から東国に下る途中ここを通りかかったんだが、ふいにとんでもなく淫欲が湧いてきてね。矢も楯もたまらない、とはあのことだ。どうにも我慢できずに、ここの畑に入って大きな蕪を引っこ抜いて、穴を開けてそれと交わったことがあったっけ。それでようよう落ちついたんだよ。えっ、その蕪？ あはは、垣根の中に放り込んで、さよならさ」

と口走った。

垣根の内側にいた娘の母親は、この言葉をはっきり耳にした。その瞬間、かつて娘

が言ったことをはっと思い出し、垣根の外に走り出て、

「もし、そこのお方！　今なんとおっしゃいましたか！」

と呼びかけた。男の方は、これはいかん、蕪泥棒をしたことを聞かれて咎められたのか、と思い、

「いやいや、今のはほんの冗談」

と言って、一目散に逃げようとした。しかし、母親が、

「とても大事なことですので、きちんとおうかがいしたいのです。どうかどうか、お願いですからお答えください」

と泣かんばかりの様子で頼む姿に、男も「なにかわけがあるのだろう」と思い、

「別に隠すほどのことでもなく、重い罪に問われるとも思えないのですが。凡夫のあさましさで、淫欲に耐えきれず蕪を失敬してなにを済ませたというだけのこと。話のはずみで口をすべらせたまでです」

と正直に言った。母親はそれを聞き、涙をぼろぼろこぼしながら、男の手を取って家に連れていこうとする。男は不審に思ったものの、「ぜひにぜひに」と相手が懇願するので、そのままついていった。

家に入ると母親は、

「あなたさまのお使いになった蕪を、娘が拾って食べました。男の方に親しく近づいたことなどない娘は、その日から身ごもりまして、男の子を産みました。その子をあなたさまにお見せしたかったのです」

と打ち明けた。やがて連れてこられた男の子を見ると、自分と瓜二つなので男は深く心を打たれた。

「なるほど、世にはこのような宿縁(しゅくえん)があるのですな。さて、しかし、私はどうしたらよいのでしょう?」

と男が言うと、母親は、

「今となっては、どのようになさろうともあなたさまのお心次第でございます」

と答え、男の子の母であるわが娘を呼びだして引き合わせた。見ると、年は二十ばかりで、身分は低いながら実に美しい容姿である。五、六歳になる男の子も、たいそう可愛らしい。男は心の中で、

「自分は京の都に戻ったところで、父母はもういないし、さしたる縁者があるわけでもない。だが、この娘とはこれほどの深い因縁が結ばれているのだ。よし、この娘を娶(めと)ってこの地にとどまることにしよう」

と固く決心した。そして、そのままこの土地に住みついた。まことに珍しいことで

ある。

たとえ男女が交わりをしなくても、からだの中に淫水が入ればこのように子が生まれるものなのだ、と、こうして今に語り伝えられている。（巻第二十六第二）

浮気な男が神社に詣でて美人を口説く話

今は昔、二月の初午(はつうま)[79]の日には、京の都に住む人々が貴賤を問わず、こぞって伏見の稲荷神社[80]に詣でるという習わしがあった。古くからこの習慣は続いてきたのだが、例年よりも参詣する人の数が多かった年のある日のことである。この日、宮中の警護を司る近衛府[81]の武官たちが参詣にやって来た。尾張兼時(おわりのかねとき)、下野公助(しもつけのきんすけ)、茨田重方(まったのしげかた)、

79　二月の最初の午の日。稲荷神社の祭神はこの日に降臨したという。
80　現在の京都市伏見区深草にある伏見稲荷大社のこと。宇迦之御魂大神・佐田彦大神を祭る。
81　59ページ、注72参照。

秦武員（はだのたけかず）、茨田為国（まつたのためくに）、軽部公友（かるべのきんとも）[82]といった、すぐれた才のある舎人（とねり）[83]たちである。彼らは、従者に食糧袋や白木（しらき）の弁当箱、それに酒を持たせ、連れだって参道の鳥居をくぐった。

御社（みやしろ）は上・中・下とあって、その中の社（やしろ）近くまで来ると、これから詣でる人と帰る人でひどく混雑していた。見ると、その行き交う人々の中にひとり、すばらしくきれいに飾りたてた女がいる。濃い紫のつやつやした上着の上に、紅梅色や萌黄（もえぎ）色の着物を重ねて身にまとい、実になまめかしい姿で歩いている。彼女は、舎人たちがやって来るのが目に入ると、参道の傍らにある木に小走りに近づき、その陰に身を隠すようにした。その様子を見とがめた舎人たちは、気恥ずかしくなるようなみだらな冗談を、通りすがりに言いかける。中には、女に近づいて下から彼女の顔を覗きこむ者もいる。

さて、一行の中の茨田重方は、頭抜（ずぬ）けた色好（いろごの）みとして知られていた。彼はいつも妻に焼きもちを焼かれ、「いやいや、絶対に浮気などしていない、そなた一筋」、などと調子のいい言い訳をしてはごまかしているような男だった。であるから、このあでやかな女に出会ったのをさいわい、他の舎人を押しのけるようにして相手に近づき、眼が吸い寄せられて離れないといった雰囲気で、さまざま甘いことを言って口説いた。

女はその口説きに、

「奥さまをお持ちの方が、行きずりの出来心でおっしゃることに耳を貸すなんて、馬鹿らしいわ」

と応ずるのだが、その声音（こわね）がまたなんとも可愛らしい。

そこで重方は、

「ねえ、あなた。それはね、おっしゃる通り、それがしにはつまらない女房がいるにはいます。ですが、そいつの面（つら）ときたら猿そっくりで、根性はがめつい物売り女同然。いっそ離縁しようかとも思うのですが、着物のほころびを繕（つくろ）う者がいなくなるのも不便だと思い別れずにおります。しかし、もし気に入った人が見つかれば、すぐにも乗り替えたい、と日頃から深く思い詰めているので、こうしてお話し申し上げているのですよ」

と言った。女は、

82　尾張兼時は村上天皇から一条天皇の時代の、下野公助は円融天皇から後一条天皇の時代の、茨田重方、軽部公友は一条天皇から後一条天皇の時代の高名な官人。秦武員、茨田為国は未詳。

83　45ページ、注47参照。

「それはまことのことですか？　それとも、お口先のご冗談ですか？」

と訊く。重方は、

「この御社の神様も御照覧あれ。年来願ってきたことです。こうして参詣した甲斐あって、神様があなたとお引き合わせくださったかと思うと、もう、うれしい限りです。ところで、あなたは独り身でいらっしゃいますか？　どこにお住まいです？」

と誓ったり質問したり忙しい。すると女は、

「わたしも、今はこれといって決まった相手はございません。以前は宮仕えをしておりましたが、夫にやめるように言われてやめてしまいました。その夫も、田舎勤めをしている間に亡くなってしまいました。この三年ほどは、どなたか頼りになるお方にお引き合わせいただけないものか、とこのお社にお参りしていたのでございます。ほんとうにわたしのことを想ってくださるのであれば、住まいもお教えいたしましょう。ああ、でも、行きずりの方のご冗談を真に受けるなんて、とんだ馬鹿さ加減ですわね。さあ、もう早くお参りに行ってくださいまし。わたしも失礼して帰ります」

と突き放すように言い、その場から立ち去ろうとした。あわてた重方は、てのひらをすりあわせて額にくっつけ、かぶった烏帽子[84]が女の胸元に触れるほどにも頭を下げ、

「ああ、神様、お助けください。情けないおっしゃりようです。今この場からあなた

のお宅に参って、以後女房のところへなど二度と足を踏み入れません」

と拝む形でひたすらかきくどいた。と、その瞬間、女は重方の髻（もとどり）を烏帽子越しにむんずとつかむや、その頰を稲荷神社全域に響きわたるくらいの激しさでひっぱたいた。

このふるまいに重方は肝をつぶし、

「これ、なにをなさる！」

と言いながら女の顔を仰ぎ見ると、なんと、自分の妻その人ではないか！　すっかりだまされていたのである。重方は開いた口がふさがらず、

「お、お前、頭がおかしくなったのか？」

と動転のひと言を洩らす。だが、妻はそれにかぶせるように、

「この恥知らずの浮気者め！　ここに来ているあんたの友達の皆さんが、いつも『あいつは好き者だから用心した方がいいよ』と忠告してくれていたけど、てっきりわたしに焼きもちを焼かせて面白がるためだと思って信じてこなかったんだ。でも、今日という今日、それがほんとうのことだってはっきりわかった！　さっきあんたは誓ったね。今日から先、もしわたしの家におめおめやって来たりしたら、このお社の神罰

84　元服した男性が頭にかぶる帽子様のもの。48ページ図版参照。

が下って矢傷を負う破目になるからね。[85]なんであんなことをほざいた。あんたのその横っ面を思う存分引っ掻いて、往来の人に見て笑ってもらおうじゃないか、ええい、この阿呆が！」

とわめき散らした。重方は、

「まあまあ、そういきり立たないで。おまえの言うことは、実にもっともだ」

と作り笑顔でなだめにかかったが、妻は断固として許そうとしない。

一方、他の舎人たちはうしろでこんなことが起こっているとは露知らず、参道の先の方にある小高い場所に登ったところで、

「重方はどうしてついてこないんだ？」

と振り返った。すると、かなりうしろの方で、重方が女と取っ組み合いをしている。

「おいおい、あれは何事だ？」

と皆で一斉に走り戻ってみれば、哀れ重方はひっぱたかれて見るも無残なありさまである。舎人たちは腹を抱えて笑い、

「奥さん、よくぞおやりになりました。ね、だからわれらはいつも申し上げていたんですよ」

とさかんに褒めそやした。女はこう言われると、

「この皆さんが証人です。あんたの見下げ果てた性根(しょうね)は、これですっかりわかりました」

と言って、つかんでいた髻を放した。自由になった重方は、くしゃくしゃになった烏帽子を直しながら、這う這う(ほうほう)の体(てい)で参道を上の方に逃げて行った。女はその後ろ姿に、

「あんたは、その惚れた女のところに行くがいい。わたしのところに来たりしたら、向こう脛をへし折ってやるからね」

とののしり声を投げてから、下の方に降りていった。

　さてその後どうなったかというと、妻にあれほどぼろくそになじられたにもかかわらず、重方は家に戻った。そして、必死にご機嫌を取った結果、なんとか妻の腹の虫をなだめることができた。調子に乗った重方は、

「おまえはこの重方の妻であればこそ、あのようなあっぱれな働きができたんだぞ」

と言った。すると、妻は鼻で笑って、

「おだまり、この大馬鹿者。わたしの顔を見てもわからず、声も聞き分けられずに大恥をさらして、人に笑われる。なにが、『この重方』ですか。『阿呆の重方』がぴった

85　当時、神の意向は矢の飛来にあらわれる、とされていた。

りです」

と言ってから、盛大に吹きだした。

そののち、この一件は世に知れ渡り、若い貴公子たちなどは、重方を見かけると思う存分からかった。そのため彼は、若い貴公子の姿が目に入るとその場を逃げ出して姿を隠すようになった。また、彼が亡くなったのちに、妻はまだ女盛りだったので別の人と再婚した、と、こうして今に語り伝えられている。（巻第二十八第一）

不思議な女盗賊の話

今は昔、はっきりいつのこととはわからないが、侍（さむらい）[86]ほどの低い身分で、名前も伝わっていない三十歳くらいの男がいた。背はすらりと高く、赤茶けた髭（ひげ）を生やしていた。

夕暮れどき、男が京の町なかを歩いていると、ある家の、庇（ひさし）のように吊り上げられた日よけの格子戸[87]の陰から、「ちゅっちゅ」と鼠が鳴くような合図をして手招きを

する人がいる。男はそばに寄っていき、

「なにかご用ですか?」

と訊いた。すると、女の声で、

「申しあげたいことがございます。そこの戸は閉まっているように見えますが、押せば開きます。押し開けてお入りくださいませ」

と言う。妙な話だ、と思いつつも、男は言われたように戸を押し開けて中に入った。

すると声の主が出迎えて、

「戸に錠をかけてください」

と頼むので、言うとおりにしてからそばに寄ると、女は、

「どうぞ上におあがりください」

といざなう。その言葉にしたがい男が部屋にあがりこんだところ、さらに簾(すだれ)の中にまで呼び入れられた。[88]

86　この「侍」は、貴人のそばに仕えて雑用をこなす者、の意。
87　原文は「半蔀(はじとみ)」。格子の内側に板を張った戸を「蔀(しとみ)」と言った。日光や風雨を防ぐためのもの。多くは上下二枚からなり、上の戸のみを開閉することが多い。上の部分が半蔀。

部屋は家具や調度がほど良くととのえられていて、そこにひとり坐っている女はというと、二十（はたち）あまりの目の覚めるような美女である。そして、微笑みながら誘いかけるようにうなずく。男は思わず、すぐ近くまでにじり寄った。こんなにも美しい女から水を向けられては、男たるもの引きさがれようはずもない。とうとうふたりで共に臥（ふ）した。

その家には、ほかには誰もいないようだった。いったいどういう場所なのだろう、と怪しむ気持ちも起きたのだが、ひとたび女と情を交わしてしまうと、男はすっかり相手に心を奪われ、そのまま日の暮れるのも知らずに共寝（ともね）していた。やがて、日もとっぷり暮れてから、門を叩く音がした。応じる者は誰もいない。しかたなく、男が出ていって門を開けると、侍（さむらい）風の男がふたり、女房[89]めいた女がひとり、下働きの女を連れて入ってきた。そして、日よけの格子戸を閉じたり、灯（あか）りをともしたりしたあと、見るからに美味しそうな食事を用意し、銀の食器に盛って女と男に食べさせてくれた。

男は、「おれは、この家に入るとき入口に錠をかけた。そのあと、女はほかの誰とも口をきいていない。それなのに、どうしておれの分まで食事を持ってきたのだろう。ひょっとして、おれではない別の情夫の分かもしれない」などと疑ってみたが、なにしろ空腹だったのですっかり平らげてしまった。女も男に遠慮する風もなく、ぱくぱく食べている。ふたりが食べ終わると、女房風の女があとかたづけをして出ていった。その後、主（あるじ）の女は男に命じて戸締まりをさせ、一緒に寝た。

夜が明けると、またしても門を叩く者がいる。男が行って戸を開けてやると、昨夜の者たちではない別の人々が入ってきて、格子戸を上げたり、あちこち掃除をしはじめた。しばらく経って、今度は粥やおこわを持ってきて朝食をとらせる。その後も、昼時になる頃、調理した食べものを持ってきて、男と女が食べ終わると、また食器類を片づけてふいっと去っていく。

こうして二、三日が過ぎたところで、女が、

「どこかお出かけになりたい場所はありますか」

と訊いてきた。男は、

「知人のところをちょっと訪ねて、話しておきたいことはあるんですが」

88　高貴な女性は、普通、簾の中に男性を迎え入れたりはしない。

89　宮中や院中で一室を与えられた高位の女官を指すが、広義には公家や武家などに仕える女性を言う。

と答えた。すると女は、

「それなら、すぐに行っておいでなさい」と言う。そして、しばらくすると、水干[90]を着た下働きの男が三人ばかり、馬の口取りをする者を連れてあらわれた。馬の口取りは、鞍を置いた立派な馬を引いている。女は、家の裏手にある納戸から、すぐにも身につけてみたくなる素晴らしい装束を取りだしてきて、着せかけてくれる。男はその装束姿で馬に這いあがり、あらわれた男たちを従者にして出かけたのだが、彼らは実

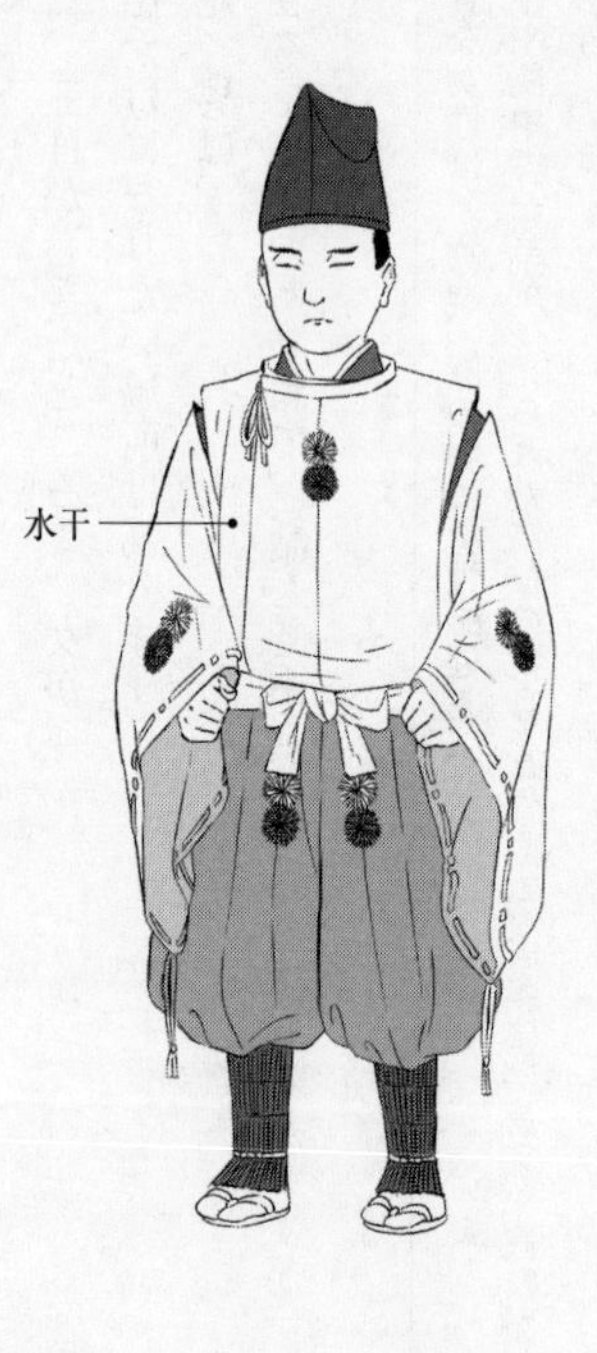

に気が利いていて、すこぶる便利に用を足してくれる。そうして外出先から戻ってくると、馬も従者たちも、女が何の指図もしないうちにすっとどこかへ消えてしまった。食事も、格別女が命じることなしに、相変わらず毎日どこからともなく持ってこられ、終わると片づけられる。

こうしてなに不自由ない暮らしが二十日ばかり続いた頃、女は男にむかってこんなことを言った。

「思いもかけずこんなご縁を結びましたのは、かりそめのようでいて、きっと前世からの定めがあったからでございましょう。こうなりましたからには、生きようとも死のうとも、わたくしの言うことに従ってください。よもや否とはおっしゃいますまいね」

男は、

「おっしゃるとおり、生きるも死ぬも、もはやあなたのお心次第です」

と答えた。女は、

「ほんとうにうれしいお心です」

90　狩衣を簡略にした服装。76ページ図版参照。

と言って、男に腹ごしらえをさせた。

昼間は、いつもふたりきりでほかには誰もいない。女は男に「さあ、こちらへ」と言って、彼を奥の別棟へと導いた。建物に入ると、男の髪に縄を結びつけ、その縄を部屋の中に置かれた笞(むち)打ち用の磔台(はりつけだい)[91]に縛りつける。さらに、両足を曲げさせてしっかり台に結わえてから、後ろ向きになっている男の背中を裸に剝いた。女は、男のように烏帽子をかぶり、水干袴[92]を身につけ片肌ぬぎになると、笞を手にした。そして、男の背中をしたたかに八十回ほども打ちすえた。打ち終わると、

「どう？　我慢できる？」と男に訊く。

「どうってことはない」

男のその答えに、

「思ったとおりの方ね」

と女は応じ、竈(かまど)を削った土を湯に溶いたもの[93]と上等な酢[94]を飲ませ、土間の土を丁寧に掃いて男を横たわらせた。二時間ばかりそうしておき、男が元気を回復したのを見計らって、普段よりも滋養のある食べものを彼に与えた。

こうして充分に介抱し三日ほど経つと、笞打たれた痕がどうやら癒(い)えかけた。すると女は、男をふたたび別棟に連れて行き、磔台に縛りつけると、前と同じところを打

ち据えた。打たれた背中からは笞の痕ひと筋ごとに血が流れ、肉は裂けはじけるのだが、女はかまわず八十回笞を叩きつけた。そしてふたたび、

「我慢できる?」

と訊く。男は、顔色ひとつ変えずに、

「何のこれぐらい」

と答えた。女はこれを聞くと、最初の時よりもいっそう男を褒めたたえ、充分にいたわった。

それからまた四五日経ったところで、女は三度同じように男を笞打ったのだが、今度も男が「何のこれぐらい」と言ったので、からだをひっくり返してあらたに腹を打ち据えた。が、男はそれにも、「どうということもない」と応じたから、女はひどく

91 拷問用の台。原文には「幡物」とあり、もとは機織りの道具だったものを刑具に転用したことからの呼称。
92 水干を着るときにはく袴。
93 竈の焼けた土は、止血などに効く薬でもあった。
94 高級な調味料であり、一種の栄養剤として薬あつかいもされた。

感心して褒めそやした。そして、それから毎日男を手厚く看護したので、打たれた傷痕はしばらくするとすっかり治った。

さて、ある夕方のこと、女は黒い水干袴と真新しい弓、やなぐい[95]、脚絆(きゃはん)、藁沓(わらぐつ)[96]などを取りだしてきて、男に身支度をととのえさせた。そして彼に向かって、

「これから蓼中(たでなか)の御門[97]に出かけていって、そっと弓の弦(つる)を鳴らしなさい。すると、誰かが同じように弦を鳴らすはずです。そうしたら、口笛を吹いてください。これにも相手は口笛で応えるでしょう。その相手のところに歩み寄りなさい。きっと『お前は誰だ?』と問われます。その問いには、ただ『参っております』とだけ返事をしてください。そのあとは、連れていかれるところに行き、言われるとおりの場所で立ち番をし、人が出てきて仕事の邪魔をするようなら、しっかり防いでください。仕事が済んだあとは、船岳(ふなおか)[98]の麓(ふもと)に行って、獲物を分けるはずです。でも、くれると言われても、決して受けとってはいけません」

と、こと細かく教えてから送りだした。

男が教えられた場所に出かけていくと、女が言ったとおりの手順で中に呼び入れられた。見れば、そこには彼と同じような服装の者が二十人ほどいるではないか。そして、皆がたむろしているところから少し離れた場所に、色白の小柄な男がひとり立っ

ていた。その男に対しては、皆かしこまった態度で従っている様子である。そのほかにも、下っぱの者が二、三十人ほどいた。

やがて、その場でそれぞれに指示が下され、一団となって京の街なかに入ることになった。めざす大きな屋敷に到着すると、二十人ほどの者を二、三人ずつに手分けして、そこかしこ、助けに出てくる人々がいるだろうと思われる近所の家々の門口に立たせた。そして、残りの人数で屋敷に押し入った。男は腕前を試されるためなのだろう、特に手ごわそうな家の門前に配された男たちの加勢に回された。すると案の定、その家から人々が防ぎ矢を射かけながら外に出てこようとした。だが、男は奮戦して、相手方を射殺した。また、周囲で戦っている仲間たちの働きぶりにも、注意深く目を配っていた。

95　矢を入れて右腰につけたり、背に負ったりして携帯する容器。矢筒。
96　脚絆、藁沓は、身軽に動きやすくするための身支度。
97　京の外側にあることは明らかだが、未詳。
98　都の中央を通る朱雀大路（現在の千本通）の真北にあり、平安京建造の際に「玄武の山」とされた。貴族の遊宴の場所として知られたが、平安時代中期以降は火葬場ともなった。

こうして強奪が終わると、一同は船岳の麓に引きあげて獲物を分配した。男にも分け前が渡されたのだが、彼は、
「わたしは何もいりません。ただ、仕事を習い覚えようと思って参ったのですから」
と辞退した。その様子を少し離れて眺めていた首領は、よしよしというように満足げにうなずいた。その後一団は、別れ別れになってその場を去った。

男が家に戻ると、風呂と食事の支度がととのっていたので、入浴や食事をすませてから、女とふたりで寝た。男はこの女に離れがたい愛(いと)しさを感じるようになっていたので、盗賊の仲間に引き入れられたことを恨みには思わなかった。その後、このような仕事をすることが、七、八度にも及んだ。ある時は、男は太刀を手に屋敷の中に押し入り、またある時は、弓矢を持ち外の警戒をした。そのたびごとにうまく立ち働いたので、女とのこのような暮らしが続いたのだった。

ある時、女が男に鍵をひとつ渡し、「六角通り[99]よりも北の方にあるしかじかという場所にこの鍵を持って行きなさい。そこには蔵がいくつもあるので、鍵が合う蔵を開けて、中にあるめぼしい品をしっかり荷造りしなさい。近所には運送屋がいくらでもあるから、それを呼んで荷物を積み込ませてここに持ってきなさい」、と教え命じた。言われたようにその場所に行くと、本当に何棟もの蔵が立っていた。その中の教えら

れた蔵を開けてみると、欲しいと思うものがすべてそろっていた。男は驚きあきれつつも、命じられたままに車に積んで持ち帰り、以後思いのままにそれらを使って楽しく暮らした。このようにして、いつしか二年ばかりが過ぎた。

その頃から、今は男の妻となった女が心細げにふさぎ込み、よく泣くようになった。男は、そんな様子の妻を今まで見たことがなかったので不審に思い、ある時、

「どうしてそんなに泣くの？」

と問いただした。すると女は、

「なんでもないんです。ただ、思いがけずお別れすることになりはしないかと、それが悲しくて」

と答えた。男が、

「どうして今さらそんな風に思うんだい？」

と重ねて問うと、女は、

「はかない浮き世の習いですもの」

と言う。その答えに、なんだ、深い理由があるわけじゃないのか、と男は女の言葉を

99　三条大路の南、四条坊門小路の北を東西に走る小路。646ページの地図参照。

軽く聞き流してしまった。そして男は、
「ちょっと用事があるので出かけてくる」
と妻に告げた。すると女は、いつものように立派な支度をととのえてくれた。二、三日がかりの用事だったので、その夜は供の者たちも乗馬も出先の宿にとどめておいた。自分が帰る時まで、そのまま皆待っているものだとばかり男は思い込んでいたのだが、供の頭（かしら）は翌日の夕暮れ時、ちょっとそのあたりに外出するようなそぶりで馬を引き出し、他の者と一緒に姿を消してしまった。男は、明日帰ろうというのに、これはどうしたことか、と彼らを捜し回ってみたが、どうしても見つからない。

どうにもわけがわからないと怪しみながら、人に馬を借りて大急ぎで家に戻ってみたところ、女の家は跡形もない。「いったいどうなっているんだ?」と仰天して、蔵のあった場所に行ってみたが、こちらもすっかり消えうせている。事情を訊けるような人もいないので、どうする術（すべ）もない。茫然自失したまま、この時はじめて女が口にした言葉の意味に気づいたのだった。

女を捜すあてもないまま、男は古い知り合いの家に厄介になった。だが、すでに習い性になっていた盗みを二度三度と重ねて足がつき、男は捕らえられてしまった。そして、取り調べの時、それまでのことを包み隠さず一部始終白状したのである。

実に不思議な話ではないか。例の女は妖怪変化の類いででもあったのだろうか。一日二日のうちに、家や蔵を跡形もなく打ち壊して消すなど、ありえないことである。多くの財宝や従者たちと共に行方をくらましたというのに、噂ひとつ聞こえてくることもなくそのままになってしまった、というのも奇妙きわまる。また、女は家にいたまま別に指図をしたわけでもないのに、従者たちが時もたがえずにやってきてさまざまな仕事をしていたのも、まことに不思議千万だ。男は、女の家で二、三年ものあいだ暮らしていたのに、どういうからくりになっているのか、さっぱりわからないままだったのである。一緒に盗みを働いた一味の者たちがどこの誰かということも、ついにわからずじまいだった。

たった一度だけ、男は他の仲間たちから畏れ敬われている首領らしき者の顔を、松明の火影に透かして見たことがあった。一味の者たちから少し離れたところに立っていたその者の顔は、男とは思えないほど色白で、とても美しく、目鼻立ちや面ざしが妻にそっくりだ、と思えた。あるいは妻か、と疑いはしたのだが、たしかな証拠もないまま疑いは疑いのまま終わってしまった。

世にも珍しいことなので、こうして今に語り伝えられている。　（巻第二十九第三）

大江山の藪の中で縛られた男の話[100]

今は昔、京に住む男が、妻の里である丹波[101]の国に行こうと、妻を連れて旅に出た。馬に妻を乗せ、自分は竹を編んで作った矢筒に矢を十本ほど入れて背負い、弓を持って馬のうしろからついて歩いていく。やがて大江山[102]のあたりにさしかかった時、太刀だけを腰に帯びたとても強そうな若い男と道連れになった。

連れ立って歩みながら、「どちらに行かれるのです?」などと会話を交わしているうちに、その道連れになった若者がふいに、

「わたしが帯びているこの太刀は、実は陸奥[103]の国で作られた世に名高い刀なのです。ちょっと見てください」

と言いながら、その刀を抜いた。見れば、若者の言葉通り見事な太刀だった。妻連れの男は、その刀が欲しくてたまらなくなった。男の様子を見てとった若者は、

「この太刀がご所望ならば、お持ちの弓と取り換えてもかまいませんよ」

と言う。

弓を持った男は、これを聞いて思案した。自分の弓はたいしていいものではない。

それにひきかえ、相手の太刀は正真正銘の名刀である。刀が欲しいにも増して、この取引は断然自分の方が得になる。そう考えて、一も二もなく相手の言うとおりに交換することにした。

こうしてさらに歩いていくうちに、若い男は、「弓だけを持って歩くのは、どうも恰好がつきません。山を越える間だけ、お持ちの矢を二本貸していただけませんか。こうしてあなたのお供をして歩いているのですから、どちらが持っていても同じことじゃないですか」ともちかけた。妻連れの男はこれを聞いて、「なるほど、もっともだ」と思った。そもそも、立派な太刀とつまらない弓を交換できたうれしさですっかり浮かれていたので、相手の言うままに矢筒[104]から矢を二本抜き取って手渡した。すると若者は弓を左手に、二本の矢は右手に握って、

100 芥川龍之介は、この話をもとに短篇「藪の中」を創作した。
101 現在の京都府中部と兵庫県北東部。
102 山城国と丹波国との境界にある標高四八〇メートルの山。現在の京都市西京区大枝沓掛町と亀岡市篠町との境にあたる。
103 35ページ、注31参照。刀の名産地である。

男のうしろからついてくる。妻連れの男は、矢筒を背に負い、太刀を帯びて前を歩いていった。

やがて昼食をとろうと街道脇の藪に入ることにしたのだが、若い男が、

「道のすぐそばで食事をするのは、ちょっと見苦しくないですか。もう少し中に入りましょう」

と言うので、さらに奥へと入りこんだ。そして、男が妻を馬から抱きおろしたりしていると、弓を持った若者はいきなり矢をつがえて、夫めがけてきりきりと引き絞り、

「ちょっとでも身動きしてみろ。射殺してやるからな、こいつめ！」

と声を荒らげて言った。妻連れの男は思いもよらない相手のふるまいに、不意を喰らってただ茫然と立ちすくんだ。すると、若い男は、

「もっと山の奥に入るんだ。ぐずぐずするな」

と脅す。命惜しさに男は妻を連れて七、八町[105]ばかり奥へと進んだ。そこまで来ると、若者が、

「太刀と小刀をそこに投げ捨てろ」

と命じたので、言われるまま投げ捨てた。相手は即座にそれを奪い取り、男に飛びかかってねじ伏せるや、馬の手綱（たづな）を使い木に強く縛りつけてしまった。

夫をそうしておいてから、若者は妻のそばに近づいた。見れば年は二十あまり、身分はいやしいのだろうが、清楚な美しさと魅力にあふれている。若者はすっかり心を奪われ、ほかのことは頭からすっかり飛んでしまい、女の着物を脱がせにかかった。女も抵抗するすべはなく、言われるままに着物を脱いだ。若者も着物を脱ぎ、女を抱き寄せてふたりで寝た。妻が仕方なく男の言いなりになったのを、木に縛りつけられた夫は、いったいどんな心持ちで見ていたことだろうか。

その後、若い男は起き上がり、もとのように着物を身につけ、竹の矢筒を背負い、太刀を腰に帯び、弓を持って馬にまたがった。そして女にむかって、

「いとしく、また気の毒にも思うが、この上どうすることもできないから、おれは逃げることにする。おまえに免じて、夫は生かしておいてやるぞ。馬は早く逃げるためにもらっていく」

104　歩くときには普通、矢はやなぐいや箙（えびら）など、矢の入れ物に入れるのだが、このときは手で持った、ということ。こうすれば、即座に矢を弓につがえることができる。

105　一町は約一〇九・〇九メートルなので、だいたい八〇〇メートル奥に移動した。51ページ、注60参照。

と言い残し、勢いよく馬を駆って姿を消した。どこへ逃げたのか、その行方はわからなかった。

そこで女は夫のそばに行き、縄を解いて自由にしてやった。夫はふぬけた顔つきでぼんやりしている。女が、

「まるで頼りがいのない、だらしないひと！　あなたがこんなことでは、この先もなにひとつ良いことなんてないでしょうね」

と言ったが、夫は返す言葉もなく黙っていた。その後、ふたりはそのまま丹波へと向かう旅を続けた。

若い男は、まことに感心である。女の着物まで奪い取るようなふるまいにはおよばなかった。夫の方は、実に情けない。山の中で、はじめて会った男に弓矢を渡すなど、愚かの極みである。

若い男が何者であるかは、ついにわからずじまいだった、と、こうして今に語り伝えられている。（巻第二十九第二十三）

身代わりになって死んだ女の話

今は昔、高貴な家柄に生まれた若君がいた。その容貌は凛々しく美しかった。近衛府の中将[106]の位にあったとも言われるが、名前は伝わっていない。

その人が、ある時お忍びで清水寺[107]に詣でた。その途中、徒歩で参詣しようとする美しい女に出会った。優美で華やかな衣裳を身にまとったその女は、たいそう美しく清楚な姿の持ち主だった。若君はそれを見て、「これは下々の者とは思えない。きっと、相当な身分の女がひそかに徒歩でお参りに来たのだろう」と思って目を離さずにいると、女はなにげなく空をふり仰いで眺めるしぐさをした。その拍子に顔がはっきり見えたのだが、年は二十くらいで美しく可愛らしく、この世にふたりとはいないだろうと感じられるほど魅力にあふれている。若君は、「いったいどういう人なんだろう。

106　近衛府の次官。大臣家の若い子弟がこの役にあたることが多い。59ページ、注72参照。
107　京都市東山区清水一丁目に現存する北法相宗総本山。都の東側、音羽山の中腹に広がる一帯が境内。

いや、そんなことよりなにより、こういう人と親しくなれなくては生きている甲斐もない」と、寺参りなどそっちのけでのぼせあがってしまった。そして、女が参詣を済ませ本堂から出ていくと、身近に召し使っている少年従者に、

「あの女人が帰っていく先を、きっちり見届けてくるのだ」

と命じてあとをつけさせた。若君は家に戻って、少年の帰りを今か今かと心待ちにしていた。

少年従者は、しばらくして戻ってくると、

「たしかに見届けました。あのお方の住まいは京の都の内ではなく、清水寺の南でした。阿弥陀の峰[108]の北になるあたりに、それはそれは裕福そうなお屋敷があって、そこにお入りになりました。あの方の供をしていた年かさの女が、あとをつけていった私を見とがめて、『あなた、どこの子？　お供みたいな顔をしてついてきたりして、どういうつもり？』と言うものですから、『清水のお堂でこちらのお方さまをお見かけしたわが殿が、お帰りになるお宅をしかと見届けてこい、とお命じになったのです』、と答えました。そうしましたら、『さようですか。では、こちらをお訪ねくださる折には、この私にお知らせください。お仲立ちいたしましょう』と言っておりました」

と、事細かに報告した。若君はこれを聞いて喜び、早速手紙を出した。すると、女か

ら実にうるわしい筆跡の返事が返ってきた。

　こうして手紙のやりとりが重なるうちに、女から、「わたくしは山家育ちでございますゆえ、京に行くことなど思いもよりません。よろしければ、こちらにどうぞお越しくださいませ。几帳越し[109]にでもお話しいたしましょう」、と言って寄越した。若君は、いよいよ逢えると勇み立ち、護衛の従者をふたりばかり、それから例の少年と馬の口取りの男だけを供に選んで馬にまたがり、暮れかかる京の町から人目を忍んで女の家に向かった。

　めざす家に着くと、少年に「やって参りました」と相手方に案内を乞うよう命じた。少年がその命にしたがって仲立ちの女に来訪を告げると、彼女が姿をあらわし、

「どうぞこちらに」

と先に立って導くので、一行はあとにしたがって敷地の中に入った。邸の様子はというと、周囲には非常に堅固な土塀がめぐらしてあり、門は堂々として高い。庭には深い堀が掘られ、橋がかかっている。その橋を渡ろうとしたところ、従者たちや馬は堀

108　鳥部山とも。55ページ、注61参照。
109　間仕切りとして使われた調度品。55ページ、注63及び54ページ図版参照。

の外にある建物にとどめられてしまった。そして、若君ひとりだけが橋を渡ると、そこにはたくさんの建物があって、中に客殿とおぼしきものがあった。その客殿の入口から中に入ってみると、美々しく調えられている。屏風や几帳などはしかるべく立てられているし、清潔な茣蓙(ござ)が敷きつめられ、客殿の中央にある部屋には簾(すだれ)がかかっていた。若君は、山里なのに由緒ありげに住まいをしつらえてある奥ゆかしさに感心し、なんとも心憎い暮らしぶりだと思いながら、そこで坐って待っていた。

　やがて夜も更けた頃、主(あるじ)の女が姿をあらわした。待ちかねていた若君は、すぐに彼女の手を取って几帳の内に入り、共寝した。抱きしめて間近に見ると、女は一段と美しく、いとしくてたまらない気持ちがこみあげてくる。日頃いつも恋しく思っていたことなどを、寝物語にこまごま語り、若君は遠い行く末までも、と固い契りを彼女に誓った。しかし、女の方はひどく物思わしげで、しのび泣いているようでもある。

若君は不審に思い、

「どうしてそんなに悲しそうにしているの？」

と訊ねるのだが、女は、

「いえ、ただわけもなく悲しい気持ちになっただけです」

と答えるばかり。だが、どうしても合点がいかない若君は、

「今はこうして深い間柄になったのだから、包み隠さずどんなことでも話してほしい。いったいどうしたというの？　どう見てもただごとではない様子だよ」

と重ねて問いただした。すると女は、

「申すまいと思っているのではございませんが、お話しするのもつらいことですので」

と泣きながら言う。若君が、

「かまわずに言ってほしい。もしかすると、私の命にかかわるようなことなの？」

と問うと、女は次のようなことを語り始めた。

「本来なら、お隠ししてはならないことなのです。実は、わたくしは京の都でも名の知れた家の生まれでございます。ただ、父母が亡くなってひとりぼっちになってしまいました。この屋敷の本当の主は、もとは人に金銭を恵んでもらうことで暮らしを立てていたのですが、次第に裕福になって長年この地に暮らしておりました。その男が悪心を起こし、わたくしを京から誘拐してしまったのです。そして、ここでわたくしを養いながら、時折きれいに装わせて清水寺にお参りに行かせるのです。その途中で出会う殿方の中に、あなたさまのように言い寄ってこられる人がいると、このたびのようにこちらにおびきよせるのです。その方がわたくしと寝ている間に、屋敷の主は天井から鉾をさしおろします。その鉾の切っ先をわたくしが殿方の胸にあてがった途端、上から力を込めて刺し殺してしまうのです。そのあと、着ているものを剝ぎ取り、堀外の家で休んでいる供の人たちも皆殺しにして着衣を剝ぎ、乗馬を奪うのです。このようなことが、すでに二度ありました。これからもまた、同じことを続けるでしょう。ですから、今夜という今夜、わたくしはあなたさまの代わりに、鉾に刺されて死のうと思います。一刻も早くお逃げください。お供の方たちは、きっともう殺されておいででしょう。ただ、これが今生のお別れで、あなたさまに二度とお目にかかれなくなることが、それだけが悲しゅうございます」

と言い終わると、女は泣き崩れた。

若君は女の話に、頭の中が真っ白になってしまい、ただ茫然とするばかり。しかし、必死で気を取り直し、

「そんなあさましく恐ろしいことがあるなんて。あなたが私の身代わりになってくれるというのは、ほんとうにありがたいけれど、あなたを見捨ててひとり逃げるなんてとても堪えられない。一緒に逃げよう」

と言った。だが、女は、

「わたくしも、幾度となくそうしたいと思いました。ですが、もし天井からおろした

鉾に手応えがなければ、きっと急いで調べに降りて来ます。ふたりともいないとわかれば、必ず追っ手がかかり、結局ふたりとも殺されるでしょう。どうかあなたさまおひとりだけでも命を長らえてくださいませ。そして、このわたくしのために供養をしてくださいませ。わたくしも、これから先、あさましい罪を重ねるつもりはございません」

と首を横に振った。若君は、

「あなたを私の身代わりにするなんて……。ああ、なんということだろう。必ずやあなたの功徳になるよう供養を積み、恩に報います。だが、ここからどうやって逃げたものか」

と涙ながらに言った。すると女は、

「堀にかかっている橋は、あなたさまが渡られたあとすぐにはずされているでしょう。ですから、あちらにある引き戸から外にお出になり、堀が狭まっているところの岸においでください。そこを渡ると、土塀に狭い水門があります。そこからなんとかして外に這いでてくださいませ。ああ、もう刻限が来てしまいました。鉾が降りてきましたら、わたくしはそれを胸に当てて刺し殺されましょう」

と細かに教えたが、その言葉の間にも奥の方から人の足音が聞こえてくる。その恐ろしさといったら、言葉にたとえようもないほどである。

若君は泣く泣く起き上がり、着物を一枚だけまとって裾をからげ、教えられた引き戸からそっと外に忍び出た。そして、女が言った通り堀が狭くなっている場所があったので、その岸から向こう側に渡り、どうにかこうにか水門から土塀の外に這い出た。出たはいいのだが、どちらに行けばいいのかもさっぱりわからない。ただやみくもに足の向く方角に走りだしたところ、うしろから走ってくる者がいる。「いかん、追っ手か」とぎょっとして振り返ると、それは連れてきた少年従者だった。ほっとしてうれしくなり、

「無事だったか」

と声をかけると、少年は、

「若君が堀を渡られると橋がはずされたので、これは怪しいと思い、土塀を越えて外に逃げておりました。そのあと、屋敷の者どもが、お付きの者たちを皆殺しにした、と言っているのを聞き、若君もどうなられたことかと悲しくなり、そのまま帰ることもできずに藪にひそんでおりました。ともかくも、若君のご消息を確かめねば、と様子をうかがっておりましたら、どなたかが走って来るので、もしや若君かと思い、こうしてあとを追いかけて参ったのです」

と答えた。若君は、恐ろしい悪だくみの次第を手短に告げると、少年と一緒に京に向けて逃げ出した。駆けに駆けて、五条大路と賀茂（かも）の河原が交わるあたり[110]にようようたどりつき、そこでうしろを振り返ると、かの屋敷のあたりで猛烈な火の手があがっているのがはっきり見えた。

これは、屋敷の主が鉾で首尾よく獲物を刺し殺したと思ったあと、女の声がしないので不審に思い、怪しんで急ぎ下に降りたところ、男の姿はなくて女が刺し殺されているありさまを見、「男が逃げたとなれば、すぐに検非違使（けびいし）[111]が捕まえにくるだろう」と考え、屋敷に火を放って逃げたのである。

若君はからくも無事に家に帰り着いたが、少年に固く口止めをし、事件については自分自身も一切口外しなかった。ただ、誰のためとははっきり言わないまま、毎年盛大な仏事を営み、ねんごろに供養を行った。これは間違いなく、あの哀れな女のため

110　平安京の中央部を東西に通る五条大路が尽き、洛外と接する境界あたり。646ページの地図参照。

111　京都全域の治安維持のために、罪人追捕（ついぶ）や風俗粛正にあたった役人。現在の裁判官と警察官を兼ねる。

であったのだろう。歳月を経て、いつのまにかことの次第が世間に洩れ、ある人が焼け落ちた屋敷跡に寺を建立した。今もその寺は、立派に残っている。

　この女の心は、まことに尊いものである。また、供をした少年も実に賢かった。しかし、美しい女を見て心惹かれ、うかつにふらふら不案内な場所に出かけて行ったりするのは、あぶないからやめるべきだ、と、この話を聞いた人々が噂した、と、こうして今に語り伝えられている。（巻第二十九第二十八）

天下の色男がつれない女に恋い焦がれる話[112]

　今は昔、平定文（たいらのさだふみ）[113]という人がいた。呼び名は平中（へいちゅう）といい、兵衛府（ひょうえふ）の次官[114]を務めていた。素性もいやしくなく、なにより容姿が美しくて、立ち居振る舞いや話しぶりがすこぶる魅力的だったため、天下一の美男ともてはやされていた。そういう人であるから、相手が人妻であろうと、独身の娘であろうと、誰にでも言い寄る。まして宮中に仕える女性であればなおのこと、この平中に言い寄られない者はひとりもいなかった。

また、その頃、本院の大臣と呼ばれる藤原時平[115]という方がいらした。その方の屋敷に、侍従の君[116]という若い女房が仕えていた。すばらしい美貌の持ち主で、心ばえもまたすぐれていた。平中は、本院の大臣のもとにしじゅう出入りしていたので、侍

112　芥川龍之介は、この話をもとに短篇「好色」を創作した。

113　?〜九二三年。平貞文とも。歌人で中古三十六歌仙の一人。歌物語『平中物語』の主人公としても有名。

114　原文は「兵衛ノ佐」。兵衛府は、宮城の警衛や巡検、内裏外側の諸門の警備などを任務とする役所。左右の二府で構成された。「兵衛ノ佐」は六位下にあたる。644ページの官職表参照。

115　八七一年〜九〇九年。藤原基経の子。「本院大臣」「中御門左大臣」と呼ばれる。菅原道真を失脚させたことで知られるが、和歌に秀で、学問もよく修めた。律令政治の維持にも尽力した。

116　父もしくは兄が天皇のそばに仕える侍従職だったための呼称か。また、本話の時代よりのちに本院侍従という著名な女性歌人がいるが、本話はやはり著名な女性歌人・伊勢と平定文のエピソードがこの本院侍従にすり替わったものとも推測できる。定文は伊勢を時平と争って官位を止められた、と『平中物語』にある。本院侍従は、平定文の妹の子・藤原為昭との間に男子をもうけている。

従の才色兼備ぶりをかねがね耳にしていて、長い間身も世もないほど恋い焦がれ、熱心に言い寄っていた。

しかし、彼がいくら恋心を綿々と綴った手紙を書いて送っても、相手は返事ひとつよこさない。平中は嘆きかなしみ、

「せめて、この手紙を『見た』という二（ふた）文字だけでもいいので、お返事をくださいませんか」

と書き、さらに、

「あなたのことを想い、いつもいつも泣いております」

ともしたためて送ったところ、使いの者が返事を持ち帰ってきた。

平中はうれしさのあまり、部屋のあちこちにからだをぶつけながら飛びだしてきて、使いから返事を受けとった。急いで開けてみると、「この文を『見た』という二文字だけでもいいので、お返事をくださいませんか」と書いて送った、その「見た」という二文字を破り取って、薄手の鳥の子紙[117]に貼って返してきたのだった。

平中はこれを見て、情けないやら口惜しいやら、すっかり気落ちしてしまった。

「これはもうしかたない。あきらめよう。いくら恋い焦がれたところでどうにもならない」と思い決め、その日は二月の末だったのだが、以後は手紙も遣らずにそのまま

にしていた。

だが、五月の二十日頃、雨がこやみなく降りつづく真っ暗な夜、平中はふいに、

「こんな夜に訪ねて行ったなら、どんなに鬼のようなむごい心の持ち主でも、『哀れ』と思って心を動かすのではないか」

と思いつき、雨の音がやまないその夜更けに、物の形も見分けられないような真っ暗闇の中を、内裏から大臣の屋敷へと必死で出かけていった。そして、前々から取り次ぎを頼んでいた女の童（めわらわ）[118]を呼びだして、

「恋しさのあまり、こうしてお訪ねしました」

と侍従に伝えさせた。

すると女の童はすぐに戻ってきて、こう言うではないか。

「今はまだ殿さまの御前にはべっていて、お付きの者もみな寝ずにおりますので、下がることはできません。もうしばらくお待ちください。のちほどそっとお逢いいたしましょう、とのことです」

117　薄手の和紙である鳥の子紙は、恋文に用いられた。
118　召使の少女。

平中は伝言を聞くなり胸を高鳴らせ、
「思ったとおりだ。こんな夜にわざわざやってきた者を、哀れと思わないわけがない。来てみてほんとうによかった」
とほくそえみ、闇の中、閉まっている戸の隙間にすがるように立ち、一日千秋（いちじつせんしゅう）の思いで待ち続けた。

二時間ほどが経ち、みな寝静まった気配がする頃、奥の方から人の足音が近づいてきて、引き戸の掛け金をはずす音がした。平中がいそいそと戸に手をかけると、すらりと開く。夢のような気持ちの中、なぜか全身が震えてきた。「これは、いったいどうしたわけだ？」といぶかしみ、ああ、そうか、これはうれしさあまっての身ぶるいなんだな、と思い至った。そして、気を取り直し震えをおさえつつ、そっと内に忍び入る。すると、局（つぼね）[119]には、空薫（そらだき）[120]の香が満ち充ちている。平中は歩を進め、侍従の寝所（しんじょ）とおぼしきあたりを手探りしたところ、女は柔らかな衣（ころも）ひと重ねを身にまとい、しとやかに横たわっていた。頭から肩のあたりをさぐれば、首筋はあくまで細く、髪は氷の筋のように冷ややかな感触である。

平中はよろこびが頂点に達してぼうっとなり、からだがまたしても震えだした。満足に口もきけないありさまである。すると、女が言った。

「大切なことをうっかり忘れておりました。隣の部屋とのあいだの仕切り戸に掛け金をかけずに来てしまいましたので、ちょっと行って掛けて参ります」

平中も、その方が安心だと思ったので、

「では、早く行って掛けていらっしゃい」

と応じたところ、女は起きあがり、着ていた着物を脱いで、単衣（ひとえ）[121]に袴だけをつけて寝所を出ていった。

平中は、装束を脱いで横になって待っていたのだが、仕切り戸に掛け金を掛ける音はしたものの、女はいっこうに戻ってこない。それどころか、今来るか、今来るかと、わくわく待つ彼の耳には、奥の方へ遠ざかっていく女の足音が聞こえ、戻ってくる気配などまるでないまま、かなりの時が過ぎた。これはおかしいと思い、起きて仕切り戸のところに行って手探りをすると、たしかに掛け金の金具がある。戸を引いてみると、掛け金は向こう側から掛けられているので動かない。女はそのまま奥に入ってし

119　仕切りで隔ててある部屋。上級の女官の私室。

120　どこからともなく匂ってくるようにたかれたお香。

121　49ページ、注58参照。

まったのだ。

平中の気持ちを思うに、言いようもない口惜しさで、地団駄を踏んで泣きわめきたかったにちがいない。が、実際は、呆然と仕切り戸にもたれかかって、外で降りしきっている雨のようにただ涙を流すばかり。

「こんな風に部屋に呼び入れてだますなんて、ありえない。ほんとうに憎らしい仕打ちじゃないか。こうとわかっていたら、いっしょに掛け金を掛けに行くべきだった。さぞや、こちらの思慮がどのくらいなのかを試したわけだ。底抜けの阿呆と思ったにちがいない」

考えれば考えるほど、逢えない苦しみの方がよほどましだった気がして、くやしさがつのっていく。いっそこのまま局で夜が明けるまで寝ていようか。人に知られたってかまうものか。と、いったんは、ふてくされの強気を起こしてはみたものの、いざ夜明け近くなって人々が起き出す物音が聞こえてくると、やはり「人目に立つのはまずかろう」と思い直し、まだ暗いあいだに急いで立ち去ることにした。

こうしてひどい目に遭って以来、平中は「侍従の嫌な噂はないものか。どうにかして、うとましいと思うようになりたい」と、いろいろ手を尽くしたのだが、そんな話はいっこうに耳に入ってこない。恋心はいっそうつのり、彼は焦がれるままに日を過ごしていたが、ふとあることを思いついた。

「そうだ。あの人がどんなに才色にすぐれたすばらしい女性でも、便器に入れる中身はわれわれと同じにちがいない。それを見てかき回したりすれば、きっと嫌気がさすはずだ。便器を洗いに行く時をうかがって、奪い取って見てやろう」

そう決心した彼は、さりげない風を装い、局の近くで待ち伏せをした。すると、年は十七、八くらい、なでしこ重ねの薄物の衵姿[122]で、髪の長さは衵の丈に三寸足りないほどの美しい女の童があらわれた。薄紅の布で便器を包み、赤い色紙に絵を描いた扇をかざしてそれを隠しながら、濃い紫の袴を無造作にたくしあげて局から出てくる。平中は、しめたと喜び、見え隠れに女の童をつけて行き、人目が絶えるところまでくると、やにわに走り寄って便器を奪いにかかった。女の童は泣きながら必死に渡すまいとしたのだが、平中は情け容赦なく便器を引ったくって走り逃げ、人の気配がない空き家の中に入りこみ、内側から掛け金をおろした。女の童は、外で立ちすくんだまま泣き続けている。

122　衵とは、上の衣と下の単の衣との間に着る衣服。仕える少女は、上着を着ずに、なでしこ色（明るい灰色がかったピンク系の色）の薄手の衵だけを着ていた。

便器は、見事な金漆(きんしつ)仕上げ[123]である。その装飾の美しさに平中はひるみ、開けて幻滅するのが惜しくなった。中身はいざしらず、その入れ物は並の者が使うそれとはまるで次元の違うすばらしさなので、開けて愛想づかしをするのは残念きわまりない。しばらくは、蓋(ふた)にも触れずじっと眺めていたのだが、「いつまでこうしていても、しかたない」と心を決め、おそるおそる便器の蓋を取った。

すると、丁子(ちょうじ)[124]のかぐわしい香りが、彼の鼻をうった。こんなはずはないと不思議に思って中を覗いてみると、薄黄色の水が箱の半分ほどのところまで入っている。そして、親指くらいの太さで長さ二、三寸の、黄黒い色をした円筒形のものが三切れ、水に沈んでいる。「これがあれにちがいない」と思うのだが、とにかく、えもいわれぬいい香りが立ちのぼってくるのだ。平中が、近くにあった木の端でひと切れを突き刺し、鼻に当てて嗅いでみると、そのえもいわれぬ匂いの正体は、まぎれもなく香を練り合わせたもの[125]である。こんなことがありうるのだろうか。

「これはもう、人の域を超えている。天女とでも言うほかない」

その想いとともに、是が非でもこの女人をわがものにしたいという気持ちが、狂おしいほどにこみあげてくる。

彼は、便器を引き寄せて口をつけ、入っている水を少し啜(すす)ってみた。水は丁子の香りでむせかえるようである。また、木の端で刺した物体の先端をちょっと舐（な）めてみると、ほろ苦く、おどろくほどかぐわしい。平中も頭のめぐりのいい男だったので、たちどころに、

「そうか、尿と見せかけて入れてあったのは、丁子の煮汁だ。もうひとつの物は、野老芋（ところいも）[126]と練った香を甘葛（あまづら）[127]の汁で混ぜ合わせて、太い筆の軸に入れて押し出したものだろう」

と気づいた。そして、

「こういう細工をする者は、ほかにもいるかもしれない。だが、この俺が便器を奪って盗み見るかもしれない、と予想して用意をするなんて、ありえない。やはりこの世の人とは思えない女だ。なんとしてでも、この人と一緒になりたい、なれなくては生

123　植物のカクレミノ、タカノツメ、コシアブラから採れる樹脂液から作った塗料を塗った上に、金粉をまいたもの。後世の金梨子地にあたる。

124　フトモモ科の常緑高木。香りが良いことで知られる。クローブ。

125　原文「黒方（くろぼう）」。合わせ薫物（たきもの）の一種。沈香、丁子香、白檀香、麝香などを練り合わせる。

126　ヤマイモ科の、根を食用にする植物。

127　アマチャヅルの茎の切り口から出る汁を煮詰めた甘味料。

きる甲斐もない」

と恋い焦がれ懊悩するうちに、平中はとうとう病気になった。悩み続けて、ついに死んでしまった。

まことにつまらないことではないか。男も女も、なんとも罪深い。

こういうことがあるから、あまり女に熱をあげるものではない、と世間の人々がそしった、と、こうして今に語り伝えられている。

（巻第三十第一）

別れた夫婦が奇妙な再会をした話

今は昔、貴族といえるほどでもない身分の男が、京の都でひどく貧しい暮らしを送っていた。父母も親類縁者もない天涯孤独の身の上で、ろくな住まいも持っていない。人の屋敷に奉公してようやく生きのびていたが、勤め先でも特に目をかけられることはない。「もしかしたら、もっとましな勤めもあるかもしれない」と、あちらの屋敷こちらの屋敷という具合に、奉公先をいろいろ変えてみたが、やはりいっこうに芽が出ない。ついには、勤め場所の種も尽きて、路頭に迷いかねない身の上になってしまった。

こんな男であったが、不思議なことに、その妻は年若く、姿かたちもうるわしかった。しかも、やさしくゆったりした心の持ち主だったので、貧しい夫に愛想づかしもせず、長年寄り添って支えてきたのである。だが、夫の方はさまざま思いわずらった挙げ句、とうとう妻にむかって、

「この世に生きている限り、おまえとずっと一緒に暮らしていこうと思っていた。しかし、こうして日を追うごとにどんどん貧しくなっていくのは、もしかしたらふたりが夫婦でいるために運が悪くなっているのかもしれない。いっそ別れて、お互いそれぞれの運を試してみたら、と思うのだが、どうだろう」

と言いだした。それを聞いた妻は、

「わたしは決してそうは思いません。これもみな前世の報いなのですから、ふたりで飢え死にしてしまうのなら、それでもいいと思っておりました。ですが、こうもひどい暮らしが続くのは、あなたがおっしゃる通りなのかもしれません。一緒にいるのが悪いとお考えなら、おひとりでご運をお試しになってくださいませ」

と答えた。男は、

「では、そうしよう」

と言って、再会を約し涙ながらに別れた。

その後、妻は若くて美しいことがさいわいし、ある人の屋敷に身を寄せて働くことになった。女の人柄がとてもやさしく上品であることがすぐにわかったので、主人に特にかわいがられ重く用いられた。しばらく経つと、主人の奥方が亡くなった。主人は女に親しく身の回りの世話をさせるようになり、やがて彼女をいとおしく思う気持ちが高まって、寝所も共にする間柄となった。そうした関係のままかなりの月日が過ぎたのち、とうとう主人は彼女を正妻にして、家の取り仕切りすべてをまかせることにしたのである。主人はその後、摂津[128]の国の国守(こくしゅ)[129]に栄進した。女もその妻としてますます華やかな身の上になり、楽しい歳月が過ぎていった。

別れた夫はというと、妻と別れて新規まき直しを図ったのだが、運試しはどんどん悪い方に転がっていき、ひどく落ちぶれてついには京の町にもいられなくなった。そうして摂津の国の片田舎へと流れ、小作の農民として人に使われる身になった。しかし、生まれつきの農民でもない彼は、田植えや畑作、木を切る仕事をうまくこなすことなど、まったくできない。雇い主はその様子を見て、男に別の仕事を与えた。それは、難波の浦[130]に生い茂る葦(あし)を刈(か)る仕事だった。命じられた男は出かけて行って、慣れない手つきで葦を刈っていた。

ちょうどその頃、摂津の国の新国守が妻を連れて任地に下る途中、難波の浦を通りかかった。国守は名所でもあるこの浦のほとりに乗り物を止めて、ひと休みすることにした。一族の者たち、そして多くの家来や従者たちは、野遊び気分で食事をしたり酒を飲んだり、はしゃぎ戯れている。その間、国守の妻は牛車(ぎっしゃ)の中から、侍女たちと水辺の景色の美しさを眺め楽しんでいた。その景色の中には、葦を刈る多くの下人[131]たちの姿もあった。彼女は、身なりこそ卑しいが、どこか由緒ありげで品のある男が、彼らのうちにひとり交じっているのに気づき、心惹かれるような思いにとらわれた。そのままじっと男を見ていると、不思議なほどかつて一緒に暮らした夫にその姿が重なっていく。見間違いでは、と、なおも目を凝らすと、まさに前の夫その人である。

128　現在の大阪府北西部と兵庫県南東部で、畿内の一国。

129　原文は「摂津ノ守」。中央から地方に派遣される「国司(こくし)」は、守(かみ)・介(すけ)・掾(じょう)・目(さかん)の四等官で構成されるので、守は最上位。長官。35ページ、注32参照。

130　和歌で葦や澪標、霞などが景物として詠まれた景勝地。大阪湾、特に旧淀川河口付近の入江の古称。

131　身分の低い者。使用人。

みすぼらしい姿で葦を刈っている前夫の様子からは、あいも変わらず、いや、以前よりもさらに情けない境遇であることがありありとわかり、元の妻は「どんな前世の報いで、ああいう目に遭わねばならないのか」と、涙がこぼれる思いである。だが、その気持ちを押し隠してさりげなく従者を呼び、

「あそこで葦を刈っている下人のひとりを呼んでおくれ」

と命じて、元夫の姿と身なりを伝えた。使いの者はすぐに走っていき、

「そこの男、お車の奥方さまがお呼びだ」

と声をかけた。元の夫は、思いがけない言葉にびっくりし、その場で立ちすくんだ。だが、使いの者が、

「早く参れ」

と声高にせかしたので、刈りかけの葦を放り出し、鎌を腰にさして牛車の前にやって来た。

元の妻が、牛車近くにやってきた男をよくよく眺めれば、やはりまぎれもない、元の夫である。泥まみれで真っ黒な、袖もちぎれてなくなっている麻の単衣(ひとえ)、それも膝丈しかない短いものを着て、くちゃくちゃに形が崩れた烏帽子をかぶっている。手足はもちろん、顔も泥だらけで、泥人形のような汚れ具合である。膝の裏やすねには蛭(ひる)

が喰らいついていて、血みどろだ。元の妻はぞっとして、心から情けなくなった。そして、お付きの者に食事と酒を与えるよう命じた。元の夫は、出された食事を牛車の方を向いて、がつがつ食べ始めたが、その顔つきもみじめであさましい。今は国守の妻となった女は、車に同乗している侍女には、

「葦を刈っていた下人たちの中で、この男だけはどこか由緒ありげで品があったから、なにか気になってしまって」

と言い訳めいたことを告げ、男物の衣服のひと揃いを用意させ、

「あの男にこれを」

と、牛車の外にいる元夫に下げ渡した。その時、紙の切れ端に和歌を一首したためて、着物に添えた。

あしからじと思ひてこそは別れしか
などか難波の浦にしも住む[132]

（行く末は「悪しからじ」、きっと良くなる。そう思ってあなたとお別れしたはずなのに、どうして難波の浦で葦を刈って暮らしたりなさっているのです？）

男の方は食事ばかりか着物までもらい、あまりの思いがけなさに驚いていたが、ふと紙の切れ端が目にとまった。取って読むと、「あしからじ」、葦を刈る男を哀しむ歌が記されているではないか。ああ、では、この奥方は自分の元の妻だったのか。そう気づかされると同時に、わが身の宿命が悲しく、また恥ずかしく感じられ、男は、

「硯をお貸しくださいませ」

と頼んだ。やがて硯が手渡されると、男はこう書いて奥方に奉った。

君なくてあしかりけりと思ふには
　いとど難波の浦ぞ住み憂き
(あなたと別れたことでこのような悪しき運命に落ちこんだのだ、と思うと、この難波の浦はいっそう憂いに満ちた場所に感じられます。)

元の妻はこれを読み、いよいよ悲しみを募らせた。男はこのあと、葦を刈るのをやめて、どこかに走って隠れてしまった。そして、元の妻は、元の夫との再会を胸に秘めたまま、長く他人に語ることはなかった。

人というものは、必ず前世の報いを受けて生きているものなのだ。だが、それを知

らないので、愚かにも身の不運を恨み嘆くのである。

　この話は、元の妻が年老いてから誰かに洩らしたのであろう。それが次々に語り継がれ、こうして今に語り伝えられているのである。（巻第三十第五）

恋に目がくらんで姫君を誘拐した男の話

　今は昔、さる天皇が世を治めていらした時のこと、子だくさんで知られた大納言がいた。その多くの子供たちの中でも、大納言がとりわけてかわいがっているのはひとりの姫君だった。彼女は素晴らしい美貌の持ち主で、父である大納言は姫を片時もそばから離さず、それはそれは大切に養育していた。ゆくゆくは、天皇に奉る心づもり

132　「悪しからじ」と「葦刈らじ」が掛詞。『大和物語』百四十八段に同様の物語と和歌のやりとりがある。その他にも『拾遺集』をはじめ、この歌と次の歌の二首のやりとりが収められている古典は多い。能の「芦刈」もこの物語に由来。

もあったのである。

さて、この大納言家に護衛兼雑用係[133]として仕えている某（なにがし）という者がいた。彼はある事情から、大納言家の屋敷の奥にまで立ち入りが許されていたのだが、ふとした機会にかの姫君の姿をちらりと見てしまった。その容貌物腰のすべてが、この世のものとも思えない美しさに思え、男はひと目で激しい恋心をいだいた。だが、相手は大納言家の姫である。護衛風情が思いを寄せるなど、身のほど知らずと言うほかない。その道理はよくよくわかっていたが、それでも男は愛欲の虜（とりこ）になったまま、寝ても覚めても姫の姿がまぶたの裏にちらつき、何ひとつ手につかないありさま。一度だけでもいいから姫君に逢いたい。そう思いつめ、ほとんど堪えられないほど悩んだ。ついには病人同然になり、食事もまったく喉を通らない。わが命もこれまで、といったんは死を覚悟したが、いっそそれならば、と決心した男は、姫君のお側（そば）に仕える女を呼びだした。そして、

「ぜひとも大納言さまに申し上げねばならない、きわめて大事な用向きがあるのですが、それを前もって姫君にお伝えせねばならないのです。どうぞ御取り次ぎください」

と頼んだ。

「どんなことを申し上げようというのです？」

と、側仕えの女は問うたが、男は、

「これはごく内密の一大事で、人を介しては申し上げられないことなのです。わたくしは年来このお屋敷にお仕えして、奥向きのご用をも仰せつかる者でございます。おそれ多いことではございますが、姫さまに縁側（えんがわ）にお出ましいただければ、じかに詳しく申し上げようと存じます」

と押し返して言った。側仕えの女はこれを聞いて姫君に、男がこんなことを申しておりますが、とそっと伝えた。姫君は、

「いったい何事でしょう？　たしかにその男は親しく使われている者ですから、はばかる必要もありますまい。わたくしが自分で直接訊いてみましょう」

と言われた。側仕えの女が、姫のその返答を男に伝えたところ、男は内心うれしさに小躍りしつつ、心臓は早鐘を突くようで、今にも胸を突き破って飛びだしてきそうである。そして、ひたすら思い定めていることといえば、

「もはやこの世に生きていられるとは思えぬこの身だ。どうせ焦がれ死にをするなら、

133　原文は「内舎人（うどねり）」。45ページ、注47参照。

姫君を奪い取って思いを遂げ、そのあと身を投げて死んでしまえばいいのだ」
ということのみ。その決心があればこそ、側仕えの女に大胆な申し出をしたのである。
この世にいるのもあとわずかと思うと、男は寄る辺ない気持ちで胸もつぶれんばかり
で、それゆえに姫君への想いはいっそう抑えがたくあふれてくる。待ちきれない男は、
側仕えの女のところへふたたび行って、
「姫君はどうなさっているのです？　一刻も早くお伝えしなければならないことなの
です」
とせかした。その熱気にあおられ、女も姫君に急ぎのことらしいと申し上げた。する
と姫君は、素直になんの疑いもなく建物の端の縁先までやって来て、両開きの板戸に
下がっている簾の内側に立ち、男の話を聞こうとなさった。夜なので、あたりには誰
もいない。男は縁先に近づいたが、申し上げる用件など最初から持ち合わせていない。
そのまま、しばらくの間うずくまったままでいた。心の内では、「なんと大それたこ
とをしようとしているのか。俺もこれでおしまいだ」と、この期に及んでなお思い
煩っていたが、激しく燃えさかる恋の業火には逆らえず、「ええい、どうせ死ぬ身だ」
とついに思い切り、立ちあがるや走って簾の内側に飛び込んだ。そして姫君を抱きか
かえると、飛ぶように屋敷を走り出た。そのまま、はるか遠くの人けもない場所に姫

君を連れ去ったのである。

一方、屋敷では、

「姫さまのお姿が見えない」

と大騒ぎになり、父である大納言をはじめ、家中の人々が身分の上下を問わず、右往左往してあわてふためいた。だが、どこをどう捜すすべもないので、やがてあきらめてしまった。例の護衛が、その夜からふっつり行方をくらましていたのだが、この男がまさか姫君をさらったとは誰も気づかず、「どこかの身分ある高貴な方にでも誘いだされたのではなかろうか」などと推測するくらいが関の山だった。取り次ぎをした側仕えの女だけは、護衛が姫君を抱いて逃げたのをはっきり目にしていたが、自分の失態になるのを恐れ、他の者たちの推測に同調したまま、事実を伝えずにうやむやにしてしまった。

一方、護衛はというと、誘拐した姫君を京のある場所に一時隠し閉じ込めていたのだが、

「これが人に知れれば、わが身の破滅だ」とおびえ、「このまま京にいることはできまい。どうにかして遠くに逃れねば。草深い野原だろうが、奥深い山だろうが、いとしい姫さえいればそこで暮らせる」と腹をくくった。そして、姫を馬に乗せ、自分も

弓矢を背負って馬にまたがり、遠く陸奥の国をめざして旅立った。供をするのは、身近に使っていた二人の従者のみ。そんな一行は、夜を日に継いで旅を続け、ついに陸奥の安積山(あさかやま)[134]にたどりついた。ここまでくれば、さすがに追っ手が捜し当てることはできまい、と思った男は、山から木を伐り出して庵(いおり)を造った。姫君をそこに住まわせると、男は従者たちを連れて里に下りては食物を求め、姫に食べさせて養った。

こうしてふたりは夫婦として歳月を重ねたが、夫が里に下りて稼いでいる間は、姫はひとりさびしく庵で留守番をするのが常だった。姫が身ごもったことに気づいたのも、ひとりぼっちで庵にいる時のことであった。夫は食を求めに里に行っていて、もう四、五日ほど帰っていなかった。姫は待ちわびて心細くなり、庵を出てあたりを心もとなく歩き回った。しばらく歩くうちに、山の北側に穴を浅く掘っただけの浅井戸があるのを見つけ、なにげなくのぞくと、自分の姿が映り込んだ。長い間鏡など見ることもなかったので、自分がどのような姿かたちになっているかもわからずにいたのだが、水に映ったその顔はたいそうおぞましく感じられた。「ああ、なんと恥ずかしい顔だろう」と、姫はうちひしがれた。そして独り言のように、歌を詠んだ。

あさか山かげさへ見ゆる山の井の

あさくは人を思ふものかは[135]

（あさか山の浅井戸にできるのは、わたしのやつれた姿を映すことくらいです。あなたへのあさからぬ想いまでは映すことはできません。）

この一首をかたわらの木に刻んで、姫君は庵に戻った。だが、思い出すのは、かつてわが家で父母やその他屋敷にいるすべての人にかしずかれていた折の、楽しく幸せな記憶ばかり。心細さはどんどん募りとめどない。「いったいどのような前世の報いで、このような身の上になってしまったのか」と思いつめているうちに、悲しみに耐えられなくなったのだろうか、とうとうそのまま息絶えてしまった。

やがて、食物を手に入れた夫が、それを従者に持たせて帰ってきた。すると、いとしい姫が冷たい亡骸（なきがら）と化していたので驚き、激しく嘆き悲しんだ。どうしてこんなことに、とあたりを調べたところ、木に刻まれた歌があるではないか。それを読んだ夫

134　現在の福島県郡山市日和田安積山公園辺りといわれる。安積の沼とともに歌枕で知られる。

135　『万葉集』一六・三八〇七には、語句の少し異なる異伝がある。また『古今集』仮名序は、この歌を含む二つの歌を「歌の父母の様にてぞ、手習ふ人の初めにもしける」としている。

の悲しみは、さらにいっそう深くなった。庵に戻った彼は、死んだ妻のかたわらに添い伏して、そのまま想い死にしてしまった。

このことは、夫につき従っていた従者によって語られたのであろう。今では名高い故事である。女性はたとえ身近に召し使う者であっても、男には決して気を許してはならないものだ、と、こうして今に語り伝えられている。（巻第三十第八）

海藻の生えた蛤で復縁する話

今は昔、その名をここでは明かさないが、家柄の良い貴族で、受領（ずりょう）[136]の地位にある若い男がいた。情愛深く、風雅の心にも富んだ人であったが、どうしたわけか長年共に暮らしてきた妻から、いかにも今どき風の別の女に心を移してしまった。そして、元の妻の家などすっかり忘れ果てたと言わんばかりに寄りつかなくなり、新しい妻の家に住みついた。元の妻は悲しく情けなく思いながら、心細く日を過ごしていた。

ある時、男は自分の領地がある摂津の国に、保養を兼ねて出かけることになった。

道中、難波の浦あたりを通りかかると、浜辺の景色がたいそう趣きに富んで美しい。興をそそられ足の向くまま散歩をしていると、殻に海松(みる)[137]をふさふさと生やしている小さな蛤(はまぐり)が水辺にころがっているのを見つけた。「なんとも面白い姿の貝だ」と男は「最愛のあの人のもとにこれを送ってやったら、きっと喜んでくれるだろう」と思いついた。そこで、風流の心得があると見込んで使っている雑用係の少年を呼び寄せ、

「これを京に持っていって、あの人に差し上げるんだぞ。『面白いものを見つけましたので、お目にかけたいと存じ』と私が言っていたと申せ」

と命じて使いに出した。

ところが、少年はすっかり勘違いをして、現在の妻ではなく元の妻のところへ貝を

136　平安時代以降、諸国の長官の呼称になった。実際に任国に赴任して政務を執る国司の筆頭者のこと。一般には国守を指すが、最上位の「守」が任命されても任国に赴任しないまま官職にともなう給付だけを受ける場合（遥任(ようにん)国司）、下位者の権守(ごんのかみ)や介などがこの役を担った。「受領」の呼称は、前任者から文書や事務を「受領する」ことによる。

137　沿岸に育つ鮮やかな緑色の海藻。主軸の生長点が二分して枝を出し、さらにそれぞれの枝が同様に分岐している。

持っていき、かくかくしかじかの次第で持って参りました、と伝えた。元の妻は、近頃さっぱり音沙汰のない男から使いが来るのさえ思いがけないところに、めずらしいみやげものまで付いてきたから、ただもうびっくりするばかり。さらに、

「私が京に戻るまで、大切に活かしておいてください」

という伝言まである。不審に思った元の妻が、

「殿さまは、今どちらにおいでなのですか？」

と少年に訊いたところ、

「摂津の国においでてございます。これは、難波の浦のあたりで見つけられたものでございます。奥さまに差し上げよ、とのご命令でお持ちいたしました」

と答えた。

元の妻は、ははあ、この子はきっと届け先を間違ってここへ持ってきたのだな、と思い当たったが、そのまま受けとって、

「たしかにおあずかりいたしました」

と言った。少年はそのまま大急ぎで摂津に戻って、主人に、

「たしかにお渡しいたしました」

と復命したので、主人はてっきり新しい妻のところに届けたと思い込んでしまった。

一方、元の妻の方は、見れば見るほど趣きのある貝なので、小さなたらいに塩水を張って海松と蛤をそこに入れ、活かしたまま眺め興じていた。

十日ばかりして、男は摂津の国から京に戻ってきた。そして、新しい妻に、

「先頃お届けしたものは、まだありますか？」

とにこにこしながら訊いたところ、相手は、

「何か送ってくださったのですか？　いったい何をくださったんです？」

と不審顔である。男は、

「いやなに、殻に海松がふさふさ生い茂っているという、ちょっと面白い小蛤を難波の浦で見つけたので、これはご覧にいれねば、と急いで使いを立てて届けたはずなんですが」

と応じた。すると新しい妻は、

「そんなものは届きませんでしたよ。誰をお使いに立てたんです？　もしも届いていたら、蛤は焼いて食べ、海松は酢の物にしていただいたものを」

と言ったので、男はその言いぐさに当てがはずれた思い。なんだか興ざめした面持ちである。

蛤の行方はどうなったのかと思った男は、いったん妻の家の外に出て、使いをさせ

た少年を呼びつけた。そして、

「いったいお前は、例の蛤をどこに持っていったんだ」

と問いただした。すると少年は、思い違いをして、元の妻のところに持っていったと答えたので、主の男はひどく怒って、

「すぐにもあれを取り返して、ここに持ってこい」

と責めたてた。少年は、これはとんだ失敗をしでかしたとあわてふためき、元の妻の家に飛んでいった。そして、事の次第を取り次ぎの者に話して言上してもらった。それを聞いた元の妻は、「ああ、やっぱり届け先を間違ったのね」と合点して、活かして眺めていた蛤をいそいで水から出し、陸奥紙[138]に包んで返してやった。その紙の中には、こんな歌がひそませてあった。

あまのつと思はぬかたにありければ
みるかひもなくかへしつるかな[139]

（この海のおみやげは、わたくし宛ではないとのこと。海松と貝は、見る楽しみの甲斐もなくお返しすることにいたしました。）

少年はこれを持ち帰って、早速取り返して参りましたと報告した。主人は家の外に出てきてそれを受けとったが、見ると自分が拾った時と変わらず活きている。よくぞ活かしておいてくれたとうれしく、また、元の妻の心にくい処置をゆかしく感じながら、家に持って入って包み紙をきちんと開いてみると、中に歌が書き添えてある。読んだ男は、心から元の妻の心根を哀れに思い、悲しくなった。新しい妻が、

「蛤は焼いて食べ、海松は酢の物にしていただいたものを」

と言ったことも思い合わされ、彼女への気持ちがみるみるうちに醒めていくのがわかった。男は「元の妻のところに行こう」と思い決め、そのまま返してもらった蛤を土産に元の妻の家を訪ねていった。きっと、新しい妻の言いぐさを、元の妻に語ったことだろう。それからというもの、男は元の妻の家に住んで、新しい妻をかえりみることはなくなった。

138　陸奥の国でつくられた上質の紙。貴族のあいだで、懐紙として使われた。
139　「かた」が「方（宛先）」と「潟」、「みる」が「海松」と「見る」、そして「かひ」が「貝」と「甲斐」の掛詞になっている。また、「あま（海人）」、「かた（潟）」、「かひ（貝）」は海の縁語である。

情趣を重んじる人の心は、こういうものなのである。新しい妻の言葉に、男は嫌気がさしたのであろう。風雅の心映えがある男のことだから、いずれ必ず元の妻のところへ戻ったはずである、と、こうして今に語り伝えられている。（巻第三十第十一）

別れた女に再会して命を落とす話

今は昔、右少弁(うしょうべん)[140]の官に任ぜられた藤原師家(ふじわらのもろいえ)[141]という人がいた。彼には、お互いに想い想われという仲の女性がいて、長らく彼女のもとに通っていた。その女性は、つらいことがあってもじっと耐え忍ぶという、とても奥ゆかしい人柄であったので、師家は彼女に薄情者だと思われないよう、何事につけてもこまやかに心を砕くようにしていた。しかし、公務で多忙なうえ、また、宴席で知り合った遊女などにひきとめられたりする夜もあって、ついつい足が遠のくことが増えた。

女は、それまでこういう目にあったことがなかったため、憂鬱な気持ちになる日々が多くなり、やがて師家にうちとけた態度で接することができなくなっていった。そうなると、自然に男の訪問は間遠になり、かつてのような親密な関係ではなくなった。女は相手を憎いとは思わなかったが、情けなさと寂しさで不満はつのる。結局、互いに嫌いになったわけでもないのに、とうとうふたりの仲は絶えてしまった。

別れて半年ほどが経った頃、師家はたまたま女の家の前を通りかかった。ちょうどその時、彼女の家で使われている者が外出先から戻ってきた。その者はすぐに家の中に入り、師家が前の道を通ったと女主人に告げた。

「右少弁のお殿さまが、家の前を今過ぎて行かれました。こちらにお通いになっていた頃のことを思うと、何ともいえない気持ちになってしまいました」

女主人はその言葉を聞くと、すぐに使いの者を立て、行き過ぎる師家の牛車を追わせた。そして、

「申し上げたいことがございますので、しばらくお立ち寄りくださいませんか」

140　弁官の役職の一つ。弁官とは、太政官に属する官名で、左右に分かれ、さらに大・中・少の弁官が一人ずついる。文書の受付、処理、上申を行った。644ページの官職表参照。

141　一〇二七年～一〇五八年。藤原経輔（つねすけ）の子。母は式部大輔資業（すけなり）の娘。右少弁だったのは永承三（一〇四八）年～五（一〇五〇）年。最終官位は従四位下・右中弁。

と言わせた。

口上を聞いた師家は、「ああ、たしかにここはあの人の住まいの近くだった」と思い、車を返させ、彼女の家に入った。すると、女は経文の入った箱を前にして坐っている。柔らかな風合いの着物に、薄手の美しい袴をつけて形良く坐るその姿には、あわてて身繕いをした様子はない。目もとや顔の表情もまことに美しく、ふるいつきたいほどの魅力がある。師家は、まるで初めて逢う人の前にいるような心地である。「これほどの女性を、どうして今までほったらかしにしていたのか」と、つくづく自分の浅はかさに愛想が尽きる思いで、「こうなれば女が読んでいる経を取り上げて、一刻も早く抱き寝したいものだ」という気持ちがこみあげてきた。

だが、何か月も無沙汰をしている身で、そんな無理押しをするのはさすがにためらわれる。それで、あれこれ気を惹くように言葉をかけてみるのだが、女の方は返事もしない。読経が済んでから、ゆっくり話をしようという風情に見える。うつむいて経を読む顔のうるわしさに、過ぎ去ったふたりの間柄が取り戻せるものなら、今すぐにも取り返したいと、みっともないほど取り乱した恋情に師家は駆られ、心の中であらゆる誓いを唱えた。「南無、今日この日からこの家にとどまることを誓います。以後この人をおろそかに扱ったりしたら、いかなる天罰もわれに下りたまえ」。

そうやって胸中で誓いながら、口では無沙汰を重ねた詫びと言い訳を並べ立てたが、女は相変わらず返事もしない。やがて、読経は『法華経』[142]の第七巻にさしかかった。女は、その中にある薬王菩薩[143]の教えのくだりを、繰り返し繰り返し三度ほども読みあげる。師家は、

「どうしていつまでもお経ばかり読んでいらっしゃるのです？　もういい加減に読み終えてください。お話ししたいことは、山ほどあるんですから」

と業を煮やして声をかけた。すると女は、

「此に於いて命終して、即ち安楽世界の阿弥陀仏の大菩薩衆の囲遶せる住所に往いて、蓮花の中の宝座之の上に生ぜん。（この教えを奉ずれば、命尽きてのち極楽往生を遂げ、阿弥陀仏や菩薩衆に囲まれた蓮華の中の宝座に生まれ変わるであろう。）」

という箇所を読みあげ、目からはらはらと涙をこぼした。師家が驚いて、

142　29ページ、注25参照。
143　良薬を与えて病気や苦痛をいやす誓いを立てた菩薩。勇施菩薩とともに、法華経を唱える者を守るとされる。二十五菩薩の一つ。

「ああもう、縁起でもない。尼さんたちみたいに、仏心がついてしまったんですか？」

と冷やかし半分に言うと、女は涙を浮かべた目でひたと彼の目を見た。その目もとは、まるで霜や露にでも濡れたかのような風情である。師家はなぜか不吉な思いに囚われ、「ああ、悪かった、この幾月ものあいだ、どれほどつれない男だと恨んだことだろう」、と思ううちに、もらい涙をおさえかねた。「もしも今日から先、この人に逢うことができなくなったら、自分はどれほどつらい思いをするか」と感じるにつけても、これまでの自分のふるまいが返す返すも悔やまれてならない。自分の気持ちの浮薄さに、腹が立ってしかたがない。

やがて、女は経を読み終え、琥珀[144]で飾りをつけた沈香木[145]の数珠を押し揉んでしきりに祈念していたが、しばらくして目をあげたその顔色が、にわかに変わっておかしくなっている。いったいどうしたことか、と怪しんでいると、女は、

「今一度お目にかかりたいと思って、お呼びいたしました。ああ、お恨みいたします」

と言うなり、息絶えてしまった。師家は驚愕し、

「どうなされた！」

と叫び、

「誰か！　誰かいないか！」

と大声で呼び立てた。しかし、すぐには聞きつける者もおらず、誰も駆けつけてくる様子はない。呼び続けていると、ようやく年かさの侍女が、

「どうかなさいましたか」

などと言いながら姿を見せたが、師家が茫然自失といったありさまでいるのを見て、異変に気づき、

「あら大変！　どうしてまた、こんなことに！」

と叫んであわてふためいたが、後の祭りである。女は、一本の髪の毛が切れるような一瞬のあいだに、はかなくなってしまった。

師家は、そのまま喪に服して女の家に籠もりたいとも思ったが、やはり官人の地位

144　古くから飾石として用いられているマツ類の樹脂の化石。黄また褐赤色で透明あるいは半透明。
145　代表的な香木のひとつ。熱帯アジア原産。独特の芳香を放つ。特に質の良いものは伽羅（きゃら）と呼ばれ珍重される。

にある者としては死者の穢(けが)れに触れるわけにもいかない。泣く泣く引き上げざるをえなかった。家に戻る途中も、生きていた時の女の面影が浮かんできて、ただもう悲しくてたまらない。こんな予想もしない突然の別れを、どうして諦めることができようか。そう嘆きつつ家に戻った師家は、ほどなく病気になり、数日後にとうとう死んでしまった。女の霊が取り憑(つ)いたらしい、という噂が出たが、実際、女と親しかった人は、きっとそれにちがいないと確信していたようである。

「女は、最後の時に『法華経』を読み奉って死んだのだから、さぞかし良い生まれ変わりをするだろう」

と言う人もいたようだが、さてどうであろう。師家を見て、深い恨みの心を起こして死んだのだから、二人とも罪業はよほど深いにちがいない、と、こうして今に語り伝えられている。[146]

（巻第三十一第七）

146　本話と同様のエピソードが、『今鏡』「敷島の打聞」にある。そちらでは、師家は悲しみのあまり世捨人になったが、やがてまた宮中に出仕したので「かへる（返る）弁」と呼ばれた、とある。

二　武人の誉れ

夜の町から次々に家来があらわれる話

今は昔、宇治殿と呼ばれた藤原頼通(ふじわらのよりみち)[1]という方が、関白[2]として栄華をきわめておいでの頃のことである。ある時、三井寺(みいでら)[3]の明尊(みょうそん)僧正[4]が、悪しきものから頼通の殿をお守りする祈禱僧として、夜通しおそばに付き添うことになった。ところが、いつになっても祈禱のための灯明に火が入れられる気配がない。しばらくすると、殿は僧正に、今からすぐに三井寺に行ってある用事を済ませ、夜のうちにまたこちらに戻ってくるように、とお言いつけになった。用事がどんなものであるか、他の者には知らせなかった。

殿は厩(うまや)番を呼び、ふいに暴れだしたりしないしっかりした性格の馬に、公用の時に使う鞍(くら)をつけて引いてくるように命じ、それから、

「僧都(明尊僧正は、この時はまだ僧都だった)に護衛をつけたいのだが、誰か適当な武者はいるか?」

と近侍の者にお訊きになった。ちょうどその夜は、左衛門府の尉(じょう)[5]を務める平致経(たいらのむねつね)[6]が御殿に詰めていたので、その旨を言上すると、宇治殿は、

「それは好都合だ」

とおっしゃり、

「このお方は、これから三井寺まで用足しに出かけ、すぐまたこちらに引き返し、今夜のうちに帰ってくることになっているが、そのお供をしっかり勤めるように、と致経に申せ」

1　九九二年～一〇七四年。藤原道長の長男。摂関体制の有力者として権勢を振るった。宇治にある道長の別荘を仏寺として平等院と号した。

2　天皇を補佐して政治を行う最高位の職。平安時代に設置された令外の官。

3　正式名は園城寺（おんじょうじ）で、通称が三井寺。滋賀県大津市園城寺町に現存する。天台宗寺門派の総本山。

4　九七一年～一〇六三年。平安時代中期の僧侶。小野道風の孫。第二十二代園城寺長吏で、第二十九代天台座主。頼通の信頼が篤かった。

5　衛門府は六衛府の一つで、左右の二府があり、天皇行幸のお供などを務めた。尉は、大尉あるいは少尉のいずれか。四等官における第三位の「判官（じょう）」に当たり、官位はそれぞれ従六位下・正七位上。644～645ページの官職・位階表参照。

6　生没年未詳。平安時代中期の武人。弓の名手として知られた。『詞花和歌集』に、詠歌一首が収められている。

と命じたので、近侍の者はそれをそのまま致経に伝えた。

この致経は、常日ごろ宿直している部屋に弓とやなぐいをひと揃い備え、畳の下に藁沓[7]を一足隠し置いていた。また、付き従っているのは、身分の低い下人ひとりのみである。その様子を見た人は、「いざという時の支度がこれでは、どうにも頼りない」と思ったが、当の致経は宇治殿の命を受けるや、袴を高々とくくり上げ、畳の下を探って藁沓を取りだして履き、やなぐいを背負って宿舎から出て、ちょうど引きだされてきた馬のそばに立ち、僧都を待った。出てきた僧都が、

「そこもとは、何と申されるお人かな?」

と問うと、

「致経」

という返答。

僧都は、

「これから三井寺まで参るというのに、それでは徒歩で行く支度ではないか。馬はないのか?」

と訊ねた。すると致経は、

「歩きで参りましょうとも、決して遅れをとるようなことはございません。かまわず

にお急ぎくださいませ」

と答える。僧都は、これはまたずいぶん変な護衛だ、と思いつつも、彼に松明を持たせて先導させた。

七、八町ばかり進んだところで、弓矢を携えた黒装束の男たちが行く手から歩み寄ってきた。これを見て僧都はぎょっとしたが、男たちは近づくや致経の前でひざまずいた。そして、

「御馬を連れて参りました」

と言い、馬を引いてきた。夜のことなので、毛並みは何色ともわからない。乗馬用の革沓(かわぐつ)も用意されていて、致経は藁沓の上からそれを履いて馬にまたがった。さらに、弓矢を帯び馬に乗った者がふたり、供に加わったので僧都は心強く感じた。

二町ほど先に進むと、また前のように黒装束で弓矢を携えた者がふたり、道の脇からあらわれてひざまずく。致経は無言のままだが、ふたりは引いてきた馬に乗って、付き従う。「これも家来なのか。それにしても、奇妙なやり方だ」と僧都は内心呆れ

7　藁を編んでつくった靴。ここでは、スリッパのようになっているものを指していると思われる。近所歩きに用いた。

たのだが、さらに二町行くと、同じように家来がふたり出てきて供に加わる。致経は相変わらず何も喋らず、付き従う家来たちも無言である。その後、同様に二町ごとに家来がふたりづつ加わったので、賀茂の河原を越える頃には三十人ほどの集団になった。僧都は、「まったく不思議なことをする男だ」と思いつつ、やがて三井寺にたどりついた。

宇治殿に頼まれた用事を済ませ、まだ真夜中になる前に僧都は帰途についた。三十人の武者たちが前後を押し包むように護衛してくれるので、まことに頼もしい。一団は、そのまま離れる者もなく賀茂の河原に戻ってきた。しかし、京の町なかに入ると、致経が何も指図しないにもかかわらず、家来たちは各々が最初にあらわれた場所に来ると、ふたりづつ隊列を離れていく。宇治殿の屋敷まであと一町ばかりになった時には、一番はじめに出てきたふたりの家来のみになった。こうして、致経は馬に乗った場所で馬から降り、革沓を脱ぎ捨て、屋敷を出発した時の姿になって歩きだした。最後まで残っていたふたりの家来は、脱ぎ捨てられた沓を拾い馬を引いて、闇の中に消えていった。そして、藁沓を履いた徒歩の致経は、屋敷から付き従っていた賤(いや)しい身分の下人だけを供に、乗馬の僧都を守って屋敷の門をくぐったのである。

あらかじめ訓練を積んでいたかのように、馬や家来があらわれた不思議に驚嘆した明尊僧都は、「さっそく殿にご報告しなければ」と思い、御前に参上した。宇治殿は僧都の帰りをお待ちで、まだ起きておいでだった。僧都は用件を済ませた報告をしてから、体験したことの一部始終を語り、

「致経には、驚き入りました。家来をあのように手足のごとく使いこなすとは、まことにあっぱれな武者でございますな」

と、申しあげた。内心で、「殿さまはきっと、もっとくわしく話せ、とおっしゃるだろう」と予期していたのだが、宇治殿はどう思われたのか、別にそれ以上質問をされることもなかったので、僧都はすっかり拍子抜けしてしまった。

この致経は、平致頼(たいらのむねより)[8]という武人の子である。勇猛果敢で、普通よりもずっと大きな矢を射たので、世間では彼を「大箭(おおや)の左衛門尉」と呼んだ、と、こうして今に語り伝えられている。

(巻第二十三第十四)

8 ?～一〇一一年。平安時代中期の武人。源頼信、藤原保昌(やすまさ)、平維衡(これひら)とともに武勇の四天王といわれた。

一騎討ちをしたあと親友になった武者の話

今は昔、東国に源充（みなもとのみつる）[9]と平良文（たいらのよしふみ）[10]というふたりの武者がいた。充は蓑田（みのた）の源二（げんに）、良文は村岳（むらおか）の五郎という通称で呼ばれていた。

ふたりは互いにその武勇を競い合っていたのだが、いつのまにか仲が悪くなってしまった。そのうえ、あいだに立って双方の言ったことをそれぞれに告げ口し、火に油を注ぐ家来までいたりする。その家来が、ある時良文に、

「むこうではあなたのことを『良文なぞが、なんでおれに敵うものか。手出しひとつできるはずがない。まったく笑止千万』と言っていますよ」

と告げた。良文はこれを聞くと、

「おれにむかってそんなことをほざくとは。あやつの腕前も頭の出来具合も、こっちはよくよく心得ているんだ。本気でそんなことを吐（ぬ）かすのなら、広い野原でやりあおうじゃないか」

と言い放つ。あいだに立つ家来は、それを今度は充に告げに行くというありさま。

彼らは豪胆なだけでなく思慮分別もちゃんとある武者なのだが、この家来がふたり

を立腹させようと焚きつけるのについ乗せられて、とうとうお互いかんかんに怒ってしまった。そして、

「こんな風に言い合いばかりしていてもはじまらない。日を定め、しかるべき場所でお互いの優劣を決しようではないか」

と人を介して約束をし、「いついつの日に、かくかくの広野でやりあうべし」という果たし状も取り交わした。それからは、双方とも軍勢をととのえ、戦いの準備に心を砕くという日々になった。

やがていよいよ約束の当日になり、それぞれが軍勢を率いて決められた広野に繰りだし、対陣した。時刻は午前十時頃。両軍ともに五、六百の人数である。双方の家臣たちはみな、身を捨てて命など顧みない、という意気に燃え、一町ばかりを隔てて向かい合い、軍の前面に厚板の楯を押し並べている。合戦のしきたりでは、まず両軍それぞれから使者の兵を出して開戦状を交わす。そして、使者が自軍に引き返しはじめると同時に、矢を射かけ合うのが習わしになっている。この時、使者に立った兵は馬

9　源宛（みなもとのあつる）（?〜九五三年）。嵯峨源氏の流れを汲む。源融の曽孫。子は、渡辺綱。
10　生没年未詳。坂東平氏の祖である。平高望（たかもち）の子。

を急がせず、背後を振り返ることもなく、しずしずと帰陣するのが勇者のしるしとされているのである。

この日もそのしきたりにのっとり、楯を寄せ合って、まさに矢が雨あられと降ろうかというその時、良文の陣から充の陣へと使者が立てられた。曰く、

「今日の合戦は、お互いの軍勢同士で矢を射かけあっても、たいして面白みがないことと存ずる。要するに貴殿と私が手並みを比べればいいわけである。それゆえ、軍勢を動かすことなく、われわれ二人だけで馬を馳せ合って、秘術を尽くして射合ってみればよいと思うが、いかがか？」

充はこれを聞き、

「まさに同感。さっそく始めよう」

という返事をして、楯のあいだから一騎だけで陣の前にあらわれた。弓には先が二又になっている雁股（かりまた）[11]の矢をつがえ、馬上にまたがっている。良文も充の返答を聞いて喜び、止めようとする家来たちを押しとどめ、

「私ひとりだけで、術を尽くして射合うつもりだ。おまえたちは、かまえて手を出すな。もしも私が射落とされたら、その時はなきがらを引き取って葬ってくれ」

と命じ、やはり楯の壁からただ一騎外に出て、悠然と前に駒を進めた。

双方とも雁股の矢をつがえ、落ち着いた様子で馬を走らせ始めた。お互い、まず相手に射させようとする。矢を放たせておき、あとからのひと矢で確実に射取ろうという思惑なのだが、両者とも弓を引き絞ったまま放つことなく駆けちがった。そのまま勢いで走ったあと、ふたりは馬首を返してふたたび近づき、すれちがう。しかし、まだ矢は放たれない。また、馬首は反転し、弓を引き絞ったふたりの馬は互いにみるみる距離を縮める。そして、良文の方が先に、充の胴の真ん中を狙って矢を射た。すると充は、馬から今にも落ちそうなほどからだをかがめて矢をかわし、矢は充の太刀の鞘の金具に当たった。太刀は充が身をかがめた拍子に、充の胴があったあたりまで跳ね上がったのだ。今度は、矢を避けた充が取って返してきて、同じく良文の胴の真ん中に向けて矢を放った。良文はさっと身をよじって矢をはずしたが、その矢は太刀を帯びるために腰に巻いた革帯に当たった。

ふたりは三度馬首を返し、矢をつがえて馬を走らせはじめたが、駆けちがう前に良文が充にこう声をかけた。

「互いに射た矢は、はずれ矢ではない。どちらも胴の真ん中に当たったはずの矢だ。

11　先が二股状に開いている鉄の矢。戦闘用というより、装飾や威嚇のために用いられた。

われらふたりの手並みは、これではっきりした。どちらもなかなかのものではないか。そもそも、われらは先祖代々の仇同士というわけでもないのだから、もうこれくらいでやめようではないか。ただ腕を競ったまでのこと。お互い殺しあう必要もあるまい」

充の方もこれを聞いて、

「なるほどその通りだ。たしかに、互いの手練のほどはわかった。これでやめるのが一番だ。兵を引いて帰ることにする」

と応じた。そして、ふたりは撤兵して去った。

両軍の家来たちは、主君同士が馬を走らせ、矢を射かけ合うのを眺めながら、今射落とされるか、今射落とされるか、と肝を冷やし心臓が縮みあがる思い。自分たちが矢を射かけ合って生死を争うよりよほど堪えがたく恐ろしい気がしていたのだが、それぞれの主が途中で勝負をやめて帰ってきた時、はじめは不思議に思ったものの、ことの次第がわかると皆で喜びあった。昔の武士というのは、このような人々だったのである。

この勝負ののち、充と良文は仲直りをし、無二の親友として過ごした、と、こうして今に語り伝えられている。

（巻第二十五第三）

親の仇を討ちとめた少年侍の話

今は昔、平兼忠（たいらのかねただ）[12]という人がいた。平貞盛（たいらのさだもり）[13]という武人の弟である繁盛（しげもり）[14]が、兼忠の父であった。

その兼忠が上総守（かずさのかみ）[15]として任地にあった時、その息子で陸奥の国に住んでいる余五（よご）将軍維茂（これもち）[16]から便りがあった。「長らくお目にかかりませんでしたが、父上がこのたび上総守として京からお下りになったので、お祝いかたがたお伺いいたしたく存じます」と言って寄こしたのである。

兼忠は喜び、いろいろ歓迎の支度をととのえて、今か今かと息子の到着を待ち受け

12　生没年未詳。平安時代中期の武人。平繁盛の子。藤原道長に仕えた。
13　生没年未詳。平安時代中期の武人。父である平国香殺害が原因で将門と対立、将門を誅殺。
14　生没年未詳。平安時代中期の武人。平国香の子。
15　現在の千葉県中央部を治める行政長官。
16　平兼忠の子だが、大伯父の貞盛の養子となった。「余五」と呼ばれ、武勇で知られた。

ていた。すると何日かして、屋敷の者が「ご到着なさいました」と兼忠のもとに報告にきた。その日はちょうど、兼忠は風邪気味で外出できずにおり、簾の内で横になり、そばでいつも親しく召し使っている、まだ少年といっていい侍（さむらい）[17]に腰などをたたかせていた。そこに維茂がやってきて、部屋の前の広縁（ひろえん）[18]にかしこまり、長年の無沙汰の挨拶をしたのだが、彼の主（おも）だった家来も四、五人ほど、広縁のむこうの前庭に弓矢を負ったまま居並んで坐った。

その中でも第一の家来は、太郎介（たろうのすけ）と呼ばれる者で、年は五十余り。大兵（だいひょう）肥満（ひまん）で髭は長く、その威風はあたりを圧するほどの、まことに頼もしげな武者である。兼忠はその太郎介に目をとめると、腰をたたいている少年侍に、

「あの男を知っているか」

と訊いた。彼が知らないと答えると、兼忠は、

「あれはな、お前の父親を殺した男だぞ。その時まだお前は幼かったから、知らないのも無理はない」

と言った。少年は、

「父が人手にかかったと聞いてはおりましたが、誰が殺したかは存じませんでした。こうして顔がわかりましたからには」

と言いさして、目に涙を浮かべたままその場から去った。

維茂は食事を済ませ日も暮れたので、寝所として用意された別室に入った。太郎介は主に従って寝所まで同行したあと、自らの宿所に引き下がった。そこには、太郎介の身の回りの世話をする者たちがいて、さまざまな食べ物、果物、酒、そして、馬のための秣や干し草なども持ち込みにぎやかに騒いでいる。九月の末頃の月のない晩で、暗い庭のあちこちに杭にくくりつけられた松明が立っている。

太郎介は食事が終わると、くつろいで寝てしまった。枕元には鍛えたばかりの新物の太刀を置き、傍らには弓、やなぐい、鎧兜といった武具もある。庭では維茂の家来たちが弓矢を持って、警護に当たっている。太郎介の寝所には、布の大きな幕が二重に張りめぐらされているので、矢を射かけられても突き通される心配はない。庭の松明のおかげで、あたりは昼のように明るい。警護の家来たちも油断なく見回りを続けているので、なんの不安もない。そんなわけで、遠路の旅に疲れた太郎介は酒をしたたかに飲み、気をすっかり許して寝入ってしまった。

17　原文は「小侍」。ここでは年少の武士を指す。
18　原文は「広庇」。母屋の外に張り出し、濡れ縁よりは内側にある廊下のような細長い部分。

一方、兼忠に「お前の父はあの男に殺されたんだぞ」と教えられた少年侍はというと、目に涙をためて兼忠のそばを立ち去ったあと、台所へと向かったのだった。兼忠は、彼が立ち去った時、「別に何かをしようと立ち去ったのではあるまい」と思っていたのだが、さにあらず。少年は台所で短い腰刀の切っ先を繰り返し念入りに研ぎあげ、懐中に忍ばせた。そして、暗くなってから太郎介の宿所に近づき、大胆不敵にも相手の様子をうかがっていた。

やがて、食事などを持ち運んで忙しげに行き来している者たちにまぎれ、四角い盆を手になにくわぬ顔で、食事を運んでいるようなふりをしながら、張りめぐらされた幕と壁との間に身をひそめた。心の中で、「親の仇を討つことは、天もお許しくださるはず。今夜、父への供養として思い定めたこの大事を、なにとぞ首尾よく成就させてくださいますようお願いいたします」と祈りをこめ、そっとしゃがみこんで機会を待っていたが、それに気づく者は誰ひとりいなかった。

夜が次第に更けていき、太郎介が目を覚ます気配もない様子を少年侍は見て取り、そっと忍び寄ると、ひと息に相手ののど笛を搔き切った。そして、そのまま宿所を飛びだし、闇にまぎれて姿を消したが、それに気づく者も誰ひとりとしていなかった。

夜が明け、太郎介がいっこうに起きてこないので、従者が朝粥ができたと告げに部屋に入って見ると、太郎介は血みどろになって死んでいる。従者が「一大事だ！」と大声で叫ぶのを聞きつけて、ほかの従者たちも、ある者は弓に矢をつがえ、ある者は抜き身の刀を引っさげて犯人を求めて走り騒いだが、すべてはあとの祭りである。果ては、誰が殺したのかまるで見当がつかず、従者たち以外に太郎介のそばに近づいた者はいないはずだったから、仲間うちで身に覚えがある者がいるのではないかと、互いに益もないまま疑い合う始末。

「なんともあさましい死に方をなされたものだ。どうして声のひとつも立てず、むざむざ殺されなさったのか。こんな口惜しい御最期を遂げられるとは思いもよらず、長年おそばを離れずお仕えしてきた甲斐もない。ご運の尽きとはいいながら、勇者に似合わぬ死にざまで情けない限りだ」

と、従者たちは田舎訛り(なま)の声で口々にわめき合い、際限なく大騒ぎしていた。

その騒ぎを聞きつけた維茂は、事情を知って仰天した。

「これはわが恥だ。私を畏れている者なら、太郎介を手にかけることなどあるはずはない。まったく、なめられるにもほどがある。だいたい、時と場所が悪い。わが領地でやられたのならまだしも、知らぬ他国にきてこんな目に遭うとは、まことに業腹(ごうはら)だ。そういえば、太郎介は先年人を殺したことがあったな。あの時殺された者の子が、たしか小侍としてお父上のもとにいるはずだ。さては、その男が下手人にちがいない」

と言って、維茂は父の屋敷へ出向いた。そして、兼忠の前に伺候(しこう)すると、

「私の供についておりました太郎介なる者が、昨夜何者かに殺されましてございます。旅の空でこのような目に遭うのは、維茂にとってこの上ない恥でございます。これは余人のしわざではございません。先年、私の行く手を阻むように馬に乗ったまま前を横切った無礼者がおりましたが、その者を太郎介が射殺しました。その時殺された男の息子が、お父上のお手元にいるはずです。下手人は、定めてその者だと思われます。召し出して問い質したいと存じますが」

と言上した。

　兼忠は維茂の言葉を聞き、こう応じた。

「そこもとの言うとおり、たしかにあやつのしわざにまちがいない。昨日そこもとの供をしてあの太郎介が庭におったが、ちょうどあの時私は腰が痛かったので、かの小侍に腰をたたかせておったのだ。それで、『あの男を知っておるか』と訊いたところ、知らないと言う。だから、『お前の父親はあの男に殺されたのだぞ。そういう者の顔は、見知っていた方がよい。あの男は、お前のことなどなんとも思っておるまいが、お前は知らないでは済まされないことだろうからな』と言ってやったのだ。そうした

ところ、あれは伏し目になってそっとその場を離れたが、あれから姿が見えない。いつもは、そばを離れることなく昼夜仕えているのだから、昨日の夕暮れから一度も姿を見かけないのは解せぬことだ。それに、疑わしいといえば、夕べ台所で刀を一所懸命研いでおったらしい。今朝方、下男どもが怪しんで噂していたのを耳にした。ところで、そこもとは『召し出して問い質す』と言うが、もしまことにあの男のしわざと決まったら、殺すおつもりか。それを聞いた上でなら、ここへ呼びだしてお引き渡しいたそう。この兼忠は賤しき者ではあるが、賢いそこもとの父である。仮に兼忠を殺めた者がいたとして、そこもとの御家来たちがその者をこのように殺したとしよう。その時、誰かがそのことを咎め怒るとすれば、そこもとはその咎めを善しとなさるのか？　親の仇を討つことは、天もお許しになるのではないか？　そこもとが立派な武人であればこそ、この兼忠を殺したりした者は、いつ仇を討たれるかと心安んじる暇もあるまい、とかねがね父たる私は思ってきた。しかし、こうして親の仇を見事に討った者を引き渡せと兼忠に強要なさるとは、さては私の仇討ちなどしてくださらぬものと見えたぞ」

と、兼忠、最後は大音声で言い放ち、座を立って行ってしまった。

維茂は、「これはまずいことを言ってしまった」と、恐縮の体でそっとその場を退いた。そして、「もはや仕方ない」とあきらめ、本国の陸奥へと引きあげた。太郎介の葬式は、彼の従者たちが皆で執り行った。

その後三日ほどして、太郎介を殺した例の少年侍は黒い喪服をまとい、人目を忍び畏まって兼忠の前に姿をあらわした。その姿を見て、兼忠をはじめ少年の仲間たちは皆泣いた。このことがあって以来、少年侍は人に一目置かれ、しっかりした人物だと思われるようになったが、ほどなく病にかかって死んでしまった。兼忠も、その死を惜しみ不憫に思った。

親の仇を討つというのは、剛勇の武人でもなかなか成し遂げられることではない。それを、この少年はこともあろうにたった独りで、多くの従者が油断なく警護している相手を、望み通りに討ち果たした。これこそ、まことに天のお許しがあったからだろうと人々が誉めたたえた、と、こうして今に語り伝えられている。

（巻第二十五第四）

大敗を喫した余五将軍が雪辱を果たす話

今は昔、中将の位を持つ藤原実方（ふじわらのさねかた）[19]という人が陸奥守[20]として任国に下った。高貴な家柄の出の中将ということで、陸奥に住むひとかどの武人たちは皆、彼を尊重した。それまで任官した歴代の陸奥守の扱いとはうってかわり、大いにもてなしご機嫌をうかがい、実方の屋敷に伺候しては、昼夜を問わず一所懸命に奉仕した。

陸奥には平維茂（たいらのこれもち）という者がいた。丹波守（たんばのかみ）[21]平貞盛という武人の弟にあたる武蔵権守平重成（むさしのごんのかみたいらのしげなり）[22]の子である上総守兼忠が、維茂の父であった。維茂の祖父の兄である貞盛は、甥や甥の子供を皆引き取って養子にしたのだが、甥の子のなかでもとりわけ年少だった維茂は、貞盛の十五番目の子として養子になった。それで通称を十に余ること

19　?〜九九八年。平安時代中期の貴族、歌人。藤原定時の子。
20　35ページ、注31参照。
21　87ページ、注101参照。
22　平繁盛のあやまりと考えられる。

五、すなわち余五の君というのである。また、当時同じ陸奥には、藤原諸任[23]という者がいた。こちらは、平将門[24]を討ち滅ぼした田原藤太秀郷[25]の孫で、通称を沢胯四郎（さわまたのしろう）と言った。

維茂と諸任は、当時ささいな所領争いをしていて、おのおの自分の正しさを新任の陸奥守である実方に訴え出た。実方が見るに、いずれにも道理があり、かつ両者ともに陸奥の国の有力者であるため、うかつに裁定が下せない。そのまま宙ぶらりんの状態で、実方は着任三年目に亡くなってしまった。その後は、ふたりとも訴訟をめぐっての憤懣が収まらないまま、相手を不快に思って日が過ぎた。そうなると、良からぬ中傷をする輩（やから）が双方にあらわれるのが世の習いである。そんな連中が、ふたりの不快をいっそうつのらせるような告げ口をしはじめた。もともとはとても仲の良かったふたりだが、このことをきっかけにすっかり険悪な関係になってしまったのである。

告げ口によって、互いに「おれのことをそんな風に言っていたのか。そうは言わせないぞ」といった憤りが積み重なり、とうとうおおっぴらに宣戦布告する事態に発展したのである。

双方が合戦の準備をととのえ、決戦状を取り交わし、日を決めて「どこそこの野で戦おう」と約束をした。維茂方は兵力三千ばかりで、諸任の方は千人余りという非常

な劣勢である。この状況に、諸任は「戦は止めだ」と言って兵を引き、国境を越えて常陸の国に身を避けた。維茂はこれを聞き、

「それ見たことか。おれに手向かいできるわけがない」

と、数日にわたって陣を敷いたまま大いに気勢をあげていた。彼のもとに集まってきていた軍兵たちも、しばらくの間は維茂と共に布陣していたが、時が経つに連れて、それぞれが「所用がありますので」と言い訳をし、自分の国に戻っていった。

また、告げ口をした連中も、

「沢胯の君は、つまらぬ者の告げ口で無益な戦をするのは好まれないのでしょう。そもそも、軍兵の数だって余五将軍に敵いっこないのですから。それに、この所領争いもつまらないことですよ。沢胯の君は、『これからは常陸や下野の国あたりを行き来

23 未詳。
24 ?〜九四〇年。平良将の子。関東を制圧して自ら新皇を名乗るが、貞盛らに誅殺される（承平・天慶の乱）。
25 生没年未詳。平安時代中期の武人、貴族。武勇で知られ、御伽草子や『太平記』の「百足退治譚」にも登場。

して過ごそう』、などと言っているそうですよ」

と言いくるめようとした。早く無事に自分の土地に戻りたい、と考えているその他の連中も、この言葉に調子を合わせて余五を説得した。彼も「なるほど、そうかもしれん」と思い、兵を皆帰して、すっかり気を緩めていた。

ところが、十月一日頃のこと、午前二時あたりになる深夜、維茂の館の前にある大池から、集まっていた水鳥の群れがにわかに騒がしく飛び立つ音がした。余五ははっと目を覚まし、家来たちを呼んだ。

「敵が攻めてきたにちがいない。鳥があんなに騒ぐのはそのせいだ。皆起きて弓矢を負え。馬に鞍を置け。櫓に登って物見をせよ」

などと命じ、さらに家来のひとりを馬に乗せ、

「偵察してこい」

と外に走らせた。

家来はすぐに馳せ戻ってきて、

「南の野原に、どれほどとはわかりませんが、おびただしい数の軍兵が黒い固まりになって、四、五町ほどの距離の間に満ち満ちております」

と報告した。余五はこれを聞き、

「それほどの軍勢に襲われたからには、もはやこれまでだろう。だが、しばらくは支えて戦わねばならん」

と、敵が寄せてくるだろう道々に、それぞれ四、五騎ほど家来を遣り、楯を並べて待ち構えさせた。館の中で武装した者といえば、上下の身分を合わせても、わずか二十人に過ぎない。

「すっかり油断していたのを、だれかに見抜かれ敵方に通報されたのだろう。こうなっては、生き残る望みはない」

と覚悟を決めた余五は、妻や幾人かの侍女、幼い子らを館の裏手にある山に逃がした。その幼い子というのは、のちの左衛門大夫滋定[26]である。

家族を逃れさせた余五は、心置きなくあちらこちらを駆け回り、手配りをした。やがて、敵は館を包囲して攻撃を加えてきた。必死に防戦したが、衆寡敵せずの言葉通り、諸任方は館に火をかけて焼き払った。外に飛びだそうとする者がいても、雨あられと矢を射かけてくるので出るに出られず、ただ敷地の中で右往左往するばかりである。夜が明けると、館の様子が諸任方に手に取るように見えるようになり、逃げだそ

26　生没年未詳。平維茂の子で、繁貞。

うにも誰ひとり成功する者はいない。全員館に封じこめられたまま、あるいは射殺され、あるいは焼殺されてしまった。

火が消えてから敷地内に入って調べたところ、焼け死んだ者の数は、上下の身分、子供までもすべてを合わせて八十人余にのぼった。「余五の死体はどれだ」と、一体一体ひっくり返しては確認するのだが、どれもこれも真っ黒に焼け焦げ、人間だったとは思われないほどに縮んでいる死骸もある。「犬一匹さえ逃がさずに皆殺しにしたのだから、きゃつもやっつけたに決まっている」と、諸任は安心して兵を引くことにした。彼の方の損害は、家来のうち二、三十人ほどが射られたのみ。死んだ者もいたが、負傷で済んだ者たちは馬に乗せて帰路についた。

その途中、橘好則[27]という人のもとに立ち寄った。この人は大君という通り名で呼ばれ、能登守橘惟通[28]の子である。思慮分別のある武人で、奥ゆかしく、また心配りも行き届いた立派な人物だったため、彼を敵とする者はなく、誰からも信頼されていた。沢胯は、この大君の妹を妻としていたので、一晩中激戦して疲れきっている家来たちをここで休ませ、食事や酒を与えてやろうと立ち寄ったのである。

沢胯の求めに応じて大君は館の外に出てきた。そして、

「華々しく余五を討ち取ったとは、実にたいしたものだ。あれほど武略に富んだ豪勇

の武人を、館に閉じ込めたまま討ち止めたとは、まことに思いもよらないことでした。それで、余五の首をたしかに取って、鞍のうしろ紐に結びつけられたかな」

と問うた。すると、沢胯は、

「たわけたことをおっしゃいます。館の敷地に閉じ込めたままの戦いで、余五めは大声をあげて家来に命令したり、馬を四方に乗り回したりしておりました。夜が明けてからは、逃げ出そうとする者もはっきり見え、蝿一匹のがさずにすぐに射殺し、残りは建物に閉じ込めたまま焼き殺したのですぞ。焼け跡には、かすかな声を出す者とてないありさま。どうしてそんな汚らしい焼け首なぞ、持ってくる必要がありましょう。きゃつが死んだことは、いささかも疑いないですよ」

と得意満面、胸を叩いて言い放った。

大君は、

「なるほど。貴殿がそう思われるのは、もっともかもしれん。しかし、この老人が考えるには、やはり、『こいつ、ひょっとしたら生き返るかもしれん』と、余五の首を

27　未詳。橘惟通の子。
28　生没年未詳。漢詩人だった橘好古（よしふる）の孫。

切って鞍にくくりつけてこそ、はじめて安心できるというものです。そうでなければ、不安でなりませんよ。私がこんなことを申すのは、彼の人柄をいささかなりと知っているからです。さてさて、ここに長居はご無用ですぞ。至極迷惑なことです。老いの果て、考えなしのお方にかかわって、無益に合戦に巻きこまれるなど真っ平御免。長年人とおつき合いをしてきて、いい塩梅にこんな争いごとはせずに済んできたのです。今さらつまらぬことに関わりたくありませんな。さっさとここを立ち退いてください」

と、にべもなく追い立てる。沢胯は、以前から大君を親のようにうやまい、言うことに常に従ってきたので、言われるままに踵(きびす)を返した。

するとて大君は、

「貴殿も御家来衆も、さぞご空腹であろう。飲み食いの糧(かて)は、すぐにも追いかけて差し上げよう。さあさあ、はやくお帰りあれ」

と、相手がさまざま思いめぐらす暇もない素早さでたたみかけた。沢胯は、

「はてさて、とんだ取りこし苦労をするじいさまだ」

と、内心小馬鹿にして苦笑いし、馬に乗ると皆を率いて立ち去った。

大君の館から五、六十町ほども行くと、野の中に小高い丘があって、西側のふもと

には小川が流れていた。沢脖はその岸辺に寄って馬から降り、「ここでひと息入れよう」と言ったので、家来たちも武具を解いて休憩した。そこへ、大君のところから大樽入りの酒が十樽、魚の熟れ鮓[29]が五、六桶、それに鯉、鳥、酢や塩に至るまで、食べ物の荷が大量に届けられた。皆は喜び、早速酒を温め、てんでにすくっては飲んだ。昨日の夕方から合戦の準備をして、その後一晩中戦って午前十時頃にようやく戦い収めたのだ。当然腹はすききっている。喉も渇いているものだから、酒を四杯五杯と立てつづけにすきっ腹にあおってしまい、一同は死んだように酔い倒れた。馬用の干し草や藁、大豆もたっぷり届けられたので、馬の背から鞍をおろし、くつわ[30]もはずし、口に引き縄をつけただけで存分に馬に食べさせた。馬も疲れきっていたのだろう。食べ終わると、皆、四肢を伸ばし横倒しに倒れ臥した。

一方、余五の方はというと、明け方まで自分の館の中を走り回って奮戦し、多くの敵を射殺したが、とうとう矢も尽き、味方の数も残り少なくなった。そこで、「このうえ戦っても無益だ」と、身につけた着物を脱ぎ捨て、近くにあった女物の袷[31]を着

29　鮎や鮒などの魚介類や獣肉を、飯に漬けこんで発酵させた食べもの。
30　馬の口にかませる金具。ここに手綱をつける。

て、髪を振り乱し、下働きの女の姿になりすました。そして、刀だけはふところにひそませて、まだひどくくすぶってあたりに立ちこめている煙にまぎれて、飛ぶように館を逃れ出た。そのまま館の西を流れる川の深みに身を投じ、あたりの様子を慎重に見定めつつ、対岸の葦の茂みに泳ぎ着いた。そこにちょうど横倒しに伸びている柳があったので、その根のところにしがみついて身をひそめた。館が燃え尽きた時、沢胯側の軍勢は焼け跡に踏み入って、焼かれたり射られたりして死んだ人間の数を数え、「余五の死体はどれだ」などと言い交わし、中には「これがそうだ」などと騒いでいる声もする。それを余五が聞いているうちに、やがて敵は皆引きあげていった。

敵が四、五十町も離れたと思われた時、館の外に住んでいた余五の家来たちが三、四十人ほど駆けつけてきた。そして、余五らしき焼けた遺骸を見て、声を合わせて泣き叫ぶ。さらに五、六十人ほど味方の騎馬武者が集まって来たのを見計らい、余五は大声で、

「おれはここにいるぞ」

と叫んだ。それを聞いた味方の兵たちは、馬から転げ落ちるように降りて、うれし泣きをした。その声は、余五が死んだと思った時の泣き叫び声に劣らない大きさだった。

余五が岸にあがると、家来たちはそれぞれの家に使いをやって、着物を持ってこさ

せたり、食べ物を運ばせたり、あるいは弓矢や太刀といった武具、馬と鞍などを取り寄せた。余五は運ばれてきた着物を身につけ、腹を満たしたあと、こう言った。

「おれは昨夜襲われた時、いったんは山に逃げ込んで生きのびようかとも思った。だが、逃げたという汚名を残すまい、と考え直したがために、こんなひどい目に遭ったわけだ。そこで聞くが、お前たち、これからおれはどうしたらいいと思う？」

家来たちはこの言葉に、

「敵は多勢で四、五百人はいます。味方で戦える者は、わずかに五、六十人に過ぎません。この手勢でいますぐ追撃するのは、むずかしかろうと思われます。ここは、後日軍勢を集めて、その上でいかようにもお戦いになるのがよろしかろうと存じます」

と答えた。

余五はこれを聞き、

「お前たちの言うことは、まことにもっともだ。だが、おれが思うには、昨夜焼き殺されていれば、今ここにおれはいないわけだ。どうにかこうにか命をひろっただけのことで、これではもはや生きているとはいえない身の上ではないか。たとえ一日とい

31　裏地の付いた衣服。

えども、お前たちにこんなざまを見せるなど、この上ない恥だ。だから、おれは自分の命など露ほども惜しくない。お前たちは、後日軍勢を集めて戦えばいい。おれは、たったひとりでも沢胯の家に出向いて、『余五を焼き殺した』と思っている奴らに、『おれはこうして生きているぞ』と姿を見せ、一矢なりとも射かけて死ぬつもりだ。さもなくば、子々孫々までもおれの生き恥が残ってしまう。後日軍勢を催すなど、愚かきわまる。命の惜しい者はついてくるな。おれひとりで行く」

と言って、さっさと出ていこうとした。

その様子に、「後日の雪辱を」という意見を述べた家来たちも、

「いかにもごもっともな仰せです。この上申しあげることはございません。すみやかにご出陣なさいませ」

と言った。それを受けて余五は、

「おれの言い分に誤りはあるまい。沢胯の奴らは、夜もすがらの戦いに疲れきって、おそらく館に戻る途中の川べりか、さもなければ丘のむこうの林かどこかで、死んだように寝ているはずだ。馬もくつわをはずし、まぐさなどを食わせて休ませているだろう。武具もすべてはずして油断しているにちがいない。そこに鬨の声をあげて押し寄せれば、たとえ相手が千の兵力だろうが、恐れるに足らぬ。今日という日を逃せば、

二度と好機はない。命が惜しい者は、この場にとどまっておれ」
と勇ましく出陣した。

その姿は、紺色の袷に山吹色[32]の衣を重ね、夏鹿の毛皮で作った鹿の子模様の行縢[33]を付け、綾藺笠[34]をかぶるというもの。腰に付けたやなぐい[35]には征矢[36]を三十ほど挿し、一番外側の挿し口に雁股の矢[37]を二本並べて挿している。手にする弓は、持ち手のあたりに数か所革を巻いて太くしたもの。新身の太刀を佩いてまたがるのは腹葦毛の馬[38]で、体高はおよそ四尺七寸ほどもあって丈高く[39]、進退自在の逸物である。さて、その馬上で余五が手勢を数えれば、騎馬の兵は七十人余、歩兵が三十余、合わせて百余の者が

32　山吹の花の色。黄色系の色。黄金色。
33　騎馬や狩りのとき、防護のためにつける。シカやクマ、トラなどの毛皮でつくり、腰につけて足や袴を覆う。
34　イグサを綾に編んでつくる笠。武士が狩りや流鏑馬のときにかぶった。
35　81ページ、注95参照。
36　合戦で使う、普通のとがり矢。
37　149ページ、注11参照。
38　腹部が葦毛、ぶち毛の馬。東国武士のあるべき姿としてイメージされていたようだ。

集まっている。これは館近くに住む者たちが、急変を聞き駆けつけてきたものである。家が遠い者たちは、来着が遅れていると思われた。

余五はこの軍勢を率いて敵のあとを尋ねながら、馬を駆る勢いも激しく追いかけたが、かの大君の館の前を通り過ぎる時には、使者を立てて声をかけさせた。その口上は、「平維茂、昨夜さんざんに打ち破られて、今落ちのびていく途中でござる」というもの。大君は沢胯の話を聞いた時から、「このままでは済むまい」と予感していたので、屋敷内に家来を二、三十人ほど留め置き、数人を物見やぐらに見張りとして登らせ、門は固く閉ざして警戒していた。使者は声をかけただけで戻っていった。余五の使者の声を聞いても、「何も返答するな」と配下を制したので、

大君はやぐらに登っていた者を呼び、

「どんな様子だった？　しっかり見届けたか」

と問うた。すると、見張りの者は、

「はい、はっきり見ました。一町ほど先の街道を百人ばかりの軍勢が、駿馬を疾駆させ飛ぶように過ぎて行きました。その中に、紺の袷と山吹色の上着姿で、大きな葦毛の馬に乗った人物がおりましたが、綾藺笠をかぶり鹿の子模様の行縢を付け、まさに主将であろうと見受けました」

と言上した。大君は、

「それは余五であろう。馬は、彼の持っている大葦毛にちがいない。格別の名馬だと聞いておるぞ。余五がその馬にまたがって押し寄せてきたからには、誰も手向かいできまい。沢胯めは、無惨な死にざまを見せることだろう。私が言ったことを馬鹿にして、勝ち誇った顔をしておったが、きっと今ごろはあの丘のあたりで疲れきって寝ているにちがいない。そんなところを余五の手勢に襲われたら、ひとり残らず皆殺しになるに決まっている。皆、よく聞いておけ。私の言うことに、よも間違いはないはずだからな。このあとも、門を固く閉じたまま、鳴りをひそめているんだぞ。いいな、わかったな。ただし、やぐらに登っての見張りは続けるように」

と、家来たちに言い渡した。

　さて、軍勢を駆り立てている余五はというと、「沢胯の居場所をしっかり突き止めて報告せよ」と命じて偵察の兵を前方に走らせた。やがて走り帰ってきたその兵は、「この先の丘の南側に沢めいた草原（くさはら）がありますが、そこで物を食ったり酒を飲んだり

39　当時の馬は前脚のひづめから肩までの高さが四尺というのが基準（一尺は約三〇・三センチ）。背の高い馬であることを示す。

したようです。寝入っている者や、中には病人のようなありさまの兵もいます」

と報告した。これを聞いた余五は喜び、

「それっ、急ぎ襲え！」

と命ずるや、飛ぶように馬を走らせる。そして、くだんの丘の北側から駆け登ると、一気に南の斜面を駆け下った。その下り坂は、まるで馬術を練る練習場のような野原だった。余五の騎馬兵五、六十騎は、笠を的にした騎射の試合のような自在さで、鬨の声を上げながら襲いかかった。

この急襲に、沢胯四郎をはじめ相手の軍兵たちは、あわてて起き上がったが、やなぐいを取って身につける者あり、鎧を取って着込む者あり、馬にくつわを咬ませようとする者あり、倒れ込んでもがく者あり、また武具を捨てて逃げ出す者あり、楯を取って戦おうとする者ありという混乱ぶり。馬たちも同じくひどく動転して走り騒ぐので、しっかり取り押さえてくつわをはめることができない。馬丁を蹴倒して走り去る馬もいる。あっという間に、三、四十人の兵がその場で射倒された。中には、馬にはまたがったものの、戦う気力を失い、鞍を叩いて馬をあおりながら逃げていく者もいた。こうして、沢胯は射倒され、首を切られてしまった。

その後、余五は軍勢を率いて沢胯の館に向かった。沢胯の家の者たちは、「殿さまが勝ってお帰りになったか」と勘違いし、食べ物などをととのえて待ち構えていたのだが、そこに余五軍がうむを言わさずなだれ込んだ。そして、建物に火を放ち、手向かう者は射殺した。と同時に、家の中に人を遣わして、沢胯の妻とその侍女ひとりを連れ出した。妻には市女笠(いちめがさ)[40]をかぶらせて顔を隠し、馬に乗せた。侍女にも同じく市女笠をかぶらせて、こちらは余五の馬のわきに立たせた。それから、余五はあらためて建物全体に火をかけさせ、

「女には、身分の上下を問わず、手出しをしてはならん。男の方は、見つけ次第すべて射倒せ」

と命じたので、沢胯側の男たちは片端から射殺された。もっとも、中には寄せ手の目をかいくぐって逃げおおせた者もいた。

沢胯の館が焼け落ちたのち、日暮れ頃に余五は兵を返したが、途中、大君の館の門の前に立ち寄った。そして使者を遣わし、

「わたくしは直接参上できませんが、沢胯殿のご妻女に、決して失礼なふるまいをい

40　もともと市に立つ女がかぶっていた笠。頭頂部が突き出た形で、菅や檜で編み、漆が塗ってある。176ページ図版参照。

たさなかったことはお誓いいたす。貴殿の御妹にあたられますゆえ、それに敬意を表し誠意を持ってお連れした次第です」と言わせた。大君は喜んで門を開き、妹君を受け取って、たしかに身柄を頂戴いたした旨を使者に伝えたので、使者は戻っていった。余五は、そこから自分の館へと帰還した。

この戦い以後、この維茂は陸奥の国のみならず関東一円に名をとどろかせ、並ぶ者

のない武人と称された。彼の子の左衛門大夫滋定の子孫は、今も朝廷に仕えている、と、こうして今に語り伝えられている。（巻第二十五第五）

武人のひと言で盗人が人質を解放した話

今は昔、河内守源頼信[41]が、上野守[42]として任地にいた頃、彼の乳母の子で乳兄弟に当たる兵衛尉藤原親孝[43]という者がいた。親孝もまた衆にすぐれた武人であり、頼信と共に上野の国に赴任していたのだった。

41　九六八年～一〇四八年。源満仲の子で、平安時代中期の勇猛な武人として知られる。諸国の受領を歴任し、河内の国（現在の大阪府東南部）の長官（河内守）を務めた。河内を本拠地とする河内源氏の祖。

42　現在の群馬県を治める行政長官。

43　生没年未詳。藤原北家利仁流の流れを汲む。平安時代中期の武人。

　ある時、盗人を捕らえて親孝の住む家に連れていき、手かせ足かせをはめて厳重に縛りつけておいたところ、どうしたことかそのかせをはずして盗人は逃げ出した。だが、とても逃げおおせることはできないと思ったのだろう。親孝の子で、五、六歳になるかわいい男の子が走り回って遊んでいたのをつかまえ、人質に取ったまま物置の中に逃げ込んだ。そして、膝の下にこの子を押さえ込み、刀を抜いてその腹に突きつけた。

　親孝はその時、国守である頼信の館に出かけていたので、家の者が飛んでいき、

「盗人が若君を人質に取りました」

と彼に告げた。親孝が驚きあわてて家に走り戻ったところ、たしかに盗人が物置の中でわが子の腹に刀を突きつけている。このありさまを見た親孝は、眼の前が真っ暗になる思い。どうしてよいのか、途方にくれるばかりである。しゃにむに近寄って刀を奪い取ろうか、とも考えたが、盗人はきらきら光る大きな刀を、今にも突き刺しそうにしっかり子供の胴中に当てている。そして、

「近くにお寄りなさるな。ちょっとでも近づいたら、このお子を突き殺して進ぜるぞ」

と脅す。突き殺されてしまえば、そのあと盗人を百にも千にも切り刻んだとてなんの

意味もない、と親孝は思い、家来たちにも、

「よいか、決して近づいてはならんぞ。ただ遠巻きに見張っておれ」

と命じ、

「とにもかくにも、殿のお館に参って次第を申しあげよう」

と、頼信の館に走った。

館は近くにあったので、親孝はほどなくたどりつき、頼信のいる部屋にあわてふためいて駆け込んだ。頼信が驚いて、

「いったい何事だ」

と訊ねると、親孝は、

「たったひとりの幼い子を、盗人に人質に取られました」

と泣きながら答えた。すると頼信は笑いだし、

「お前が泣くのはもっともだが、泣いたところでどうにもなるまい。相手が鬼であれ神であれ、取っ組み合うくらいの気構えがあってしかるべきなのに、まるで子供のように泣き騒ぐなど、馬鹿にもほどがある。子供のひとりくらい、突き殺させてしまえ。それくらいの心持ちがなくては、到底武人だなどとは言えまい。わが身を思い妻子を案ずれば、武人は身を誤ることになる。物を恐れないというのは、おのれも妻子も顧

みないことを言うのだ。だが、まあ、行って様子を見てやろう」

と言って、太刀を一本気軽に手に提げ、親孝の家に出向いた。

盗人が立てこもっている物置の入口に寄っていき中の様子をうかがうと、盗人は「国守さまがおいでになった」と知って、親孝に吐いた脅し文句を口にする元気もなくなり、ただ伏し目がちに、ますます刀を子供に突きつけ、少しでも近づこうものなら刺し貫くぞという構えだけは捨てずにいる。その間も、男の子は声を限りに泣きわめいている。そこで頼信は盗人に、

「お前がその子を人質にしたのは、自分が助かりたいためなのか、それともただ子供を殺そうと思ってなのか。お前の思うところをはっきり申せ」

と声をかけた。すると、盗人は蚊の鳴くような声音で、こう答えた。

「なにを好んでこのお子を殺そうなどと思いましょう。ただもう命が惜しく、なんとか生きのびたい一心で、こうすればもしや助かるか、と思って人質に取っただけなのです」

それを聞いた頼信は、

「よし、わかった。ならば、その刀を投げ捨てろ。この頼信がこう申したからには、投げ捨てないでは済むまい。お前に子供を突き殺させて、それを黙って見ているよう

な私ではないぞ。私の人となりについては、お前も耳にしたことがあるだろう。さあ、はやく投げ捨てるんだ」

と言った。盗人はしばらく思案していたが、

「恐れ入りましてございます。国守さまの仰せに従わないわけには参りません。この通り、刀は投げ捨てます」

と言って、遠くに投げた。そして、子供を抱き起こして放してやったので、起きあがった子は走って逃げ去った。

事態が収まったと見た頼信は、その場を少し離れてから家来を呼び、

「あの盗人をこちらに連れて参れ」

と命じた。家来は盗人のそばに行って着物の衿をつかみ、前庭に引き出して坐らせた。親孝は「こやつ、切り捨ててやる」と息巻いたが、頼信は、

「この男は、神妙に人質を許したのだ。貧に苦しむゆえに盗みもしたのだろう。命惜しさに人質を取りもしたのだろう。それをあながち憎むことはできない。それに、私が『人質を放せ』と命じたことに従ったのだから、物の道理はちゃんとわきまえているのだ。すぐにこいつを放免してやれ」

と言い、盗人にむかって、

「なにか欲しいものはあるか？　あるなら申せ」

と言葉をかけた。盗人はただ泣き入るばかりで、答えられなかった。

　頼信は、

「この男に食糧を少し与えてやれ。こんな悪事を働いた者だから、あるいは逃げた先でだれかに害されるかもしれない。厩（うまや）に草刈り用の馬がいるだろう。その中の強そうな一頭にあり合わせの鞍を置いて引いてこい」

と命じて取りにやらせた。また、粗末な弓とやなぐいも持ってこさせた。それらが皆そろったところで、盗人にやなぐいを背負わせ、その場で馬に乗せ、十日分ほどの干し飯の袋を、さらに布袋に包んでから腰に結びつけてやった。

「馬を走らせて、さっさと消え失せろ」

と頼信が命じると、その言葉にしたがって盗人は全速力で逃げ去った。

　盗人は頼信のひと言に恐れ入って、人質を放したのである。これを思うに、この頼信の武人としての威信は、実に大したものだというべきだろう。

　人質に取られた男の子は、成人したのち金峯山（みたけ）[44]寺で出家して、ついには阿闍梨（あじゃり）[45]の位に上り、法名は明秀と称した、と、こうして今に語り伝えられている。


（巻第二十五第十一）

親子で馬盗人を射取る話

今は昔、河内の国の前の国守で、源頼信という武人がいた。ある時、関東に名馬を持っている人物がいると聞き、頼信は、その馬をゆずってもらえないか、という使いを出した。馬の持ち主は、頼信の頼みを断りかねて、馬を京の都にいる頼信のもとに送ることにした。その途上、ひとりの馬盗人がこの馬を見かけ、どうにも欲しくてたまらなくなった。「なんとかして盗んでやろう」と、そっと馬のあとをつけたのだが、馬に付き添っている武士たちがまったく隙を見せなかったため、道中では盗むことができなかった。結局、とうとう京の都までついてきてしまった。馬は、無事に頼信の厩におさまった。

44　現在の奈良県吉野郡吉野町の吉野山地。ここ一帯が山岳信仰の聖地で多数の寺院があり、それらを総称して「金峯山寺」という。中心は吉野の蔵王堂で、現在は金峯山修験本宗総本山。

45　秘法に通じ、伝法灌頂（でんぽうかんじょう）などの儀礼を伝授する徳の高い密教の僧侶。

　頼信には頼義（よりよし）[46]という息子がいたのだが、ある人が「お父上のところに、今日、関東から名馬が届けられましたよ」と、彼に教えた。これを聞いた頼義は、「そんな名馬が、みすみすつまらぬ奴に下げ渡されたりしたら癪（しゃく）な話だ。そうならないうちに出向いて、たしかに良い馬だったら、自分がもらってしまおう」と思い、父の家にむかった。この日は激しい雨模様だったが、馬をひと目見たい一心で豪雨を物ともせず、夕方頃に父の屋敷にたどり着いた。

　父の方は、

「どうして長らく顔も見せなかったんだ？」

などと言いながら、ふと、「ははあ、そうか、名馬が届けられたと聞いて、わがものにしようという魂胆で来たのだな」と気づいた。そこで、頼義が何も言わない先に、

「関東から馬を持ってきた、という報告は受けているが、私はまだ見ておらぬ。馬を寄越した者は、『名馬だ』と言っているそうだ。だが、今夜は暗くてよくわかるまい。明日の朝見て、気に入るようだったら遠慮なく持っていけ」

と言ってやった。頼義は、自分から言いだす前に父がそう言ってくれたのでうれしく思い、

「では、今宵は父上のご寝所の番を勤めさせていただき、明朝拝見いたします」

と答えて、そのまま泊まることにした。宵のうちは、父子でよもやま話に興じ、夜が更けたところで父は寝所に入って就寝し、頼義はそのすぐ脇で物に寄りかかって眠った。

こうしている間も、雨の音は小やみなく続いていた。真夜中頃、その雨音にまぎれて馬盗人が忍び込み、馬を引き出して逃げ去った。その時、厩の番をしていた者が大声で叫んだ。

「昨夜連れて来た御馬を、盗っ人が奪って逃げましたぞ！」

頼信はその声をかすかに聞きつけ、そばで寝ている息子に「あの声を聞いたか」などと呼びかけることもせず、跳ね起きるや着物の裾をはしょって尻からげにし、やなぐいを背負って厩に駆けつけた。そしてみずから馬を引き出すと、そこにあった安手の鞍を置いて飛び乗りただ一騎、京から関東へ向かう出発点の逢坂山[47]めざして追いか

46　九八八年〜一〇七五年。平安時代中期の武人。源頼信（177ページ、注41参照）の子。「前九年の役」で知られる。

47　原文は「関山」。「関」は「逢坂の関」（京と近江の境界）のことで、ここが東国への出入り口。

けた。心のうちで、「盗人は関東の者だろう。あれが名馬だと見て盗もうとあとをつけてきたにちがいない。途中ではうまく盗めず京まで来て、この雨にまぎれて盗んだな」と見きわめたのだ。

息子の頼義もまた厩番の叫びを聞き、父が考えたのと同じことを考え、父親に声をかけようともせず、昼の装束のまま横になっていたのを幸い、起きるや否や父同様にやなぐいを負い、馬を駆ってやはり逢坂山に向かった。父は、「息子は必ず自分のあとを追ってくるはず」と思い、息子は「わが父は必ずや、盗人を追って先行されているはず」と考え、遅れてはならじと馬を走らせていく。賀茂の河原を過ぎる頃には雨は上がり、夜空も晴れてきたので、いっそう馬を急がせて追ううちに、逢坂山にさしかかった。

馬盗人は盗んだ馬にまたがり、「逃げきった」と安心したのか、逢坂山のふもとの雨水がたまっているあたりを、あまり走らせもせず、じゃぶじゃぶ水音を立てて進んでいた。頼信はこれを聞きつけ、一面真っ暗で息子がそこにいるのかどうかもわからないのに、まるで最初からそういう約束をしていたかのように、

「あれだ、射よ！」

とひと声かけた。その言葉がまだ終わらないうちに、弓の音が響いた。手応えがあっ

たと同時に、人を乗せずに走っていく馬のあぶみ[48]のカラカラという音がした。頼信は
また、
「盗人は射落としたぞ。すぐ馬を追いかけて引き連れてこい」
とだけ命じて、馬を引いてくるのも待たずに、屋敷に引き返した。頼義は馬に追いつ
き、それを引いて帰路についた。帰る途中で、この出来事を聞きつけた家来たちが、
ひとりふたりとやってくるのに出会った。京の屋敷に戻った時には、その人数は二、
三十人になっていた。先に戻った頼信は、帰って来ても、ああだった、こうだった、
というようなことは一切口にせず、まだ夜が明ける前だったので、もとのように寝所
に入って寝てしまった。頼義の方も、取り返した馬を家来にあずけて寝てしまった。
朝になり、頼信は起き出してきて、頼義を呼んだ。そして、「馬を盗まれずに済ん
で、まことによかった。それにしても、よく射落としたな」というようなことは、
まったく言わないまま、
「あの馬を引き出せ」
とだけ命じた。引き出された馬を見ると、本当に素晴らしい逸物（いちもつ）だったので、頼義は、

48　馬の鞍（くら）の左右にかけて、乗る人が足を置く道具。

「では、頂戴いたします」

と言って、もらい受けた。ただ、昨日の宵にはまったく話題にもなっていなかった立派な鞍が、馬の背に置かれていた。真夜中に見事盗人を射止めた、これは褒美ということであろうか。

この親子の心構えというのは、神秘的というほかない。武人とは、まさにこのようなものなのだ、と、こうして今に語り伝えられている。（巻第二十五第十二）

利仁将軍が五位の侍に芋粥をご馳走する話[49]

今は昔、利仁（としひと）の将軍[50]と呼ばれる武人がいた。若い頃は、時の関白[51]だった藤原基経（ふじわらのもとつね）[52]に仕え、また越前[53]の国の藤原有仁[54]という富裕な豪族の婿だったので、その地を本来の住まいにしていた。

ある年、主家である関白の屋敷で正月の大宴会が行われた時のこと。当時はまだ、宴会で残ってしまったご馳走を求めてやってくる物乞いは追い払われてしまい、主家に仕える侍たちがお下がりにありつく習わしになっていた。そんな侍たちの中に、長年仕えてようやく五位の位[55]を得、とても満足そうに暮らしている者がいた。その男も、ご馳走の残りをいただく侍たちに交じって飲み喰いしていたのだが、芋粥を啜り(すす)ながら舌鼓を打って、

「ああ、こんなうまい芋粥を、一度でいいから飽きるほど食ってみたいものだ」

と思わず洩らした。

それを利仁が聞きつけて、

49　芥川龍之介は、この話をもとに短篇「芋粥」を創作した。『宇治拾遺物語』にも同様の話が載る。

50　生没年未詳。藤原北家魚名流・藤原時長の子。平安時代中期の代表的武人の一人。利仁流の祖。

51　141ページ、注2参照。

52　八三六年～八九一年。平安時代前期の公卿。藤原北家の権勢の礎をつくった。

53　現在の福井県東部。

54　未詳。越前国敦賀郡の豪族と考えられる。

55　645ページの位階表参照。

「それでは大夫殿は、芋粥を腹いっぱいお食べになったことはないのですか」

と言ったところ、五位の男は、

「まだ思いきり食べたことはございません」

と答えた。

　利仁は、

「ならば、いずれたっぷり召しあがっていただかねば」

と言い、五位は、

「そう願えれば、まことにうれしいことです」

と応じて、その日はそのままに終わった。

　それから四、五日ほどして、関白の御殿の中に部屋を与えられて住んでいた五位のところへ、利仁が訪ねてきた。そして言うには、

「さあ、一緒においでください、大夫殿。東山の近くで湯を沸かさせておりますから、ご案内しましょう」

「それはご親切いたみ入ります。昨夜はどうにもからだがかゆくて、寝つかれずに困っておったところです。ただ、乗り物の用意が」

と五位が言いかけると、

「大丈夫、馬を引いてきましたよ」

と利仁が答えたので、五位は、

「それはまことにありがたい」

と喜び、身支度を始めた。

薄い綿入りの小袖[58]を二枚重ね、裾の破れた薄藍色の指貫袴（さしぬきばかま）[59]をはき、肩の折り目がくずれた同じく薄い藍色の狩衣（かりぎぬ）[60]を上にまとう、といういでたち。指貫の下（した）にはく袴（ばかま）の持ち合わせなどない様子である。高い鼻の先は赤らんでいて、穴のまわりがひどく濡れている。これは、鼻水をろくにぬぐわないからだろう。狩衣のうしろ側が帯に引っぱられてゆがんでいるが、直そうともしない。そんな服装の五位を利仁はおかしく思いながらも、先に立てて馬にまたがらせ、ふたりそろって賀茂の河原をめざし

56　「五位の侍」の通称。
57　京都、東山周辺にある寺院附属の湯屋施設を指すか。
58　袖の小さい衣服で、当時は肌着・下着として使われた。
59　49ページ、注56参照。
60　47ページ、注53参照。

て出かけた。五位には、使い走りをする少年の供さえいない。利仁の方も、武具持ちの従者ひとりに、馬の口取りひとりを従えているのみである。

やがて賀茂の河原を過ぎ、粟田口[61]のあたりにまでやって来たので、五位は、

「目的の場所はどこなんです？」

と訊ねた。利仁はその問いに、

「すぐそこですよ」

と答えたが、やがて山科[62]も通り過ぎてしまった。五位は、

「近所だというお話でしたが、山科も過ぎてしまいましたよ」

と不安がる。利仁は相変わらず、

「なに、もうほんの少し」

などと答えているのだが、そのうちとうとう逢坂山の関も越えて、利仁の知りあいの僧がいるという大津の三井寺[63]に到着した。

五位が、さてはここで湯を沸かさせていたのか、それにしてもとんだ遠出をさせられたものだ、と思っていると、僧があらわれて、

「これはこれは、突然のおいでで驚きました」

と言いながら、あわただしく接待の用意をしている。しかし、湯が沸かされている気

配はない。

「それで、湯の方はいずれに？」

と五位が訊くと、利仁の返事は、

「いや、あれは方便で、実は越前の敦賀にお連れしようと思っているんですよ」

というもの。五位は仰天して、

「いやはや、途方もない常識はずれなななさりようだ。京でそうおっしゃっていただいていれば、ちゃんと従者を連れて参ったのに。そんな遠いところへ供もなしに行くなんてとんでもない。思うだにぞっとする」

とふるえあがったが、利仁は高をくくったように笑って、

「心配ご無用。わたしがひとりおれば、まず千人力とご承知おきください」

と言い放つ。名のある武人であるから、それももっともかもしれない。こうして、三井寺での食事を終えると、急いで出発した。利仁は、ここで初めて従者に持たせてい

61　現在の京都市東山区粟田口。京都と東海道、東山道をつなぐ出入り口だった。
62　現在の京都市東部。東山山地の東側を指す。
63　141ページ、注3参照。

たやなぐいを取って背に負った。

　琵琶湖畔を三津浜[64]まで来た時、ふいに狐が一匹走り出てきた。利仁はこれを見るなり、

「おお、いい使いが見つかった」

と言い、狐を追いかけた。狐は必死で逃げたのだが、どこまでも執拗に追いかけられ、とうとう逃げ切れずにすくんでしまった。利仁は、馬の背から横腹に身を滑りおろし、その狐の後ろ脚をつかんで引きあげた。狐をこんな風にさほど遠くまで追わなくても捕まえられたのは、利仁の乗馬がぱっとしない見た目とは異なって、実にすばらしい駿馬だったからである。

　五位がその場所まで追いついてくると、利仁は狐を手にぶらさげて、こんなことを命じていた。

「おい狐、今夜のうちにわたしの敦賀の家に行ってこう伝えろ。『急にお客さまをお連れして家に帰ることになった。明日の午前十時頃に、男どもは鞍を置いた馬を二頭引いて、高島[65]のあたりまで迎えに来るように』とな。もしもこの通りに言わなかったら、ただではおかぬ。すぐに飛んでいけ。狐には神通力があるのだから、必ず今日のうちに向こうにたどりついて口上を述べるのだぞ。いいな」

そう言い終わると、利仁は狐を放してやった。

聞いていた五位が、

「あまり当てにならないお使いですな」

と言うと、

「いや、あれをご覧なさい。きっと必ず行きますから」

という利仁の言葉に応ずるように、狐は何度も振り返りながら先を走っていき、みるみるうちに姿が見えなくなった。

その夜は、道中で一泊した。翌朝早く出発し、また旅を続け、ちょうど十時頃になると、二、三十町ほどの彼方から一団となってやってくる人々の姿が見えた。何者だろうと五位が思っていると、利仁は、

「昨日の狐がちゃんと役目を果たしたようですな。迎えの男どもがやって来ましたよ」

と言う。五位は、にわかには信じかね、

64　滋賀県大津市下阪本あたりの琵琶湖畔を指す。

65　滋賀県高島郡高島町のあたり。

「さて、どうでしょうかな」

と応じたが、彼らはみるみる近づいてきて、馬からばらばらと降り立ち、口々に、

「ほれ見ろ、ほんとうに殿はおいでになったではないか」

と言い合っている。利仁が微笑んで、

「なにを騒いでおる」

と言うと、年かさの家来が進み出てきた。その男に、

「馬は連れてきたか」

と問いかけると、

「二頭おります」

と答える。食事の用意もしてきていたので、利仁と五位はそこで休憩して腹を満たすことにした。

その時、さきほどの年かさの家来が、

「実は昨晩、不思議なことがございました」

と口を切った。利仁が、

「どうしたというのだ?」

と訊ねると、家来はくわしく話しはじめた。

「昨夜、そう八時頃のことでございます。奥方さまがにわかに、胸がきりきり痛いと仰せられまして、これはどうしたことかと思っておりましたところ、『わたくしは狐でございますが、ほかでもございません、今日の昼、殿さまが急に京より下っておいでの途中、三津の浜でわたくしにお目をとめられました。必死で逃げたのですが逃げ切れず、とうとう捕まってしまいました。利仁の殿さまは、わたくしに《おまえは今日中にわが家に行き着いて、家の者にこう伝えよ。お客人をお連れして急ぎ家に帰ることになったので、男どもは明日の午前十時に、鞍を置いた馬を二頭引いて、高島のあたりまで出迎えるように、となò。もしも今日中にたどりついて伝言できないときは、ただではおかぬぞ》と仰せられたのです。お願いです、家来の方々、すぐにもご出立ください。遅れれば、わたくしがひどいお叱りを受けます』と、大変におびえてお叫びになるのです。

それをお聞きになった大殿さまが、『たやすいことだ』と、男どもを召してお迎えに出るようお命じになると、たちどころに奥方さまは正気を取り戻されました。そのあと、夜明けの鶏(とり)の声とともに、われらは出て参ったのでございます」

利仁はこれを聞き、得意げに笑いながら五位に目くばせをする。五位は開いた口がふさがらない。

食事も済み、また急いで出発したが、利仁の屋敷に到着したのは日の暮れ方だった。家にいた者たちも、

「ほら、やはり本当だったぞ」

と大騒ぎをして出迎えた。五位は馬から降りて屋敷の様子を眺めたが、途方もなく裕福であるのがありありとわかった。


五位は着ていた二枚の小袖の上に利仁の夜着を借りて重ねたが、下着も身につけていないので、寒くて仕方ない。すると、長火鉢にどんどん火をおこしてくれて、畳を厚く敷き、その上には果物や菓子をふんだんに並べてくれた。実に豪勢である。さらに、

「道中さぞお寒かったでしょう」

と、綿が厚く入った薄黄色の着物を三枚も着せかけてくれたので、五位はすっかりいい心持ちになって極楽気分である。


やがて食事が終わり落ちついた頃合いで、利仁の舅の有仁が顔を出し、

「いったいどうしたわけで、こんなに急にお帰りになったのです？ それに、狐の憑きもののご使者とはまた、常軌を逸してますな。奥さまが急病で苦しがられたので、[66]なんともお気の毒でしたよ」

と言えば、利仁は声をあげて笑い、

「物は試しと思って狐に申しつけたのですが、ほんとうにやって来て告げたとは愉快です」

と答えたので、舅も、

「まったく珍しい出来事でしたな」

と、一緒になって笑い合った。

「それで、お連れのお客人とは、こちらにおいでのお方かな？」

と、有仁が問うと、

「さようです。芋粥を飽きるほど召しあがったことがない、とおっしゃるので、ならば十二分に飽いていただきましょうとお連れした次第です」

と、利仁が言う。舅は、

「おやおや、これはまた雑作もないものに飽かれたことがおありでないのですな」

と五位をからかう。五位は五位で、

「いや、東山に湯を沸かしてあるから、などとわたしをだましてお連れになっておい

66　有仁にとって利仁の妻は娘なのだが、利仁を尊ぶ意味で敬意の表現になっている。

て、今さらそんな風におからかいになるとは」

と抗弁するのを、さらにまたふたりがからかううちに夜が少し更けたので、舅は自分の部屋に戻っていった。


五位もまた、寝所とおぼしき部屋に入って寝ようとすると、そこには入れ綿の厚さが四、五寸ほどもあろうかという立派な夜着[67]が置かれていた。今まで着ていた薄い着物は着心地が悪く、また虫でもいるのかなんとなくかゆい気もするので、みんな脱ぎ捨てて、借りた薄黄色の衣三枚の上に、衿と袖のついたこの夜着を引きかぶって横になった。すると、その暖かさはいまだかつて経験したことがないほどで、汗びっしょりになってしまった。しかも、そうやって寝ているそばに、人がそっと入ってくる気配。


「誰だ?」

と聞くと、女の声で、

「お客さまのおみ足をおさすり申せ、とのお言いつけで参りました」

と答える様子がかわいらしい。五位は声の主を抱き寄せ、風通しのよい場所に移って交わった。


しばらくすると、大声が響いた。なんだろうと思って耳を澄ませると、

「このあたりに住まう下人ども、よっく聞け。明朝日の出と共に、切り口三寸、長さ五尺の山芋をめいめい一本ずつ持って参れ」

と男が叫んでいる。途方もないことを言うものだ、と思いながらそのままいつしか五位は寝入った。

翌朝早く、まだ日が昇らないうちから、庭にむしろを敷く音がしている。目を覚ました五位は、いったい何をしているのだろうと気になっていたが、あたりが明るくなってきたので蔀戸（しとみど）[68]を上げて庭を見た。すると、長むしろが四、五枚延べられている。何に使うのだろうと思っていると、下人が木のようなものを一本持ってきて、そこに置いていく。そのあとからも、次々に同じような物を下人たちが持ってきては置いていく。よく見れば、それらはまさに切り口三、四寸、長さ五、六尺ほどもある山芋である。この山芋運びは十時頃まで続き、その時分には五位のいる寝所の軒の高さにまで積みあがった。昨晩の叫び声は、そのあたりの下人たちに命令を伝えるために、

67　原文は「直垂（ひたたれ）」。ここでは衿や袖をつけ直垂の形に似せて作った夜具の「直垂衾（ひたたれぶすま）」を指している。

68　73ページ、注87参照。

人呼びの丘という高台から発されたのであった。声が届く範囲の下人が運んできた芋で、この分量なのだ。それよりも遠くにいる従者がどれほど多いか、想像もできない。

驚き呆れて見守るうちに、今度は一石[69]入りの釜を五つ六つとかついできて、庭に杭を何本も打って釜をずらりと据え並べた。こんな大きな釜をどうするのか、と眺めていると、白い袷（あわせ）[70]を着て腰のあたりを帯ひもで締めた、若くて身ぎれいな下働きの女たちが、真新しい白木の桶に水を入れて運んできて、釜にその水を注いでいく。湯でも沸かすのか、と思ったが、この水と見えたのは実は甘葛（あまづら）[71]を煎じた汁だった。彼女たちのあとには、若い男が十人余もあらわれ、袖をたくしあげ長い薄刃の刀で山芋の皮を削っては、なで切りに切って釜に放りこむ。なんとこれは芋粥を煮るのだ、と思い当たった途端、食欲はみるみる減退し、五位はげんなりしてしまった。

釜の中身が煮えたぎり熱々になったところで、

「芋粥ができました」

という報告が利仁に飛ぶ。利仁は、

「では、お客人にさしあげよ」

と命じた。すると、大きな素焼きの土器で一斗も入る銀の提（ひさげ）[72]に粥をすくい入れ、その提を三つも四つも五位の前に持ってきて据えた。もはやひと椀さえも喉を通らなく

なった五位は、少し啜ると、

「すっかり飽きましてございます」

と音(ね)を上げた。それを聞いた下人たちはどっと笑い、その場に集まり坐って、

「いやはや、お客人のおかげで芋粥にたっぷりありつけます」

などと、口々に五位をひやかし軽口をたたいた。

その時、庭をへだてたむこう側の建物の軒下に、狐が顔を出しているのを利仁が見つけ、

「ほら、ごらんなさい。昨日の狐がご挨拶に参っておりますぞ」

と言いつつ、

「おい、あれになにか食い物をやれ」

と下人に命じた。狐はその食べものを平らげると、退散した。

69 石は容量の単位で、一石は一〇斗（約一八〇リットル）。
70 169ページ、注31参照。
71 109ページ、注127参照。
72 手で持つつると注ぎ口のついた金属器。芋粥は銀の提に盛って食べる。

こうした次第で五位はひと月ほども利仁の館に滞在したが、なにもかもが楽しい限りの暮らしだった。いよいよ京に戻る段になると、おみやげとして普段着や晴れ着を何枚も持たせてくれた。それだけでなく、いくつもの皮行李に詰めこまれた綾織りや平織りの絹[73]、綿なども頂戴した。最初の夜に借りた衣や夜着などは、もちろん言うまでもない。また、鞍を置いた立派な馬も与えてくれたので、五位はすっかり物持ちになって京に戻ることができた。

五位のように長年実直に勤めあげ、人々から重んじられている者は、自然とこういう得をするものだ、と、こうして今に語り伝えられている。（巻第二十六第十七）

産女の出る川を闇夜に渡った武人の話

今は昔、源頼光(みなもとのよりみつ)[74]が美濃[75]の国守だった時、国内のある郡にしばらく滞在したことがあった。その滞在中のある晩のこと、頼光公につき従っている家来たちが詰め所に大勢集まって、雑談に興じていた。話が盛り上がるうちに、ある者が、

「この国には渡(わたり)[76]という場所があって、そこに産女(うぶめ)[77]が出るらしいぞ。なんでも、夜にそこの川を渡ろうとする者がいると、産女が赤ん坊を泣かせて『これを抱いておくれ、これを抱いておくれ』と呼びかけてくるそうだ」

と言い出した。それを聞いた別の者が、

「どうだ、今からその渡し場に行って、渡ってみようという者はいるか」

とあおった。すると、同席していた平季武(たいらのすえたけ)[78]という武人が、

「私なら、今すぐに出向いて渡ってやるぞ」

73　綾織りは、さまざまな模様を織り出したもの。平織りは、模様が無くシンプルに経糸(たていと)と緯糸(よこいと)を交互に織り合わせたもの。

74　九四八年～一〇二一年。平安時代中期の武人。弓にすぐれ、大江山の酒呑童子(しゅてんどうじ)退治の伝説で有名。

75　現在の岐阜県南部。

76　『和名抄』にある「亘理」か。現在の岐阜県美濃加茂市と可児市の境界に木曽川と飛驒川の合流点があるが、その付近と推測される。

77　お産が原因で亡くなった女性の幽霊。

78　卜部(うらべの)季武とも。九五〇年～一〇二二年。源頼光四天王の一人と称される武将。

と応じた。だが、その場にいた他の連中は、

「たとえあなたが千人の敵軍相手に、たったひとりで弓矢の勝負を挑むことができようとも、今この夜中にその川を渡るなどおできになるとは思えませんな」

などと、口々に言う。しかし季武は、

「行って渡ってくるなど、たやすいことだ」

とゆずらない。他の者たちはその言葉を聞いても、

「いやいや、貴殿がいかに豪勇の士であっても、これぱかりはとてもとても」

と、こちらもゆずらない。

　季武としても、言い出したからにはあとには引けない。自然言い争う形になった。結局、相手方の十人ばかりが、

「口先だけ争っていてもしかたない。ここはひとつ、賭けと行きませんか。おのおの方、鎧兜(よろいかぶと)や弓、やなぐいなど、武具をお出しなさい。鞍を置いた駿馬、鍛えたばかりの良き太刀も賭け物にしましょう」

と持ちかけた。季武もまた、

「わかり申した。もし渡れなければ、こちらからもそれと同じだけの物を出そう」

と言って、さらに、

「二言はないな？」

と念を押した。相手方は、

「むろんのこと。さあさあ、早く」

とけしかけた。そこで、季武は鎧兜を身につけ、弓とやなぐいを背負って、従者も連れずに出かけようとした。その様子に、賭けをした者たちは、

「誰も同道しないのでは、渡ったかどうかどうやって証拠だてるのです？」

と訊いた。すると、季武は、

「やなぐいの上差しにしている鏑矢[79]を一本、川の向こう岸に突き立ててくるから、あしたの朝になったら、確かめに行けばよい」

と言い置いて出て行った。

言い争いをした連中の中に、若く血気盛んな者が三人ほどいた。彼らは、「季武がほんとうに川を渡るかどうか、たしかめてやろう」と思い、その場を抜けでてこっそりあとをつけた。「季武の馬に遅れてはまずい」と、一所懸命追いすがって行くと、

79　武人は戦陣の際、矢を入れて背負う武具（やなぐい）の上に、かぶら（木や鹿の角で作った長円形のもの）の付いた矢（鏑矢）を差す。矢が飛ぶと音が鳴るようになっている。

早くも季武はその川の渡し場に到着していた。

頃は九月下旬の月のない夜。真っ暗闇の中を、季武がざぶりざぶりと川を渡っていく音が聞こえる。すぐに向こう岸にたどり着いた様子である。若者たちが、川の手前に生い茂っているすすきの中にひそんで耳をそばだてていると、季武は渡り着いた向こう岸で、行縢(むかばき)[80]についた水滴を勢いよく打って払い、鏑矢を抜いて土に刺しているのがわかった。しばらくすると、また水音がした。引き返してくるらしい。その音を聞いていると、川の真ん中あたりで女の声がした。季武にむかって、まさしく、

「これを抱いておくれ、これを抱いておくれ」

と呼びかけている。赤ん坊が、おぎゃあおぎゃあ、と泣く声も響く。生臭いにおいが、川からすすきの原にまで漂って届く。三人いてさえ髪の毛が逆立つようで、恐ろしいことこの上ない。まして、川を渡っている人の気持ちはどんなだろう。季武本人でもないのに、三人はもう生きた心地もしないほどだった。

一方、季武はというと、

「よし、抱いてやろう、こいつめ」

と応じている。すると女は、

「それ、これだよ」

と手渡した。季武は袖の上に赤ん坊を受け取ると、馬を歩ませた。女はそのあとを追いかけ追いかけ、

「さあ、もうその子を返しておくれ」

と頼んだが、季武は、

「もう返さんぞ、こいつめ」

と答えて、そのままこちら側の岸にあがった。

　こうして季武が国守の滞在先の館に戻ってくると、あとから三人の若者たちも走り帰ってきた。季武は馬から降りて屋敷内に入り、言い争った者たちに、

「そこもとたちはずいぶん冷やかしてくれたが、ほらこの通り、川を渡って赤ん坊までも取り押さえてきたぞ」

と言って、右の袖を開いてみせた。と、そこからこぼれ落ちたのは、少しばかりの木の葉だった。

　そこに、ひそかにあとをつけていった三人があらわれ、渡でのありさまを語って聞かせたところ、行かなかった者たちまでが、身の毛のよだつ思いで死ぬほど恐ろしく

80　171ページ、注33参照。

感じた。そこで約束通り、賭け物を各人差しだしたのだが、季武は受け取らず、

「あれは、言葉のいきがかりで賭けをしたまでのこと。このくらいのことは、出来て当たり前だ」

と言って、それらを元の持ち主に返した。

これを聞いた者は皆、季武を誉めたたえた。

この産女のことを、「狐が人をだまそうとして化けるのだ」という人もいたし、「お産で死んだ女が幽霊になったものだ」という人もいた、ということで、こうして今に語り伝えられている。

（巻第二十七第四十三）

見事な馬術を披露して逃げた東国の男の話

今は昔、花山上皇[81]の邸宅の門前を、東国の人がそれとは知らずに馬に乗ったまま通り過ぎようとした。邸で働く人々がそれを見とがめ、表門から走り出てきて、馬の口輪を取りあぶみを押さえ、門内にしゃにむに引き入れた。そして、馬に男を乗せたま

ま、庭の入口になっている中門[82]のわきに連れて行き、ののしり騒いだ。その騒ぎを上皇が聞きつけて、

「いったい何を大騒ぎしているのか」

とお訊ねになった。従僕たちは、

「御門前を馬に乗ったまま通り過ぎようとする無礼者がおりましたので、騎乗のまま御門内に引き入れたのでございます」

と言上した。上皇はこの返答を聞いて大変お怒りになり、

「わが門前を騎馬で通り過ぎようとするとは、なんたる狼藉か。馬に乗せたままでかまわぬから、そやつを寝殿正面[83]の南庭に連れて参れ」

とお命じになった。そこで従僕二人が馬のくつわ[84]の左右を取り、別の二人が左右のあ

81　九六八年〜一〇〇八年。第六十五代の天皇。在位は九八四年〜九八六年で、冷泉天皇の第一皇子。冷泉天皇と同様に奇行や乱心のふるまいが多かったとされ、その逸話が『大鏡』や『古事談』に収められている。
82　寝殿造りの対の屋と釣り殿、泉殿とをつなぐ廊下（中門廊）を切り開いて設けた門。
83　寝殿造りでは、正面が南（「ハレ」を表す）に面するように造られる。
84　167ページ、注30参照。

ぶみを押さえて、南側の庭へ引っ張っていった。

上皇が寝殿の南面に垂らした御簾[85]の中からその男の様子をたしかめると、年は三十あまり、髭は黒々とし、結い上げた髪も美々しく豊かで、少し面長の色の白い顔は凛々しい。綾藺笠をかぶったままだが、笠の下からのぞいて見えるその面構えはいかにもひとかどの人物らしく、肝も太そうである。服装は、白の単衣に紺の水干を重ね、赤の毛皮に白の斑点が鮮やかに散る夏鹿の行縢を付けている。そして、鍛えたばかりの真新しい太刀を佩き、腰に付けたやなぐいには、柄を黒漆塗りにした征矢を四十本ほど入れ、雁股の矢を二本添え差しにしている。さらに、やはり漆塗りらしい戦陣用の矢筒[86]が、背中に負われつやつやと黒光りしている。猪の皮で作った沓を履いて、ところどころに革を巻きつけた太い弓を持っていた。

またがっているのは、たてがみを短く切りそろえた大柄な茶褐色の馬で、体高は四尺五寸ほど。頑丈な脚をしていて、七、八歳の盛りと見える。まことにほれぼれするような名馬である。馬はくつわの左右を取られているのを嫌がって、脚をひどく跳ねあげている。武器である弓は、表門から引き入れる時に、従僕のひとりが男から取りあげて持っていた。

上皇は、馬が跳ねているさまをご覧になって感心され、庭を何度も引き回させたが、

その暴れぶりはいっこうにおさまらない。そこで、

「あぶみをおさえている者は、離れよ。くつわを取っている者も、放して自由にしてやれ」

とお命じになり、皆を遠ざけた。自由になった馬はそれでも跳ね回っていたが、乗っている男が手綱をゆるめ、馬の背を撫でさすってやると、急に暴れるのをやめ、膝を折って挨拶めいた身ぶりまでした。上皇はその様子に、

「なんと見事な乗り手であることよ」と大層感心され、

「弓を返してやれ」

とお命じになる。上皇の仰せにしたがって弓を返すと、男は弓を小脇に抱えて馬を乗り回しはじめた。騒ぎを聞きつけた町の人々が中門にたくさん集まってきて、男のたくみな騎乗ぶりを見物しながら大声でほめそやした。

男はしばらく庭内をぐるぐる乗り回していたが、やがて中門の方向に馬首をめぐら

85　貴人の邸内で用いられる簾（すだれ）。
86　原文は「えびら」。「やなぐい」と同様に、矢を入れ背負う武具だが、もともとは蚕に繭をつくらせる器を、「えびら」と呼んだ。

すと、いきなり馬腹を蹴ってそちらめがけて飛ぶように走りだした。中門に集まっていた見物人たちは、とっさに身をかわすこともできず、先を争って逃げようとしたり、馬に蹴られまいとあわてて駆けだしたり、大混乱。中には、実際に馬に蹴り倒される者もいる。その混乱の中、騎馬の男は表門を走り出て、東洞院大路[87]を南に向けて風のように逃げ去った。上皇邸の下僕たちがあとを追ったが、猛烈な速さで疾駆していく名馬に追いつけるはずもない。結局、男と馬はどことも知れず消え失せてしまった。

上皇は、

「まったく、たいしたしたたか者よ」

とおっしゃったのみで、格別立腹のご様子でもなかったため、男の行方を強いて探索することもなく終わった。男が、上皇の御前から「馬を飛ばして逃げよう」と思いついたその心根はまことに大胆ではあるが、一方で、馬術の腕前にお褒めの言葉をいただくこともせず、ただ逃げてしまったのはお粗末な話だった、と、こうして今に語り伝えられている。（巻第二十八第三十七）

武人のすぐれた機略で命を拾った法師の話

今は昔、下京のあたりに、小金持ちの法師が住んでいた。財産のおかげでなに不自由なく豊かに暮らしていたが、ある時ひどく不思議な現象が家の中で起こった。あるいは神仏のお告げかもしれないと思い、賀茂忠行(かものただゆき)[88]という陰陽師(おんみょうじ)[89]にその現象の吉凶を訊ねたところ、

「私がこれからお伝えする日には、かたく物忌み(ものい)[90]をしなさい。さもないと、強盗の被害に遭って命を失うかもしれませんぞ」

87　平安京を南北に通る。現在の東洞院通にほぼ重なる。646ページの地図参照。
88　生没年未詳。十世紀中後期ごろの陰陽家。賀茂保憲、慶滋保胤の父で陰陽道の大家として知られた。安倍晴明の師とされる。
89　古代の律令制下では、中務省(なかつかさ)の陰陽寮(おんようりょう)に所属した官人。陰陽五行説に基づく陰陽道によって吉凶を占い、地相を判定した。陰陽道は、平安時代になると道教に由来する呪禁(じゅごん)などとも融合し、それとともに数々の著名な陰陽師があらわれた。
90　家のなかに籠もって身を清め、行動を慎むこと。

と、何月何日が凶である旨を告げられたため、法師は恐ろしさにふるえあがった。

やがてその当日になったので、法師は門を固く閉じ、よその者を入れることなく、真剣に物忌みをした。忠行が占った日は何日かあったため、物忌みも数度にわたっておこなうことになった。そんな物忌みをしているある日の夕暮れ時、門を叩く者があらわれた。法師の家の者たちがおびえて返事もしないでいると、さらにしつこく叩き続ける。しかたなく召し使っている者をやって、

「どなた様でいらっしゃいますか。当家は今固く物忌みをしている最中でございます」

と言わせたところ、

「平貞盛[91]が、たった今陸奥の国から上京いたしました[92]」

という返事。

この貞盛という武将は、法師とは昔から非常に親しく、ほとんど親友といってもいい間柄だった。物忌みのために門前払いされそうだと知った彼は、重ねて取り次ぎ役の家来に門の内側に向けてこう言わせた。

「たった今都に到着いたしましたが、ゆえあって今日のうちに本宅に帰ることはすまい、と思っております。こちらにお邪魔できなければ、さて、どちらに行ったらよい

ものやら。それにしても、どのようなことで物忌みに入られているのでしょうか？」

するど、門の内で受け答えをしている者は、

「強盗に入られて命を失う、という占いがあったので、このように固く物忌みをしております」

と答えた。それを聞いた貞盛は、

「それならば、かえってこの貞盛がおります方がよろしいでしょう。ぜひとも内にお入れください」

と申し入れさせた。このやりとりを聞いた法師も、「たしかにその通りだ」と思ったのか、

「では、貞盛の殿さまおひとりだけお入りください。ご家来衆やお供の者たちはお帰しくださいますよう。なんといっても固い物忌みでございますから」

と言わせた。貞盛は、

「承知つかまつった」

91　平安時代中期の武人。藤原秀郷とともに承平・天慶の乱を平定する。151ページ、注13参照。
92　貞盛が陸奥守在任中の出来事であるとすれば、九七四年から数年以内のことと考えられる。

と言って、自分ひとりで法師の家に入り、馬や家来たちは皆帰してしまった。そして、法師には、

「物忌みをしておいでなのですから、決してお姿をお見せになってはなりませんぞ。私は、庇(ひさし)の間[93]の片隅で休ませてもらいます。実は今日は、私も自宅に戻るのは凶であるという日ですから、お互いさまですな。法師様には、明朝お目にかかろう」

と伝えさせ、母屋を取り巻く広縁(ひろえん)の一角に部屋を仮ごしらえさせた。そして、そこで食事を済ませると、そのまま寝た。

やがて真夜中も過ぎたかと思われる頃、門を押す音がした。貞盛は、「さては、盗人がやってきたか」と思い、弓矢を手にして、牛車を停めておく納屋[94]の方に移動して身を潜めた。すると、案の定盗賊である。彼らは太刀で門扉をこじ開け、足早に敷地内に入ってくると、建物の南側に回り込んだ。貞盛はその盗賊の中にまぎれこみ、貴重な財物があり法師が寝起きしている一画に盗賊が行かないよう、何もない方を示して、

「このあたりにお宝がありそうだぞ。ここを蹴破って入れ」

と指図した。盗人たちは、まさか仲間でもない貞盛が言っているとはつゆ知らず、持っていた松明(たいまつ)の火を息で吹き立てて明るくし、まさに侵入しようとした。その瞬間、

貞盛はハッとして、「盗人を家の中に入れてしまったら、思いがけず法師が殺されてしまうかもしれない。やはり、こやつらが中に入らぬうちに射殺した方がいい」と思い返した。彼のそばに立っているのは、弓矢で武装した屈強な男で、倒すのはなかなかむずかしそうである。が、ひるんではならじと、男の背後に回り込み、背中からひと矢で男の胸を射貫いた。

こうしておいて、

「うしろから射かける奴がいるぞ！」

と叫びながら、自分が射倒した男にむかって、

「おい、逃げろ！」

と声をかけるふりをし、そのからだを奥まった物陰に引きずり込んだ。さらに、別の男が、

93 原文は「放出（はなちいで）」。寝殿造りの母屋に接続して建てられた部屋。もしくは、庇の間（広縁）を几帳や障子などで仕切って作った仮設の部屋。儀礼や接客、宿直に使われたか。

94 原文は「車宿（くるまやどり）」。牛をはずしたあとの牛車を納めておく建物。寝殿造りでは通常総門の内側で、中門の近くに設けられる。

「だれか射かけてきたな。なに、大したことはない。どんどん踏み込め！」と気負って下知するのを、貞盛はそのかたわらに走り寄るや、胴体の真ん中めがけて矢を射込んだ。そして、

「射られているぞ。もうだめだ、みんな逃げるんだ！」と言いながら、射倒したふたり目の男も奥まったところに引きずって行き、前の男のからだのそばにころがした。

そのあと、貞盛は盗賊ふたりの死体がころがっている場所から、鏑矢[95]を音高く次々に射たので、残りの盗賊たちは先を争って門の方に逃げ出した。その背中を彼が容赦なくびしびし射ていくと、またたくまに三人が門前に倒れた。もともと十人ほどの人数だったが、残った連中は倒れた仲間のことなど見向きもせず、逃げ走る。が、貞盛はその残りのうちの四人をも、即座に射殺した。最後のひとりは四、五町ほど逃げたのだが、腰を射られていたので、逃げ続けることができず、道の脇の溝に倒れ込んでいた。夜が明けてから、その男を尋問して自白させた結果、盗賊一味を一網打尽にすることができた。

それにしても、貞盛公が偶然来合わせたおかげで法師は命拾いしたのだから、まことに幸運だった。「もしも、物忌みをしているからと、杓子定規に貞盛を家に入れなかったら、法師はきっと殺されていたことだろう」と人々は言い合った、と、こうし

て今に語り伝えられている。

（巻第二十九第五）

死んだふりをした盗賊と武人の話

今は昔、袴垂（はかまだれ）[96]という盗賊がいた。盗みに精を出した揚げ句、捕まって牢獄に入れられたのだが、運よく大赦（たいしゃ）にあって釈放された。とはいうものの、頼っていくところはどこにもない。どうしてよいやら考えあぐねた末、都の東側の出入り口である逢坂山に行き、すっ裸になって死人のふりをした。街道を行き来する人々は、道端に倒れたこの袴垂を見て、

「何で死んだんだ？　傷はどこにもないし」

95　207ページ、注79参照。

96　未詳。十世紀後半から十一世紀初頭ごろの盗賊。藤原保昌の弟で、下級官吏から盗賊の首領になった藤原保輔と同一視された。

などと、まわりを取り囲んでがやがや言い合った。するとそこに、立派な馬にまたがり、弓矢を背負った武人が、一族の人々や家来をたくさん引き連れて、都の方からやって来た。武人は人々が大勢立ち止まってなにやら見物している様子に目をやると、馬のたづなをさっと引いて歩みを止め、従者を呼び寄せ、

「なにを見物しているのか見てこい」

と命じた。従者は走って行き、たしかめて戻ってきた。

「傷もない死人が倒れているのでございます」

主の武人はこれを聞くや、いつでも応戦できるように身構えて弓を取り直すと、死人から距離をおいてゆっくり馬を進めながらそこを通り過ぎた。通り過ぎる間じゅう、死人から決して目を離さない。その様子を眺めた人々は手を叩いて大笑いし、

「一族やら家来やらをあんなにたくさん引き連れたお武家さまなのに、ただの死人に出会ってびくびく警戒しながら通り過ぎるとは、なんとも立派な武者ぶりだ」

とあざけった。だが、その武人はそ知らぬ顔で行ってしまった。

その後、見物人も散っていき、死人のそばには誰もいなくなった。そこに、またひとり別の武人が通りかかった。この武人は、一族の者も家来も連れずひとりきりだった。ただ、弓矢だけを持って馬にまたがっていたのだが、死人を見るとどんどん近づ

いていき、

「哀れな奴だ。どうして死んだのかな。傷も見当たらないが」

と言って、持っている弓で死人をつついたり引き動かしたりした。その途端、死んだふりをしていた袴垂は弓をつかんで跳ね起き、馬に走り寄って馬上から武人を引きずり落とした。そして、

「親の仇には、こうするものだ！」[97]

と言うなり、相手が腰に差していた刀を引き抜き武人を刺し殺した。

そうやって息の根を止めると、袴垂は武人の水干や袴を剝ぎ取って身につけ、弓とやなぐいも奪って背負うと、武人が乗っていた馬にまたがり、東に向けて飛ぶように走りだした。やがて、同じように大赦で出獄した裸同然の者が、十人二十人とそのあとを追ってきた。出獄の時に、あらかじめ打ち合わせをしていたのである。その連中を手下に従えた袴垂は、街道で行き会う人々の水干や袴、馬などを奪い、さらに弓矢や太刀、刀なども片っ端から強奪した。そして、手下たちに奪った衣服を与え、武装させて馬にまたがらせた。手下も二十から三十へと増えて、逢坂山から勢いよく東に

97　相手は別に袴垂の親の仇などではない。一種の決まり文句。

下っていったが、まさに向かうところ敵なし、というありさまだった。

この袴垂のような者は、ほんの少しの隙でも見せようものなら、こういうことをするのである。それを知らずにうかうかと無防備に近づいたりすれば、必ずやこういう風に襲いかかられるものなのだ。用心して通り過ぎていった最初の騎馬武者を、

「あれは誰だったのか。実に賢い人ではないか」

ということで問い訊ねたところ、村岡の五郎、本名を平貞道（たいらのさだみち）[98]という名高い武人であった。その名を聞いた人々は、

「なるほど、あの人であればそうであろう」

と言い合って感心した。多くの家来や一族を引き連れていながら、警戒怠りなく通り過ぎたのは、賢明なふるまいである。それにひきかえ、従者さえ連れていないのに近づいて刺し殺された武者は、まったくあさはかな者である。この出来事を耳にした人は、両者をくらべてほめたり非難したり、あれこれ批評した、と、こうして今に語り伝えられている。


（巻第二十九第十九）

98　碓井貞光とも。生没年未詳。平氏の系図では平忠通という記載もあるが、混同などもあり未詳。村岡五郎は、平良文の通称とされ、貞道はその子とも孫とも言われる。または小五郎、または二郎と呼ばれたとある。頼光四天王の一人である武人。

三　僧侶も人の子、欲心・悪心あり

釈迦の高弟が異教徒と術比べをする話

今は昔、釈迦如来（しゃかにょらい）の高弟で舎利弗（しゃりほつ）[1]という尊者（そんじゃ）がいらした。この人は、元は異教徒[2]の家の生まれであった。母の胎内にいる時からすでに知恵があり、その腹を蹴破って外に出ようとしたので、鉄の腹帯を巻いて防がねばならないほどであった。やがて月満ちて生まれると、舎利弗と名づけられた。その後、長爪梵志（ちょうそうぼんじ）[3]という異教徒を師匠として、異教の経典を学んだ。

だが、ある時、釈迦如来の御弟子（みでし）である馬勝比丘（めしょうびく）[4]が仏道の四つの聖なる真理[5]を説くのを聴いて、舎利弗は即座に異教の門を離れ釈迦の弟子になり、第一の悟り[6]を得た。さらに、釈迦のもとで七日の修行を経ただけで、最高の悟りである阿羅漢[7]の境地に達した。すると、多くの異教徒たちは舎利弗を憎み、彼らの中の知恵にすぐれた者、神通力に長じた者、異教の聖典に通じた者を首領格に押し立てて、彼と秘術比べをしようと申し入れてきた。そこで、日を定めて術による勝負をすることになった。

この勝負は天竺（てんじく）の十六の大国[8]すべてで大評判になり、秘術比べをひと目見ようと、身分の上下を問わず国中の人がことごとく集まってきた。術比べは舎衛国（しゃえいこく）[9]の波斯匿王（はしのくおう）

の前で行われることになったが、舎利弗はただひとり、対する異教徒たちは数え切れ

1　舎利子とも。釈尊十大弟子のうちで最も高名だったインドの僧侶。「智慧第一」と称された賢者。王舎城近郊の婆羅門種の出身。大勢の弟子を率いて釈迦に集団で帰依した。
2　原文は「外道」。釈迦に先行する六人の在野の思想家たちを、まとめて指すための呼称である「六師外道」に由来。
3　「六師外道」の中の「順世外道」（唯物論および快楽至上主義の説を奉じる学派）の出身で舎利弗の外叔父と言われる。その名は、学を究めるまでは爪を切らない、と誓ったことに由来。のちに、仏教に帰依。
4　「阿説示」（アッサジ）のこと。釈迦の弟子の一人。釈迦が悟りを開いたのち、最初に教えを説いた五比丘の一人とされる。
5　四諦のこと。四諦とは、この世はすべて苦であること（苦諦）、その苦の因は煩悩であること（集諦）、その煩悩を滅すること（滅諦）、八正道の実践・修行が煩悩を滅した理想の涅槃に至る手段であるということ（道諦）。
6　原文は「初果」。原始仏教における最初の修行成果のこと。
7　原文は「阿羅漢果」。原始仏教における最高の修行階位である阿羅漢位に達した修行成果。
8　古代インドで勢力を持った十六の大国。全インド、とも解せる。
9　釈迦の存命中に中インドにあった国。コーサラ国。祇園精舎があったことで知られる。
10　釈迦と同時代を生きた、コーサラ国王。釈迦に帰依し、仏教教団を厚く保護した。

ないほどの人数である。双方は左右に分かれて坐り、術をあらわしはじめた。

異教徒側は、まず舎利弗の頭上に大木を浮かせ、それを落として彼の頭を打ち砕こうとした。が、舎利弗は、毘嵐（びらん）[11]という大風を吹かせて、大木をはるか彼方に吹き飛ばしてしまった。すると、異教徒側は、洪水で舎利弗を押し流そうとした。対する舎利弗は、巨大な象を出し、あっという間にその水を吸い干させてしまった。異教徒たちは、洪水でだめならと、今度は巨大な山を出現させた。舎利弗は力士を出して、これを拳で打ち砕く。このあとは、異教徒が青竜（せいりゅう）[12]を出せば、舎利弗が金翅鳥（こんじちょう）[13]で追い払い、巨大な牛には獅子（しし）を出して寄せつけない。最後に、異教徒たちは大夜叉（だいやしゃ）[14]を呼び寄せたが、舎利弗側からは毘沙門天（びしゃもんてん）[15]が出ておいでになり、夜叉を降伏させてしまわれた。

こうして異教徒たちが完敗し、舎利弗の勝ちとなったので、釈迦如来の評判は上がり、その法力が貴く偉大であると天竺中に知れ渡った。そして、多くの異教徒たちが、このの ち舎利弗尊者の門に入り、心から仏道を尊ぶようになった、と、こうして今に語り伝えられている。

（巻第一第九）

舎利弗と目連が神通力を競う話

今は昔、釈迦如来が祇園精舎[16]で教えを説いていらした頃のことだが、ある日、多くの弟子たちが集まっているにもかかわらず、舎利弗だけがまだ来ていなかった。釈

11　「毘嵐婆」の略で、世界の始めと終わりに吹くという暴風。

12　陰陽五行説では四神の一つで、東方（春）をつかさどる神霊。

13　仏典やインドの神話に見える想像上の鳥。八部衆の一つである迦楼羅とは別のものだったが、のちに同一視されるようになった。

14　毘沙門天の眷属または兄弟で、仏法を守護する八体の夜叉のこと。宝賢・満賢・散支・衆徳・憶念・大満・無比力・密巌がある。本話では、仏教に帰依する前の悪鬼だった八大夜叉を「外道」＝異教徒が招来した、と解すべきであろう。

15　多聞天とも。帝釈天に仕える四天王の一つ。大夜叉を統率し、四天王の北方を守護する神将。

16　祇園は「祇樹給孤独園」の略。貧窮孤独な人々に食を与えた須達長者が、祇陀太子の故地を買い取って寄進した園林という意。その園林に建立して寄進したことから、祇園精舎の寺名がある。

迦如来は目連(もくれん)尊者[17]に、

「そなた、すぐ舎利弗のもとに行って、呼んできなさい」

とおっしゃった。目連は釈迦のお言いつけに従い舎利弗のところに出かけていき、釈迦如来のお言葉を伝えた。その時舎利弗は、衣のほころびを縫っている最中で、帯が地面に置かれていた。

　舎利弗は呼びに来た目連にむかって、

「あなたは、神通力(じんずうりき)第一のお方だ。地面に置いてあるこの帯を、さわらずに動かしてごらんなさい」

と言った。そこで目連は、神通力をふりしぼって帯を持ちあげようと試みたが、まったく動かない。彼の神通力で須弥山(しゅみせん)[18]は震えるし、大地もぐらぐら揺れているというのに、ついに帯だけは動かないままだった。

　すると今度は、舎利弗は目連に、

「あなたは先に行っていてください。私はあとから参りますから」

と言った。そう言われた目連が釈迦の御前に帰ってくると、威儀を正した舎利弗が釈迦のおそばにすでに控えていた。目連はこれを見て、なんと不思議なことだと驚くばかり。そして、「われこそ神通力第一と思っていたが、舎利弗には敵わない」と思い知ったのだった。こうして、御仏(みほとけ)のお弟子の中で知恵第一と称された舎利弗は、神通力でも第一であるとわかったのである。

御仏のお弟子たちでさえ、このように互いに優劣を競われるのだ。まして、末法の世の僧侶が知恵や法力を競うのは、ごく当たり前のことではないか、と、こうして今に語り伝えられている。（巻第三第五）

17　正しくは、目犍連(もくけんれん)。マガダの国王舎城郊外の出身。仲の良かった舎利弗とともに初めは六師外道の一人サンジャヤ・ベーラッティプッタという懐疑論の思想家に学ぶが、後に舎利弗とともに釈迦に帰依した。仏弟子のなかの長老格で「神通力第一」と称された。ちなみに、サンジャヤは、229ページ注3の長爪梵志とは別人。

18　仏教的な世界観で、宇宙の中核をなすという巨大な山。山頂には帝釈天(たいしゃくてん)が住む忉利天(とうりてん)、中腹には四天王が住む四王天があり、太陽と月が周囲を回っているとされる。

師が弟子の煩悩をためす話

　今は昔、釈迦如来が涅槃(ねはん)[19]に入られてから百年ほど経った頃のこと、真の悟りの境地に達した優婆崛多(うばくった)[20]という聖者がいらした。弟子のひとりにある出家僧がいたのだが、優婆崛多は彼の心根をどのように見きわめたのか、常にきびしい叱責の言葉を口にされた。

「そなたは、どんなことがあろうと女人に近づいてはならぬ。近づいたりすれば、煩悩の輪廻(りんね)に囚われて、永久に悟りを得ることができなくなるぞ」

と、ことあるごとにそうおっしゃって、いましめられた。すると弟子は、

「わが師のお言葉とも思えませぬ。この私を何と思っておいでなのでしょうか。私はすでにこの世の悟りを得た身の上です。女人に触れるなど、金輪際(こんりんざい)、永久に断ち切っております」

と、まことに尊げな態度で応えるのが常だった。他の弟子たちもみな、「これほど立派な修行僧に、師がしつこくあんなことをおっしゃるのは、まったく不思議な話だ」

と思っていた。

このように師から常にきびしい忠告を受ける日々が続いたある日、この弟子はちょっとした用事で外出することになった。道筋の途中に川があり、向こう岸に渡ろうとしていると、同じように川を渡るひとりの若い女がいた。ところが、川の深いところにさしかかった時、女は足をとられ水に押し流されそうになった。女は彼に、「そこにおいでのお坊さま、どうかお助けください」と叫んだ。僧は最初、助けを求める彼女の声を無視しようと思った。だが、放っておけばたちまち流されてしまうのはあきらかだった。それではあまりに気の毒だと思い、近寄っていき、女の手をとらえて水から引き上げてやった。女の手は、ふっくらと肉付いてすべすべしている。それを握った僧は、女を岸に引き上げたあとも、そのまま放そうとしない。

19　もとは、仏教における究極的目標である永遠の平和や最高の喜び、安楽の世界を指す。後に、釈尊の死を「涅槃に入る」というようになった。入滅。

20　マトゥラー（摩突羅）国、現在のウッタルプラデーシュ州ムットラの裕福な商人出身。ジャーナカ・ヴァーシン（商那和修）の弟子。釈迦の入滅の百年後に涅槃に入り、「無相好仏」（仏陀の持つ三十二の徳相＝身体的特徴などは持たないが、仏陀同様の徳をそなえた者を指す）として衆生を救うとされた。

女が、もう手を放してほしい、先を急ぎたい、という風情なのに、僧はますます強く握りしめる。なんとも怪しいことだと女がいぶかしむと、僧がこんなことを口にした。

「これも前世からの因縁なのでしょう。あなたが愛しくてなりません。私の言うことを、どうか聞いてくださいませんか」

するとと女は、

「水に流されて命を失う瀬戸際に、ちょうどあなたさまがおいでになり助けてくださいました。今こうして生きていられるのも、ひとえにあなたさまのおかげでございます。そのあなたさまがおっしゃることを、どうしてお断りできましょう」

と答える。それを聞いた僧は、

「私の望みというのは、ほかでもない、こういうことです」

と言うや、すすきや萩が生い茂る藪の中に、手を握ったままの女を引き入れた。

そして、人の目の届かない深い茂みに女を横たわらせ、彼女の服の裾の前側をかきあげ、自分のそれもかきあげて、相手の両足のあいだに身を差し入れた。が、誰かに見られていはしないかと気になり、うしろを振り返って確かめた。よし、誰も見ていないぞ、と安心してまた女の方を向くと、なんと、師である優婆崛多があおむけに寝

そべって、自分のからだを股にはさみこんでいるではないか。師はにこやかに微笑んで、

「八十を過ぎたこの老法師に愛欲の心を発してこのようなふるまいに及ぶとは、いったいどういう心根なのか？　これが愛欲の煩悩を断ち切った者のすることか」

とおっしゃる。弟子の僧はびっくり仰天し、逃げようとしてひたすらもがいた。しかし、優婆崛多は両足で弟子のからだを強くはさみつけ、決して放そうとはせず、

「お前は愛欲の心で、こうしたのではないか。即刻わたしと交われ！　そうでなければ、絶対に許してはやらん。こやつめ、悟りを得たなどとわたしをあざむきおって、なんという心根だ！」

と、大声をあげてののしった。

その大声を道行く多くの人々が聞きつけ、いったい何事かと寄ってきた。見ると、老僧の股に別の僧がはさまれてもがいている。老僧が、

「この僧はわたしの弟子だ。八十にもなる自分の師と交わろうとして、こうやって藪の中に引き入れたのだ」

と説明したので、人々は怪しみつつ弟子にむかって盛んに罵声を浴びせる。

優婆崛多は、弟子の醜態を見物人たちに存分に見せつけたあと、起きあがって弟子

を捕まえ、そのまま大きな寺に連れていった。そして、鐘をついて寺の僧たちをお集めになった。寺僧たちが大勢集まって来ると、優婆崛多は弟子の所行の一部始終をお語りになった。僧たちはそれを聞き、声をあげて嘲りからかった。弟子の僧は、このありさまにこの上ない恥ずかしさを感じた。まさに、身が砕けるような思いである。そして、わが行いを心から深く後悔しているうちに、いつしか最高の悟りまであとひと息のところに到達していたのである。[21]

優婆崛多が弟子を巧みに導いて真の仏道にお入れになることは、まさに釈迦如来と同じである、と、こうして今に語り伝えられている。

（巻第四第八）

弘法大師が修円僧都に挑む話

今は昔、嵯峨天皇[22]が世をお治めになっていた頃のこと、弘法大師[23]と申しあげる方がいらした。僧都[24]の位をお持ちで、天皇の護持僧[25]をおつとめになっていた。また、興福寺[26]には修円僧都[27]という方がいらした。この方も護持僧として、大師と共に天皇にお仕えしていた。ふたりとも大変に尊い名僧だったので、嵯峨天皇はどちらかを贔屓（ひいき）になさるということなく、両者を同じように重んじられていた。弘法大師は、唐に渡って正しく真言密教を学び、わが国に伝え広めた方である。修円僧都は、元は法相宗（ほっそう）[28]を修められたが、柔軟な考えの持ち主で、密教を深く悟ってその秘法を修得されていた。

21　原文は「阿那含果（あなごんか）」。原始仏教や部派仏教における修行の階位「四向四果（しこうしか）」の四段階で三段目に当たる。

22　七八六年〜八四二年。第五十二代の天皇。在位は八〇九〜八二三年。桓武天皇の第二皇子。

23　七七四年〜八三五年。平安時代前期の僧侶。法名は空海。死後の諡（おくりな）が弘法大師。入唐して恵果から密教の嫡流を受ける。帰国後に高野山金剛峯寺・東寺教王護国寺を根本道場として真言宗を開く。詩文や書でも傑出。

24　僧正に次ぐ位。空海は天長元（八二四）年に任少僧都、同四年に大僧都に昇任した。

25　天皇の身体護持のために祈禱を行う僧侶。

26　現在の奈良県奈良市登大路町に現存する。法相宗大本山。天智八（六六九）年藤原鎌足の妻・鏡女王（かがみのおおきみ）が山階（現在の京都市山科区）に建てた山階寺に始まる。

27　七七一年〜八三五年。俗姓は小谷。大和（現在の奈良県）の人で、興福寺別当を務めた。

28　唐の慈恩大師が開いた大乗仏教の一派。中国十三宗、日本八宗、南都六宗の一つに数えられる。

ある時、修円僧都が天皇の御前に伺候したところ、そこに大きな生栗が置いてあった。

天皇が、

「これを茹でて持って参れ」

と仰せられ、おそばの者が栗を持っていこうとしたところ、僧都は、

「人間界の普通の火で茹でる必要はございません。法力で茹であげてご覧にいれましょう」

と言った。天皇はその言葉に、

「それはまことに尊いことである。ぜひ茹でてもらいたい」

とおっしゃり、塗り物の蓋に栗を入れ、僧都の前に据え置かせた。修円僧都は、

「では、試しに茹でてみましょう」

と言っておもむろに祈禱すると、栗は見事に茹であがった。このありさまをご覧になった天皇は、この上なく尊ばれ、すぐにお召し上がりになった。すると、その味は他の栗とは比べようもないほどの美味しさである。そこで、以後何度となく、天皇は僧都に栗を茹でさせた。

さて、その後、弘法大師が参内された折に、天皇はこの次第をお語りになり、修円

僧都の法力を口をきわめてお褒めになった。大師はそれをお聞きになると、

「実に尊いことでございますな。では、わたくしがおりますこの時に、修円僧都をお召しになって栗を茹でさせてご覧なさいませ。わたくしは隠れて少々祈禱を試みます」

と言って、別室にしりぞいた。天皇は、大師の言葉にしたがって修円僧都を呼び出し、いつものように栗を持ってこさせて茹でさせた。僧都は、栗を前において祈禱を試みる。ところが、今度は茹でられない。全身全霊、力をふりしぼって何度も何度も祈ったが、どうしても茹でることができない。修円は不思議に思い、「これはいったいどうしたことか」と考えあぐねていると、別室から弘法大師が姿をあらわした。僧都はこれを見て、「さては、この人が私の祈禱を邪魔していたのだな」とわかり、たちまち大師をねたみ憎む思いが心中に湧きあがった。それからというもの、ふたりの名僧はすっかり仲が悪くなり、お互いに「死ね、死ね」と呪詛するようになってしまった。相手の息の根を完全に止めようと、双方何度も呪いの祈禱の日延べをしては[29]、呪詛し続けた。

29　この種の祈禱は期限を定めて行うのが通常。効果がないために何度も延長したのである。

そんな中、呪詛がなかなか成就しないので、弘法大師は一計を案じ弟子たちを市に使いに出した。彼らに葬式の道具を買わせて、「空海さまのお弟子たちが葬儀の用意をしているぞ」と人々に噂させようとしたのだ。さらに、「空海僧都がお亡くなりになった。そのお葬式の道具を買っているのです」と言うよう弟子たちに教えた。修円僧都のある弟子が「空海死す」のこの噂を耳にして、喜び勇んで寺に走り帰り、師にこのことを告げた。修円もこの報告を聞いて喜び、

「本当なのだろうな」

と念を押したところ、弟子は、

「たしかにそう聞きましたのでお知らせしたのです」

と答えた。修円は、

「間違いない。これは、私の呪法が功を奏したのだ」

と思って、呪詛を終わらせる結願(けちがん)の儀式を執(と)り行った。

一方、弘法大師は修円僧都のもとにひそかに人を遣わし、

「祈禱を終わらせる儀式は済みましたか」

と探りを入れさせた。戻ってきた使いの者は、

「修円僧都は、『私の呪詛が効いたのだ』と喜んで、今朝修法(しゅほう)を終わらせたそうです」

と大師に告げた。そこで弘法大師は、ここぞとばかり精魂込めて呪詛の祈禱をなさったので、修円僧都はたちどころに呪い殺されてしまった。

そののち、大師は、

「修円僧都を呪い殺すことができて、これでもう安心というものだ。しかし、この長い歳月、私と法力を競い合って、優る時もあれば劣る時もあり、いわば互角の状態が続いたということは、かの人もただ者ではないにちがいない。どういう人であったのか知りたいものだ」

と思い、死者の魂を呼び招く法を行われた。すると、祈禱を行う大壇（だいだん）の上に、軍荼利（ぐんだり）明王（みょうおう）[30]が足を踏みしめてお立ちになられた。それを見た大師は、

「思った通り、修円僧都は尋常のお人ではなかった」

と感じ入って修法を終わらせた。

思えば、菩薩の生まれ変わりと言われる弘法大師が、呪詛の法で人を殺すようなこ

30　五大明王の一尊。もともとヒンドゥー教のシャクティ（性力（しょうりき））崇拝が仏教化されて成った明王。煩悩や障害を取り除く功徳がある。形像は全身青色で蛇が絡みつき、八臂、火焰に包まれた忿怒形。

とをなさったのは、後世の人に悪行を思いとどまらせようとされたためであろう、と、こうして今に語り伝えられている。[31]（巻第十四第四十）

悪法師の企みから危うく逃れた若夫婦の話

今は昔、九州大宰府[32]の次官・大弐（だいに）[33]を務める某[34]という人がいた。子供は大勢いたが、末の息子はようやく二十になったという若さ。なかなかの美男子で、賢く思慮深く、武士の家柄ではないのに力が強く勇猛だった。両親ともにこの息子を可愛がっていたので、一緒に任地である大宰府に連れてきていた。

この時、大弐の下僚である少弐（しょうに）[35]を務めていたのが、筑前守[36]某[37]という人物で、やはりこの人にも可愛がっている娘がいた。年は二十に満たず、姿形が美しくて気だてもよかった。父母は娘を心からいつくしみ愛していたので、大弐夫妻と同様、任地まで連れてきていたのである。

大弐は、自分の末息子とその娘を結婚させたいと思い、「ぜひともお嬢さんを息子の嫁に」としきりに申し入れてくる。少弐は、上司の希望をむげに断るわけにもいかなかったので、良き日を選んで娘を結婚させることにした。

結ばれてからのふたりは仲睦まじい似合いの夫婦で、互いに深く愛しあうようになっていたのだが、夫は以前から京の都で仕官したい、という望みを持っていた。そ

31　空海と修円は親しい間柄だったとされる。また、死没年は二人とも承和二（八三五）年だが、空海が旧暦三月二十一日、修円は旧暦六月十三日で、三か月ほど早く空海が世を去っている。

32　対外防備や九州総管のため、筑前国筑紫郡（現在の福岡県太宰府市）に設置された役所。644ページの官職表も参照。

33　大宰府の次官。大宰権帥を置かない時には府務を統括していた。

34　鎌倉時代初期に成立した『長谷寺験記』下巻・十六にもこの話と同じ内容の説話が収載されているが、そこではこの「某」は「小野好古（おののよしふる）」とされている。小野好古（八八四年～九六八年）は平安時代中期の武人で、小野篁（たかむら）の孫。

35　大宰府の大弐の下の官職。

36　現在の福岡県北西部を治めた行政長官。

37　『長谷寺験記』ではこの某は「藤原永保」とされている。ただし、藤原永保が大宰府少弐として任官した時期は、小野好古の大弐としての任期とはかなりのずれがある。

の思いを遂げるには上京しなければならないが、一方で妻とは片時も離れていたくない。そこで夫は、

「一緒に京に行ってくれないか」

と頼んだ。妻は、夫の頼みを聞き入れ、共に京に旅立つことになった。海路での道中は危険だというので陸路を選び、急ぎの旅ということもあり、選りすぐりの従者を二十人ほど引き連れたのみで出立した。従者たちの多くは徒歩で、荷を負わせた馬はかなりの数にのぼった。

夜を日に継いで旅するうちに、播磨[38]の国の印南野[39]という場所にさしかかった。師走の午後四時を過ぎる頃合いで、凍てつく風が吹きつけ、雪もちらちら舞ってきた。その時、北の山の方から、馬に乗った法師が近づいてきた。夫婦のそばまで来て馬から下りる様子を見ると、年は五十を越えたくらい。立派な風采の人徳ありげな法師である。赤い織物の直垂[40]に紫の指貫袴[41]を身につけ、わらじを履いている。手にした漆塗りの鞭ではやる馬を抑えているが、その馬には螺鈿[42]造りの鞍が置かれていた。

法師はその場にかしこまると、

「わたくしめは、奥さまの御父上、筑前守さまに長年お仕えしていた者でございます。この北のあたりに住まいしておりますが、筑前守さまのお嬢さまが京にのぼられる、

と風の便りに聞き及び、せめても御馬の足なりとお休めいただきたいと思い参上いたしました。陋屋ではございますが、わたくしどもの住み処にぜひともお立ち寄りくださいますようお願い申し上げます」

と言う。その様子も言葉も実に礼儀正しいので、夫婦に付き従う従者たちはみな馬から降り、主人である夫も馬を止め、

「いや、大切な用事があって、こうして夜を日に継いで京にのぼる途中なのです。このたびはご遠慮いたしますが、せっかくのご親切、年が改まって帰国の折には必ずお寄りいたします」

と言って、断った。しかし、法師がくどいほど引き留めるため、なかなか振り切って先に行くことができない。そうこうするうちに、日が山の稜線に沈みかけてくる。従

38　現在の兵庫県南西部。
39　現在の兵庫県加古川市付近の平野。台地状の平野で、平安時代には皇室の猟場として一般の狩猟を禁じた禁野だった。水利が悪く広大な荒れ野がひろがっていた。
40　貴族や武士の平服。248ページ図版参照。
41　49ページ、注56参照。
42　貝殻の真珠色の部分を漆器や木地に嵌め込んだもの。青貝細工。

者たちも、

「せっかく、あれほどにおっしゃるのですから」

などと言いはじめる。とうとう夫も、

「それでは、ご厄介に」

と根負けした。法師は大喜びの体で、馬に乗って先導した。

法師の説明では「すぐそこです」ということだったが、彼の住まいは三、四十町ほ

ども先の山の近くだった。家は土塀を高くめぐらせた広い敷地で、多くの建物が建ち並んでいる。中に入り、寝殿と思われる南向きの家に案内された。さっそくさまざまなご馳走が出され、宴会が始まった。従者たちが案内されたのは、寝殿からずっと離れた侍の詰め所で、そちらでも立派なご馳走が供され、馬の飼い葉もたっぷり用意されていた。従者たちは、すぐにどんちゃん騒ぎというありさま。

一方、若夫婦はというと、付き添いの侍女ふたりとともに用意された部屋に入り、旅装束を解いて横になってひと休みをすることにした。目の前の食膳には珍味佳肴が並び、酒なども用意されていたが、旅の疲れで箸を取る気にはなれない。侍女たちは飲み食いをして、そのまま寝入ってしまったようである。ふたりは疲れでかえって目が冴えて寝られず、寝物語に愛をささやき交わし、

「こんな旅の空では、この先どうなるのだろうという不安な気持ちが募るね。どうも心細くていけない」

などと夫が呟く。そんな風に、夜は次第に更けていった。

するると、奥の方から人の足音が近づいてくる。いぶかしく思って聞き耳を立てていると、足音は枕元の引き戸のところで止まり、やおら戸が引き開けられた。何者か、と夫が起きあがるその髪をくせ者はむんずとつかみ、彼を力ずくで部屋から引きずり

出してしまった。夫は力の強さで人に引けをとらないはずだったが、だしぬけだったので、不覚にもなす術もなく引っ張られ、枕元に置いた刀に手をかける暇さえなかった。相手は上下二枚に分かれている日除け戸[43]の下の部分を蹴り開けると、夫を家の外に押し出しながら、

「金尾丸はいるか？　いつものようにやるのだぞ」

と命じた。すると、恐ろしげな声が、

「ここに控えております」

と応じ、夫のえり首をつかんで引きずっていく。引きずられていく先は、屋敷の片隅だった。そこには土塀がめぐらされていて、塀には人が出入りできるくらいの戸が作られている。そこから中に入ると、深さ三丈ほどもある井戸のような穴が掘られていた。穴の底には先を尖らせた竹が隙間なく植えてある。なんと、この屋敷では、長年の間、街道を上り下る人々をだましては招きいれ、一昼夜もの間眠りこけてしまうほどの酒を用意して飲ませ、一行の主人格の者は穴に突き落として殺し、死んだように酔っている従者たちからは持ち物をすべて剝ぎ取り、殺す者は殺し、生かして家来にできそうな者は生かし、というような悪行を重ねてきたのである。若夫婦は、そんなこととはつゆ知らず入りこんでしまったの

だった。

さて、金尾丸は夫を引きずって土塀までたどりつき、戸を開けた。そして、自分は戸の手前に立って獲物を穴の中に突き落とそうとした。だが、夫は戸の横の小柱にしがみついて、てこでも動かない。そこで、金尾丸は穴の側に立って引き入れようとした。その瞬間、夫は身をかわすや、強く金尾丸を突き飛ばした。穴の側はいくぶん傾斜していたから、金尾丸はもんどり打ってまっさかさまに穴に落ちていった。夫は外へ出て戸を閉じ、屋敷の縁の下にもぐり込んだ。そして、どうしたものかと思案をしたが、いい考えは浮かばない。従者たちを起こしに行ったとしても、どうせ皆死んだように酔いつぶれているはずだ。しかも、詰め所との間には堀があって、渡り橋は引き上げられてしまっている。

妻と寝ていた部屋の床下に忍び入って耳を澄ませると、例の法師が妻のそばに来て、なにやらかきくどいているらしい。

「こんなことを申し上げると、さぞいやらしい奴とお思いでもございましょうが、昼間、あなたさまの笠の垂れ絹が風でひるがえってお顔を隙見いたしてから、ほかのこ

43　原文は「蔀（しとみ）」。73ページ、注87参照。

とが手につかないほど心を奪われてしまいました。こんなことを申すご無礼を、なにとぞお許しください」

と、そう言いつつ、法師は妻の横に身を横たえた様子である。しかし、妻は、

「わたくしには宿願（しゅくがん）がございまして、そのために百日間の精進（しょうじん）[44]をしながら京にのぼって参ったのです。満願までは、まだ三日ございます。どうせなら、満願のあとに仰せに従いたく思います」

と答えた。法師は、

「そんな精進より、よほどましな功徳（くどく）を私が進ぜましょう」

などと言いつつなおも迫ったが、妻は、

「頼みの夫がこうして目の前でいなくなってしまったのですから、今となってはあなたさまにこの身をおまかせするほかはございません。ですから、そんなにお急ぎにならなくても」

と言って、決して身を許そうとしない。法師もしぶしぶ、

「なるほど、ごもっとも」

とあきらめて、奥の方へ戻っていった。

妻は、よもやあの夫がむざむざ簡単に殺されるようなことはあるまい、と思って法

師に応対しているのだが、縁の下でこのやりとりを聞いている夫としては、悲しいやら口惜しいやら、まことにやりきれない思いである。その時、妻が坐っている場所のすぐ前あたりの床に、大きな穴が開いているのに夫は気づいた。すぐさま、落ちていた木切れをその穴から差し込んだ。妻はそれを見つけ、ああ、やっぱりあの人は生きていた、と木切れを引き動かした。しめた、妻も気づいたぞ、と思っていると、またしてもしつこく法師がやってきて、なにやかやと妻をくどく。しかし、彼女がいろいろはぐらかしたり言いつくろったりして色よい返事をしないので、法師はあきらめてまた奥に入っていった。

そこで、妻がそっと日除けの下戸を開いてやったところ、夫は縁の下から這いでて部屋に入ってきた。ふたりは手を取り合って涙を流した。夫は、どうせ死ぬなら共に死のうと思い決め、

「太刀はどうした？」

と妻に訊いた。すると、

「あなたさまが引きずり出された時、とっさに畳の下に隠しておきました」

44　25ページ、注21参照。

と答えて太刀を取りだしたので、夫は心から喜んだ。それから、夫は妻に着物を一枚重ねて着せ、自分は太刀を携えて、法師がいる北側奥の座敷へと忍んで行った。座敷を覗くと、横長の囲炉裏があって、そのそばにまな板が七つ八つと置かれていた。男たちが数人、そのまな板で食べ物を切って食べ散らかしている。弓、やなぐい、甲冑や刀の類いが、そのかたわらに並べられていた。法師は、と見ると、一対の食膳台にさまざまな銀器類を置いて、そこに盛られた食べ物を、家来たち同様食べ散らかしていたが、今や満腹のあまり、脇息に寄りかかったまま居眠りをしている。

夫はこの時、

「長谷の観音様[45]、どうか私をお助けくださり、父母に今一度会わせてくださいませ」

と一心に念じた。そして、

「法師の奴めが居眠りをしているのは、もっけの幸い。たとえ死んでも元々だ。走り寄って首に切りつけてやろう。それしか逃れる道はない」

と思い定め、そっと近づくや、居眠りをして垂れている法師の首めがけて、えいっとばかりに激しく太刀を振りおろした。法師は、

「うわあ」

という叫びとともに、両手で空をつかんで悶絶する。そこをさらに、二の太刀、三の

太刀と追い打ちすると、そのまま息絶えた。

座敷には法師の手下がたくさんいたのだが、観音菩薩[46]のありがたいお助けゆえか、

「いかん、大勢の敵が不意に攻め入ってきて法師を殺したぞ」

と思い込んでしまった。そもそもこの連中も、もとは生け捕りにされて心ならずも悪事に加担していた者たちだったから、手向かう気持ちにはなれない。まして、首領である法師が死んでしまった今となっては、もはや戦う気力も失って口々に、

「われらは、悪いことをした覚えはございません。しかるべき人の従者であったのですが、心ならずもこのようになってしまったのです」

と弁解した。そこで夫は、この連中を屋敷のあちこちに押し込め、味方がたくさんいるようなふりをしつつ、夜が明けるのを待ったが、その心細さといったらなかった。やがてようやく夜が明けたので、自分の従者たちを呼びに行くと、みな夢心地で目をこすりこすり、まだ酔いの残る顔で起き出してきたが、事の顚末を聞いて全員一気に

45　奈良県桜井市初瀬に現存する長谷寺に置かれた十一面観音像。観音霊場として有名。
46　大乗仏教で特に崇拝されている菩薩。人々がその名を唱える声＝「音」を「観」じ＝聞いて救いを与えることから「観音」の名がつけられた仏。仏教における「慈悲」の象徴。

酔いが醒めてしまった。

夫が、例の土塀の戸を開いて中を覗いたところ、深い穴の底に隙間なく立てられた削ぎ竹に貫かれた死体が、古いのも新しいのもおびただしくあるのがわかった。昨夜の金尾丸は、やせた長身の少年で、みすぼらしい麻の衣を一枚着て下駄をはいたままくし刺しになっている。ぴくぴく動いているのは、まだ死にきれずにいるからだろう。地獄というのは、まさにこういう所だろうと思いながら、昨晩この屋敷にいた者たちをすべて呼びつけると、皆かしこまって出てきた。そして、長年法師に使われていたが、まったく本意ではなかった、と申し合わせたように謝罪するので、罰することはしなかった。そして、すぐに京の都に使者を立てて次第を申し上げたところ、朝廷からは「あっぱれな働きである」とのお褒めの言葉をいただいたのである。その後、夫婦は京に上り、夫は官途に就いて妻とともに何不自由ない暮らしをすることができるようになった。

夫婦はきっと、この危難を思い出しては、泣いたり笑ったりして昔語りをしたにちがいない。盗人法師には近縁の者もあらわれないまま、そのままになってしまった。

思慮分別に富んだ夫婦だったからこそ、こうして危難を逃れることができたのである。とはいえ、この話でもわかる通り、知らない場所にうかうかと行ってはならない。

夫婦が助かったのも、ひとえに観音菩薩のおかげなのである。観音は人を殺そうとはお思いにならないが、しかし、法師が多くの人間を殺めたことをお憎みになられたのでもあろう。

それゆえ、悪人を殺すのは菩薩行(ぼさつぎょう)[47]である、と、こうして今に語り伝えられているのである。

（巻第十六第二十）

恋の虜となって仏道修行にはげむ話

今は昔、比叡の山[48]に年若い僧がいた。出家して以来、仏の教えを学ぶ志(こころざし)はありながらも、遊びの方に気が散る性格で、学問になかなか身が入らなかった。できるこ

47　殺生は仏教が禁ずるもっとも重い罪である。それを観音菩薩が助けるという矛盾を、衆生を救うための「方便行(ほうべんぎょう)」として正当化したもの。「方便」とは、衆生を真実の教えに導くため、仮に使う便宜的な手段や方法のこと。

とといえば、習い覚えた法華経[49]を読むくらい。それでも、学問をしたいという気持ちだけは失わず、嵐山にある法輪寺[50]に詣でては、知恵を司る虚空蔵菩薩[51]に祈りを捧げることは忘れなかった。といって、すぐさま決心して学び始めることもなかったため、周囲には無学の僧として扱われていた。僧はそのことを、辛く悲しく思いつつ日々を過ごしていた。

ある年の九月頃のことである。例のように法輪寺に詣でたのだが、早めに帰るつもりが見知りの寺僧たちと話し込んでいるうちに、夕暮れ近くになってしまった。あわてて帰路についたが、西の京にたどりついたあたりでとっぷりと日が暮れ、比叡まではとても帰りつけそうもない。しかたなく近くに住む知人の家を訪ねたが、その家の主人は田舎に出かけて不在だった。留守番の下女以外、誰もいない。これでは泊めてもらうこともできないと、また別の知り人を頼ろうと歩いていく途中、豪華な唐風の門構えの家[52]があった。門の前には、衵[53]をたくさん重ね着した若くきれいな女が立っている。

僧は彼女のそばに行き、

「比叡山から法輪寺にお参りした帰りなのですが、日が暮れてしまって困っています。今夜ひと晩、こちらのお屋敷に泊めていただけないでしょうか」

と頼んでみた。すると女は、

「ここでしばらくお待ちください。うかがって参りましょう」

と答え、屋敷内に入っていったが、すぐに戻ってきて、

「お安いご用です。さあ、お入りください」

と言う。僧が喜んでついていくと、応接の間に案内された。そこには火がともされており、普通よりも丈の高い四尺の清々しい屏風[54]が立てられ、高麗べりの畳[55]が二、三畳

48　比叡山延暦寺のこと。現在の京都市左京区と滋賀県大津市にまたがる比叡山上にある天台宗総本山。延暦四（七八五）年に最澄が開いた。
49　29ページ、注25参照。
50　京都市西京区嵐山虚空蔵山町に現存する寺。行基（六六八年〜七四九年）が創建した。
51　虚空のごとく広大無辺の福徳・知恵をそなえ、衆生の諸願を成就させるという菩薩。空海の弟子道昌（どうしょう）がこの虚空蔵菩薩像を安置したことで、法輪寺が再興した。
52　原文は「唐門屋の家」。唐門は円柱、屋根は唐破風造り、人目を引く造りであろう。
53　107ページ、注122参照。
54　通常の屏風は三尺（約九〇センチ）。
55　49ページ、注54参照。

ほど敷いてある。まもなく、袙に袴をつけたこざっぱりした女が、高坏[56]に食べ物を載せて運んできた。僧はそれを全部平らげ、酒も飲み、食後に手を洗って坐っていた。すると、部屋の奥の引き戸が開き、そのむこうの几帳[57]の陰から女性の声で問い掛けられた。

「あなたさまは、どのようなお方でしょうか。どうしてこちらにいらっしゃったのですか？」

僧は、

「わたくしは比叡山におる僧侶ですが、山から法輪寺にお参りに行き、帰りが遅くなってしまったために、このようにご厄介になっております」

と答えた。女はそれを聞いて、

「法輪寺にいつもお参りをなさるのであれば、その折にはこちらにもぜひお立ち寄りください」

と言って、引き戸を閉めて奥に去ったが、几帳の垂れ布をかける横棒が引き戸につかえたようで、きちんと閉まらないままだった。

やがて夜が更け、僧は家の外に出てみた。建物の南側にある日除けの蔀戸の前をぶらぶらしていると、そこに小さな穴が開いているのを見つけた。のぞいてみると、どうやら主らしい女が中にいた。低い燭台をかたわらに置いて、横になったまま草紙を眺めている。年頃は二十過ぎ。薄紫の綾織り[58]の絹衣を身にまとったその姿形は、言いようもないほど美しい。髪は着物の裾あたりに丸まっていて、その長さがうかがい知れる。のぞいている穴に近い側には侍女がふたり寝ていて、さらに少し離れたところには下働きの少女がひとり横になっている。さきほど自分に食事を運んできた少女だろう、と僧は思った。部屋の調度は、どれも非の打ちどころのない見事さで、二段になっている厨子棚[59]には、蒔絵[60]の櫛箱[61]や硯箱が無造作に置かれている。香炉で焚かれた香が、のぞき穴の外にまでもただよってくる。

僧はこの女主人の姿をひと目見るなり、のぼせあがって思慮分別を完全になくして

56　49ページ、注59参照。
57　55ページ、注63参照。
58　花模様などを浮き織りにした織物。205ページ、注73参照。
59　原文は「二階」。二階厨子の略。寝殿造りの室内家具で、二段になった棚の下段に両開きの扉をつけた脚付き戸棚。身の回りのものや文具などを収納する。
60　漆工芸の技法の一つで、面に漆で文様を描いた上に金や銀、錫の粉や色粉を蒔いて固める。
61　化粧道具を入れる箱。

しまった。「どのような前世の定めがあってこの家に宿を求め、これほどに美しい女人にめぐりあったのだろうか」と喜悦の思いがこみあげ、この恋を成就させねばこの世に生きる甲斐などあるものか、と奮い立った。そして、みなが寝静まり、女主人も寝入った頃合いを見計らって、きちんと閉まっていなかった引き戸を開け、抜き足差し足気づかれないようにそっと忍び入り、寝ている女の横に添い臥(ふ)した。相手はぐっすり眠っていて気づかない。近くで嗅ぐ香りの素晴らしさは、言いあらわしようもない。「目を覚ましたら、声をたてるだろう」と思うと、怖さと心細さで気もそぞろになる。ただ一心に仏を念じつつ、女の掛けている夜着を引き開けて、その中に身を差し入れた。

その途端、女ははっと驚いて、

「だれ？」

と声をあげた。僧が、自分は宿を借りた者であると答えたところ、女は、

「尊いお坊さまだと思えばこそ、お泊め申したのです。それなのに、このようなおふるまいをなさろうとは、口惜しゅうございます」

と言い、僧がなお抱こうとしても、衣をしっかり掻き合わせて身を許そうとはしない。僧は遂げられない恋情に悶(もだ)え苦しみ、身も心も焼けるような思いである。だが、他の

者が目を覚まして恥をさらすことを考えれば、無理に押さえつけることもできない。

その様子を見て取った女は、

「あなたの言うことに決して従わないというのではありません。夫がおりましたが、昨年の春に亡くした身の上。夫亡きあと、妻にと言ってくる方も少なくございませんでした。ですが、取り柄のないお方とは一緒になるまい、と思って、このようにひとり身を通しております。とはいえ、あなたは立派なお坊さまですから、ひそかに夫として敬いお迎えすることもやぶさかではございません。ですから、ただ嫌だと申しあげているのではないのです。そこでお伺いいたしますが、あなたは法華経をそらんじておいでですか？　尊いお声でお経を唱えられますか？　そうであれば、『ああ、法華経を尊んであのお坊さまを呼んでいるのだな』と人には見せかけ、こっそりあなたと睦み合うこともできましょうが、いかが？」

と訊ねた。僧が、

「法華経を習いはしましたが、そらんじるところまではまだ」

と答えると、女は、

「空（そら）で読めるようにはなれそうもない？」

と問い重ねる。僧は、

「空で読むようになれないということはありません。これまでは、遊びごとに気をとられておりましたから、そのせいでそらんじていないというだけのことです」

と応じた。すると女は、

「それなら、すぐにもお山にお帰りになり、お経を空で読めるようになってから、またおいでください。そうしたら、ひそかにあなたのお望みに従いましょう」

と約束をしてくれた。僧はこの言葉を聞いて、それまでの一途に思い詰めていた気持ちもおさまり、折から夜も明けてきたので、「それでは、そのように」と言って部屋を忍び出た。女は朝食を用意してやり、僧を送りだした。

比叡山に戻ってからも、女のあでやかな姿や様子を片時も忘れることができない。「一刻も早く法華経をそらんじて、会いに行きたい」という気持ちにせかされ、一心不乱に暗記につとめたため、やがて二十日も経つと僧は法華経を暗誦できるようになった。そのあいだも、女のことを思い浮かべてばかりいて、せっせと手紙を送った。女もまめに返書をしたためてくれて、その手紙にはかならず単衣の着物や食物袋に入った干し飯などが添えられている。こうした心づくしを受け取った僧は、「ほんとうに自分を夫として想っていてくれるのだ」と、うれしくてたまらない。

こうして法華経をすっかりそらんじることができるようになった僧は、例のごとく法輪寺にお参りをし、その帰り道には、もちろん、女の家を訪れた。すると、前と同じように夕食がふるまわれ、女も姿をあらわし僧と世間話に興じたが、夜が更けると奥に引っ込んだ。僧は手を清め、朗々と尊げな声で経を読みはじめたが、心の中は女恋しさでうわの空、法華経どころではない。

やがて深夜になり、皆寝静まった様子を僧は察して、奥に通ずる引き戸をそっと開け、誰にも気取られずに抜き足差し足忍び入った。臥している女の横に寄り添うと、女はすぐに目を覚ました。「ああ、私を待ってくれていたのだ」と思うと、うれしくてたまらず相手のふところに入ろうとすると、女は着物を掻き合わせてそれを拒んだ。そして、こんなことを言い出した。

「あなたにおうかがいしたいことがあります。それをはっきり聞かないことには、お心に従うことはできません。たしかにあなたは法華経はそらんじておいでです。ですが、それだけを頼りにこのまま親しい仲になって、お互い離れがたい気持ちになってしまえば、きっとそのうち世間の人に後ろ指をさされるような恥知らずなふるまいをすることになる気がします。たしかに、わたくしにとっても、俗世の男の人の妻になるより、お坊さまとご一緒である方がより清らかな暮らしができるでしょう。とはいえ、ただ尊いお声でお経を読むだけが取り柄という方の妻になるのは口惜しく思われます。せっかくなら、正規の修行を積んで教義を学び、一人前の学僧になっていただけませんか。そうなれば、この家からお公家さまや宮さまのお屋敷に、学僧としてお出向きになることもできます。そんな方のお世話をしているとなれば、わたくしも生きる甲斐がございます。お経を上手に読むだけで、高貴な方のもとに教えに行くこともなく、ただこの家に閉じこもっているだけのあなたを見るのはつらいのです。わたくしのそばにいてくださるのはうれしいことですが、同じことならそのような立派な学僧になったあなたをお世話したいのです。ですから、あなたがほんとうにわたくしをいとしく思ってくださるのであれば、比叡のお山に三年ほどお籠もりになって、日夜学問にお励みください。一人前の学僧になられた暁に、その時こそは深い契りを結びましょう。そうでない限り、たとえ殺されましても仰せには従えません。山籠もりをなさっている間は、毎日お便りをいたします。また、なにか御不自由がおありの時は、かならずお世話をいたします」

僧はこれを聞いて、

「なるほど、たしかにその通りだ。先々のことをこんなにも思いやってくれている人に、無慈悲なふるまいをすることなどできはしない。それに貧しいこの身に仕送りしてくれるというではないか。この人の世話になって出世するのも悪くない話だ」

と思いをめぐらせ、繰り返し固い約束を交わして部屋を出た。そして、朝の食事を済ませると、比叡の山に戻っていった。

それからというもの、僧はただちに学問を始めて、日夜一心不乱に勉強した。「あの人に逢いたい」という気持ちが火のように燃えあがり、精魂を傾けて励むうちに、二年ほどでとうとう学僧の資格を得た。もともと賢い生まれつきだったので、こうも早く資格を得られたのである。三年が経つ頃には、もはや押しも押されもしない学識ある僧となった。宮中での仏教論議や、法華三十講[62]に出るたびに、その学問がすぐれていることを大いに称讃される。「同じ年配の学僧の中では、この人がひときわすぐれている」と、比叡山全体に名声が響きわたった。

こうして三年の月日が経った。山籠もりをしている間も、いとしいあの人からは絶えず便りがあったので、それを心の支えにして僧は勉学に専念できたのである。立派な学僧になり得た今こそあの人に逢おうと、彼はかつてのように法輪寺に詣で、その帰途の夕暮れ時に女の家を訪れた。あらかじめ訪問することを伝えてあったので、い

62　法華経二十八品と無量義経・観普賢経の開結二経を合わせて、一講に一品ずつ行う。普通は一日に一講で、三十日間開く。

つもの客間に通された。そして、几帳越しにお互いの積もる話をしていると、女は、これまで周囲の人々には知らせていなかったこんなにも近しいふたりの仲を、これを期に公にしてもかまわないという風で、侍女を通じてこう言ってきた。

「何度もお訪ねくださった方に、わたくしがじかにお話しないのは、きっとご不快でございましょう。今日は、お顔を拝見しながらお話をうかがいたいと思います」

これを聞いた僧は、うれしさで胸が高鳴る。しかし、その気持ちを抑えて言葉少なに、

「かしこまりました」

とのみ答えた。そして、

「こちらにお入りください」

という声にしたがって、喜びながら母屋に入ると、女が臥している枕元の几帳のわきに涼しげな畳が敷かれ、その上に円座(えんざ)[63]が置かれている。屏風のうしろには、燭台がほのかな明るさになるようにと向こうむきに立てられている。侍女がひとりだけ、臥した女の裾の方に控えているようだった。

僧が円座に腰を据えると、女は、

「長らくお目にかかりませんでしたから、おうかがいしたいことは山ほどありますけ

れど、でも、ほんとうにあなたは学僧におなりですのね」

というその声は、うっとりするほど魅力的である。僧は女の声音を聞くうれしさで、心のざわめきを抑えるすべもなく、ついにはからだまでふるえてきた。

「いえ、もう、さほどのこともありませんが、法華三十講や宮中論議などに出て人に褒められるようにはなりました」

「そうですか。なんとうれしいことでしょう。では、日頃わたくしがわからないと思っていることについて、いろいろうかがいたいと思います。疑問にきちんと答えてくださるお坊さまこそ、ほんとうの僧侶というもの。ただお経がうまいだけの人では、つまらないですもの」

女はそう言って、法華経の序の部分から始めて、なかなか答えにくいむずかしい箇所を質問する。僧は、習った通りにそれらに答えていくと、それらについて女は、さらにいっそうむずかしい問いかけをする。僧は自分なりに推し量ったり、古人の説を引いたりして答える。女はやがて、

「ほんとうに尊くすばらしい学僧におなりですこと。わずか二、三年で、これほどま

63　藁やイグサで円形に編んだ敷物。

でお出来になるなんて。きっと賢い生まれつきなのでしょうね」

と僧を褒めたたえた。僧は僧で、内心舌を巻いた。

「女人の身で、こんなにも深く仏道に通じているとは思いもよらなかった。だが、夫婦になっても話が合うから、これはいいぐあいではないか。なるほど、こういう人だからこそ、私に学問をさせようと思ったというわけだ」

と合点して、さらにいろいろ話を交わした。そして、夜も更けた頃、僧はそっと几帳の布を引き上げて女の側に身を入れた。すると、相手はなにも言わずに横になったので、僧はうれしさに心を躍らせながら添い臥しをした。女は、

「しばらくはこうしていましょう」

と言い、互いに腕だけを差し交わすのみで横になっていた。すると、比叡山から法輪寺に詣でて、そこからまた歩いてこの家にやってきた僧は、歩き疲れていたためにいつしかぐっすり寝入ってしまった。

しばらくして不意に目が覚めた僧は、

「しまった、すっかり寝入ってしまった。自分の思いの丈を打ち明けてもいないのに、まったくなんてことだ」

とあわてて身を起こしかけたが、その瞬間自分が生い茂ったススキを折り敷いて寝て

いることに気づいた。これはいったいどうしたことか、と頭を起こしてあたりを見回すと、そこはどことも知れない野原の真ん中。人っ子一人いない場所に、ただ彼だけが寝ていたのである。びっくり仰天すると同時に、総毛立つほどゾッとして飛び起きた。着物はそこら辺に脱ぎ散らしてある。その着物を胸に抱いて、突っ立ったまましばらくあたりの様子をよくよくうかがうと、どうやら嵯峨野[64]の東側あたりらしい。なにがどうしてこうなのか、さっぱりわけがわからない。夜明け前の月がこうこうと明るく、しかし、頃は三月の時分でひどく寒い。からだがガタガタふるえてきて、ろくにものも考えられない。どこに行ったらいいのかとっさには思いつかず、「ここからは法輪寺は近いはず。あそこで朝を迎えよう」と走りだした。嵯峨野の西端にある梅津[65]まで走り、そこで桂川[66]を渡ったが、流れは腰のあたりまである。足が取られそうになるのを必死で耐えながら渡り切り、歯の根が合わないほどふるえつつ、やっとの思

64　現在の京都市右京区内。桂川の北部一帯を指す。多くの寺院や野々宮神社などで知られる。
65　桂川の左岸。松尾山に対面する辺り。水陸交通の要衝で、戦場として詩歌にも詠まれた。
66　現在の京都市西部を流れて、宇治川に注ぐ川。時代や地域によって名が変わり、葛野川、大堰川、保津川などとも呼ばれる。鮎の産地として名高い。

いで法輪寺にたどり着いた。そのまま御堂の中に入り、仏の像の前にひれ伏しておがんだ。

「悲しくて恐ろしくて、なにがなんだかわかりません。なにとぞお助けください」

と祈ったが、伏し拝んでいるうちに疲れで寝入ってしまった。そして、夢を見た。

夢では、仏の前に下がる垂れ絹の向こうから、頭を青々と剃りあげた美しい少年があらわれ、僧にこう告げた。

「そなたが今宵たばかられたのは、狐や狸のしわざではない。この私がそう仕向けたのだ。そなたは元々は賢い生まれつきだが、遊びごとにうつつを抜かし、学問を怠ったがために学僧にはなれなかった。ところが、それを不服に思って、いつも私のところにやってきては、やれ学問ができるようにしてくださいだの、やれ知恵を得させてくださいだのと、無茶ばかり言う。さてどうしたものか、と思いあぐねたが、そなたはことのほか女人への愛着が強い。私は、それにからめて学びの道に誘い込んでみようと考えて、そなたをだましたのだ。であるから、恐れることはなにもない。すみやかに比叡山に戻って、一層仏道に精進して怠ってはならないぞ」

このお告げが終わると、僧は夢から覚めた。

「ああ、虚空蔵菩薩様が私を助けるために、こんなにも長い間女人に身を変じて、仏道にお導きくださったのだ」

　そう気づくと、この上なく恥ずかしく、またありがたく、涙を流して後悔した。やがて夜が明けると僧は比叡山に戻り、以前にもまして心を込めて学問に励み、まことに尊いすぐれた学僧になった。

　知恵の菩薩のはかりごとであるから、かくも巧みであるのは当然であろう。『虚空蔵経』[67]を拝見すると、

「私を頼る人がまさにその命を終わろうとする時、病で目も見えず耳も聞こえなくなって、念仏を唱えることができなくなっても、私はその人の父母や妻子となって、その枕元に付き添い念仏を共に唱えよう」

と説かれている。

　僧の好む女人となって彼の学問を進歩させたのは、まさしくこの経文に述べられている通りのことを菩薩がなされたわけである。まことに尊くありがたいことではないか。この話は、この学僧みずからが語り伝えたことである。（巻第十七第三十三）

67　虚空蔵菩薩経のこと。仏陀耶舎訳の一巻。虚空蔵菩薩が衆生を救うべき願いをかなえることを説く経典。

染殿の后が霊鬼の執念にあやつられる話

今は昔、文徳天皇[68]の女御[69]に染殿の后[70]という方がおられた。太政大臣[71]・藤原良房公[72]の御娘で、ことのほか美しい容姿をお持ちの女性であった。ただ、お気の毒なことに、この方は常々物の怪に悩まされていたので、それを退けるためにさまざまな祈禱が何度も行われた。しかし、霊験あらたかという評判の僧や行者をかき集めて祈禱をしても、いっこうに物の怪が去る気配はなかった。

その頃、大和[73]の国にある葛木山[74]の頂は金剛山と呼ばれていて、ひとりの尊い聖人が住んでいた。長年この場所で修行を積み、鉢を下界に飛ばして食べ物を得たり、水は甕を飛ばして谷川から汲んでこさせたりしていた。このような神通力を持つほどだから、彼の祈禱もまた並はずれたものであり、その評判は四方に喧伝された。それを耳にした帝と女御の実父である良房公は、

「その聖を召し出して、后の病を癒してもらおう」

とお思いになり、参内するようにという使いが聖のもとに送られた。しかし、使いが出向いて帝のお言葉を伝えても、聖はいっこうに首を縦には振らない。何度召し出し

ても、そのたびに辞退する。が、結局、帝のご命令には背けず、ついにお受けして参内することになった。

后の御前に召された聖が祈禱を始めると、たちまちその効き目があらわれて、后の侍女のひとりが狂ったように泣きわめきだした。悪霊が乗り移ったと見え、走り回りながら泣き叫んでいる。聖は、いっそう力をこめて祈り続ける。すると、法力に縛られて侍女は身動きひとつできなくなった。そうして責められるうちに、彼女のふところから老いた狐が転げ出てきた。逃げようとするが、くるくる回って倒れ、へたばっ

68　第五十五代天皇。八二七年〜八五八年。在位は八五〇年〜八五八年。仁明天皇の子。
69　33ページ、注30参照。
70　八二九年〜九〇〇年。藤原良房の娘。父・良房の本邸の名が「染殿」だったため、染殿后と呼ばれた。『古事談』『宇治拾遺物語』などにも后が物の怪に悩まされる説話が散見される。
71　国政の最高機関である太政官の長官。
72　八〇四年〜八七二年。左大臣藤原冬嗣の子。人臣で初の太政大臣・摂政。
73　現在の奈良県。
74　現在の大阪府と奈良県の境にある金剛山地。現在は、主峰金剛山とは別の山を葛城山と呼ぶが、もとは主峰を葛城山と呼んだ。この一帯は、大峰と並ぶ山岳信仰の聖地。

たまま動くことさえできない。聖はその狐を捕まえさせて縛りあげ、決して悪さをしないよう呪文を唱え教化してやった。后の父である良房公は、この様子を見て大層喜んだ。后の病も、二日のうちにはすっかり治った。

后の回復を心から喜んだ良房公が、「聖は、今しばらく御前にとどまるように」と仰せになったので、その命にしたがって聖は后の身近にはべることになった。頃はちょうど夏の盛り。病癒えた后は、薄ものの単衣（ひとえ）だけをしどけなくお召しになっていた。と、不意に風が吹き、聖と后を隔てている几帳の布をひるがえし、布の隙間から后の姿がほのかに聖の目に入った。いまだかつてこのようにあでやかで美しい女人を見たことがなかった聖は、たちまち心は乱れ、身も砕けるような胸の高鳴りを覚え、激しい愛欲を后に抱いてしまった。

しかし、相手はやんごとなき帝の后。どうするすべもない。悶々として思い悩み、火のような欲望で全身は焼かれるよう。一瞬たりとも、その想いから逃れることができない。悶え苦しむうちに、やがて思慮分別は失われ、前後の見境もなく、人の見ていない時を見計らって御寝所の中に入りこみ、横たわっている后の腰に取りすがった。后は目を覚ましたが、驚きのあまり声もだせない。全身から汗が吹きでるほどおびえ、あらがおうにもか弱い后の力ではどうすることもできない。聖は押さえつけて無理無体に犯そうとする。そのありさまにようやく侍女たちが気づき、大声で騒ぎだした。その声は、后の病を治療するためにたまたま宮中に伺候していた、侍医の当麻鴨継[75]の耳に届いた。侍女たちがあげる悲鳴は、后の御殿から聞こえてくる。彼があわてて御殿に走り込むと、御寝所の中から聖が姿をあらわした。鴨継はその場で聖を捕らえ、帝にことの次第を申し上げた。帝は当然のこと、ひどくお怒りになり、聖を縛りあげて牢獄にお下しになった。

だが、聖は牢獄に入れられても、弁解の言葉ひとつ洩らすでもなく、ただ天を仰いで泣く泣く誓いを立てた。

「私はただちに死んで鬼となり、后がこの世にいる間に、かならずやこの想いを遂げて見せるぞ」

牢役人はこの誓いを聞いて、后の父である良房公に申し上げた。大臣はふるえあがって、このことを帝に奏上し、聖を放免して元の金剛山にお帰しになった。

聖は山に戻ったものの、やはり后への愛欲の念は鎮めるべくもない。なんとか后のそばに近づきたいという堪えきれない想いをこめて、頼みとする仏にひたすら祈りを

75　?～八七三年。宮中の医薬をつかさどる官職である典薬頭。

捧げたが、やがてその望みが現世でかなうことはないと悟ったのか、食を絶った。「死んで鬼になろう」という誓いを実行し、十日余りで餓死したのである。すると、聖の死体はたちまち鬼に変じた。その姿は裸で、髪はざんばら、身の丈は八尺ほど。肌は漆を塗ったように真っ黒である。目は椀を入れたごとくカッと見開かれ、口は耳まで裂け、歯は剣（つるぎ）のよう。上下に牙まで生えている。裸身にわずかにまとった赤いふんどしには、鬼の呪具である小槌[76]を差していた。

そんな姿形の鬼が、后がおられる御座所に突然あらわれたのだから、目のあたりにした人々は皆動転し、恐れおののくあまり這うようにしてその場から逃げだした。侍女の中には、気絶したり、着物を頭からかぶってへたりこんだりする者もいる。ただ、やんごとない后の御座所であったため、鬼を目撃したのは后に仕えるわずかな人々だけであった。

その間にも、鬼は霊力で后の正気を失わせたので、后はきれいに身づくろいをし、にっこり笑った口もとを扇で隠しながら、几帳で四方を仕切った御寝所の内にお入りになり、鬼と共寝をされた。侍女が聞き耳を立てると、鬼は、毎日毎日恋しくつらい心地で過ごしておりました、などと話している。后も、うれしそうな笑い声をおあげになる。侍女たちは、あさましさに耐えられず、皆逃げ去ってしまった。

しばらくして、日も暮れる頃、鬼は御寝所から出てきて、いずこともなく去っていった。侍女たちは、「お后さまはどうなさったか」と、急いでおそばに参ったが、后は普段と少しもお変わりない。恐ろしい目にあったとお思いになっている様子は、まったくない。ただ、目つきにはいつもより険しい気配が見受けられた。

この事件を奏上すると、帝は奇怪で恐ろしいと思われるよりもまず、「后はこの先どうなってしまうのか」と、深くお嘆きになる。そして、鬼はこの日以来、先に述べたような姿で毎日やって来るようになった。后も鬼を恐れたりせず、まるで恋人のように思っているご様子で、完全に正気を失っておいでだった。この様子を目の当たりにした宮中の人々は、ひたすら嘆き悲しむばかりである。

そうした中、鬼はある人に乗り移り、

「鴨継から受けた恨みは、必ず晴らしてやる」

と告げた。鴨継はこれを聞いて恐怖のあまりふるえあがり、その後何日も経たないうちに、急死してしまった[77]。彼には息子が三、四人いたが、これもまた全員錯乱して死んでしまった。ことの成り行きのあまりの無残さに、帝も良房公も恐怖で身の置き所

76　いわゆる「打ち出の小槌」である。

もない。高僧を何人も召し出しては、鬼を追い払う祈禱を入念に行わせた。その祈りの効き目があったのだろうか、鬼は三か月ほどのあいだ、姿を見せなかった。后のご気分も少し持ち直し、元のようになられた。帝はこれを聞いてお喜びになり、久しく后をお訪ねになっていなかったので、「では、ご機嫌伺いをしよう」と、后の御殿におでましになった。それは、いつにもまして感慨深いご訪問で、文武百官の役人もひとり残らずそろってお供をした。

帝は后とご対面になると、涙ながらに逢えなかった間のことなどをお話しされ、后も帝のお言葉に深く感激されたようだった。そのお姿は、以前とまったくお変わりない。ところがその時、例の鬼が突然部屋の隅から躍りでて、御寝所に入っていった。帝があっと驚いて目を瞠っていると、后はまたしても物狂おしい態度になり、いそいそと鬼のあとを追っていかれた。さらにしばらくすると、鬼は文武百官の者たちが控えている御殿正面の間に躍り出た。大臣や公卿たちが皆、目の当たりにする鬼の姿に驚き怯え、「なんという奇怪なことだ」と思っていると、后までが鬼のあとを追って臣下たちの前に出てこられた。そして、多くの人々の眼の前で鬼とともに横たわり、人目をはばかることもなく、言いようもないほど見苦しい振る舞いに及ばれた。やがて鬼が起きあがると后も身を起こし、御寝所にふたたびお入りになる。帝はどうすることもできないまま、嘆き悲しみながらお帰りになった。

こうしたことがあるから、高貴な女性はこのような法師には決して近づいてはならないのである。やんごとない方にまつわるこの話は、本来ならば公にするのは差し障りがあるのだが、のちの世の人に知らせて法師に近づくことをいさめるために、あえてこうして語り伝えられているのである。（巻第二十第七）

念仏の遊行僧にたちまち天罰が下った話

今は昔、ある国の某という名の寺に、念仏を唱えて各地を巡る遊行僧[78]がいた。鹿の角（つの）で先端を飾り、地面を突く方の端に二股になった金具を付けた杖[79]を持ち、胸の前に

77　当麻鴨継は、文徳天皇のあとを継いだ清和天皇の代も十五年にわたり宮廷に仕えたので、文徳朝で死んだとする本話はつじつまが合わない。
78　原文は「阿弥陀ノ聖」。阿弥陀信仰を勧めて各地を行脚（あんぎゃ）した。

さげた丸い鉦(かね)を小さい撞木(しゅもく)で叩きながら、[80] あちらこちらに阿弥陀念仏を勧めて歩き回っていた。

ある日、その遊行僧が山の中を歩いていると、荷物を背負った男と道連れになった。一緒になって歩いていくうちに、男は立ち止まって道端に腰をおろし、昼の弁当を取り出して食べ始めた。僧はそのまま先に行こうとしたが、男は遊行僧を呼びとめた。そばに寄ると、

「これをおあがりください」

と言って弁当を分けてくれたので、法師は遠慮なく受け取ってがつがつ食べた。

さて食べ終わると、男はふたたび荷物を担いで先に行こうとした。この様子を見ながら、法師は、「このあたりはめったに人が来ない場所だ。こいつを叩き殺して、荷物や着物を奪っても誰にもわかるまい」という悪心を起こし、荷を背負おうとしている男の不意を襲い、いきなり杖の先の金具で相手の首をめちゃくちゃに突きまくった。相手は、

「何をなさいますか！」

と手を振り回して避けようとしたが、法師は元々力が強い男で、相手の抵抗を物ともせずにとうとう殴り殺してしまった。事が済むと、男の荷物と着衣を奪い取って、飛

ぶようにその場から逃げ去った。

できる限り遠くまで逃げ走り、山越えをして、ようやく人里のあるところにたどり着いた。僧は、「もう大丈夫、ここまで来ればよもや露見することはなかろう」と高をくくり、とある人家の前に立って声をかけた。

「念仏をお勧めして歩く遊行僧でございます。日が暮れてしまいました。今宵ひと晩のお宿をお願いいたします」

すると、家の主婦らしき女が出てきて、

「夫は用足しに出てあいにく留守ですが、ひと晩くらいならばどうぞお泊まりください」

と言って、中に招きいれてくれた。身分の低い者が住まう家なので、狭苦しい。座敷というほどのものもないので、女は自分のいる台所のかまどの前に法師を坐らせた。向かい合って坐った女がそちらを見るともなく見ると、法師が着ている衣の袖口がど

79　念仏僧の持つ、鹿の角を上端につけた杖。杈椏杖（またぶりづえ）。
80　鉦は念仏聖が布教に歩く際、胸の前に下げている銅製の打楽器。平たく丸い形をしたものを、丁字形の撞木を使って鳴らす。

うも気になる。じっと目を凝らすと、擦れて痛まないよう袖口に染め革を縫いつけてある。これが夫が着ていった普段着の、その袖口にそっくりなのだ。まさかそんなはずはない、と思いはするのだが、どうにもこうにも袖口が気になる。さりげなく何度も見直してみたが、やはりどう見てもまさしく夫のそれなのである。

ついに女は不審に耐えきれなくなり、そっと隣家に行って事の次第を語り、

「いったいどういうことなんでしょう？」

と不安の心持ちを伝えた。隣人は、

「いや、それは怪しい。ひょっとすると盗んだのかもしれない。まったく合点がいきませんな。その着物がまちがいなくご主人のものであるなら、まずはその遊行僧を引っ捕らえて問いたださなければ」

と言った。女は、

「盗んだのかどうかはわかりませんが、あれが主人の着物なのははっきりしています」

と断言した。

「ならば、きゃつめが逃げないうちに、早いところ捕まえないと」

と隣人は言い、村の屈強な若者たち四、五人にこのことを伝え、もう少し遅い時間に

なったら女の家に集まるよう指示を出した。そんなこととは露知らぬ法師は、食事を終えてのんびりくつろいで横になっていたのだが、にわかに飛びかかってきた若者たちに取り押さえられてしまった。法師は、

「なにをするんだ！」

とわめいたが、若者たちは委細構わずがんじがらめに縛りつけて家から引きずり出した。そして、白状させようと、足をはさみつける道具で拷問したが、

「わたしは、絶対なにもしていない」

と言って強情に否定する。すると、拷問に加わっていない別の者が、

「こいつの持っている袋を開けて確かめよう。この家の主人のものが入っているかもしれん」

と言ったので、

「なるほど、その通りだ」

と、袋を開けてみたところ、女の亭主が持っていった物が全部入っていた。

「そら見ろ、やっぱりだ！」

というわけで、今度は火を入れた皿を遊行僧の頭のてっぺんに据えて問いただしたところ、ついに熱さに耐えきれなくなり、白状した。

「実は山の中で荷を背負った男を殺して、持ち物を奪いました。でも、どうして私を怪しいと思ったのですか？」

その問いに、

「この家こそ、お前が殺した人の家だ」

と答えると、遊行僧は、

「誰知らぬと思ったが、さては天罰を受けたということか」

と観念したように言った。

夜が明けて、法師を先頭に立てて、里の者たちがそろって山の中に行ってみると、たしかに女の夫が殺されていた。まだ獣や鳥に喰い荒らされず、生きていた時と同じ姿で倒れていたので、妻も子も亡骸(なきがら)にすがって泣き叫び、悲しんだ。法師の方は、

「こいつを連れて帰っても仕方ない」

ということで、その場で木に両手両足を縛りつけて射殺してしまった。

このことを聞いた人は、みな念仏の遊行僧を憎んだ。ある人は、

「空腹だろうと弁当まで分けてやった親切で慈悲深い相手を、物を取ろうという欲で殺すなど、僧侶にあるまじき悪行だ。しかし、天はやはりちゃんと見ておいでなのだ。ほかでもない、殺された当人の家にまっすぐに行って事が露見し、結局射殺されたで

はないか。因果応報とは、まことに畏るべきものである」
と言った、と、こうして今に語り伝えられている。
（巻第二十九第九）

宿命には逆らえなかった阿闍梨の話

今は昔、文徳天皇の御代に湛慶[81]という阿闍梨がいらした。慈覚大師[82]の弟子として真言の教義を極め、仏典のみならず和漢の典籍にも広く通じていた。さらに、さまざまな芸術にも素晴らしい才能を持った人であった。

81　八一七年〜八八〇年。平安時代前期の延暦寺の僧侶。仁寿年間（八五一年〜八五四年）に、この話で描かれるように宮中の女官と通じて露見し、藤原良房に還俗させられた。還俗名は高向公輔。

82　円仁（七九四年〜八六四年）。平安時代前期の天台宗の僧侶。最後の遣唐使として唐に留学した。最澄の弟子で延暦寺第三世の座主。

彼は、会得した真言の修法によって宮廷の務めやその他の仕事に能力を発揮していたのだが、ある時藤原良房公がご病気になられたため、御祈禱のために召し出されて参上した。その御祈禱の効き目は素晴らしいもので、良房公の病は見事に癒された。公はお喜びになり、病が治ったあとも「このまま、しばらくそばに伺候していよ」と、屋敷内にとどまるよう命じられた。ところが、屋敷にとどまっているうちに、食事を運んできてくれる若い女を見初め、激しい愛欲を感じるようになってしまった。たまらず彼女をひそかに口説き落とし、互いに情を交わすようになり、阿闍梨はとうとう女色(にょしょく)に溺れる破戒僧[83]に成り果てたのだった。そして、このことは隠して隠しおおせるものではなく、まもなく広く知れ渡ったのである。

湛慶はかつて、不動明王[84]に深く帰依(きえ)して修行を積んでいたのだったが、その修行中、夢に不動明王があらわれて、彼にあるお告げをしていた。それは、

「そなたは、心から我に帰依している。よって加護してやろうと思う。ただ、そなたには前世の因縁があり、それによって尾張[85]の国のこれこれという郡に住まう者の娘と情を交わし、夫婦になる宿命があるのだぞ」

というものであった。目が覚めたあとも、お告げの中身を湛慶ははっきり記憶していた。

彼は、嘆き悲しんだ。

「この私が女と情を交わし破戒僧になるなど、ありえない話だ。だが、ともかく不動明王が教えてくださった娘を探しだそう。見つけ次第殺してしまえば、安心していられる」

そう思いつくと、修行の旅に出るふりをして、ただひとり尾張に出かけていった。そして、お告げの場所にたどり着き、いろいろ訊いてみると、たしかに不動明王の言葉通りの人物がいた。湛慶は「しめた」と喜び、その人の住まいを探して、そっと様子をうかがうことにした。屋敷の南正面のあたりに立って、近くで力仕事をしている働き手のようなそぶりをしつつ観察していると、十歳くらいになる可愛らしい女の子が庭に走り出てきて遊び始めた。彼は、家から出てきた下働きの女をつかまえ、

83　仏の教え、戒律を破った出家者。

84　不動尊。五大明王の主尊。大日如来が一切の悪魔を降伏するために、怒りの相をあらわしたもの。常に大火炎の中にあり、衆生の煩悩を焼き尽くして護る。

85　原文では空所になっているが、同内容の話を収載した九条兼実の日記『玉葉』では、「尾張の者と縁がある」と不動明王が高向に告げる条（くだり）があるのでこの訳とした。「尾張」は、現在の愛知県西部。

「あそこで遊んでいる女の子は誰です？」

と訊いた。女は、

「このお屋敷の一人娘さんですよ」

と答えた。湛慶は、さてこそこれが目指す当の相手だ、とほくそ笑み、その日はそのまま立ち去った。

翌日ふたたび出かけていき、南側の庭のあたりにたたずんでいると、昨日と同じように女の子が走り出てきて遊びだした。折よく周りに人影はない。湛慶は、今だと走り寄り、女の子を捕まえて刃物で首を掻き切った。これに気づいた者は誰もいない。

「あとで大騒ぎになるだろう」と思いながら、彼は急いで遠くに逃げ去り、そのまま京の都に帰ってきたのだった。

「これで破戒の因(もと)は絶った」と安心していたにもかかわらず、何年か経った今、結局若い女にはまりこんでしまった自分に、湛慶は首をかしげるばかり。

「去る昔、不動明王がお示しくださった女の子はこの手で殺した。それなのに、こうして思いもかけない形で女に迷うとは、不思議というほかない」

そう思いつつ、女を抱きしめて寝ている時、ふと相手の首をまさぐってみると、そこには大きな傷跡があった。よく確かめてみると、傷を灼いて治療した跡である。不

審に思った湛慶が、

「どうしてこんな傷があるんだ？」

と訊ねると、女は、

「わたくしは尾張の生まれなのでございますが、幼い頃、家の庭で遊び回っていましたところ、見知らぬ者がいきなりわたくしを捕まえて首を掻き切ったのです。あとで家の者が見つけて大騒ぎになりましたが、犯人の行方はわからずじまい。そのあと、誰かはわかりませんが、傷口を灼きつけてくれたのです。それで、死ぬはずの命が不思議に助かりました。今は、ご縁があって良房のお殿さまのもとでご奉公いたしております」

と言うではないか。

これを聞いた湛慶は、不思議さと哀れさに打たれ、心から感じ入ってしまった。自分と女の間には前世からの深い因縁があって、それを不動明王が示してくださったのだと、あらためて尊く思い、同時に悲しくもなり、泣きながら女に事の次第を語った。女もそれを聞いて感動し、そのまま末長く夫婦として暮らすようになったのである。

一方、彼が破戒僧になってしまったため、良房公は困惑なさったが、

「湛慶法師は、僧侶の道をすっかり踏みはずしてしまった。こうなったからには、も

はや僧でいることは許されない。とはいえ、彼は仏道のみならず和漢の諸道に深く通じた才智の人でもある。これをいたずらに無用の人にするのは愚かなことだ。ただちに還俗（げんぞく）させて朝廷に出仕させるべきである」

と処断されたので、湛慶の還俗が決まった。名は公輔（きみすけ）、姓はもともとの高向（たかむこ）[86]を名乗るということになり、すぐさま五位の位階に叙せられ、朝廷では高大夫（こうだいぶ）と呼ばれた。そもそもがすぐれた学才の持ち主だったので、出仕しても覚束ないことはひとつとしてなく、ついには讃岐守（さぬきのかみ）[87]に任ぜられ、家産もますます豊かになった。良房公は、才能のある人を決して捨てては置かない方だったのである。

さて、俗人になったとはいえ、高大夫は真言の秘儀に通じていた。極楽寺[88]という寺に、金剛界の三十七尊[89]と胎蔵界（たいぞうかい）の九尊（くそん）[90]の木像が安置されていたのだが、長らくその諸尊の坐る位置が誤ったまま放置されていた。ある人が、「これを正してくださる方はいないものか」と、多くの真言の指導僧を呼んでは直させたが、ああでもないこうでもないと言うばかりで、結局誰ひとりとして正しい位置を決めることができない。これを耳にした高大夫は極楽寺に足を運び、諸尊の木像を拝見し、

「なるほど、諸尊の坐られる場所がめちゃくちゃになっていますな」

と言った。そして、杖を持って

「こちらの御仏は、ここにおいでませ」
「そちらの御仏は、あちらにおいでませ」
という風に指し示したところ、誰の手も触れていないのに、それぞれの仏像は躍りあがって、高大夫の杖が示した場所にお移りになったのである。この光景は、多くの人が目の当たりにした。かねて都の人々の間では、「高大夫が御仏の位置を直し奉るために、極楽寺に行かれるようだ」と噂されていたので、その場には身分の高い人たちも居合わせていたが、こうして仏像がおのおの正しい場所にみずからお直りになったのを見て、皆涙を流して尊んだ。

高大夫は、仏道だけでなくその他の諸道についても、同じようにすぐれた能力を備えていた、と、こうして今に語り伝えられている。

（巻第三十一第三）

86　287ページ、注81参照。
87　現在の香川県を治める行政長官。
88　現在の京都市伏見区にある、藤原基経創建の寺。藤原氏の氏寺。
89　金剛界曼荼羅の中央に位置する成身会（じょうじんえ）には、三十七の仏・菩薩・仏神が配される。いわゆる金剛界三十七尊。
90　胎蔵界曼荼羅の中央に位置する中台八葉院には、五如来と四菩薩（九尊）が配置される。

四　跳梁する霊鬼たち

鬼の唾で姿が見えなくなった男の話

今は昔、いつのことであるかさだかではないが、京の都に身分の低い若侍[1]が住んでいた。観音菩薩[2]に深く帰依していて、常日頃から六角堂[3]に熱心に詣でていた。

十二月も押し詰まったある年の大みそか[4]のこと、夜になってから若侍は知り合いの家に出かけていき、夜がとっぷり更けてから帰路についた。行きも帰りもひとりきり。とぼとぼと一条堀川の橋[5]をわたり、住まいのある西の方角にむかって歩いていると、むこうから大勢の人が松明に火をともしてこちらにやってくる。「これは高貴な方の行列だな」と合点して、若侍は急いで橋の下に降りた。そして、身を潜めるようにしていると、松明をかざした人々は東に向けて橋の上を渡っていく。隠れたまま侍がそちらをそっと見上げると、なんとそれは人間ではなく、見るも恐ろしい鬼たちの行列だった。一つ目の鬼、角を生やした鬼、手がいくつもある鬼、一本足でぴょんぴょん跳ねて歩く鬼などなど、見るも恐ろしい連中である。若侍は生きた心地もせず、ただ茫然と突っ立って彼らを見送っていた。すると、鬼たちがほとんど通り過ぎたその一番後ろを歩いてきたひとりの鬼が、

「今、橋の下に人影が見えたぞ」

と声をあげた。すると別の鬼は、

「いや、そんなものは見えない」

と応じ、さらに別の鬼は、

「そやつをすぐに引っ捕らえてこい」

と言う。それを聞いた若侍が、「これでもうおれもおしまいだ」と観念していると、

1　もともとは、貴族の家に仕えて警備や雑用をする者を指した。また、広義には身分の低い奉公人全般を意味した。

2　255ページ、注46参照。

3　正式名は頂法寺。天台宗の寺で、京都市中京区堂之前町に現存する。寺伝によれば聖徳太子が創建したとされる。本堂が六角形なのでこの名がある。

4　古代の民間信仰では、大みそか前後は祖霊が現世を来訪する時期とされ、また、夜には悪鬼・悪霊が歩き回る日でもあった。そのため、それらを祓う追儺（ついな）の行事などが催された。

5　一条大路が堀川を渡る地点に架かっていた橋。「戻り橋」の名で知られた。この橋は、都人が橋占（はしうら）をする場所で、また都の辺境にあって霊界と深い関係のある水辺に位置するため特別な霊的空間だった。

ひとりの鬼が駆け降りてきて彼を捕まえ、橋の上に引っ張りあげた。若侍を見た鬼たちは、

「この男の罪はたいして重いものでもないな。まあ許してやるか」

と言う。そして、四、五人ほどの鬼が彼に唾を吐きかけ、そのまま去っていった。

若侍は、ああ、命が助かってほんとうにありがたい、と喜び、気分は最悪で頭もがんがん痛んだが、我慢して家路を急いだ。「早くうちに帰って、この出来事を妻に話してやらねば」と思ってのことだった。ところが急ぎ戻って家に入ると、妻も子も若侍に気づかない。彼の方を見るのに、話しかけようともしないのだ。若侍が話しかけても、まったく返事をしない。これはいったいどうしたことかと焦り、若侍は妻や子のすぐかたわらに近づいたのだが、彼がそこにいることがまるでわからない様子なのである。それで若侍ははじめて気がついた。

「さては、鬼どもが唾を吐きかけたせいで、おれのからだが見えなくなったにちがいない」

自分の方は、以前と同じくほかの人々の姿が見えるし、彼らが話す言葉もなんの障りもなく聞きとれる。それなのに、ほかの人間には自分の姿は見えず、声も聞こえないのだ。若侍は、悲しくてたまらない。置いてある食べ物を取って食べてみたが、や

はり誰ひとり気づきもしない。このようにして一夜が明けると、妻子は帰宅しない若侍のことを心配して騒ぎだした。

「きのうの晩、誰かに殺されてしまったのかもしれない」

と言って、悲嘆に暮れている。

それから何日かが過ぎても、やはり若侍の姿は消えたままでどうする術もない。万策尽きた彼は、六角堂にお参りをして、そのまま堂に籠もり、

「観音菩薩さま、どうかわたくしをお助けください。長年のあいだお参りをいたし信心しております者をお哀れみくださり、どうかどうか元の姿にわたくしをお戻しください」

と一心不乱に祈念した。腹が減ると、同じように堂に籠もっている人の食べ物や、お布施の米などを取って食べたが、そばにいる人はまったく気づかない。

こうして十四日ほど経った夜のこと、寝入っていた若侍は明け方に夢を見た。観音菩薩の御座所の前に垂れた絹の陰から、尊げな僧があらわれて若侍のかたわらに立っ

6　唾液や血液などの体液に呪力があるとする信仰は全世界に広範に存在し、それに関する説話伝承も多様な形で存在する。

た。そして、

「そなたは朝になったらすぐにもここを出て、最初に出会った者の言うとおりにするがよい」

とお告げを述べられた。そのお告げが終わった途端、若侍は目が覚めた。

やがて夜が明けたので、彼はお告げに従い六角堂をあとにした。すると、門のそばで、大きな牛を引いているひどく恐ろしげな風貌の牛飼いの少年に出くわした。この少年は若侍を見ると、

「さあ、そこの人、一緒に来なさい」

と言う。若侍は「さては、おれの姿は見えるようになったんだな」とうれしくなり、夢のお告げを頼りに喜び勇んで少年のあとについて行った。西の方に十町ばかりも進むと、そこに大きくて立派な屋根付きの門があった。門は閉じられていたので、牛飼いの少年は牛を門の柱につなぎ、人が到底通れそうもない門扉(もんぴ)のすきまから入ろうとする。しかも、少年は若侍の手を引っ張って、

「お前も一緒に入れ」

と言う。若侍は、

「こんな狭いすきまから入るなんて無理です」

とあがったが、少年が、

「ごちゃごちゃ言わずに、いいから入れ」

と言って強引に彼を引き入れたところ、なぜかするりと中に入ることができた。門構えと同じく屋敷の内も立派で広々していて、たくさんの使用人がいる。

少年は若侍を連れて縁側にあがり、奥の方へとずんずん入って行くのだが、「何で入ってくるのか」などと咎めて制止する者は誰もいない。そのままずっと奥の間の方に進んでいくと、部屋の中に姫君がひとり、病の床に臥していた。多くの侍女たちが、姫君の枕元にも裾の方にもたくさんいて、かいがいしく看病している。少年は若侍を部屋の中に導き入れ、小槌[7]を取り出して若侍に持たせると、姫君のかたわらに坐らせた。それから、彼にその小槌で姫君の頭や腰を打たせた。すると姫君は頭を振りながらなかば起きあがり、ひどく悶え苦しむ。見守っている姫の父母は、

「この子はもう助からない」

と嘆き、ふたりともに涙を流す。周囲を見回すと、部屋の隅では病気が治るように読経が続いており、尊い祈禱僧を呼びにやった模様である。

7　279ページ、注76参照。

しばらくすると、その祈禱僧がやって来た。病人の近くに坐って、『般若心経』[8]を唱えながら祈禱を始めた。その声は若侍にも限りなく尊く聞こえ、全身総毛立つような思いで、なにか寒気のようなものまで感じる。一方、牛飼いの少年の方はというと、この祈禱僧の姿を見るや否や一目散に外の方へ逃げ出してしまった。そして、僧が不動明王の火界の呪を唱え、姫君のための加持祈禱に入ると、なぜか若侍の着物に火がついた。さかんに燃えるので、若侍は思わず大声で悲鳴をあげた。その途端、若侍の姿は、そこにいる人すべての目にはっきり見えるようになった。姫君の父母をはじめ、侍女やそのほかの人々がびっくりして目を瞠ると、ひどくみすぼらしい風体の男が病人のそばに坐っているではないか。あわてて皆で男を取り押さえ、病室から引きずり出し、

「いったいこれはどういうことだ」

と問い詰めた。そこで若侍は、それまでの出来事をありのままに、ことの最初から語った。聞いた者たちは皆、世にもめずらしいことだと、あきれ返って顔を見合わせる。そして、若侍の姿が見えるようになると同時に、姫君の病はぬぐい去るように治ったので、屋敷中が喜びで沸きかえった。

祈禱をした修験僧が、

「この男は、これといって罪がある者ではないようだ。六角堂の観世音菩薩の御利益を受けて姿が元に戻ったのだろう。だからこのまま許してやるがよい」と屋敷の人々に告げたので、皆は若侍を屋敷の外に連れだし、そのまま追い放った。彼は一目散に家に戻って、妻に一部始終を語った。妻はそんな不思議なことがあるのかしらと思いながらも、夫が無事に帰ってきたことを心から喜んだ。思えば、あの牛飼いの少年は疫病神の仲間だったのだろう。誰か呪う者がいて、その呪いに応じて姫君に取り憑いて悩ましていたのだ。その後は、姫君にも若侍にも病がふりかかるようなことはなかった。これはまさしく、火界の呪のありがたい霊験(れいげん)のおかげである。

観音菩薩の御利益が、このように不思議な形であらわれることもあるのだ、と、こうして今に語り伝えられている。（巻第十六第三十二）

8　大乗仏教における「空」と「般若(はんにゃ)」の思想を説いた経典。わずか三百字足らずの本文に、大乗仏教の精髄が凝縮されている、とされる。

9　印を結び不動明王を念じて呪文を唱えると、悪霊退散の大火焔が出現する、という祈禱。

地神に追われた陰陽師の話

今は昔、文徳天皇[10]が崩御された時のことである。御陵となる土地を選ぶに際して、安倍安仁[11]という大納言がその職務の責任者を拝命し、任に当たることになった。大納言は下役の者たちを引き連れ、候補となった場所におもむいた。

当時、滋岳川人[12]という陰陽師[13]がいた。その道においては古今に比べる人もいないほどすぐれた、世に並びない大家であった。大納言は、この川人を御陵選定の仕事に召し出し、一緒に候補の地にでかけたのである。そして、無事に役目を果たして一行が京に戻る途中、深草[14]の北あたりにさしかかった。その時川人が大納言のそばに乗馬を寄せて、なにかもの言いたげなそぶりをした。大納言が耳を寄せると、川人は、

「わたくしは、これまで長年の間陰陽道にたずさわって参りました。さして才能に恵まれているわけではありませんが、それでも公私にわたってあやまちを犯したことはございませんでした。それが、今度ばかりは大変なしくじりをしでかしてしまったようです。実は、わたくしたちのあとを地神[15]が追いかけてきております。これは、あなたさまとこの川人が、地神の怒りを買ったからでございます。どうなさいますか？

どうも逃げ切るのはむずかしそうでございます」

と、ひどく取り乱した様子で告げた。これを聞いた大納言は、驚愕のあまり何をどうしてよいのかまったくわからず、棒を飲んだように固まってしまった。そしてひたすら、

「どうしてよいかまったく見当がつかない。なんとか助けてくれ」

と繰り返すのみである。川人は、

10　275ページ、注68参照。
11　七九三年〜八五九年。平安時代前期の公卿。実務にすぐれた能吏で、思慮深く謙虚な人柄でもあり、文徳天皇の四代前にあたる嵯峨上皇の信任が厚かった。
12　?〜八七四年。平安時代前期の陰陽師。文徳朝から清和朝にかけて陰陽博士として朝廷に仕え、のちに陰陽頭にまで昇進した。
13　215ページ、注89参照。
14　現在の京都市伏見区。当時は貴族の別荘地であった。「月」や「鶉」の名所として歌枕にもなっている。深草山は周辺一帯。
15　陰陽道における土公神（どくじん）のこと。春は竈、夏は門、秋は井戸、冬は庭という風に移動する神。土公神がいる場所で土を動かす工事を行うと、その怒りを買い祟りがあるという。

「とにかく、このまま手をこまねいていれば地神の餌食になるだけです。なんとか大納言さまの身柄をお隠しする手を考えねばなりますまい」

と言い、あとから遅れてついてくる家来たちに、

「皆さんはこのまま先に行ってください」

と指示した。

やがて日が暮れると、闇にまぎれて大納言と川人は馬を捨てた。馬はそのまま先に歩いていく。川人は道端の田の中に大納言を導くと、そこに坐らせた。そして、刈り取られて積まれている稲を持ってきて、大納言のからだをおおい隠した。それから、その稲の山の周囲を回りながら、小声で呪文を繰り返し唱える。唱え終わると、川人自身も稲の山をかき分けて中に入ってきて、大納言に身を隠す術が整ったことを告げた。しかし、川人がひどくおびえ手足がわなないているありさまを見れば、安心などできるはずもない。大納言は、半分死んだような気分になった。

こうしてふたりはひっそりと声も立てずにうずくまっていたが、しばらくすると千人にも万人にも思える足音が、地響きを立てて彼らの前を通り過ぎた。が、行ってしまったと思ったらすぐにまた戻ってきて、なにやらがやがやと騒いでいる。その声はというと、人の声に似ているようでいて、やはり人の声とはとても思われない。その

中の頭目格と思える声が、

「たしか、このあたりで馬の足音が軽くなった。やつらは馬から降りて身を隠したにちがいない。このあたりの地面を隙間なく捜せ。地面を一尺も二尺も掘って捜すのだ。いくら隠れても、逃げきれるものではあるまい。川人は、昔の陰陽師にも劣らない腕前の奴だから、簡単には見つからないような術を使って身を隠しているのだろう。このまきゃつめを逃がすようなことがあっては、この身の名折れ。くまなく捜せ！」

とわめき立てた。しかし、配下らしき者たちはどうにも見つからないと口々に騒ぐ。

するとまた、頭目らしき声が、

「ええい、どうあがこうが隠れおおせるはずはないのだ。たとえ今日はうまく隠れられたとしても、必ずきっとあいつらを見つけださずにおくものか。今度の十二月の大みそかの夜[16]には、この天(あめ)が下(した)すべて、土の中だろうが空の上だろうが、目の届くところの果ての果てまで捜し尽くすのだ。そうなれば、到底隠れきれるものではない。皆の者、大みそかの夜にまた集え。やつらを血祭りにあげるのだ！」

と命じ、どこかへ去っていった。

16　297ページ、注4参照。

気配が消えたあと、ふたりは稲の山から這いだした。大納言は茫然自失の状態でわななきながら、半泣きの声音を出した。

「いったいどうすればいいのか。あの恐ろしい声の主が言っていたように捜されてしまえば、とても逃げ切れるものではあるまい」

すると川人は、

「いや、うまく盗み聞きできたのは、もっけの幸いです。大みそかの夜は、決して人に知られないように、ふたりだけでうまく隠れましょう。その時が近づきましたら、くわしいことを申し上げます」

と頼もしく言った。それからふたりは、田の近くの河原にとどまっていた馬のところまで歩いていき、おのおの住まいに帰った。

やがて、大みそかになった。川人は大納言の屋敷にやってきて、

「絶対にほかの人には知られないように、おひとりで二条大路[17]と西大宮大路[18]が交わる辻に、日が暮れる頃おいでください」

と教えた。大納言はこの教えにしたがい、夕暮れ時、町の人々が忙しく行き来する雑踏にまぎれて、ただひとり、二条と西大宮の大路が交わるところにおもむいた。川人は、すでにそこに立って待っていた。そしてふたりは、連れ立って嵯峨にある清涼寺[19]

にむかった。寺に着くと、ふたりは本堂の天井裏によじ登った。川人は陰陽道の呪文を唱え、大納言は密教の印を結び、釈迦如来のお姿を思い浮かべながら真言を一心に唱えていた。[20]

やがて真夜中になった頃、変な臭いのするなま暖かくて気味の悪い風が吹いてきた。それが合図であるかのように、地震のような地響きとともに何かが通り過ぎていく。恐ろしさをじっとこらえているうちに、朝の訪れを告げる鶏の鳴き声が聞こえた。ふたりは、隠れていた天井からそっと階下に降り、まだ夜は明けきっていなかったが、それぞれ帰路についた。別れ際、川人は大納言に向かい、

「今はもう恐れることはありません。しかし、これほどの災いも、この川人であればこそなんとかまぬがれることができたのですぞ」

17　大内裏南面を東西に通る。646ページの地図参照。
18　大内裏西面を南北に通る。646ページの地図参照。
19　京都市右京区嵯峨に現存する浄土宗の寺。
20　原文は「三満(さむみつ)」(正しくは「三密」)で、身密＝「手に諸尊の印相を結ぶ」、口密＝「口に真言を読誦する」、心密＝「心に曼荼羅の諸尊を観想する」の総称。

と言って去っていった。大納言は、川人が去るその後ろ姿を拝み、それから家路についた。

この出来事からも、川人が実にすぐれた陰陽師であったことがよくわかる、と、こうして今に語り伝えられている。（巻第二十四第十三）

安倍晴明が驚くべき術を披露した話

今は昔、天文博士[21]の官を務める安倍晴明（あべのせいめい）[22]という陰陽師（おんみょうじ）がいた。昔の大家にも恥じない非常にすぐれた陰陽師であった。賀茂忠行（かものただゆき）[23]というその道の大家のもとで、幼い頃から昼夜を分かたず修行に励んだ結果、決してあやまちを犯さない名人に成長した。

この晴明がまだ若かった頃のことである。ある夜、師である忠行の供をして、下京のあたりに出かけることになった。晴明は、忠行が乗っている牛車のあとについて歩いていく。忠行は車の中ですっかり寝入ってしまっていた。歩いていた晴明がふと前の方を見ると、言葉では言いあらわしがたいほど恐ろしげな鬼たちが、こちらにむかってやって来る。晴明は驚いて牛車のうしろに走り寄り、忠行を起こしてそのことを告げた。すると師匠ははっと目を覚まし、鬼たちがむかってくるさまを見て取るや、隠身（おんしん）の術を使って自分や供の者たち全員の姿を隠したので、忠行をはじめ晴明やほかの供の人々も全員、無事にその場を通り抜けることができた。

このことがあって以来、忠行は晴明をいっそう可愛がり、片時もそばから離さないようにして、自分が知っているすべての奥義（おうぎ）を余さず晴明に伝えた。こうして、ついに晴明は陰陽道の真髄を体得した者として、宮廷をはじめ世間のすべての人々に尊敬され、重責を担うようになった。

21　中務省（なかつかさ）の陰陽寮（おんようりょう）に所属する官職名。天文に関する諸事をつかさどり、天文を学ぶ学生（がくしょう）の教導にもあたった。

22　九二一年〜一〇〇五年。平安時代中期の陰陽師。宮廷の内外で活躍した、陰陽師を代表する存在。陰陽道宗家として明治の初めまで陰陽寮を統括した土御門（つちみかど）家の祖。説話にも多く取り上げられている。

23　生没年未詳。平安時代中期の陰陽師。陰陽寮において独立した三部門であった天文道、暦道、陰陽道を統合・掌握したとされる。弟子とされる安倍晴明の家系とともに、賀茂氏は陰陽寮と陰陽道を独占する家系となった。215ページ、注88参照。

師の忠行が世を去ったあと、晴明は土御門大路[24]の北、西洞院大路[25]の東にあたる場所に屋敷を構えた。ある時、その屋敷にひとりの老僧が訪ねてきた。供として、十歳あまりの少年をふたり連れている。晴明は老僧に、

「あなたはどなたです。どちらからおいでになりましたか？」

と訊ねた。すると老僧は、

「わたくしは播磨[26]の国の者でございます。実は陰陽道を習いたく思っております。あなたさまがこの道において、世に並びなき大家でいらっしゃるとうけたまわりましたので、いくぶんなりとお教えを受けたいと思い参上した次第です」

と答えた。しかし、晴明は心の内で、

「この法師は、陰陽道に相当の心得がある奴らしい。この晴明の腕を試そうとしてやって来たにちがいない。こやつに試されて、下手にぼろを出したりしてはつまらない。逆にこいつをなぶって、少々痛い目を見せてやろう」

と思い、

「こやつが連れているふたりの供は、式神(しきがみ)[27]にちがいない。ふたりとも、この場からすぐに隠してしまえ」

と心中に念じ、袖の中でひそかに印を結び、相手にわからないように呪文を唱えた。

そうしておいて、晴明は法師に答えた。

「承知いたしました。ただ、今日は用事があってその暇がありません。いったんお帰りいただいて、後日良き日を選んでおいでください。お習いになりたいことは何でも教えてさしあげましょう」

晴明の言葉に、法師は、

「それはまことにありがたいことでございます」

と言って、両手をすりあわせながら額に当てて拝み、立ち上がると屋敷の外に走り去った。

ところが、晴明が「もう一、二町ほどは行ってしまったろう」と思った頃合いに、老法師が舞い戻ってきた。晴明が屋敷の中から見ていると、彼は人が隠れていそうな

24　一条大路の南を東西に通る。現在の上長者町通にあたる。646ページ地図参照（次注も同）。
25　東の京を南北に通る。油小路の東、町尻小路の西、洞院川にちなむという。
26　247ページ、注38参照。
27　陰陽師が自在に操ることのできる下級の神。仏法の護法童子に近い。一般の人に、その姿は見えない。

ところや車寄せなどをのぞきながら近づいてくる。そして、立って見ていた晴明の前にやって来ると、

「わたくしの供をしておりました少年が、ふたりとも煙のように消え失せてしまいました。あなたさまがお隠しになったものと思います。返してください」

と訴えた。それを聞いた晴明は、

「おかしなことをおっしゃるお坊さまですな。この晴明が、いったいなんでお供のお子さんを隠さなければならないのです?」

と言い返した。すると老法師は、

「ああ、なにとぞご勘弁ください。まことにご無礼をいたしました。ひらにひらにご容赦を」

と頭を下げてあやまった。晴明は、

「わかれば、それでよし。あなたが私を試そうと、式神などを連れてやってきたのが面白くなかったのだ。ほかの人間にそういう試しをするならまだしも、この晴明にいたずらを仕掛けるのはこれを最後にした方がいいですぞ」

と言って、袖の中に手を入れた。そして、しばらく呪文を唱えていたかと思うと、門の外から少年がふたり走ってきて、老法師の前に立った。これを見ていた法師は、

「あなたさまが世にすぐれた術者でいらっしゃると聞いて、ひとつ試してみようと考えてやってきたのです。昔から、式神を使うというのはたやすいことですが、しかし、人が使っている式神を隠してしまうなどという技は、見たことも聞いたこともございません。まことに尊い御腕前をお持ちでいらっしゃいます。今日この日から、なにとぞお弟子の端くれに加えていただきたく存じます」

と言って、その場で師弟の契りを結ぶ名札[28]を書いて晴明に差し出した。

さて、これはまた別のある日のこと。晴明は、広沢の池[29]の近くにある遍照寺[30]に寛朝僧正[31]をお訪ねし、さまざまなお話をうかがっていた。が、僧正との会話の間をぬうようにして、そばにいる若い貴族や僧たちが、晴明にしきりに話しかけてくる。

28　原文は「名符」。弟子入りや従属を示す証明として相手に出す札。
29　現在の京都市右京区嵯峨広沢町にある池。広沢は寛朝（注31）が創建した遍照寺（注30）を指し、月見で知られる歌枕。
30　京都市右京区にある、真言宗御室派準別格本山の寺。九八九年に寛朝が開いた。山号が広沢山。
31　九一六年～九九八年。平安時代中期の僧侶。宇多天皇の孫。東寺長者。遍照寺に住んだことから広沢大僧正とも。

「晴明さまは、式神をお使いになるそうですね。どうなんでしょう、それを使って人をたちどころに殺すことはおできになるのですか?」

「いやはや、この道の秘事をそんなに軽々しくあけすけにお訊ねになるとは」

と晴明は受け流しながら、

「人を殺すなどという大ごとが、そんな簡単なはずはないでしょう。ただ、少々力をこめれば、たしかに殺せます。虫けらの類いなら、ほんのちょっとのことで必ず殺せます。ですが、生き返らせる法を知りませんので、殺生の重い罪を犯すことになります。無益なことですよ」

と答えた。しかし、若い貴族たちはしつこかった。庭先を蛙が五、六匹、池の方にぴょんぴょん跳ねて行くのを見て、

「では、あの蛙を一匹殺してみてください。ものは試しですから」

などと言う。晴明は、

「罪作りなお方ですな。そうまでおっしゃるなら、いたしかたありません」

と応じて、庭に生えている草を摘み取った。そして、呪文を唱えながら、その草の切れ端を蛙の方に投げた。と、その草の葉が蛙の上に落ちかかるやいなや、蛙はぺしゃんこにひしゃげて死んでしまった。貴族や僧たちは、これを目にしてふるえあがり、

真っ青になった。

晴明は、屋敷に召使がいない時には、よく式神を使っていたようである。誰もいないのに、ひとりでに日よけの格子戸の上げ下ろしがなされたり、閉ざす者もいないのに、門が閉ざされたりしたようである。こうした不思議なことは、いくらでもあった、と語り伝えられている。

晴明の子孫は今も朝廷に仕え、非常に重んじられている。土御門の屋敷も、子々孫々に譲り残されている。その屋敷の中で、子孫はごく最近まで式神の話す声などを耳にしていたという。

こうしたことからも、やはり晴明はただ者ではなかったのだ、と、こうして今に語り伝えられている。

（巻第二十四第十六）

恨み死にした妻が悪霊になる話

今は昔、某という男がいた。長年連れ添った妻がいたのだが、彼女を捨ててかえりみなくなった。妻はこの仕打ちをひどく恨み、嘆き悲しんだ。そして、あまりに思い詰めたせいで病に倒れ、幾月か苦しんだ挙げ句、とうとう恨み死にしてしまった。彼女は、父も母も、そして身寄りもまったくいない天涯孤独の身の上だったので、亡くなったあと葬ってくれる者は誰もいなかった。そのため、亡骸は家の中に放置されていたのだが、日が経っても髪の毛はもとの通り、一本も抜け落ちないままだった。また、骨もつながったままで、バラバラにはならない。[32] 隣家の住人は戸の隙間から中を覗き、亡骸のありさまがこうであるのを見て、怖さのあまり震えだしてしまった。さらに恐ろしいことには、家の中は真っ青な光でいっぱいで、地震の時のような家鳴りもひどかったのである。隣の住人は怖さのあまり一目散に逃げだした。

夫だった男はこの噂を聞いて肝をつぶし、今にも死にそうな気分になった。「どうすれば、この死霊のたたりをまぬがれることができるだろうか。俺のことを恨んで恨み死にした女だから、絶対に俺をとり殺そうとするにちがいない」と、震えで歯の根が合わないほどおびえた。そして思い余った挙げ句、ある陰陽師のもとに行き、事の仔細を話した上でたたりをのがれる方法がないかどうかを訊き、なんとか助けてほしいと懇願した。すると陰陽師は、

「このたたりから逃れるのは、きわめてむずかしいことだと思われます。ですが、こ

れほどに必死のご依頼を受けたからには、なんとか方策を考えてみましょう。ただし、逃れるには、それこそ身の毛もよだつようなことをしていただかなければなりませんよ。よくよく覚悟しておいてください」

と言う。

やがて日が暮れる頃、陰陽師は女の亡骸がある家に、男を連れて出かけた。男としては、噂に聞くだけでも髪の毛が逆立つような怖さなのに、ましてその家にわざわざ行くなどというのは、堪えがたくて死にそうなことだった。だが、彼は陰陽師を一心に頼って信頼し、抱きかかえられるようにして彼と共に歩いていった。

家に到着して中に入ると、たしかに死人の髪の毛は生前通りで抜け落ちておらず、骨はつながったまま横たわっている。陰陽師は、死人の背中に馬にまたがるように乗りなさい、と男に指示した。男がそれに従うと、今度は抜け落ちていない髪を男の両手にしっかりと握らせ、

「絶対に絶対に髪を放してはなりませんぞ」

と注意した上で、呪文を唱え祈禱した。そして男に、

32　死骸の髪が抜け落ちず、骨もつながったまま、というのは悪霊になったしるし。

「私が戻ってくるまで、このまま死人にまたがっていてください。身の毛がよだつようなことが必ず起きますが、じっとこらえて我慢していてください」

と言い置いて、家から出ていった。男は陰陽師の言う通りにするほかなかったので、生きた心地もしなかったが、そのまま髪をつかんで死人にまたがっていた。

やがて夜になった。「もう真夜中くらいだろう」と思う頃、ふいに死人が、

「ああ、重たいなあ」

と口をきいた。と同時に立ち上がり、

「ええい、あいつを捜しに行かなきゃ」

と言うなり、家の外に走り出た。どこに行くのかまるで見当もつかないが、はるか遠くの方までものすごい勢いで走っていく。男は陰陽師に教えられたことを固く守り、髪をしっかり握って放さないでいた。やがて、死人は家に戻り、中に入ると元のように横たわった。男にしてみれば、恐ろしいとかなんとか、そんな段階はとっくに通り越している。しかし、無我夢中でひたすら我慢して髪を放さず、そのまま背中にまたがっているうちに、一番鶏(いちばんどり)が鳴いた。すると、ブツブツなにか呟いていた死人は口をきかなくなり静かになった。

あたりはだんだん明るくなってくる。と、そこへ陰陽師が戻ってきた。

「昨夜は、さぞ恐ろしい目に遭われたでしょう。髪は放さずにいましたね？」

陰陽師の問いに、男は一度たりとも放さなかった、と答えた。それを聞いた陰陽師は、ふたたび死人にむかって呪文を唱えて祈禱してから、

「これでよし。さあ、帰りましょう」

と言うと、来た時と同様に、男を抱きかかえるようにして家に連れて戻った。そして、

「これからはもう、恐れて暮らす必要はありません。あなたがあまりにお気の毒だったので、力を尽くしてさしあげたのですよ」

と言った。男はうれし涙にくれながら、陰陽師を拝んだ。その後は、たしかに陰陽師が言った通り、男の身にはなんの異変も起こらず、長寿を保った。

これは、そう遠くない時代の出来事である。男の子孫は、今も生きている。また、陰陽師の子孫も生きていて、御所を警護する部署に勤めている、と、こうして語り伝えられている。

（巻第二十四第二十）

人の顔を撫でる水の精が捕まった話

今は昔、陽成上皇[33]がお住まいになられていたお屋敷は、南北を二条大路[34]と大炊御門(おおいのみかど)大路[35]にはさまれ、東西を西洞院大路[36]と油小路[37]にはさまれた二町[38]分の広さがある場所に建てられていた。上皇がお隠れになってからは、その地所の真ん中を冷泉小路[39]が東西に貫くように作られ、その北側は庶民の家々が建ち並んだ。南側の町には、お屋敷のなごりで池などが少し残っていた。

ある夏のこと、その南側の町の池のほとりに家を建てて住んでいた人が、西向きの縁側で涼みながら寝ていた。すると、背丈が三尺ほどの小さい老人がふいにあらわれ、寝ていた住人の顔をするりと撫でた。撫でられた人はぎょっとしたが、怖さですくみあがって何もできない。横になったまま寝たふりをしていたところ、老人はそっと立ち上がって庭に降りていった。星明かりでその姿を追っていると、池のほとりまで歩いていき、そこでかき消すようにいなくなった。池浚(さら)いなどかつて一度もしたことがないので、水面には浮き草や菖蒲(しょうぶ)がびっしり生い茂り、気味悪く恐ろしげな風情である。

「老人は、きっと池に住む妖怪かなにかだろう」と思って不気味に思っていたところ、それ以来夜な夜なあらわれては顔を撫でていくようになった。この噂を聞いた人は皆震えあがったのだが、中にひとり腕自慢の男がいて、「よし、ここは俺さまが出張って、顔を撫でるとかいうそやつを引っ捕らえてくれるわ」とうそぶき、怪異の起こる家に出向いた。麻縄を用意して、例の縁側にただひとり横になり待ち構えていたのだが、宵のうちはいっこうにあらわれない。「もう真夜中過ぎか」と思う頃には、待ちかねてうとうとまどろんでしまった。すると、顔になにや

33　八六八年〜九四九年。第五十七代天皇。清和天皇の子。奇矯なふるまいが多い暴君だったと伝えられる。退位後、二条院に住んだといわれる。
34　大内裏南面を東西に通る。309ページ、注17参照。
35　大内裏東側の南の門である大炊御門（郁芳門）から東にのびる大路。646ページ地図参照。
36　313ページ、注25参照。
37　東の京を南北に通る小路。堀川小路と西洞院大路のあいだ。646ページ地図参照。
38　面積の単位の「町」で、一町は一ヘクタール程度。
39　大炊御門大路と二条大路のあいだを通る。646ページ地図参照。

ら冷たいものが触った。長らく待ち構えていたので、夢うつつのうちにもはっと目を覚まし、起きあがるやいなや相手を捕まえた。そして、用意の麻縄でがんじがらめに縛りあげ、欄干（らんかん）にその端を結びつけた。

そこまでしたあと、腕自慢の男は人を呼んだ。皆が集まってきて灯りを点してみると、たしかに背の高さは三尺ほど、上下ともに薄い藍色（あいいろ）の着物を身につけた小さな老人が、今にも死にそうな様子で縛りあげられ、目をしょぼしょぼさせている。何を訊いても、まったく答えない。そのまましばらく無言だったが、やがてふっと薄く笑うと、左右を見回しながら、か細くていかにも情けない声で、

「たらいに水を入れて持ってきてくれませんか」

と言った。そこで、大きなたらいに水を張って老人の前に据えてみた。すると、彼は首を伸ばしてたらいを覗きこみ、水に自分の姿が映るのを見るや、

「私は水の精である」

と言って、ずぶりと水に落ち込んだ。そのとたん、老人の姿は消えた。ただ、水の量が増え、たらいの縁からあふれてきた。老人を縛りあげていた麻縄は、縛った形のまたらいの底に沈んでいる。老人は水と化して溶け失せてしまったのだ。見ていた人々は事の奇怪さに皆びっくりしたが、水をこぼさないようにたらいを持って池まで

運び、中身をそのまま流した。これ以後、老人があらわれて人の顔を撫でることはなくなった。

　水の精が老人に化けたにちがいない、と人々が噂し合った、と、こうして今に語り伝えられている。

（巻第二十七第五）

伴大納言が疫病神になった話

　今は昔、国じゅうに咳（せき）の病（やまい）が大流行したことがあった。この病をまぬがれた者はひとりとしておらず、身分が高かろうが低かろうが、すべての人がひどい咳に悩まされた。

　この咳が大流行している最中のことである。ある屋敷で料理人をつとめている男が、その日の仕事を終えて、わが家に帰ろうとしていた。夜の十時頃で、屋敷の人たちが皆寝静まっている中、料理人はそっと門の外に出た。と、そこに赤い上衣[40]と冠を身につけた人が立っていた。いかにも身分が高いと思われるような姿で、しかもひどく恐ろしげな雰囲気を漂わせている。誰なのか見当もつかないが、下賤な身分の者とはほど遠い様子の相手なので、料理人はともかくもその人の前にひざまずいてかしこまった。

するとその人物は、

「お前は、この私のことを知っているか？」

と訊く。料理人が、

「おそれながら、存じ上げません」

と答えると、その人は、

「われこそは、その昔この国におった大納言・伴善男(とものよしお)[41]という者である。伊豆の国に流され、ずっと以前に死んでおる身だ。そして今は、疫病神(やくびょうがみ)[42]に任じられている。かつて私は、心ならずも朝廷に対して罪を犯し、重い罰を受けてしまった。だが、朝廷にお仕えしていた間に、私はこの国から大きな恩をいただいてもいる。ところが、今年、この国には悪疫が蔓延(まんえん)し、人々が皆その病で命を失うという運命が定められたのだ。そこで、私はかつて受けた恩義に報いるため、上なる神にお願い申し上げ、その悪疫をこのたびの咳の病に変えていただいたのである。それで、このように国じゅうに咳が拡がっておるのだ。私はそのことをお前に伝えようと思って、門の前に立っていたのであるぞ。お前は別に恐れなくてもよいのだ」

と言い、かき消すように姿が見えなくなった。

料理人は、この言葉を聞いたあと、おそるおそる自宅に帰って家の者にこの話をした。それが他の人々にも伝わって、やがて「伴大納言さまは、疫病神になられた」ということが知れ渡った。

それにしても、この世にはたくさんの人がいるというのに、どうしてこの料理人をわざわざ選んで咳の病のことを告げたのであろうか。きっとなにかわけがあったのだろう、と、こうして今に語り伝えられている。

（巻第二十七第十一）

40　原文は「表ノ衣（うへのきぬ）」。宮中で正装する際に着る上衣。官位によって色が異なる。「赤」は五位の官人が着用する。

41　八一一（八〇九年説もあり）年～八六八年。平安時代初期の公卿。才知・弁舌に優れ大納言に昇進したが、左大臣源信と争い応天門の火災に乗じて源信を陥れようとした。ところがかえって放火の罪を着せられ、伊豆に配流された。

42　疫病を流行らせてまわる神。この世に恨みを残して死んだ者、特に政治的犠牲者は、御（ご）霊（りょう）となって国土に災厄をもたらすと考えられた。

お調子者の若者が鬼女に追われる話

今は昔、ある人が近江[43]の国守として任地にあった時のことである。その人の屋敷に血気盛んな若者たちが大勢集まって、朝から盛んに飲み食いし、思い出話や最近の噂話に興じたり、碁や双六(すごろく)遊びをしたりと楽しい時間を過ごしていた。そんな中、ひとりの男が、

「この近江には安義の橋[44]という橋があって、昔はちゃんと人が渡っていたらしい。ところが、いつのまにか『人が渡ると無事では済まない』という言い伝えが広まって、今では通る人はいないそうだ」

と言いだした。すると、それを聞いていたお調子者で口八丁手八丁、腕の方にもちょっとした自信がある若い男は、頭からその話を信じようともせず、

「おれ様ならそんな橋を渡るなど、ちょちょいのちょいだ。どんな恐ろしい鬼がいようとも、お屋敷で一番足の速いあの鹿毛[45]の馬にまたがりさえすれば、渡れないなんてことがあるものか」

と息巻いた。その場にいた他の者たちは全員、この言い草を聞き逃さず、口をそろえ

てその男をけしかけた。

「おお、威勢のいいことを言ってくれるじゃないか。橋を渡ればまっすぐ向こう側に行けるというのに、この噂のせいでみんなが回り道をする羽目になっているんだ。ここはひとつ噂の真偽をたしかめてもらいたい。また、それでこそ、あんたの度胸がどれほどのものか、はっきりわかるというものだ」

若い男は引っ込みがつかなくなり、それでもいろいろ言い訳をしたりしたため、一同はあでもないこうでもないと大声で言い争いになった。皆が互いにこうして大騒ぎをしている声は、やがて屋敷の主人である国守の耳に届いた。そこで、わざわざ皆の者が集まっているところにやって来て、

「この大騒ぎは、いったい何事だ？」

と訊ねた。一同はその問いに、「これこれしかじかでございます」と事の次第を申し

43　現在の滋賀県。
44　現在の近江八幡市倉橋部町、日野川にかかる「安吉橋」付近と目される。橋や渡し場は異界との「境界」でもあり、妖鬼が出没することが多い。
45　馬の毛色の名。シカの毛のように茶褐色で、たてがみや尾、脚の下部が黒色。

上げる。国守はこれを聞いて、

「なんだ、そんなつまらない事で大騒ぎしているのか。馬が入り用なら、すぐにも引き出して持っていけ」

と若い男に言った。が、男は、

「いえいえ殿さま、これはくだらないただの冗談ごとでございます。お見苦しいところをお見せしましたが、なにとぞご放念くださいませ」

と辞退した。すると、他の者たちは口々に、

「おい卑怯だぞ、卑怯だぞ」

とか、

「なんだ弱虫か」

などとはやしたてる。男はむきになって、

「おれは、橋を渡るのがむずかしいと言ってるんじゃない。殿さまに御馬をねだったように思われるのが嫌なだけだ」

と答える。だが、周囲の者たちは譲らず、

「日もすっかり高くなってしまったぞ。安義の橋は遠いんだ。さあ、早く早く」

と急き立て、屋敷第一という馬に鞍を置き、引き出してきて男に押しつけた。若い男

は、そんな噂のある橋を渡ることを思うと、鳥肌が立つような気分になった。だが、自分で言いだした以上どうしようもない。馬の尻の方には油をたっぷり塗り、鞍がずれないよう腹帯をきつくしめた。それから、自分の方は身動きがいいように軽装になり、鞭を手にして馬にまたがった。

かなりの距離を走って、やがて男は橋のたもとにたどり着いたが、あらためてぞっとするような恐ろしさに襲われ、気分が悪くなった。が、今さら引き返すこともできない。日は今にも山の稜線に沈もうとしていて、なんとも心細い。場所が場所だけに、人の気配はまったくない。はるか遠くにある人里で、煮炊きをする煙が上がっているのがかすかに見えた。男はびくびくしながらさらに進んでいったが、やがて、遠目でぼんやりしてはいるが、橋の真ん中あたりに人がひとり立っているのが見えた。

さては、あれが鬼か、と思って、おっかなびっくり目を凝らしたのだが、どうも違うようである。上品な薄紫の衣に濃い紫の単衣（ひとえ）を重ね、紅色の長い袴をはいた女性なのだ。恥じらうように口もとを袖で覆い、なんとも悩ましげなまなざしである。こちらを眺める様子にも、どこかすがるような哀れさが感じられる。誰かに置き去りにされて途方に暮れ、どうする術（すべ）もなく橋の欄干（らんかん）に寄りかかっていたところ、男の姿を見てうれしく思いながらも恥じらっている。きっとそういうようなことにちがいない、と男は勝手に思い込み、馬から跳びおりて女を抱き寄せ、一緒に乗せて帰ろう、と前後の見境もない恋心に駆られた。が、ふと正気を取り戻して、「いやいや、こんなところに美しい女がいるはずはない。これこそ鬼なのだ。さっさと通り過ぎなければ危うい。惑わされるものか」と自分に言い聞かせ、目をつぶって馬を必死で走らせた。女の方は、男が何か言いかけるだろうと待っていたのに、男が無言で通り過ぎたのを見て、

「もし、そこのお方。どうしてそんなにつれなく行ってしまわれるのですか。思いもかけず、このような場所で置き去りにされた者でございます。どうか人里までお連れくださいませ」

と呼びかける。しかし、その言葉を聞き終わる前に、もう身の毛がよだつような恐怖に襲われた男は、馬に鞭打って飛ぶように逃げていく。そのうしろで、

「ああ、なんて情け知らずのひどいお方」

と叫ぶ声がしたのだが、それは地面を揺るがすような恐ろしい大音声である。そして、そのまま男のあとを追ってくる。「やはり鬼だったか」と男は思い、「観音さま、どうかお助けください」と一心に念じながら、もともと足の速い駿馬を鞭打って、さらに疾駆させた。

鬼も猛烈な速さで追いすがり、馬の尻に手をかけて引き止めようとしたが、たっぷり油が塗ってあるので、手がすべってどうしても捕まえることができない。男が馬を走らせながらうしろをふりかえると、鬼の顔は一面朱色で、敷物の円座(えんざ)[46]のように大きく丸い。目はひとつ、背丈は九尺ばかりで手の指は三本。その指の爪は五寸ほどの長さがあって、まるで刀のように鋭い。からだは緑青色で、ひとつしかない目は琥珀(こはく)[47]玉のようである。そんな怪物が、生い茂るよもぎのように逆立ち乱れる頭髪をたなびかせて迫ってくるのだ。ひと目見るなり、男は肝をつぶしおびえきって、ただひたすら観音の助けを念じつつ、やみくもに馬を駆り立てた。その甲斐あって、男は追いつかれることなく、人里にたどりつくことができた。男を捕まえられなかった鬼は、その時、

「よしよし、今はうまく逃げおおせたかもしれないが、いずれ必ず捕まえてやるからな」

と告げて、かき消すようにいなくなった。

46　269ページ、注63参照。
47　135ページ、注144参照。

男は息も絶え絶え、半分意識をなくしたようなありさまで、たそがれ時に国守の屋敷に戻ってきた。屋敷の人々は大騒ぎで、

「どうした、どうした、大丈夫か」

と問いかけるのだが、気を失いかけている男は口もきけない。そこで皆は、男を馬から抱き下ろし、さまざまに介抱した。主人である国守もやってきて心配げに見守る中、ようやく男は人心地がついたのか、それまでの一部始終を人々に語った。主人はそれを聞いて、

「つまらない言い争いのおかげで、あやうく犬死にするところだったな」

と言い、駿馬をそのまま男に与えた。男は駿馬を手に入れて得意満面、家に帰った。そして、妻子や一族の者に恐怖の体験を物語ったのだった。

その後、男の家にいろいろ怪しい異変が起こったので、陰陽師に相談したところ、

「いついつという日に気をつけなさい、その日は特別厳重に物忌み(ものいみ)をしなければなりません」、という占いの卦(け)が出た。そこで、その日は表門を固く閉じて誰も入れず、家中で物忌みをしていた。ところが、ちょうどこの日に門を叩く者がいた。誰かと思えば、男の弟だった。弟は陸奥の国守に仕えていたので、母を連れて任地に下っていたのだが、物忌みの当日に京に戻ってきて兄の家の門を叩いたのである。しかし、門

の内からは、

「本日は、厳重に物忌みをしております。お目にかかるのは明日が過ぎてからということにしていただきたい。それまでは、誰かの家に宿を借りて泊まってください」

と言って断るほかなかった。弟はこれを聞くと、

「それは困ります。もう日も暮れてしまいました。私ひとりであれば、どこかよそに宿を取ることもできましょうが、たくさんの荷物を従者に持たせているので、どうにもなりません。今日こちらに参るのが良いという卦に従って、わざわざやってきたのです。それに、母上が私の任地でお亡くなりになりました。そのことも合わせてくわしくお話ししようと思っていたのです」

と訴える。兄である男は、この数年ずっと気がかりだった母親が亡くなったと聞いて、胸もつぶれんばかりに悲しくなった。そして、

「いろいろの異変は、母の死を知らせるものだったのだ」

と言い、

「かまわぬ。早く門を開けなさい」

と涙を流しながら命じた。そして、家に招き入れた弟にまずは食事を出し、それから向かい合って泣きながら話を聞いた。黒い喪服姿の弟も、涙ながらにいろいろ物語る。

兄である男は、それを聞きながらさらにぼろぼろ泣いた。

男の妻は、その会話を簾越しに聞いていたのだが、どういう話の行き違いか、突如兄と弟が取っ組み合いの喧嘩を始めた。ふたりは上になったり下になったりしながら、どたんばたんと激しくもみ合っている。妻はこのありさまに驚いて、

「いったいどうしたんです、おふたりとも」

とおろおろ声をかけた。すると、夫は弟を組み伏せながら、

「おい、その枕元にある刀をよこせ！」

と叫んだ。妻は、

「とんでもないことを！　正気ですか。なにをなさろうと言うんです」

と言って、渡そうとしない。夫はなおも、

「いいから早くよこせ！　おれに死ねというのか」

と叫んだが、そのうちに下になっていた弟が押し返し、兄を組み敷いたかと思うと、その首をがぶりと食いちぎった。そして、そのまま躍るような足どりで外に出ていきながら、妻の方に振り向き、

「どうもありがとう！」

と言った。その顔を見れば、安義の橋で追いかけられたと夫が語ったその鬼の顔では

ないか。と思うや、鬼の姿はかき消えた。妻をはじめ家中の者が泣いたりわめいたりしたが、もうあとの祭り。どうすることもできなかった。

こうしたこともあるのだから、女が小賢しいのは褒められた話ではない。たくさんの荷物や従者、馬などは、すべて動物の骨や人の頭蓋骨などであった。つまらない言い争いをしてとうとう命を失うとはまったく馬鹿な男だ、と、この事を耳にした人は皆この男を非難した。

安義の橋の方はというと、その後鬼を退散させるためのさまざまな祈禱をおこなったので、何事もなく通れるようになった、と、こうして今に語り伝えられている。

（巻第二十七第十三）

産んだ子を鬼女に食べられそうになる話

今は昔、ある貴族の屋敷で働く若い女がいた。父母もなければ親類もいない、これといった知り合いさえもいない天涯孤独の身の上だった。そのため、屋敷で与えられた自分の部屋以外には、どこにも行くところがない。仕事がない時には、ずっとその部屋にこもったまま、「病気になったりしたらどうしようか」などと、よくよく思い悩んで日々を過ごしていた。そして、そんな暮らしをしているうちに、決まった夫がいるわけでもないのに、子を身ごもってしまった。

女は、ああ、自分の宿命はやはりこのようなものなのか、と心の底から悲しく思った。産みの穢れ(けが)[48]のことを思えば、このまま主人の屋敷で出産するわけにはいかない。相談するといってもその相手はいない。主人に話すにも、ふしだらに思われるのが恥ずかしく言い出せない。途方に暮れる中、しかし、この女は元々気丈な生まれつきでもあったので、こう決心した。

「産気づいたら、召し使っている女の童(めわらわ)ひとりだけを連れて、どこかの深い山の中に入り、木陰かどこかで子を産もう。もしも死ぬ定めであるなら、そこで人知れずはかなくなるのだろう。また、もし命が助かったなら、何事もなかったようにお屋敷に戻ってくればいいのだ」

以後、周囲に悟られないようひそかに手筈を整えたが、臨月が近づくにつれ、また言いようもない悲しさが胸にこみあげる毎日だった。それをなんとかこらえながら、使っている少女にも事情を言い含め、少ないながら出産前後の食べ物も用意したりしているうちに、いつしか臨月を迎えた。

そしてとうとうある朝、まだ暗いうちに産気づいてきた。日が昇る前にと、かねて用意した品々を残らず少女に持たせ、急いで屋敷をあとにした。「東の方が山に近いだろう」と思い、京の町を東に向かうと、賀茂川の河原にたどり着いたあたりで夜が明けた。さあ、どちらに行けばいいのか、と心細くなったが、ここでもぐっとこらえ、橋を渡って休み休みさらに東に歩く。そして、粟田山[49]のふもとあたりから、山深い方角へと足を向けた。お産ができそうな場所を探してあちこちさまようちに、北山科[50]という場所にたどりついた。あたりを見回していると、山の斜面に寄り添うように山荘風の造りの屋敷が目に入った。建物は古びて壊れかけていて、人が住んでいる気配はない。「ここでお産をしよう。生まれた子はそのまま捨てて、私だけお屋敷に帰ろ

48　出産を血に関わる穢れとして忌む観念。暮らしの中心である住居に「穢れ」を入れないために、占いで選定した場所に「産屋」を建ててそこで出産をする。身分のある女性は実家などに「産屋」を設けるが、そうでない場合は本話の主人公のように困り果てることになる。

49　都と大津のあいだにある山の総称。粟田口がある。193ページ、注61参照。

50　山科の北。193ページ、注62参照。

う」と思い、力をふりしぼってどうにか垣根を越え、建物の中に入った。

母屋の続きになっている応接の間は、板敷きがあちこち腐って抜け落ちていたが、女はその残っている部分に腰をおろし、ひと息ついた。と、奥の方から誰かがやってくる足音がした。「ああ、困った。人がまだ住んでいる家だったのか」と身を固くしていると、そばの引き戸がすっと開き、白髪の老女が姿をあらわした。きっと、出ていくよう冷たくあしらわれるだろうと覚悟していたところ、老女は愛想良く笑いかけてきた。

「とんとお見かけしたことのないお方のようですが、どうしてまたこんなところにおいでなされた?」

と問いかけられ、女はみずからの身の上をありのままに泣く泣く語った。すると老女は、

「まあまあ、それはお気の毒に。そういうことなら、遠慮なくここでお子を産みなされ」

と言って、家の奥に案内してくれる。女は、「なんとうれしくありがたいことだろう。きっとこれは御仏(みほとけ)がお助けくださったにちがいない」と思って、老女のあとに続いた。老女が、粗末ながらもござを一枚そこに敷いてくれたので、女は横になり、まも

なく無事に子を産み落とした。

女の様子を見に来た老女は、

「なんとうれしいことでしょう。わたしはすっかり年老いて、こんな田舎暮らしをしている身ですから、お産の穢れなど気にはいたしません。七日ほどは、このままこの家にお泊まりになって、それから元のところにお帰りになればよろしい」

と言い、女が連れてきた少女に湯を沸かさせ、産湯をつかわせてくれるなど、いろいろ気を遣ってくれるので、女は心から感謝した。最初は「捨てよう」と思い決めていた赤ん坊も、とても可愛らしい男の子だったので、とてもそんな気にはなれず、乳を飲ませながら添い寝をしていた。

こうして二、三日が経った昼間、女がうとうとまどろんでいたところ、隣に寝かせてある赤ん坊を見ていた老女がひと言、

「なんと旨そうな。ただのひと口」

と呟いた。その言葉を夢うつつに聞いた女は、はっと目を覚まし、思わず老女の様子をうかがった。すると、どうにも不気味に見えてしかたがない。「これは鬼にちがいない。このままだと、きっとわたしも赤ん坊も食べられてしまう」と思い、なんとかこっそり逃げ出そう、と決心した。

そのあと、幸運にも老女が昼寝をしてぐっすり眠りこんでいる折があったので、連れてきた少女に赤ん坊を背負わせ、自分は身軽な服装になり、「仏さま、どうぞお助けください」とひたすら念じながら、その屋敷を脱け出した。そして、もと来た道をひた走りに走って逃げたので、ほどなく粟田口にたどり着いた。そこから賀茂の河原に行って、最寄りの人家で着替えをさせてくれるよう頼みこみ、身支度を整えると、夕暮れを待って主人の家に戻った。

賢い女であったから、こういうことができたのである。生まれた子は、人にあずけて養わせた。老女の消息は、まったくわからなかった。女はこのことは秘密にしていて、長らく誰にも話さなかったが、年老いてからふと人に語ったのである。

このことからもわかるように、そうした古い家などには、必ず鬼のような怪しいものが住んでいるのである。老女が赤ん坊を見て、

「なんと旨そうな。ただのひと口」

と言ったのは、まさしく鬼であった証拠だ。そういう怪しい場所に無防備に入りこんではならない、と、こうして今に語り伝えられている。（巻第二十七第十五）

古いお堂に泊まって恋人を失う話

今は昔、皇族の名簿を管理する正親大夫(おおきみのたいふ)[51]をつとめた男がいた。この人がまだ若かった頃のことである。身分の高い貴族の屋敷に仕えている女性と深い仲になり、男は時々彼女と忍び逢っていた。さまざま用事があってしばらく逢えずにいたある日のこと、久しぶりに想い人に逢いたいと思った彼は、ふたりの仲立ちをしている女のところに出かけていった。その女は、自宅の部屋をふたりの逢い引きに貸してくれていたのだった。そして男が、

「今晩、あのひとに逢いたいのだが」

と頼んだところ、仲立ちの女は、

「あの方をここにお呼びするのは簡単なんですが、今夜はちょっと都合が悪いのです。

51　正親司(おおきみのつかさ)は古代の律令制では宮内省に属する機関で、皇籍を管理し皇族への物品給付などに関する事務を担当した。この部署の当初の長は「正親正(おおきみのかみ)」で正六位上相当の官だったが、のちにその上に総裁として「別当」職が加わった。文中の「大夫」は五位相当の官。

長年親しくおつき合いしている地方住まいの方のご一行が上京され、この家にお泊まりなんです。ですから、おふたりがゆっくりできるお部屋をご用意できないのですよ」

と答える。男は、このところ足が遠のいていたのを根に持って、相手が体よく断ろうとしているのかと疑い、家の中の様子をうかがってみた。すると、さほど広くない庭先に馬や下僕がひしめいている。なるほど、これはごまかしではなさそうだ。本当に余裕がないのだな、と男はがっかりした。それを見て取った仲立ちの女は、しばらく思いめぐらすような様子だったが、

「そうだ、いい方法があります」

と言いだした。男が、

「いい方法?」

と訊き返すと、

「ここから西に行ったところに、無人のお堂がございます。今夜のところは、そこにお泊まりになればよろしゅうございます」

と勧める。そして、すぐ近くにある男の恋人が勤める貴族の屋敷に走っていった。

しばらく待っていると、仲立ちの女は男の恋人を連れて戻ってきた。

「さあ、参りましょう」

という仲立ちの女の言葉に導かれてついて行くと、一町ほど西に歩いた場所に古びたお堂があった。案内してきた女は堂の扉を引き開け、床に自宅から持ってきたござを敷きのべると、

「夜が明けましたら、お迎えに参ります」

と言って、家に帰った。

　そこで男は、恋人とござの上に横になって寝物語などをしていたが、なにしろふたりとも従者ひとり連れてきていないのである。人けのないがらんとした古いお堂にいると、なんとなく薄気味悪くてしかたない。それでも我慢して寝ていると、真夜中になろうかという頃、堂のうしろの方から火を点したらしい明かりが射してきた。「おや、誰か人がいたのか」といぶかしく思ううちに、召使とおぼしい少女がひとり、火が入った灯明を持ってやって来て、仏が祀られているところの前にそれを置いた。男が、「これはまずいことになったぞ」と困惑していると、少女のうしろからひとりの身分ありげな女房が姿をあらわした。

　その姿を見た途端、髪の毛が逆立つような恐ろしさを感じて男は起き直り、いったいどうなるのかと固唾（かたず）をのんでいた。すると、その女房は男から一間ほど離れたとこ

ろに坐った。そして横目で様子をうかがっていたが、しばらくすると口を開いた。

「あなたさまは、どういう素性のお方ですか。まことにおかしなことでございますぞ。この家の主であるわたくしになんの断りもなく、ここに入っておいでとは。このお堂を宿にした人など、昔からひとりとしていないのです」

こう言い放つさまは、言いようもないほど恐ろしげである。男は震えあがり、

「ここにどなたかがお住まいだとは、まったく存じませんでした。ある人が、今夜だけはここに泊まれ、と勧めたのでやって来ただけなのです。たいへんな不調法をいたしました。まことに失礼いたしました」

と詫びた。女房は、

「すぐにここから出ていってください。さもないと、よくないことが起きますよ」

と言う。おびえた男は、あわてて恋人を連れて外に出ていこうとしたのだが、恋人の女は汗をびっしょりかいて立ち上がることすらできない。それを無理にも立たせて、よろよろとお堂をあとにした。男は女の腕を肩に回させて抱きかかえ、足元がまるでおぼつかない相手を、どうにかこうにか彼女の勤め先である貴族の屋敷まで連れていった。そして門を叩いて門番を起こし、女の身柄をあずけて自分は家に戻った。

家に帰りついても、髪の毛が逆立つような怖さはいっこうにおさまらない。寝て覚

めて翌日になっても、やはり気分はすこぶる悪い。終日横になって過ごしたが、夕方になると昨晩恋人がろくに歩くこともできなかったことが気にかかり、おぼつかない足で仲立ちの女の家に行き、恋人の様子がどうなのか訊ねた。すると仲立ちの女は、「あのお方は、お屋敷に戻られてから気が遠くなられて、今にも死にそうなご様子だったそうです。何事があったのか、お屋敷の人たちが訊いても、何ひとつお答えになりません。御主人さまも驚かれて屋敷中大騒ぎになりましたが、なにしろ身寄りもない方ですので、庭先に仮小屋を造って[52]そこに寝かせておいたところ、まもなく息を引き取られたということです」

と答えた。これを聞いた男は息が止まるほど驚いた。そして、昨晩の顚末（てんまつ）を語って、「鬼が住むような場所に宿を取らせるなんて、おまえさんはまったくひどい人だ」と怒りをぶちまけた。だが、仲立ちの女は、まさかあそこがそんな恐ろしい場所だったとは、露ほども存じませんでした、と答えるばかりで、すべてはあとの祭りであった。

52　死の穢れを忌んだための処置。死期が迫った重病人などを屋外に出すのが、当時の習俗である。

この話は、男が年老いてから他の者に語ったのを聞き伝えたのだろう。そのお堂は、今もあるらしい。なんでも七条大宮[53]のあたりだとのことだが、くわしいことはわからない。とにかく、無人の古いお堂などに泊まったりしてはいけない、と、こうして今に語り伝えられている。（巻第二十七第十六）

生き霊に褒美をもらう話

今は昔、京の都から美濃[54]を経て尾張の国まで下ろうとする身分の低い男がいた。早朝に出立（しゅったつ）しようと思っていたのだが、まだ真夜中のうちに目が覚めてしまった。が、気が急いていたこともあり、寝直さずそのまま夜更けのうちに出発して歩きだした。そうしてとある四つ辻にさしかかったところ、道の真ん中に青みがかった着物をまとった女[55]がひとり、ぽつんと立っているのに気づいた。着物が汚れないよう、裾を手で取っている。

男は、「あの女、なんでこんなところに立っているんだ？　こんな夜更けにまさか女ひとりきり、というわけでもあるまい。きっと連れの男がどこかにいるはずだ」と思い、そのまま通り過ぎようとした。するとその女は、こう言って男を呼び止めた。

「もし、そこのお方、どちらまでおいでなのでしょうか」

男が、

「美濃から尾張へと下るつもりでおりますが」

と答えたところ、女は、

「遠い所においでなのですね。それではさぞお急ぎでしょう。ですが、ぜひともお願いしたいことがございますので、どうか少し足をおとめください」

と言う。

「どういうご用件でしょう」

53　現在の京都市下京区御器屋町付近。平安京では七条大路と東大宮大路が交わるあたり。646ページの地図参照。
54　205ページ、注75参照。
55　中国の六朝や唐宋期の志怪小説では、霊鬼はしばしば青衣をまとう。この話も、その系統を踏んでいるか。

と立ち止まって男が訊くと、女は、

「この近くに民部省の大夫(たいふ)[56]のお屋敷があるはずなのですが、どこにあるかおわかりでしょうか。そちらに参るつもりなのですが、道に迷って困っております。そこまでわたくしをお連れくださいませんか。なにとぞお願いします」

と頼む。

　男は、

「民部大夫のお屋敷に行かれるのに、なぜまたこんなところにおいでになったのですか。あのお屋敷は、ここから七、八町ほども離れていますよ。お連れするといっても、私も急ぐ道筋、かなりの遠回りになってしまいますので……」

と渋ったが、女は、

「お願いします。ほんとうに大切な用事があるのです。ぜひぜひお連れくださいませ」

と引き下がらない。男は気が進まなかったが、根負けして案内をすることにした。女は、

「ああ、うれしいこと！」

と喜び、いそいそ男のあとについてくる。その様子が、どうにも気味が悪くてしかた

ない。だが、ただの気の迷い、と怯(おび)えを打消し打消ししながら、民部大夫の屋敷の門前にたどり着いた。そして女に、

「こちらが大夫のお屋敷です」

と告げると、女は、

「たいそうお急ぎでお出かけの折に、わざわざ後戻りまでしてお送りくださり、こんなにうれしいことはございません。わたくしは近江の国に住まう者でございます。あなたさまが東国にお下りになる道筋に近い場所でございますので、お下りになられる時にはぜひともお立ち寄りくださいさい。いろいろ申し上げたいこともございますので」

と言い、自分の素性と住まいの場所をくわしく男に告げたかと思うと、いきなりかき消すようにいなくなった。

男は仰天し、髪の毛が逆立つ思い。「門が開いていれば屋敷の中に入れもしようが、門は閉まったままだ。いったいどうなっているんだ?」と、すくんだまま立ちつくしていると、急に屋敷の中から泣きわめく声が響いてきた。「何が起きたんだ?」と耳

56　民部省は民政一般を司る役所。実務にあたる三等官の判官（大丞一名と少丞二名）は六位相当だが、毎年その中から一名が選ばれて従五位下に叙せられ民部大夫(みんぶのたいふ)と呼ばれた。

を澄ませていると、どうやら誰かが亡くなった様子である。「こんな奇怪なことがあるのか」と驚き呆れつつ、男はあたりをしばらくうろうろしていたが、そのうちに夜が明けてきた。やはりここは事の次第をちゃんと知りたい、と、すっかり朝になったのを見計らって、男は民部大夫の屋敷に召し使われている知り合いを呼びだして、くわしいところを訊ねてみた。するとその知り合いは、

「いやもう、とんでもない話さ。実は、近江の国に、こちらのご主人の別れた奥さまがいるのだが、そのお方が近頃生き霊になって取り憑いたとかで、このところご主人は病気がちになられていたんだ。で、今日の明け方に、『生き霊があらわれた』とかおっしゃっているうちに、急にお亡くなりになったというわけだ。しかし、生き霊というのは、こんなにもはっきり姿をあらわして人を取り殺すものなんだねえ。驚いたよ」

などと言う。それを聞いているうちに、男はなんだかだんだん頭が痛くなってきた。「あの女はひどく喜んでいたけれど、こっちは生き霊の毒気に当たったらしいぞ」と気がついたので、その日は旅に出るのをやめて家に帰った。

それから三日ばかり経って、男はふたたび美濃から尾張に下るべく京を離れた。その道すがら、女が自分の住所だと言って教えたあたりを通りかかったので、男は「あ

の女が言ったことが本当かどうか、ひとつ確かめてみよう」と思い立ち、訪ねていった。すると、たしかにそういう家に行き着いたのである。男が立ち寄って案内を乞い、召使に取り次ぎを頼んだところ、「たしかにそんなこともあったようですね」という女の言葉が取り次ぎを通じて返ってきた。そして、男は家の中に招き入れられ、すだれ越しに例の女と対面した。女は、

「この前の夜のうれしさは、永久に忘れることはございません」

と言って、男に食事をさせたり、絹織物や麻布を与えてくれたりした。男の方は、恐ろしくて気が気ではなかったが、ともかくも高価な品々をいろいろ貰ったあと、そこから東へと下っていった。

生き霊というのは、当人が知らないうちに、その魂だけが他人に乗り移るものだと思っていたが、なんと、当人がそのことをはっきり知って相手に取り憑いていることもあるのだ。民部大夫の近江の妻は、捨てられたのを恨んで生き霊となり、元の夫を取り殺したのである。やはり女の心ほど恐ろしいものはない、と、こうして今に語り伝えられているのである。

（巻第二十七第二十）

猟師の母が鬼になる話

今は昔、鹿や猪を獲って暮らす二人兄弟の猟師がいた。毎日兄弟で連れ立って山に入り、獲物を射ていた。彼らの狩りのやり方は、「待ち」という方法だった。高い木がふた股になっているところを選んで横木を渡して坐り、下を通りかかる鹿を待ちぶせて射るのである。

ある日のこと、ふたりはいつものように二、三十間(けん)[57]の距離を隔ててそれぞれの横木に坐り、向かい合った位置で獲物が通るのを待っていた。九月の下旬頃の月のない夜で、あたりは漆黒の闇に包まれなにも見えない。鹿がやって来る足音にひたすら耳を澄ませていたが、いたずらに夜が更けていくばかりで、獲物はやってこない。

その時、兄が坐っている木の上の方から、なにか得体の知れないものが手を伸ばしてきて、兄の髪の毛の髻(まげ)をつかんで引き上げようとした。兄が驚いて髻をつかんだその手を探ってみたところ、それは骨と皮ばかりの痩せ細った人の腕だった。「これは鬼が俺を喰おうとして、つかんで引きあげようとしているにちがいない」と思い、「向こう側にいる弟に教えなければ」と、闇の向こうに声をかけた。すると、すぐに

返事があったので、兄は、

「もしも今、俺の髪をつかんで上に引きあげようとする者がいたら、お前はどうする？」

と言った。弟はそれを聞き、

「見当をつけて、そいつを射てやりますよ」

と答えた。そこで兄は、

「実を言うとな、今現に俺の髪をつかんで上にひっぱりあげようとしている奴がいるんだ」

と打ち明けた。弟は兄のその言葉に、

「それなら、兄さんの声を目当てに射てみます」

と応じた。そして、兄が、

「それじゃあ、やってくれ！」

と叫ぶのを目当てに、やじりが二股になっている雁股（かりまた）の矢をつがえて放った。矢は兄の頭をかすめるように飛び、たしかに手応えがあった。そこで弟は、

57　45ページ、注52参照。

「命中したようですよ！」

と声をかけた。兄が髻の上の方を手探りすると、手首のところから射切られた手がぶらさがっている。兄はその手首を髻からはずし、

「つかんでいた手は、たしかに射切られているぞ。髻からはずして、ここに持っている。さあ、今夜はもう帰ろう」

と言った。弟も、

「そうしましょう」

と答えた。そして、ふたりは木から降り、連れ立って家に戻った。時刻は真夜中を過ぎていた。

ふたりの家には、老いて立ち居も不自由な母親がいた。家の真ん中の部屋にその母を住まわせ、兄弟はそこを両側からはさむようにそれぞれの部屋をしつらえて暮らしていた。ところが、ふたりが山から戻って家に入ると、母の部屋から苦しげな呻き声が聞こえてくるではないか。ふたりは驚いて、

「どこかお加減でも悪いのですか？」

と訊いたが、返事はない。灯を点して様子を見ようとしたその時、持って帰ってきた鬼の手にふたりがふと目をやると、どうも母親の手によく似ている。あまりにも奇怪

なことなのでよくよく調べてみたが、まさしく母の手にまちがいない。そこでふたりは、母がいる部屋の引き戸を開けた。その途端、母親はむっくり床から起きあがり、

「お前たち、よくも！」

と叫んでつかみかかろうとした。兄弟は、

「これは母上の御手(みて)ですか！」

と言って切れた手首を部屋に投げ入れ、戸をぴしゃりと閉めるや、そこから逃げ去った。

それから間もなく、母親は死んだ。兄弟が亡骸に近づいて見てみると、母の片手は手首のところから射切られて無くなっていた。やはり母親の手だったのである。母親はひどく年老いて人間らしさを失い、鬼になってしまったのだった。そして、わが子ふたりを喰らおうと、あとをつけて山に行ったのである。

あまりに長く生きていると、人の親は必ず鬼となってわが子をも喰らおうとするものなのである。その後、兄弟は母親を葬った。

このようなことがあるとは、まことに恐ろしい話である、と、こうして今に語り伝えられている。


（巻第二十七第二十二）

昔の妻と一夜共寝しておそれおののく話

今は昔、京の都に身分の低い若侍[58]が住んでいた。長年定まった職にもありつけず、ひどい貧乏暮らしを続けていた。ところが、以前から知り合いだった人が、思いがけず地方の国守に任命されることになった。それを耳にしたこの男は、その知人のもとを訪ねてみた。すると、その人は、

「お前も、うだつがあがらないまま都にいても仕方なかろう。いっそ、私と一緒に任地に行かないか。ささやかながら面倒もみてやれると思う。長年気の毒な境遇だと同情はしていたのだが、なにしろこちらもいろいろ不如意(ふにょい)の身で何もしてやれず申し訳なかった。しかし、この度晴れて任官できたのだから、お前を連れて行くくらいはなんでもないことだ。どうだ、考えてみないか?」

と言ってくれた。男はその言葉に、

「まことにありがたいお話です」

と礼を言って、すぐさま国守の任地に同行することに決めた。

ところで、この男には長年連れ添った妻がいた。彼女は、年若く容姿もすぐれてい

て、そのうえ心根のとてもやさしい女性だった。それだからこそ、ひどい貧しさも耐え忍び、夫ともお互い離れがたい思いで共に暮らしてきたのである。しかし、男は遠国に下ることを決めた途端、なにがどう魔がさしたのか、突然この妻を捨てて裕福な家の女にくら替えしてしまった。この新しい妻が旅の支度万端を調えてくれたので、男は彼女の方を連れて遠国に赴いた。

その国で働いていると、なにかにつけ余得が多く、男の生活は見違えるほど豊かになった。しかし、暮らしこそ満ち足りたものになったが、そうなると今度は京の都に捨ててきた元の妻が恋しくてたまらなくなってきた。逢いたい想いがにわかにこみ上げ、一刻も早く京に帰って彼女に逢いたい、今ごろどうやって暮らしているだろう、と内臓がえぐられるような気持ちで、居ても立ってもいられない。豊かに暮らしていても、すべてが鬱々としてむなしく感じられてくる。そうした日々が過ぎていき、やがていつしか国守の任期が終わる時が来た。男は、帰京する国守の供をして京の都に戻ってきた。

「俺はこれという理由もなしに、元の妻を捨ててしまった。京に帰り着いたら、すぐ

58　297ページ、注1参照。

にもあの女のところを訪ねて一緒に住もう」

そう心に決めていたので、帰京するや否や、今の妻は実家に行かせて、ひとり旅装束のまま元の妻の家に向かった。家の前まで来てみると、門は開け放たれている。中に入ると、昔とはすっかり様子が変わっていて、家は荒れ放題で人が住んでいる気配はない。見れば見るほど物悲しさが胸に迫り、言いようもなく心細い気持ちになった。九月も半ばを過ぎ、空には皓々と明るい月が出ている。冷え冷えとした夜気が、哀れさをいっそうかきたてるかのように身に沁み込んでくる。

意を決して屋内に上がってみると、昔と同じ居室に妻がひとりぽつねんと坐っていた。ほかにはまったく人影はない。妻は男を見ても、恨みの色など毛筋ほども見せず、うれしそうな笑顔で、

「よくいらしてくださいました。いつ京にお戻りになったのです?」

と訊いた。男は、東国にいた間ずっと恋しく思い続けていたことなどを物語り、

「これからは、一緒に暮らしていこう。東国から持って帰ってきたものは、明日にでもここに取り寄せて、従者たちも呼び寄せるつもりだ。今夜は、そのことだけでも伝えようと思って、帰り着いてすぐここにやって来たのだ」

と告げた。すると、元の妻もうれしげに、男がいなかった歳月の積もる話をこまごま

語った。そうこうするうちに夜も更けてきたので、

「そろそろ休もうか」

と男は家の南側にある寝所に妻を誘い、ふたり抱き合って横になった。

「ほかに人は誰もいないのか？」

と問えば、妻は、

「こんなひどいありさまで暮らしておりましたから、仕えてくれるような者はおりません」

と答える。そのまま秋の夜長を、一晩中語り明かした。男には、妻のいじらしさ愛らしさが、昔よりも一段と深く心に沁み入るように思われた。

夜明け近くなって、ようやくふたりは寝入った。そのためか、男は夜が明けるのも知らずに眠りこんでいて、日はやがて高くなった。召使がいないので、前夜は日除け戸[59]の下板だけを立てて、上板は下ろさないまま寝てしまったのだが、その開いているところから日光がきらきらと差し込んでくる。男ははっと目を覚まし、抱いていた妻に目をやると、腕の中にいるのはからからに干からびて骨と皮だけになった死人だっ

59　原文「蔀（しとみ）」。73ページ、注87参照。

た。「なんだこれは！」と驚愕し、それから猛烈な恐怖に襲われた。無我夢中で跳ね起きると、脱いであった着物を抱えて走り出し、庭先に飛び降りた。「ひょっとすると見間違いかも——」と、庭からおそるおそる室内を振り返って眺めたが、やはりまちがいなく死人である。

男は大急ぎで水干[60]を着、その裾を袴にたくし込むなり、外に走り出て隣の小さな家に行った。そして、今初めて元の妻の家を訪ねてきたようなふりをして、

「隣にいた人は、どこにおいでかご存じありませんか。まるで人の気配がないのですが——」

と訊ねた。すると、隣家の住人は、

「あの方には長年連れ添った夫がいたんですが、あの方を捨てて遠い国に下ってしまったんです。それを深く嘆き悲しんでいるうちに病気になってしまいましてね。看病の手もないまま、この夏にとうとうはかなくなってしまわれました。お葬式を仕切る人もいないので、亡骸はまだそのままです。皆もこわがって近づかないもんですから、家はすっかり空き家なんですよ」

と答えた。それを聞くと、いよいよますます恐ろしくなってきて、男は返す言葉もなく悄然とその場を立ち去った。

男がどれほどぞっとしたか、その怖さが思いやられる。きっと、妻の霊魂は家にとどまっていたのだろう。そこに元の夫がやって来たから、長らく恋い慕っていた思いに堪えかねて、元の姿で夫と枕を交わしたのだろう。実に不思議なことである。こういう不思議もあるのだから、いくら昔が懐かしくても、今どんなことになっているのかをよく調べてから出かけていくべきである、と、こうして今に語り伝えられている。

（巻第二十七第二十四）

三善清行が化け物屋敷に引っ越しをする話

今は昔、参議（さんぎ）[61]を務める三善清行（みよしのきよつら）[62]という人がいた。世間からは、三善の善と参議の

60　77ページ、注90参照。
61　朝政に参加して政策を審議する者。大納言・中納言に次ぐ要職で、四位以上の有能な人が任じられた。

別名である宰相（さいしょう）を合わせて、善（ぜん）宰相と呼ばれていた。天台の高僧として名高い浄蔵（じょうぞう）大徳（だいとく）[63]の父でもあった。万事に通じた立派な人で、陰陽道さえも深く究めていた。

その頃、五条堀川[64]の近くに荒れ果てた古家があった。物の怪や鬼神が巣くう家だというので、長らく誰も住む人がなく無人のままだった。善宰相は自分の家がなかったので、この家を買い取り、吉日を選んで引っ越しをしようとした。これを聞きつけた親戚の人は、

「なにもわざわざ物の怪が出るような家に引っ越さなくても。そんな馬鹿なことはおやめなさい」

と制止した。だが善宰相は聞き入れず、十月の二十日頃の吉日を選んで引っ越しをした。ただ、その引っ越しのやり方は普通とはまるで違っていた。上等なござを一枚だけ供に持たせ、夕方の六時頃、牛車に乗ってその家に行ったのである。

さて、引越先に着き門をくぐって見てみると、四方を庇（ひさし）の間に囲まれた母屋は五間の差し渡しがある寝殿造り[65]で、いつ頃建てられたかもわからないほどの古び方である。庭には大きな松、楓（かえで）や桜、何本もの常緑樹が生えている。いずれも老木で、木の精が住みついていそうな風情だ。紅葉したツタが、それらの幹にまとわりついている。庭は一面苔におおわれ、久しく掃除もされないまま放置されているようであった。

母屋正面の階段を登った宰相が、中央の庇の間の格子戸を上げさせると、部屋の中は荒れ放題、ふすまや衝立（ついたて）は破れてぼろぼろである。そこで、供の者に庇の間の板敷きを拭き清めさせてから、持ってこさせたござを母屋の真ん中に敷くよう命じた。灯りを点させ、宰相はござに南向きに坐った。牛をはずした牛車は納屋[66]に置かせ、供の者たちや牛の世話係などには、明日の朝早くに迎えに来るように、と言い渡して帰してしまった。

やがて宰相は、たったひとり南向きに坐った姿勢のまま、とろとろとまどろみはじめた。ふっと覚めて「真夜中頃かな」と思ったその時、格子枠に板を張った天井の裏でなにかごそごそ物音がするのに気づいた。見上げると、格子で囲まれた天井板ひと

62　八四七年〜九一八年。平安時代中期の学者、文章博士。善宰相、善相公などと呼ばれた。経史・詩文など諸道に優れ、同じく文章博士だった紀長谷雄（きのはせお）との論争や、菅原道真との対立関係で知られる。

63　八九一年〜九六四年。平安時代中期の天台宗の僧侶。「大徳」は尊称。

64　五条大路と堀川小路が交差する辺り。646ページの地図参照。

65　39ページ、注39参照。

66　219ページ、注94参照。

つひとつに顔が浮かびあがっている。それぞれ皆ちがった顔だ。宰相は、それを見ても格別驚く様子も見せず、平然としていた。すると、そのたくさんの顔は、一度にぱっと消え失せた。またしばらくすると、今度は南側の庇の間の板敷きに、背丈一尺ほどの者たちが四、五十人ばかりあらわれ、小さい馬に乗って西から東に向けて行進していった。宰相は、これにも驚きを見せることなく、ただ坐っていた。

次には、土壁で四方を囲った寝室の戸が三尺ほど開き、ひとりの女が膝をにじらせて出てきた。その坐った高さは三尺くらいで、黒褐色の地味な着物をまとっている。髪が肩にかかる様子は、まことに上品で美しい。焚(た)き染めた香の匂いが、あたりに立ちこめた。高価な麝香(じゃこう)[67]である。赤い色の扇で顔の下半分を隠しているが、白く美しい額と目元は見えている。額に流れる髪は曲線を描き、切れ長の瞳で流し目に視線を送ってくる目つきは、気おくれするほどに高貴な雰囲気を漂わせている。「扇に隠れている鼻や口もとは、どれほど素晴らしいだろうか」と思わせるに充分な美しさである。宰相が、まばたきもせずじっと女の顔を見守っていると、女はやがてまた、寝室に戻ろうと膝をにじらせながらうしろに下がりはじめた。その時、扇を顔からはずしたので、鼻と口元があらわになった。鼻はひどく高くて、しかも見事な赤鼻。口もとはというと、唇の両端に四、五寸ほどもある銀で造ったような牙が生えている。上下合わせて四本が互い違いにかみ合っている様子は、ものすごい。「いやはや、なんとも呆れかえった姿だな」と宰相が眺めているうちに、女は寝室に引っ込んで戸を閉めた。

宰相がこのありさまにも騒ぐことなく坐っていると、木々が生い茂って暗がりになっている庭の片隅から、上衣も袴も薄い藍色のものを身につけた老人が、夜明けの月に白々と照らされている場所に出てきた。白木の杖の先の部分に文を挟んで目の上に捧げ持ち、正面階段の下までやってくると、そのままひざまずいて平伏した。宰相は大声で、

「そなた、何を申そうとしてあらわれたのか」

と訊ねると、老人はしわがれたかすかな声で、

「長年ここに住みついておりましたが、あなたさまがお移りになられるとのことで、たいそう困ったことになったと思い、こうしてお願いの文を差し上げようとまかり出て参りました」

と答える。

67　ジャコウジカの雄の陰茎の包皮腺から得られる香料。

その答えを聞いた宰相は、ぴしりと叱りつけた。

「お前の願いというのは、私に引っ越しをやめろ、ということだな。しかし、それはまったく間違っておるぞ。人の家をわがものにするためには、しかるべき手続きを踏まねばならぬのだ。ところが、お前は正当に受け継ぐべき人をおびやかして住まわせず、強引に居すわってわがものにしている。これは、きわめて非道な行いである。真の鬼神というものは、道理を知って不正なことをしないからこそ、人々から畏れ敬われるのだ。お前は、必ず天の罰をこうむるだろう。鬼神ではないお前は、そうか、老いぼれ狐だな。そうやってここに巣くって人をおどかしていると、鷹狩りの犬の一匹も連れてきて、一族みんな喰い殺させてやるぞ。なにか言い分があるか。あるならさっさと申せ」

老人は、

「仰せられますことは、いちいちごもっともで弁解の余地はございません。ただ昔から住みついておりましたので、そのことを申し上げたかったのでございます。また、人間をおびやかしていたのはわたくしではございません。ひとりふたりおりますわたくしの子どもが、わたくしが止めるのも聞かずに、あのような勝手なふるまいをいたしておったのでございます。ですが、あなたさまがおいでになられたあと、わたくしどもはどうすればよいのでしょう。世間には空いた土地もそうは見つかりませんので、移っていける場所とてありません。あなたさまが取り仕切っておられる大学寮[68]の南門の東脇に、ちょっとした空き地がございます。もしお許しくださいますなら、そちらに移ろうと存じますが、いかがでございましょう」

と言った。宰相は老人の言葉に、

「それはとてもいい思いつきだ。一族を引き連れて、すみやかにそこに移るようにいたせ」

と命じた。その時、老人が声高く「かしこまりました」と答えるのに合わせて、四、五十人もの声がいっせいに「かしこまりました」と答えた。

夜が明けると、家来たちが迎えに来たので、宰相は元の家に戻った。その後、この古家を改築し、きちんと住めるように直してから正式に引っ越しをした。以来、宰相はずっとそこで暮らしたが、恐ろしいことはまったく起こらなかった。

68　律令制によって設置された官吏養成のための最高学府。この話で、狐が大学寮の脇の空地に移る許可を清行に求めたのは、清行が大学寮の長官（大学頭〈だいがくのかみ〉）をつとめていたことによると考えられる。646ページ地図参照。

このことでわかるように、賢明で知恵のある人には、たとえ鬼であっても悪いことはできないものなのである。思慮に欠けた愚かな人だけが、鬼にたぶらかされたりするのだ、と、こうして今に語り伝えられている。

（巻第二十七第三十一）

五　異類と人間

釈迦一族の男が竜王の娘と結婚する話

今は昔、天竺(てんじく)には[1]バラモン、クシャトリヤ、ヴァイシャ、シュードラという四つの階級があった。この階級のうち、国王になれるのはクシャトリヤに生まれた者だけで、それ以外に王の家柄というものはなかった。そして、それらの家柄の中で釈種(しゃくしゅ)と呼ばれたのは、釈迦如来のご一族であった。前世で人を殺した者は、決してこの釈種に生まれ変わることはない。なぜなら、仏のご一族だからである。

ある時、舎衛国(しゃえいこく)[2]の毘瑠璃王(びるりおう)[3]が、迦毘羅衛国(かびらえこく)[4]に住む五百人の釈迦一族を殺そうと謀(はか)った。この五百人は全員武芸に達した者ばかりではあったが、一族の習いで、たとえ自分が死ぬことはあっても人を殺すということがなかった。そのため、あえて戦いを挑む者はほとんどおらず、それらの人々はほとんどすべて殺されてしまった。しかし、五百人のうちの四人だけ、毘瑠璃王に武芸で歯向かった者たちがいた。釈迦族は習いを破った彼らを一族の籍から除き、国外に追放した。

追放されたうちのひとりは、あちらこちらと流浪し、やがて疲れ果て、とある道端に坐りこんでしまった。すると、一羽の大きな雁(かり)が目の前にあらわれ、彼のことを恐れる様子もなく遊んでいる。男が近づいても逃げようとしない。そこで男は、その雁の背にまたがってみた。すると雁は、男を乗せたまま羽ばたき、遠くへ向けて飛んでいく。ずいぶん長く飛んだところで雁は地上に舞い降りたが、そこはどことも知れない場所だった。そばには池がある。雁の背から降りた男は、池のほとりに茂る木陰まで歩き、そこでひと休みと思って横になったのだが、疲れからそのまま寝入ってしまった。

折も折、その池に住む竜の娘が水辺に出てきて遊んでいたのだが、釈種の男が寝ているのを見かけた。娘は男の姿に心を惹かれ、自分の夫にしたいという気持ちが胸にこみあげてきた。だが、

「この男は人間だ。池の底に住むわたしがこのままの姿で近づいたら、まちがいなく

1　古代インド社会の身分制をあらわす。
2　釈迦の存命中、インドにあったコーサラ国。229ページ、注9参照。
3　舎衛国（コーサラ国）の波斯匿王と末利夫人のあいだの子。「瑠璃」は「流離」とも表記。「流離」は国王と末利夫人との婚儀がなかなかまとまらず、事態が流離して容易に決着しなかったことにちなむ。
4　現在のネパールのタラーイ地方。釈迦族の国。

気味悪く思うだろうし、きっと毛嫌いされてしまう」

と思い、人間の女の姿に変身し、さりげない様子で男のそばをそぞろ歩きした。すると男は目を覚まし、声をかけて娘に近づいた。そして、さまざま話をするうちに、お互いにすっかりうちとけて情を交わすことになった。

そうなってみて、しかし、男はひどくいぶかしい思いに囚われ、

「私は、このように流浪の身の上のいやしい者です。この数日なにも食べておらず、痩せ衰えたむさくるしい姿をしています。服だって汚れて汗だらけで、見られたざまではありません。それなのに、どうしてあなたは、このようにもったいなくも親しくうちとけてくださるのですか？ なにかこう、空恐ろしいような気がしてなりません」

と訊いた。竜の娘はそれを聞くと、

「父母の教えに従って、このようにお近くに参ったのです。ありがたくももったいないご縁をいただいたと心の底から思っております。わたくしのお願いを承知してくだされば、これ以上の喜びはございません」

と言った。釈種の男が、

「もちろん、どんなことでも承りますとも。こうして親しく契りを結んだのですから、

私だってあなたとは離れがたい縁があるのだと感じております」

と答えると、娘は、

「いえいえ、あなたさまは高貴な釈種でいらっしゃいます。それにひきかえ、わたくしは下賤な身なのです」

と答える。男はそれには、

「あなたが下賤の身だなんて、到底信じがたいことです。私の方こそ、流れ者なのですから賤しい身の上です」

とかぶりを振りつつ、

「ですが、あなたはいったいどこにお住まいなのですか？　このあたりは山深くて池しかありません。とても人が住むような場所には思えないのですが」

と訊いた。

娘は男の問いに、

「お答え申し上げれば、きっとわたくしのことをうとましくお思いになられるでしょう。でも、このような仲になりましたからには、お隠し申したところで仕方ありますまい。実は、わたくしはこの池に住む竜王の娘なのでございます。以前より、釈種にお生まれになった高貴な方々が何人もお国を追放され、あてもなくさまよっておいでだとお聞きしておりました。そして、この度はそのおひとりであるあなたさまが、幸いにもこの池のほとりにおいであそばしました。そこで、わたくしは、あなたさまを少しなりとお慰めいたそうと、こうして馴れ馴れしくいたしたのでございます。わたくしは前世で罪を得ましたため、鱗を持つ身となってしまいました。人とけものの間には、越えがたい隔てがございます。ですから、あなたさまに馴れ親しんでしまって、まことに畏れ多いことだと思っております。わたくしの住み処（すか）は、この池の中にございます」

と言った。男は娘の言葉に、

「こうして縁を結んだのですから、これからは夫婦になって暮らしましょう」

と応じた。男の答えに、娘は、

「ほんとうにうれしく存じます」

と喜びもあらわに、

「今日この日からは、どのようなことでもあなたさまの仰せに従います」

と笑顔になった。男はその様子を見ながら、

「私は前世の功徳（くどく）の力で、釈種の家に生まれました。なにとぞこの竜女を人間にしてくださいませ」

と声に出して祈念した。すると、その誓願が効力を発して、たちまちのうちに竜女は人間の女性に変わった。釈種の男は、祈りがかなえられたので、このうえなく喜んだ。

生まれ変わった女は男に、

「わたくしは前世の罪業によって畜生界[5]に生まれ、未来永劫この苦しみから逃れられない定めでした。ところが今、あなたさまの素晴らしい功徳のお力で、一瞬のうちに人間に変わることができました。こうなりましたからには、一身をなげうってもあなたさまのご恩に報いたいと存じます。ただ、わたくしは下賤なる身です。いったいどのようにいたせばよいのか」

とすがるように言う。だが、釈種の男は、

「いやいや、恩に報いる必要などありませんよ。もともとこうなる定めだったのでしょう。だからもう、このまま自然にしていましょう」

と言ったのだが、女はかぶりを振って、

「いえ、このままなしくずしに一緒にいてはいけません。わたくしの父母にあなたさ

5　原文は「悪趣」。現世で悪事をした結果、死後におもむく苦悩の世界。地獄・餓鬼・畜生を三悪趣という。

まとのことを伝えねば」

と言って、池の中に入っていった。そして、その父母にこのように告げた。

「今日池の外に出て散歩しておりました時に、わたくしは尊い釈種のお方にお目にかかりました。そして、その方のお力で、すっかりわが身を変えることができ、今は人間になったのです。そして、ただの一度その方と親しく馴染んだだけで、その方の功徳が深く身に沁みこんだのです。そして、そのお方と夫婦になるお約束をいたしました」

これを聞いた竜王は、娘が人間に変われたことを喜び尊ぶとともに、釈種の男を心から敬った。そして、池から出て人の形になり、釈種の男の前にひざまずいた。

「私のごとき怪しく賤しい者を蔑まれることもなく、こうしてお目通りいただけるのはまことにかたじけなく存じます。なにとぞわが住み処にお入りくださいますよう、お願いいたします」

男は竜王に言われるまま、竜宮に入っていった。見れば、七種の宝物[6]で飾られた宮殿がある。金で覆われた垂木に銀の壁、屋根は瑠璃[7]の瓦で葺かれていて、天井からは宝玉で作られた瓔珞[8]が下がっている。柱は、かぐわしい栴檀[9]の香木である。それらすべてが光を放ち、まるで極楽浄土のようだ。部屋を仕切る帳[10]にも、七種の宝物が数限りなく編み込まれ輝いている。いったいどれほどの飾りがほどこされているのか想像を絶するありさまで、目もくらむばかり。そして、その宮殿のほかにも、いくつもの美麗極まりない高層の宮殿があった。

その宮殿のひとつから、翡翠の冠を頭にのせた人物[11]があらわれた。冠のふちからは、無数の瓔珞が垂れている。言いようもなく美しく気高い風情である。付き従う者たちが、その人を迎えて七種の宝で飾られた台座に登らせ、坐らせた。台座の周囲にはさまざまな種類の木々が植えられていて、そこにも宝物でできた瓔珞がかけられ、揺れている。大きな池には、美々しく飾られた舟遊び用の舟がいくつも浮かんでいる。やがて、盛大な音楽が鳴り響き、多くの大臣や公卿、幾百幾千の人々が、それぞれの身

6　原文は「七宝」。仏教において重要とされる七種の宝。経典によって一部異同はあるが、金、銀、瑠璃、玻璃、珊瑚などを指す。
7　「七宝」の一つで、青い宝石のこと。ラピスラズリであるともいう。
8　珠玉を連ねた装飾。仏堂や仏壇、仏像の荘厳具のひとつ。
9　白檀などの香木。
10　空間を仕切るために布製の垂れ幕が用いられた。
11　話の流れから考えれば、この人物は「竜王」でなければならないが、前の部分で「釈種」にへりくだっている様子とはいくぶん不整合な描かれ方である。

分に応じた場所に居並んで坐った。そこにはありとあらゆる楽しみがあって、思い通りにならないことなど何ひとつないように思われた。だが、釈種の男はその宴の中でひとり、「たしかに途方もなく素晴らしい。しかし、ここにいる人々の実際は、蛇がとぐろを巻いてうごめきひしめいていることになるわけだ」と考え、気味が悪くてしかたがない。「なんとかしてここを出て、人間の住む里に行こう」と思い決めた。

竜王は男のその顔色を見て、

「あなたさまはすでに故郷をお離れになった身の上。ぜひこの宮殿のそばに居をお定めくださり、この世界の一国の王としてお暮らしいただけませんか」

と願い出た。しかし、釈種の男はかぶりを振って、

「ありがたい仰せですが、それは私が願うところではありません。やはり故郷に戻って王の身になりたいと思います」

と正直に言った。すると竜王は、

「それは、いたって簡単なことです。ただ、こちらの世界では、無数の宝を思いのままに手に入れて、豪壮な宮殿に住むことができますし、人間界よりははるかに広大な世界の中で不老長寿を楽しむこともできるのですから、ここにとどまられる方がずっと良いのでは、と思うのですが。しかし、どうしてもお国に戻りたいということであれ

ば、きっとそういう定めなのでしょう」

と言い、さらに、

「故国にお戻りなった時、これをお見せなさい」

と、七種の宝物で飾られた翡翠の箱を持ってこさせた。その中には、美しい絹に包まれた剣が入っていた。竜王は、

「天竺の国王は、遠国からの献上品があると、必ず献上した者の手から直接自分の手でそれを受け取ります。その時に、国王のからだを引き寄せ、この剣で刺し殺せばよろしいのです」

と教えた。

釈種の男は本国に戻ると、竜王の教えの通りに国王のもとに参って翡翠の箱を献上した。そして、王が箱をみずから手にした瞬間、男は中の剣を握り、王の袖をつかんでひと息に刺し殺した。その場にいた大臣や貴族たちはみんな驚き騒ぎ、釈種の男を捕らえて殺そうとしたのだが、男は大声で、

「この剣は神が私にお授けになったものだ。『これを使って国王を殺し、お前が替わって位につけ』とお告げになったから、こうして刺し殺したのであるぞ」

と宣言し、抜き身の剣を天に向けて高く突き上げた。大臣や貴族たちはその勢いに呑

まれ、

「こうなっては、もういたしかたない」

と言い合って、男を即位させた。位についた男は善政を布いたので、国の民は王となった男を敬い尊敬し、すべてにおいてその方針に従うようになった。

さて、釈種の男は位につくとすぐ、大臣や貴族のほか重い役目の役人たちを引き連れて竜宮に向かい、竜王の娘を后として連れ帰った。国王となった男は、后となった竜王の娘と心の底から仲睦まじく暮らすようになった。ただ、困ったことがひとつあって、それは人間になった后に竜だった頃の性質がほんの少し残っていることだった。どういうことかというと、后は実に美しく清らかな容姿をしていたのだが、ぐっすり眠っている時、そして男と夫婦の交わりをする時に、その頭から蛇が九匹鎌首をもたげるのだった。蛇はいつも、口から舌をひらひら出して舌なめずりするので、国王はどうも気持ち悪くてならない。そこである時、后が寝入って例のごとく蛇が舌をひらひらさせ始めたところで、王は蛇の頭を切り捨てたのである。すると后は目を覚まし、

「わたくしのからだには、別に差し障りはございません。ただ、あなたさまの御子孫は、何代にもわたって頭痛に悩まされることでしょう。また、国の民も同じ病にかか

るでしょう」

とおっしゃった。

そののち、后の言った通り、この国に住むすべての人々は絶えず頭痛に悩まされるようになった、と、こうして今に語り伝えられている。（巻第三第十一）

天竺の金持ちが牛に教えられる話

今は昔、天竺(てんじく)[12]の金持ちとバラモン僧[13]が、それぞれ千両の黄金を賭けて闘牛の勝負をすることになった。日を決め、双方の持ち牛を引き出し闘わせ、金持ちとバラモン僧は一緒にその勝負を観戦することにした。他の観客もたくさんやって来て、みな固唾(かたず)

12　本話の原拠のひとつと目される『法苑珠林(ほうおんじゅりん)』には、北天竺の「得刹尸羅国」（現在のパキスタン北部）のこと、とある。
13　古代インドの身分制で最高位（バラモン）に属する僧侶。

を呑んで勝負の行方を見守った。

　しかし、金持ちは自分の牛の様子を見て、こんなことを口走った。

「私の牛は、どうも様子がおかしい。角、顔、首、尻、どこをとっても弱々しくて力が入ってないじゃないか」

　牛は、飼い主である金持ちの言葉を聞くと、すっかり恥じ入ってしまった。そして、「自分はきっと負けてしまうだろう」と思いながら、相手の牛と立ち合った。案の定、角を突き合わせてすぐ、金持ちの牛はずるずると押され負けして坐りこんだ。賭けに負けた金持ちは、千両の金をバラモン僧に支払う羽目になった。

　金持ちは牛を連れて家に戻ると、

「お前が負けたせいで、今日は千両も損してしまったじゃないか。まったく頼りにならん奴だ。情けないったらありゃしない」

と恨みごとを言った。すると牛は、

「私が今日負けたのは、ご主人さまのせいです。あなたさまが私の悪口を言ったとたん、急に気力がなくなって力が全然出なくなったのです。だから負けたんです。もし賭金を取り戻したいとお思いなら、もう一度闘牛の場に出してください。そして、闘いの前に、どうか私を褒めてください」

と答えた。

　金持ちは牛の言い分に「なるほど」と納得し、もう一度試合をしたいとバラモン僧に頼みこんだ。しかも、「今度は賭金を三千両にしよう」と持ちかけた。バラモン僧は、前回の勝ちで自信満々だったので、

「よろしい。今回は三千両でやりましょう」

と承諾した。さて、その後ふたたび試合をした時、金持ちは牛の教えの通り、口をきわめて牛を褒めあげた。そしていざ角の突き合いが始まると、金持ちの牛はバラモン僧の牛を突き負かしたのだった。僧は、しかたなく三千両を金持ちに支払った。

　このことからもわかるように、何事につけ、能力は褒める言葉に応じて開花し、功徳が得られるのである、ということで、こうして今に語り伝えられている。

（巻第四第三十三）

父である獅子を討ち取った息子の話

今は昔、天竺のある国の王が山にお出かけになった。谷や峰に大勢の勢子を入れて、ほら貝を吹かせ、太鼓を鳴らし、鹿をおどして狩り立てて、お楽しみになった。この王には、目に入れても痛くないというほどにかわいがっているひとりの姫がいらした。片時もそばから離さずに大事に育てておいでだったので、この時も御輿（みこし）[14]に乗せてお連れになっていた。

日が次第に傾く中、鹿追いのために山に入った者たちは、うっかり獅子が寝ている洞穴に足を踏み入れてしまった。その気配に驚かされた獅子は目を覚まし、洞穴を飛び出して断崖にかけあがり、あたりを圧する猛々（たけだけ）しい吠え声をあげた。これを聞いた人々は、恐れおののいて逃げ散った。走りながら転び倒れる者も多く、姫の御輿を担いでいた従者たちさえ御輿を放り捨てて逃げた。国王自身も無我夢中、西も東もわからないようなありさまで、命からがら王宮に逃げ帰ってこられた。

その後我に返った国王は、姫の御輿がどうなったか訊いたところ、担いでいた従者たちは全員、山に置き去りにしたと申しあげるのみで、姫の安否はまるでわからない。

国王はこれをお聞きになって、嘆き悲しみ涙にくれるばかりである。とはいうものの、そのままにしておくわけにはいかないので、姫君を捜すために多くの者を山に派遣しようとなさった。しかし、皆が皆おびえていて、誰ひとり進んで山に入ろうとする者はいなかった。

一方、洞穴を飛び出した獅子は、足で土を掻き散らして吠え声をあげながらあたりを走り回っていたが、やがて山中に置き去りにされた御輿を見つけた。御輿の周囲にめぐらした垂れ絹を喰い破って中を覗くと、そこには宝玉のように美しい姫がひとり乗っていた。獅子は大喜びで姫君を背中に乗せて、住み処(すみか)である洞穴に連れて行った。そして、姫を抱いた。姫君は恐ろしさのあまりほとんど気を失っていて、いわば半死半生といっていいありさまで獅子に身を任せたのだった。

こうして姫は数年にわたって獅子のもとで暮らしていたが、やがて懐妊した。月満ちて生まれた子は、普通の人間の姿をした男の子で、たいそう美しい容姿をしていた。彼は十歳を過ぎる頃には、性質は勇猛果敢、人間離れした駿足の持ち主へと育った。彼は長い間、母親が常に悲しみに沈んでいる様子であることを不審に思っていたので、あ

14　11ページ、注6参照。

る日父親の獅子が食べ物を求めて外に出かけている隙に、そのわけを問うた。

「母上は、長い年月いつも悲しみに暮れたご様子で泣いておいでですが、それはどうしたわけなのでしょう。親子の間柄ではありませんか。お隠しにならず、私にお教えください」

息子の問いかけに姫君はいっそう激しく声をあげて泣き伏し、しばらくは言葉もなかった。やがて、泣きむせびながら、

「わたしは実は、この国の王の娘なのです」

と言って、それまでのいきさつを、事の起こりから今に至るまですべて語った。息子も母の話を聞きつつ、声をあげて泣いた。そして母に、

「母上がもしもここを離れて都においでになりたいとお思いなら、父上が戻られる前にお連れいたしましょう。父上の駿足は私も十分存じていますが、私の足と同じほどであっても、私に勝ることはありますまい。ですから、都にお連れして、どこかちゃんとした場所にお匿(かくま)いいたします。そこでお暮らしください。私は獅子の子ではありますが、母上の御血筋を引いて人間として生まれました。すぐにも都にお連れいたしますので、さあ、私の背中におつかまりください」

と言った。その言葉に姫君は喜び、息子の背中におぶさった。

獅子の子は母を背に負い、鳥が飛ぶような速さで都にたどりついた。そして、しかるべき人の家を借りて、そこに母を隠し住まわせ、心をこめて養った。獅子が洞穴に帰ってみると、もぬけの殻で妻も息子もいない。さては、都に逃げ帰ったのだな、と思い、恋しさと悲しみの吠え声を都の方角に向けて放った。この声を耳にした人々は、国王をはじめみな恐れおののいて逃げ惑い、あちこちにからだをぶつけて転げたりした。そして、なんとかこの獅子を退治せねば、ということで、国王から次のようなお触れが出された。曰く、

「獅子の災いを食い止め、獅子を殺した者には、この国の半分を分けて統治させることとする」

というものだった。

このことを知った獅子の息子は、国王の前に参上し、

「獅子を討ち果たして、その頭を献上いたします。そして、お約束の半国をいただきたいと存じます」

と申しあげた。国王は獅子の子の言葉を聞いて、

「すぐにも討ち果たせ」

と仰せになった。息子は王のご命令をうけたまわったあと、心のうちに、

「父を殺すのは、この上ない罪だ。だが、半国をいただいて、人間である母に孝養を尽くそう」

と思い決めた。そして、弓矢を携えて父である獅子のもとに向かった。

獅子はわが子を見ると、地べたに転がるようにして大喜びした。あおむけになって、四肢を伸ばして息子を抱き、頭を舐めたり撫でたりする。その無防備な獅子のわき腹に、息子は毒矢を射た。獅子は息子を愛するがゆえに、まったく怒る気配はない。いよいよ涙を流して、一心に息子を舐める。そうしているうちに、毒が回って獅子は死んでしまった。獅子の息子は、父の頭を切り落として都に持ち帰り、ただちに国王に献上した。獅子の頭を見た国王は、驚き喜んですぐにも半国を分かち与えようとなさったのだが、まずは討ち果たした時の様子を知りたい、との仰せである。獅子の息子は、

「この機会に事の一切を申しあげ、自分が国王の孫であると知っていただこう」

と思い、母から聞いた通りに、事のはじまりから今日に至るまでの事情を申し述べた。そして、国王は彼の話を聞いて、そこにいるのがわが孫である、とおわかりになった。そして、「宣旨の通り半国を分け与えたならば、父親を殺した者に報償を与えたことになる。これでは、私自身もまた罪を免れないであろう。そうかといって、報償を取りや

めれば、違約したことになる。よし、ここから遠い国を与えることにしよう」とお考えになり、遠く離れた島国をお与えになって、母と子をそこに住まわせた。獅子の息子は、その国の王となった。また、その子孫は、代々続いて今もその地に暮らしている。その国の名は「執獅子国（獅子を捕らえた者の国）[15]」と呼ばれている、と、こうして今に語り伝えられている。

（巻第五第二）

助けられた亀が恩返しをする話

今は昔、天竺のある人が亀を釣りあげ、それを持って歩いていた。ちょうどそこに、仏の教えを深く信じる人物が通りかかり、亀を哀れに思った。そこで彼は亀の持ち主を熱心にくどき、相手の言い値でそれを買い取って水に放してやった。

15　本話は『今昔物語集』の原著では、本書第八章「仏の救い……」にある僧迦羅の話（602ページ）と隣り合う物語で、ストーリーは異なるが、いずれもスリランカの建国譚である。

その後何年かが経ったある晩のこと、亀を放してやった人が寝ていると、枕元でなにかごそごそいう音がした。枕から頭を持ちあげて「何の音だ？」とそちらに目をやると、そこには三尺ほどもある亀がいるではないか。びっくりして飛び起き、

「なんでここに亀がいるんだ」

と叫ぶと、亀は、

「私は先年、あなたさまが買い取って放してくださった亀です。釣られて食べられてしまうところを、あのように買い取って救ってくださり、ただもううれしくありがたく、いつかはご恩に報いねばと思いながら、果たせぬまま数年が過ぎてしまいました。今日あなたさまのもとに参りましたのは、近くこのあたりに大変なことが起きるのをお知らせするためです。その変事というのは、お宅の前を流れる川がものすごく増水するのです。あらゆるものがみな流されて、人といわず牛馬といわず、命あるものはすべて溺れ死んでしまうでしょう。このお宅も水の底に沈みます。すぐにも船をご用意になり、川上から大水が出ましたら、お親しい方々と一緒にその船に乗り込んで、お命をまっとうしてくださいませ」

と言って、去っていった。

にわかには信じがたい亀の言葉ではあったが、わざわざあらわれて告げたのだから

あながちでたらめとは言えなかろうと思い、男は船を用意して家の前の川べりにつなぎ、必要な物資を積み、準備万端整えて待っていた。すると、その日の夕方から大雨が降りだし、風も吹き荒れ、一晩中やむ気配もない。夜明け近くになると、川上からにわかに増水しはじめて、水が山のように盛り上がって押し寄せてくる。男は家族とともに、準備してあった船に大急ぎで乗った。

どこか安全な場所はないかと、高い場所をめざして船をあやつっていると、大きな亀が水に流されながら声をかけてきた。

「わたくしは、昨日おうかがいした亀です。お船に乗せていただけませんか」

男は喜んで、

「さあ、はやく乗りなさい」

と言って、引き上げて乗せてやった。その次に流されてきたのは、一匹の大蛇だった。蛇は船を見て、

「どうかお助けください。このままでは溺れ死にます」

と呼びかけてきた。船主の男が、「蛇を乗せよう」とも言わないうちに、亀が、

「あの蛇は死にそうになっています。どうか、乗せてやってください」

と言いだした。男は、

「とんでもない。小さい蛇でさえ恐ろしいというのに、あんな大蛇をどうして乗せられるものか。ひと呑みにされてしまう。百害あって一利なしとは、このことだ」

と言って承知しない。だが、亀が、

「あの蛇は、決して皆さまを呑んだりしません。どうかお願いです。乗せてやってください。ああして死にかけているものを助けるとは、功徳でございます」

と熱心に頼んだので、男も「この亀が心配ないというのだから、そうしてやってもよかろう」と考えて、大蛇を乗せてやった。助けられた大蛇は、船のへさきのあたりでとぐろを巻いた。巨大な蛇だったが、船は充分大きかったので、蛇のせいで狭くなるということはなかった。さらに漕ぎ進んでいくと、狐が流されてきた。船を見るや、大蛇と同じように助けてくれと叫ぶ。亀がまたしても、

「あれをお助けください」

というので、男は亀の言葉に従って狐を救い上げた。

また先に進んだところで、今度は男がひとり流されていく。船を見て助けを呼んでいるので、船主の男はそちらにむかって漕ぎ寄せた。すると亀は、

「あの男は、乗せてはなりません。けものは恩義を知っていますが、人間は恩知らずな生き物です。助けなければあの男は死ぬでしょうが、しかし、それはあの男の運命

ですから、あなたさまの罪ではございません」

と言う。だが、船主は、

「あの恐ろしい蛇でさえ、慈悲の心をもって助けてやったのだ。まして、同じ人間の身としてとうてい見殺しにはできない」

と言って、近づいていき助け上げてやった。助けられた男は喜び、手をすりあわせて拝みながら、とめどなく泣いた。そうこうするうちに、船は安全な場所にたどりついた。そこで時を過ごしていると、次第に水は引いていき、やがて川はもとの状態に戻った。人々は船から降りて、おのおのの家や住み処に帰っていった。

数日後、船主の男が道を歩いていると、船に乗せてやった大蛇に出会った。蛇は男に、

「大水の時には、お助けくださりありがとうございました。あれ以来、あなたさまにお話し申しあげたいことがあったのですが、お目にかかる折もなく失礼しておりました。命を救ってくださった御礼をいたしたいと存じます。どうぞ、わたくしのあとについていらしてください」

と言って這っていく。あとについて行くと、大きな古墳があった。蛇はその中に這い込みながら、

「わたくしのあとからおいでください」

と言う。男はこわごわ蛇のあとを追って、墓の中に入っていった。すると、墓穴の中で蛇は、

「この墓には財宝がたっぷりあります。みなわたくしが集めたものです。これを御礼に差し上げます。お好きなだけ取ってお使いください」

と告げて、墓穴を這い出てどこかへ消えた。男は家から人を連れてきて、墓の中の財宝をすべて家に運んだ。

こうして男はすっかり裕福になり、財宝を思いのままに使えることになった。ちょうどその時、船に助け上げてやった男が訪ねてきた。豊かになった男が、

「どういうご用でおいでになったのかな」

と言うと、助けられた男は、

「命を救っていただいた御礼に参りました」

と答えた。そして、家の中にたくさんの財宝が積み上げられているのを目にして、

「このお宝はどうなさったのですか」

と訊いてきた。そこで家主の男が一部始終を語ると、相手は、

「なるほど。では、このお宝は思いがけない儲け物というわけですね。それなら、ひ

とつ私にも分け前をください」

と言う。男の言葉に、家主は鷹揚な気持ちで少し財宝を分けてやった。ところが、助けてやった男は、

「ずいぶんとまたちょっぴりしか分けてくださらないんですね。長年かけて貯えた財宝というのではなし、まったくの幸運で手に入れた物じゃないですか。半分分けてもらってもいいくらいだ」

と不平を言った。家主は腹を立て、

「むちゃなことを言っては困る。これは私が蛇を助けたからこそ、その恩に報いようと蛇がくれたものだ。あなたは蛇のような恩返しをしないどころか、私がもらった物までも欲しいと言われる。そもそもの最初からずいぶんなおっしゃりようで、筋が通らないとは思ったが、それでもいくぶんか分けて差し上げた。ところが、それが不満で半分よこせなどと言われる。とんでもない考え違いですぞ」

と言い返した。助けられた男は、こちらも腹を立て、家主が分け与えた品を投げ捨てて去っていった。

そしてその足で、男は国王の御前に参上し、

「これこれの者は、墓をあばいて多くの財宝を盗んでおります」

と訴えた。国王はすぐさま家来をやって、豊かになった男を捕らえて牢獄に投じた。身動きできないよう厳重に縛りあげ、手足を広げてはりつけ状に寝かせ、息もつかせず拷問した。男は悲鳴をあげ、ひたすら悶え苦しむ。拷問の後、彼が倒れ伏していると、その頭のほうでごそごそ音を立てる者がいる。目を上げると、あの大亀である。

「ああ、お前か」

と息も絶え絶えに言う男に、亀は、

「罪もなくこのようなひどい目に遭っておいでと聞いたので、やって来たのです。だから申し上げたではないですか。『人間をお乗せになってはいけません』、と。人というものは、このように恩知らずな生き物なのです。ですが、今はそんなことを言っている場合ではありません。一刻も早く、この苦しみから逃れる方策を考えねば」

と言った。そして牢獄を出て、同じく恩を受けた狐と蛇と共に男が解放される手立てを画策した。

「まずは狐に、王宮の中で大きく鳴き立ててもらおう。そうすれば、国王は驚いて占い師に吉凶をお訊きになるだろう。王には、このうえなく大切にされている姫君がいる。占い師には、その姫君に大変なことが起こると占わせるように操ればいい。そのあとで、蛇と亀の力を合わせて姫君が重病になるように試みよう」

と約束しあって別れた。

そのあくる日、牢獄の前に多くの人々が物見高く集まった。彼らは、

「王宮で、無数の狐がさかんに鳴き立てたらしいぞ。陛下が占い師に吉凶をご下問になったところ、陛下と姫君に大変なことが起きるという答えで、そのうちに姫君の具合が悪くなられたそうだ。なんでも、どんどんおなかが膨れ上がって、今にもご臨終かというありさまで、宮殿内は上を下への大騒ぎだということだ」

などと口々に噂している。そこに牢獄の役人がやって来て、集まっている人々に、

「姫君のご病気について、陛下が占い師に『何かの祟りなのか』とお訊きになったところ、『罪のない者を、非道に獄に下した祟りでございます』との答えだったそうだ。それで、そのような者がいるか、とのご下問があり、今確認しに来た」

と告げた。そして獄舎に入り、つながれている者たちに片端から質問をしていき、ついにくだんの男に行き着いた。よくよく問いただしてみると、無実なのはこの男のように思われる。そこで役人は国王の前に伺候し、その旨を奏上した。国王が、すぐさま男を牢獄から引き出して罪に問われた仔細をお訊ねになると、男は事のはじめからしまいまで、すべてを包み隠さず申し上げた。それを聞かれた国王が、

「罪のない者をひどい目に遭わせてしまった。即刻釈放してやりなさい」

とおっしゃったので、男は放免された。

その後、「濡れ衣を着せた者を罰すべし」ということで、訴えた男は召し出され死刑に処された。放免された男は、「亀が『人は恩知らずである』と言ったのは、まったく正しかった。骨身に沁みて思い知った」、と話した、と、こうして今に語り伝えられている。（巻第五第十九）

継母に殺されかけた子を救った亀の話

今は昔、清和天皇の御代(みよ)の頃[16]に、藤原山蔭(ふじわらのやまかげ)[17]という中納言[18]がいた。子だくさんだったが、その中のひとりの男の子の姿形がとても美しく、山蔭中納言はことのほかその若君をかわいがっていた。中納言の正妻は、若君にとっては継母だったが、彼女が父親以上にその子をかわいがって育てていたので、中納言はたいへんうれしく思って、若君の養育を継母に任せきりにしていた。

ある時、中納言は大宰府[19]の長官として九州に下ることになった。[20] 継母と若君

も同行したのだが、中納言が継母を心から信頼していたにもかかわらず、彼女は腹の中で、

「なんとしてもこの子を亡き者にせねば」

と深く決意していたのである。やがて、船が宗像にある鐘ノ岬[21]を過ぎると、若君を抱き上げ、小用を足させるようなそぶりをして船べりから外に差しだし、手がすべったと見せかけて海に落とした。そして、すぐにはそのことを言いださず、帆をあげて進む船の速さをうかがいながら、もういいだろうというあたりまで来たところで、

「若君が海に落ちてしまった」

16　原文は「延喜ノ天皇ノ御代ニ」だが、藤原山蔭の主な活動期は清和天皇～光孝天皇にかけての頃で、延喜の頃の天皇である醍醐天皇より少なくとも三代前になるので訂正して訳した。
17　八二四年～八八八年。平安時代前期の公卿。藤原北家、藤原高房の次男。四条流庖丁式の創始者とされる。
18　太政官の次官で、大納言の下の位。正と権がある。644～645ページの官職と位階表参照。
19　245ページ、注32参照。
20　正史では山蔭が大宰府長官に任官したかどうか、確認できない。
21　福岡県宗像郡玄海町（現在の宗像市）にある岬。船路の目標の地だった。

と、にわかに騒ぎ立て、大声で泣き叫んだ。それを聞いた別船の中納言は、海に身を投げんばかりに嘆き悲しみ、果てしなく泣いた。が、泣きながらも、

「あの子が死んでしまったのなら、せめて亡骸なりとも見つけだして引き上げてこい」

と命じて、多くの従者をはしけに乗せて捜しに行かせた。さらに、自分が乗っている船はもちろん、他の船もすべて止めさせ、

「なんとしても、あの子の生死を確かめたい。それがわかるまでは、ずっとここにとどまるつもりだ」

と言って、待ち続けた。

従者たちの乗ったはしけは、一晩中海の上を漕ぎ回った。しかし、そのような小さい子がどうして見つかろう。むなしく夜は明けて、あたりは薄明るくなった。その時、従者のひとりが海面のはるか彼方にふと目をやると、波の上になにか白っぽい小さなものが見える。「あれはなんだろう。鷗（かもめ）という鳥か？」と思い、近くに漕ぎ寄せたのだが、近づいても飛び立とうとしない。「これは不思議だ」と、さらに近くに寄ってみると、なんと、海に落ちた若君が海面に坐って、波を手で叩いているではないか。歓喜の声をあげてそばに漕ぎ寄せたところ、大きい傘ほどもある亀の甲羅に若君は

乗っている。

　喜びとわけのわからなさで混乱しつつも、従者は若君を亀の背から抱き取った。すると、亀はそのまま海の中にもぐっていった。従者は、大急ぎではしけを漕いで中納言が待つ母船に戻り、

「若君が見つかりました！」

と言って、抱いていた子を差し出した。中納言は、泳ぐように手をむやみにふりまわしながら若君を受けとり、ひしと抱きしめ、わあわあ声をあげて喜びの大泣きをした。継母は、「いったいどういうこと？」と驚愕したが、その気持ちをなんとか押し隠して、同じように大声で喜び泣きのふりをした。継母は長年本心をひた隠しにして、いかにも若君を慈しんでいるように見せかけてきたので、中納言はこの期に及んでも彼女の本心が見抜けず、心から信頼したままだった。

　こうして、あらためて船団は大宰府をめざして動き出した。中納言は若君を捜し続けたあいだ、身も心も砕けるような思いで一睡もできなかったため、安心したとたん眠気が差し、物に寄りかかりうとうと昼寝をした。と、そのまどろみの夢に、大亀があらわれた。船のそばの海の中から首を差し伸べて、なにか中納言に物言いたげである。夢の中の中納言が、船べりに身をのりだして亀を見やると、亀は人間の言葉で話

し始めた。

「お忘れでしょうか。先年、鵜飼い[22]の漁師に淀川の河口で釣りあげられた亀を覚えていらっしゃいますか。あの折に、あなたさまが買い取って逃がしてくださった亀が、わたくしでございます。あれからずっと、なんとかしてご恩に報いたい、といたずらに歳月を過ごしておりました。このたび、あなたさまが大宰府の長官におなりになって下向されることを知り、せめてお見送りだけでもと思い、御船について参ったのです。ところが、昨晩のことです。若君を抱いた継母が、乗っている船の手すり越しに、手がすべったようなふりをして若君を海に落としたのです。そこで、わたくしは若君を甲羅の上で受けとめまして、あなたさまの御船に遅れまいと一所懸命泳いで参ったのでございます。これから先々も、かの継母に心をお許しになってはいけません」

亀はそう言い終わると、首を海中に引っ込めた。と、そこで中納言は夢から覚めた。

そういえば、と中納言が思い当たったのは、何年か前のこと、住吉大社[23]に参詣した時のことである。大渡(おおわたり)[24]というところで鵜飼いの舟に出くわしたのだが、その舟の上に捕らえられた大亀がいて、顔を外にのぞかせている。その亀と目が合った瞬間、なんとも可哀想に思えたので、身にまとった着物を鵜飼いに与えて亀を譲り受け、海に放ってやったことがあった。ああ、あの亀であったかと、その時のことを思い出し、中納言は亀のけなげさに感動した。と同時に、継母が不自然なほど大げさに泣き騒いだことも思い合わせられ、心の底から彼女が憎らしくなった。そこで、以後は若君に信頼できる乳母をつけて、自分が乗っている船に移した。大宰府に到着してからも気がかりでならないので、継母とは別の家に若君を住まわせ、足しげく通っては様子を確かめるようにした。中納言のそのふるまいを見て、継母は「さては感づかれたか」と思い、その後なにひとつ若君の養育には口を出さなくなった。

山蔭中納言は、大宰府長官の任期を終えて京の都に戻ったあと、若君を僧侶にした。法名を如無（にょむ）[25]と付けたが、一度は死んだと思った子だったので、「無きがごとし」としたのである。如無は興福寺[26]の僧侶となり、のちには宇多上皇[27]にお仕えして僧都の位に

22 鵜を飼い馴らして魚を獲る漁の方法。
23 大阪府大阪市住吉区住吉にある。主祭神は海の神である筒男三神（底筒男命・中筒男命・表筒男命）と息長足姫命（神功皇后）。海上交通の守護神として信仰された。
24 未詳。
25 八六七年〜九三八年。平安時代前期から中期の僧侶。大僧都。
26 239ページ、注26参照。
27 59ページ、注70参照。

まで昇進した。父の山蔭中納言が亡くなると、継母には子がなかったので、継子である如無僧都は彼女が死ぬまで面倒を見た。自分がしでかしたことを思い出すたびに、継母はきっといたたまれない恥ずかしさに苛(さいな)まれたことだろう。

それにしても、かの大亀はただ恩返しをした、というだけの話ではない。人の命を助け、そのことを夢で知らせたというのは、とうてい普通の亀とは思えない非凡さである。おそらく、仏か菩薩が亀の姿に化身していたのであろう。

山蔭中納言は、摂津[28]の国にある真言宗の総持寺[29]を建立した人物である、と語り伝えられている。（巻第十九第二十九）

狐のために写経供養をした男の話

今は昔、年は若く美しい容貌を持った男がいた。名前は伝わっておらず、貴人の家に仕えるごく低い身分だったと思われる。その男がどこに住んでいたかもわからないが、ともかくある時、朱雀(すざく)大路が二条大路に突き当たるあたり、すなわち朱雀門[30]の前を歩いていた。ふと道の脇に目をやると、十七、八くらいと思えるまことに美しい容姿の女が、美しい着物を重ね着して、立っている。男はひと目見るなり、そのまま通り過ぎるのはもったいない、どうあっても知り合いたいと思い決めた。そして、近づいて女の手を取ると、そのまま相手を朱雀門の中のひと気がない場所に引っぱっていった。ふたりはそこに腰をおろし、言葉を交わした。

男は女に、

「このようにあなたにお目にかかれたのは、きっと深い縁があるからだと思います。私があなたを想うように、あなたも私を想ってくださいませんか。どうか、いやと言わないでください。決して軽はずみな心でこんなことを申しているのではないのです」

と言った。女はそれに答えて、

28　113ページ、注128参照。
29　大阪府茨木市にある高野山真言宗の寺院。なお、『総持寺縁起絵巻』では、この亀の報恩譚は、藤原高房・山蔭父子と亀の話になっている。
30　41ページ、注42参照。

「いや、とは申しません。お言葉には従いたいと思いますが、でも、そうなればわたしは必ずやこの命を失うことになるのです」

と言った。男はその言葉にまるで合点がいかず、「ただの断り文句を言っているだけだ」と思い込み、むりやりにも相手を抱こうとする。女は泣きながら、なおも、

「あなたさまは、ちゃんとした一家の主で、家には奥さまやお子さまもおいででしょう。わたしにこんなおふるまいをなさるのは、ただの行きずりの浮気心にちがいありません。それにひきかえ、そのおたわむれのために、わたしは命を失うことになるのです。それが悲しゅうございます」

とあらがって拒み続けたが、とうとう根負けして男の言うことに従った。

もうとっぷりと日が暮れてきていたので、朱雀門近くの小屋を借り、男は女を連れていってそこに泊まった。一緒に寝て夜もすがら、行く末まで変わらない愛の契りを交わした。夜が明けて、女は帰る間際に男に言った。

「わたしが死ぬことに、間違いはありません。ですから、わたしのために法華経[31]を書写して供養してくださいませ。わたしの後世(ごせ)をなにとぞ善きものにしてくださいませ」

こう言われた男は、

「男と女が情を交わすのは、この世の常の習いではないですか。死ぬなんてことはありませんよ。でも、もし万一あなたが死ぬようなことがあれば、必ず法華経を書き写してご供養いたしましょう」

と請け合った。すると女は、

「あなたさまがわたしの申すことを嘘だとお思いでしたら、明日の朝、武徳殿[32]のあたりに行ってみてください。その時の証拠にこれを」

と言って、男が持っていた扇を手にとって、泣きながら別れていった。男は、まさか本当だとは思わずに家に帰った。

翌日、「ひょっとすると、あの女の言ったことは本当かもしれない」と考え直した男は、武徳殿に出向き、あたりを歩き回った。と、そこに白髪の老婆があらわれて、男の前でさめざめと泣いた。不審に思った男は、

「あなたは、どこのどなたですか？　どうして私の前でそんなにお泣きになるんで

31　29ページ、注25参照。

32　大内裏のうち、内裏の西側、宴の松原の西にあった殿舎。競馬（くらべうま）などを観覧する際に使われた。

す」

と老婆に問うた。老婆はそれに答えて、

「わたくしは、あなたさまが昨晩朱雀門の近くでお見かけになった娘の母でございます。娘はすでに亡くなりました。それをお伝えしようと思い、ここでお待ちしておりました。死んだ娘は、あそこに横たわっております」

と指さして教えるやいなや、かき消すようにいなくなった。

男が不思議なこともあるものだ、と思いながら指さされた場所に寄っていってみると、武徳殿の中に一匹の若い狐が横たわって死んでいる。その顔をおおっているのは、昨夜男の手から女が取っていった扇だった。「この狐が昨夜の女だったのか。俺は、狐と情を交わしたのか」、と男は、その時はじめて女の真実を知り、不思議さと哀れさにうたれて家に戻った。

その日から、男は写経を始めた。七日ごとに法華経一部を筆写しては、心をこめて女の後世を供養してやった。すると、まだ四十九日を迎えないうちに、女が男の夢にあらわれた。彼女は、天女とはこういうものか、というような美しい装いに身を包んでいる。また、同じような装いをした幾百幾千の女たちが、彼女を取り巻いている。

そして女は男に、

「あなたさまが法華経を書写して供養してくださったおかげで、わたしは救われました。永遠に罪からまぬがれ、今は忉利天[33]におります。あなたさまから受けたご恩は、計り知れません。いくたび生まれ変わろうとも、このご恩は決して忘れません」と言い、そのまま空に昇っていった。その間、空には美しく妙なる音楽が鳴り響いていた。と、そこで男は夢から覚めた。男はなんとも尊いことだと感じ、あらためて強く法華経を信じ奉じるようになったのだった。

この男のような心映えは、まことにめずらしい。たとえ女の遺言があったとはいえ、約束をかたく守って厚く女の後世を弔ったというのは、なかなかできることではない。男の前世は、きっと仏の教えを説く高徳の僧侶だったのだろう。

男が語った話を聞き継いで、こうして今に語り伝えられている。[34]（巻第十四第五）

33　欲界六天のうち下から第二番目の場所。宇宙の中心をなす須弥山の頂上にある。中央には喜見城があり帝釈天が住むという。別名三十三天。六欲天の注（31ページ、注26）参照。

34　本話は「人獣相姦が死を招く」という当時の考え方に基づくもの。原話は『法華験記』に収められたものと考えられ、そちらでは女ではなく男の身代わりに女が死ぬ形になっている。

猿神が生け贄の男にこらしめられる話

今は昔、仏道修行のために諸国を旅している僧がいた。行く先を定めない旅を続けているうちに、僧は飛騨[35]の国に行き着いた。しかし、うっかり山奥深くに分け入ったために、道に迷ってしまった。方角もわからないまま、落ち葉がふりつもった道のようにも思える筋をたどって先に進むと、やがて行き止まりになった。そこには、幅広く、まるですだれをかけたような形の大きな滝があって、高い場所からごうごう音を立てて流れ落ちていた。

引き返そうにも、たどってきた道筋がもうわからない。進もうにも、垂直に切り立った岩の断崖が百丈[36]とも二百丈とも思える高さにそびえ立っていて、よじ登ることなど絶対にできない。僧は進退きわまって、一心に「仏さま、どうかお助けください」と念じ続けた。すると、うしろの方から足音が近づいてくる。振り返ると、荷を背負い笠をかぶった男が近づいてくる。「やれ、ありがたや」と、道を訊くために僧は相手を待ち受けた。やって来た男の方も僧の姿を認め、ひどく怪しむような顔つきをした。僧は相手に歩み寄って、

「あなたはどこから、そしてどうやってここに来られたのですか？　この道はどこに出るのですか？」

と問いかけた。しかし、相手の男はひと言も答えずに、そのまますたすた滝の方に歩いていって、あっと思う間もなく滝の中に躍り入って姿を消した。僧は、「さては、あれは人ではなく鬼の類いだったのだな」と思って、ふるえあがった。

「あれが鬼であるなら、もうこの身はとうてい無事ではいられまい。ならばいっそのこと、鬼に食われる前に、あの鬼の真似をして滝に身を投げて死んでしまおう。死んだあとなら、鬼に食われたところで苦しくはないはずだ」

そう思い決めた僧は、滝に歩み寄り、

「仏さま、どうか私の後生をお助けください」

と祈念して、滝の中に躍り入った。ところが、顔にさっと水がかかったかと思った次の瞬間、僧のからだは滝を通り抜けてしまった。すぐにも溺れるだろうと観念していたのに、意識がまだちゃんとある。これはどうしたわけだ、と振り返ると、なんと、

35　現在の岐阜県北部。
36　一丈は一〇尺（約三メートル）。

滝の水はまさに一枚の薄いすだれのように流れ落ちているだけだった。そして、滝の裏側には道があった。たどって歩いていくと、岩壁をくりぬいて作った細い洞穴道があり、そこを抜けると向こう側に大きな集落が見え、人家が数多くあるのがわかった。ああ、これで助かった、とそちらに歩を進めると、荷を担いでいた先ほどの男が、荷をおろして急いで僧の方に走ってくる。そのうしろから、薄青い上衣と袴を身につけた年配の男が、それに遅れまいと走ってきて、いきなり僧の手をつかんだ。僧は驚いて、

「何をなさいます」

と叫んだが、年配の男は、

「とにかく私の家においでください」

と言いながら僧を連れていこうとする。その間にも、あちらこちらからたくさんの人々が集まってきて、口々に、

「いやいや、わが家にこそおいでください」

と騒ぎ立て、てんでに僧の手を引っぱって争う。僧は、自分をいったいどうするつもりなのか、と気が気ではない。すると誰かが、

「おい、乱暴はやめろ。郡司(ぐんじ)[37]さまのところにお連れして、お指図をあおぐんだ」

と言ったので、皆で僧を取り囲んだままどこかへと連れていく。僧は、なにがなにやらわからないまま、仕方なしに彼らと一緒に歩いていき、やがて大きな屋敷に着いた。屋敷からは、郡司らしい老人がもったいぶった様子であらわれ、

「なにを騒いでおるのだ」

と言う。すると、僧が滝の外で出会った荷を担いでいた男が、

「この僧侶は、私が日本の国からお連れして、こちらの方にさしあげたのでございます」

と、薄青い上衣と袴姿の年配の男を指さした。これを聞いた郡司は、

「それなら議論の余地はない。こちらのお人のものと決まった」

と裁(さば)いたので、他の者たちはすごすご去っていった。

こうして、僧は薄青い着物の男が得たものとして、彼についていかざるを得なくなった。僧は、「この里の者は、皆きっと鬼なんだろう。自分はここで食われて果てるのだ」と思い、悲しさに涙をこぼす。「最初の男が、さっき『日本の国』から連れ

37　国司の下にあり、郡の政務を司る役人。ただし、話の性質から考えて、ここでの郡司は通常のそれとは異なると考えるべきであろう。

てきた、と言ったが、それならここはいったいどこなんだろうか。どうして日本がとても遠くにあるような言い方をしたんだろうか」と、不審の種は尽きない。僧のそんな気持ちを察した薄青い着物の男は、

「そんなにご心配なさらずともいいのですよ。ここは、たいへんに楽しい世界なんですから。あなたには、豊かで思いわずらうことのない暮らしをさせてあげますよ」

と言って慰める。そうこうするうちに、男の家にたどりついた。

その家は、郡司の屋敷よりはいくぶん小さかったが、見るからに立派な造りで、男女の使用人も大勢いた。僧と主人が帰ったのを見て、みな走り回って大騒ぎしながら喜び迎えた。薄青い着物の主人は僧に、

「さあさあ、はやくお上がりください」

と言って縁先の板の間に招いた。そこで、僧は背負っている笈（おい）[38]をかたわらに下ろし、蓑（みの）や笠、それから藁沓（わらぐつ）などを脱いで縁に上がった。主人は、僧をきれいな家具がそろった部屋に導き、

「まずはお食事をさしあげよ」

と命じたので、召使がすぐさま膳を運んできた。膳の上には、見事に調理された魚や鳥肉が並び、なんとも旨そうである。しかし、僧はそれらを眺めるばかりで箸をつけ

ようとはしない。それを見た主人が、

「どうして食べないのです？」

と訊ねると、僧は、

「幼い頃に法師になって以来、このようなものは一度も口にしたことがありません。それで、こうして眺めているのです」

と答えた。その答えに主人は、

「御出家の身では、たしかにそうでもありましょう。ですが、日本を離れ、この里においでになった以上は、もうそのようなことをお気になさる必要はございますまい。実を申せば、私には可愛がっている娘がひとりございます。まだ定まった相手もおらず、どうやら年頃にもなりましたから、あなたの妻にしていただけないものかと思っております。今日のこの日より、ぜひとも髪を伸ばしてください。ここよりほかに行くあてもない御身の上なのですから、私の申すようになさってください」

と言った。僧侶は主人の言葉を聞いて、逆らったら殺されるかもしれない、と恐ろしくなり、逃げるすべもないのだから仕方がないと肚をくくり、

38　諸国を巡って修行する僧侶が本尊その他を入れて背負う道具。

ら「失礼をいたしました。今まで食べたこともない品々ばかりなので、ためらいの心からあのようなことを申しました。お言葉に甘え、ありがたくいただくことにいたします」

と応じた。主人はたいそう喜んで、自分の膳も用意させて、ふたり差し向かいで食事をした。僧は、「このようなものを食した私を、御仏はどのようにおぼしめされるか」と思いながらも、空腹だったのですべてきれいに平らげてしまった。

やがて夜になると、主人は僧の前にきれいに着飾った娘を連れてきた。年頃は二十くらいで、顔も姿も美しい。主人は娘を僧のそばに押しやるようにして、

「わが娘でございます。あなたにさしあげますので、今日からは父の私と同じように可愛がってやってください。たったひとりの娘をさしあげるのでございますから、父である私の気持ちを、どうかよくよくお察しくださいませ」

と言い、すぐに引き下がった。僧は、拒否することもできないまま、その娘とそのまま寝た。

こうして、今は僧ではなくなった男は、妻となった娘と月日を過ごすことになった。その暮らしは、思いもかけずまことに楽しい。着たいものはなんでも着せてもらえ、食べ物も何不自由なく食べさせてくれる。行脚僧（あんぎゃそう）だった頃とは見違えるばかりに、男

はふっくら太ってきた。髪も束ねて結えるほどに伸びたので、きれいに結い上げて烏帽子をかぶったところ、なかなかの男前である。妻も夫を心からいとしく思って、ひとときも離れたくないと思っている。夫の方も、妻の愛情をひしひしと感じて、ますます可愛さが増す。こうして、夜となく昼となく、起き伏しを共にして暮らすうちに、いつしか八か月ほどが経った。

ところが、その頃から妻の様子が変わってきた。毎日ひどく気分が沈むようで、顔色もすぐれない。一方、舅である屋敷の主人は、婿の面倒を前にもましてよく見てくれる。

「肉づき良く太っているのが、美男子というものですよ。どんどん食べて肥えてください」

そう言っては、日に何度も食事をすすめる。男がよく食いよく太るにつれて、妻はいっそう悲しげになり、声を忍んではらはらと泣くことが多くなった。男は不審に思って、

「なにをそんなに悲しがっているのです？　さっぱりわけがわからない」

と問うたが、妻は、

「ただなんとなく心細くなっているだけです」

とだけ答えて、またしくしくと泣く。男はどうにも怪しいことだと思いはするが、かといって他人に訊ねるわけにもいかない。不審な気持ちのまま、何日かが過ぎた。

　ある日のこと、舅のところに客がやって来た。その会話を婿である男がそっと立ち聞きしてみると、客がこんなことを言っている。

「あんないい人を手に入れられたんですから、ご運の良さも格別ですなあ。これで娘さんもご無事でいられるわけで、さぞやお喜びのこととお察しいたします」

すると舅は、

「いやもうまったくおっしゃる通りで。あの人が手に入らなかったら、今ごろはどんな気持ちでいましたことやら」

と言う。客は、

「私のところでは、まだ誰も手に入れておりませんので、来年の今ごろのことを思うと、つらくてたまりません」

と応じて、そっとあとずさりしながらその場を辞した。その客を見送った舅は、家の中に戻ってくると、召使に、

「婿殿に食事をさしあげたか？　たっぷりお持ちするんだぞ」

と命じて、食べ物を運ばせる。それを口にしながら男はいろいろ考えてみるのだが、

妻が嘆き悲しむ理由は思い当たらない。と同時に、客が言った言葉も、いったい全体どういう意味なのか、と空恐ろしく感じられる。妻をなだめすかして仔細を訊こうとするのだが、何か言いたげな表情はしても、結局何も言わない。

そうこうしているうちに、里の人々の様子があわただしくなった。何かの準備に追われているようで、家ごとに大騒ぎをしながらご馳走の材料などを用意し始めた。それに合わせるように、妻の泣き悲しむさまも日増しに深刻になっていくので、男は、

「泣くにつけ笑うにつけ、どんなに大変なことがあっても、決してあなたは私に隠しごとなどしないものと思っていたのに、こんなによそよそしく黙っているなんて、ほんとうにひどいじゃないですか」

と妻をなじって恨み泣きをした。妻は夫の言葉にもらい泣きをし、

「隠しごとをしようなどとは、決して思っておりません。ただ、こうしてお顔を見、お話しできる時間が、もうほんの少ししかないのだと思うと、こうして仲睦まじい夫婦になったことが、かえって悔やまれるのです」

と答え、そのまま泣き崩れた。それを聞いた夫は、

「それは、私が死ぬという意味ですか？　それなら、人は死をまぬがれることなどできないのだから、別にどうと言うほどのことではありませんよ。ただ、それ以外にな

にか特別なことがあるというなら、ぜひ打ち明けてほしい」

と詰問するように強く言った。その勢いに押され、妻はついに泣く泣く話しはじめた。

「この国には、とても忌まわしい習わしがあるのです。ここには霊験をお示しになる神さまがおいでなのですが、その神さまが人を生け贄としてお食べになるのです。あなたがこの里にお着きになった時、人々がわれもわれもと争ってあなたを得ようと騒ぎ立てたのは、その生け贄にしようと思ってのことでした。毎年ひとりづつ順番に生け贄を差しだすのですが、皆なんとかよそでそれを探そうとするのです。でも、見つからない時には、可愛がっている子供であっても生け贄にしなければなりません。もしもあなたがおいでになければ、このわたくしが食べられることになっていたのです。元々がそういう定めだったのですから、今からでもわたくしがあなたの代わりになろうと思います」

そう説明し終わると妻は、その場に泣き伏した。すると夫は、

「嘆きの種はそれですか。ならば、どうというほどのことでもない。大丈夫。それで、生け贄というのは、あらかじめ料理してから神に捧げるのですか？」

と問うた。その問いに妻が、

「いいえ、そうではございません。生け贄を裸にして、まな板の上にきちんと寝かせ、

垣根をめぐらせた場所の内側に担ぎこんで、他の者はその場を去ります。そのあと神さまがあらわれて料理して食べてしまう、と聞いています。やせてみすぼらしい生け贄を差しだすと、神さまがお怒りになって不作になり、病が広がったり、里も穏やかではなくなります。それで、日に何度もあなたさまに食事をとらせて太らせようとしていたのです」

と答えたので、なるほど、この幾月かのご馳走責めはそのためであったかと合点した。そして、

「ところで、生け贄を食うその神というのは、どんな姿をしているのかご存じか？」

と訊ねると、

「猿のお姿をしておいでだと聞いています」

という答え。それを聞いた夫は妻に、

「では、よく鍛えた刀を探して持ってきてくれませんか」

と頼んだ。妻は、

「たやすいことでございます」

と請け合い、すぐにひと振りの刀を見つけてきて、こっそり夫に手渡した。彼はその刀を充分に研ぎすまし、隠し持つことにした。

こうして事情がわかったあと、男は以前に増して元気になり、食も進んでいっそう肥えたので舅は喜び、その様子を伝え聞いた者たちも、

「これで里も安泰だ」

と言い合ってうれしがった。

やがて祭りの七日前になると、生け贄の男が暮らす家にはしめ縄がはりめぐらされ、男はなまぐさものを口にせず身を清く保つように言われた。他の家々にもしめ縄が張られ、人々は身を慎んで過ごした。男の妻は気が気ではなく、あと何日と指を折っては涙していたが、夫が何度となく慰めてくれ、しかも平然としている様子を見ているうちに、幾分心が安らいだ。そうこうしているうちに、とうとう祭りの当日になった。妻は男に沐浴(もくよく)させ、そのあと衣装をきちんと着せ、髪をとかし、髷(まげ)を結い上げ、鬢(びん)の毛のほつれまでもちゃんと整えて、こまごま面倒を見てやっていたが、そのあいだにも使いが何度となくやってきては、「早く早く」とせきたてる。身支度を終えた男は、舅とともに馬に乗って出かけたが、妻はものも言わずに衣をかぶって泣き伏してしまった。

さて、舅に従って馬にゆられて男がたどり着いた先は、山の中の大きな神殿だった。前庭にはものものしく玉垣(たまがき)[39]がめぐらされており、囲われた場所はすこぶる広い。玉垣

の前にはご馳走の膳がたくさん据えられていて、数え切れないほどの里人（さとびと）が居並（いなら）んで坐っている。そこには一段高くしつらえられた座があって、男は導かれてそこに腰をおろした。こうして飲み食いが始まり、人々は飲みながら舞い遊んだ。やがて宴が果てると、男は呼ばれ着物を脱がされた。結い上げた髻（もとどり）も解かれたのでざんばら髪になった。そしてまな板の上に寝かされ、

「決して身動きしてはならないぞ。口もきくな」

と言い含められた。男が寝かされたまな板の四隅には榊（さかき）[40]の枝が立てられ、そこにしめ縄がかけめぐらされ御幣（ごへい）[41]も結びつけられた。支度が終わると、何人かがまな板を担ぎ、先払いの声をあげながら玉垣の中に運んでいく。真ん中あたりにまな板をおろすと、担いでいた者たちは玉垣の外に出て扉を閉じ、その他の者も含めひとり残らず退散した。生け贄の男は、伸ばした両足のあいだに、妻が用意してくれた刀をさりげな

39　神社の周囲の垣根。
40　神事に用いられる常緑樹の総称。
41　紙を幣串に挟んだ祭具。紙は楮（こうぞ）の繊維で作り、しめ縄や榊などに付けて垂らす。25ページ、注22参照。

くはさんで隠し持っていた。

しばらくすると、一の祠（ほこら）と呼ばれている社（やしろ）の扉が、ふいに「ぎいっ」ときしんで開いた。それを耳にしたとたん、男の髪の毛は逆立ち、背筋にぞっと悪寒が走った。一の祠に続いて、他の祠の扉も次々に開いていく。そして、祠の脇から人間くらいの大きさの猿があらわれ、一の祠にむかって「きゃっきゃ」と声をかけた。すると、一の祠のすだれを押し開いて中から出て来る者がいる。見れば、これも同じ猿なのだが、いちだんと大きく堂々とした態度だ。銀を連ねたような歯をしている。だが男は、「なんだ、やっぱりただの猿か」と思って、すっかり気が楽になった。そのあいだも、祠から猿がぞろぞろあらわれてあたりに居並んだ。

全部の猿がそろうと、祠の脇からあらわれた猿は一の祠から出て来た大猿にむきあって坐った。大猿がなにごとか「きゃっきゃ」と命ずると、その猿はまな板に歩み寄り、そばに置いてある真魚箸（まなばし）[42]と刀を取り上げ、生け贄の男を斬ろうと身構えた。その瞬間、男は股にはさんでいた刀をつかんで立ちあがり、一の祠の大猿めがけて走り寄った。大猿はその勢いに驚いて、あおむけに倒れる。男がすかさずのしかかって押さえつけ、刀はふりあげたままで、

「きさまが神だと？」

とののしれば、大猿は手をすりあわせて拝む。このありさまを見た他の猿たちは、一匹残らず逃げて木に走り登り、「きゃっきゃ」と騒いでいる。

男は手近に生えていた葛（かずら）のつるを引きちぎり、それで大猿を柱に縛りつけ、刀を腹に突きつけると、

「こいつめ！　ただの猿の分際で、神などと偽って毎年毎年人間を食らいやがって、とんでもない畜生だ！　きさまの次に第二、第三の祠から出てきた奴も、ここに呼べ。呼ばないとお前を突き殺すぞ。そうだ、お前は神だったな、ええ？　それが本当なら、よもや刀が突き刺さることなどあるまいな。ひとつ試しに腹に突き立ててやろうか」

と言い、ほんのちょっとえぐるまねをした。すると、大猿は叫び声をあげて手をすりあわせる。

「それなら、早く二の御子（みこ）、三の御子（みこ）とかいう猿をさっさと呼びだせ」

男の言葉に応じて大猿が「きゃきゃ」と叫ぶと、二匹の猿がしおしおとあらわれる。

さらに、

「おれのことを料理しようとした奴も呼べ」

42　魚を料理するときに使う木や鉄でできた長い箸。

と命ずると、また大猿は「きゃっきゃ」とわめく。その声に従うように、男を斬ろうとした猿が出てきた。その猿に命じて葛のつるをたくさん折り取らせ、二の御子と三の御子を背中合わせにしっかり縛りつけた。最後に用を命じた猿をも縛って、

「きさまらはおれを殺そうとしたが、言うことをおとなしく聞くのであれば、命だけは助けてやる。今日から以後、きさまらが神でないことを知らない人に祟ったり、よからぬことをしでかしたりしたら、その時には四の五の言わさず、皆殺しにしてくれるからな」

とおどした。そして、猿たちを玉垣の外に引きずり出し、木の幹に縛りつけた。

それから男は、人々が食べ物を料理した残り火を火種にして、すべての祠に火をつけていった。この神殿は里からは遠く離れていたので、それまでは誰ひとりとして生け贄の男が猿を懲らしめていることに気づく人はいなかった。しかし、社殿が燃えて高く火の手があがると、里でも人々がそれに気づいて、「いったい何事が起こったのか」と怪しんで騒ぎはじめた。ただ、もともとこの祭り以降の三日間は、家の門を閉ざして中にこもり、決して外出しない習いになっているため、騒ぎながらも誰も外に出ていって確かめようとする者はいなかった。

生け贄の男を差しだした家の主人は、生け贄に何か不都合があったのだろうか、と

気が気ではない。男の妻は、夫が刀を隠し持っていって何に使うのか不審に思っていたのだが、さてはこの火の手は夫のしわざだろう、と思い、恐ろしく、また不安にも感じていた。と、そのうちに夫が縛りあげた四匹の猿を追い立てながら、里へと戻ってきた。その姿は素裸でざんばら髪、葛のつるを腰に巻きつけて帯にしたものに刀を差しこみ、杖をついている。そして、一軒一軒、家々の門から中を覗きながら歩いていく。里の人々はこの様子を見て、

「あの生け贄が、神の御子たちを縛りあげて追い立ててくるとは、いったいどういうことだ？　さては、神さまよりも強いお人を生け贄にしてしまったのか？　神さまでさえあんな目に遭わせるのだから、われらなどは簡単に食ってしまわれるだろう」

と恐れおののいている。

生け贄の男は舅の家に行き着くと、

「門を開けよ」

と叫んだが、ことりとも音がしない。

「早く開けなさい。決して悪いようにはしないから。開けないと、かえってよくないことになるぞ。さあ、早く早く」

と、男は門をがんがん蹴りあげた。舅は男の声と門を蹴る音におびえ、娘を呼び寄

せて、

「あの方は、神さまにも勝る恐ろしい人だったのだ。もしやお前になにか落ち度がある と思っておいでなのかもしれない。どうかお前が門を開けて、うまくなだめてみておくれ」

と頼みこんだ。妻は恐ろしくもあり、夫が戻ってうれしくもあり、門口に出ていって細めに門を開けた。すると男は門を押し開け、そこに立っている妻に、

「早く奥に行って、私の衣装を取ってきてくれ」

と言った。そこで妻はすぐに奥に入り、狩衣[43]に袴、烏帽子などをそろえて持ってきた。男は、猿どもを家の戸口のところにしっかりと縛りつけると、手早く衣装を身につけ、さらに弓に矢、そしてやなぐいを持ってこさせてそれを背負い、舅を呼びだした。

「こいつらを神と敬って、毎年人を食わせていたとは、実にあきれ返ったとんでもないふるまいです。これらは私の国では猿丸[44]と呼ばれていて、人の家につながれ飼いならされ、いじめられたりなんだり、要するに人の思うままになる連中です。その事情も知らずに、長年生きた人間を食わせていたとは、まったく愚かな話です。私がこの地にある限り、こいつらに二度と勝手な真似はさせません。万事この私におまかせください」

男はそう言い放つと、大猿の耳を思い切りつねったが、やられても必死でこらえている大猿の様子が、なんとも滑稽である。「なるほど、こんな風に人の意のままになるのか」と思った舅は、男の頼もしさに感じ入り、

「私たちは、今の今までそんなこととは知りませんでした。今日この日からは、あなたさまを神として敬い、すべてをお任せいたします。何事も仰せのままに」

と言った。男は、

「では、郡司殿のところに参りましょう」

と応じて、舅とともに猿たちを前に追い立てながら、郡司の屋敷に向かった。そして、門を叩いたが、開けようとしない。そこで舅が、

「どうか御門をお開けください。申し上げたいことがございます。お開けにならないと、かえってよくないことになりますぞ」

とおどしたところ、郡司はおそるおそる門を開け、生け贄の男の姿を見るなり土下座をした。男は郡司をしり目に猿たちを引き立てて屋敷の中に入り、猿たちに向けて目を

43　47ページ、注53参照。
44　猿を擬人化した言い方。他の生き物でも、「ひき丸（ヒキガエル）」などと言う。

怒らせ、

「きさまたちは、長らく神だなどと偽って、毎年人間を食い殺していたな。ええい、悔い改めよ！」

と言いながら、弓に矢をつがえて射ようとした。猿たちは叫び声をあげ、手をすりあわせ恐れおののく。郡司もこのありさまにふるえあがり、舅のそばに近寄り、

「私をも殺すおつもりなのだろうか。どうか助けてくださるようお願いしてくだされ」

と頼んだ。舅は、

「ご安心ください。私がついておりますからには、よもやそんなことはございますまい」

とうけあったので、郡司は頼もしく思っておとなしく様子を見守った。

生け贄の男は、充分猿たちをおどしてから、

「よしよし、きさまたちの命はとりあえず取らずにいてやろう。だが、今後もしこのあたりをうろちょろして、誰かに悪さをしたと聞いたら、即座に射殺すからよくよく肝に銘じておけ」

と言って、一匹づつ順番に二十回ほど杖で打ち叩いた。それから里の者を全員呼び集

めて、猿たちが根城にしていた神殿に行かせ、焼け残った祠からなにからすべて打ち壊させたあと、残骸をひとところに集めて焼き払わせた。杖で打たれた四匹の大猿たちはそのまま追い払われたが、どの猿も片足を引きずりながら山深くに逃げ去り、その後は二度と姿をあらわすことはなかった。

生け贄の男はやがて里の長者になり、人々を意のままに使って妻と幸福に暮らした。時折は、こちらの世界にもひそかに通ってきたらしい。男がこちらで語ったので、今にこの話が伝わっているのであろう。あちらの世界には、もともと牛馬も犬もいなかったようで、猿に悪さをさせないよう男が犬の子を持っていき、また、田畑で働かせるために馬の子も連れていったのである。それが子を産んで、だんだん増えたとのことだ。

飛騨の国の近くにこのような里がある、という噂は聞こえていたが、信濃(しなの)の国の人も美濃の国の人もまったく訪れることはなかったそうである。向こう側の人はひそかにこちらに来るのだが、こちらから向こうには行かなかったのだ。行脚の僧がかの里に迷いこみ、生け贄の習わしをやめさせ、自分もその地に住みついたというのも、これすべて前世からの因縁であろう、と、こうして今に語り伝えられている。

（巻第二十六第八）

武士をからかってひどい目にあった狐の話

今は昔、仁和寺[45]の東に高陽川[46]という川が流れていた。その川のほとりに、夕暮れどきになると、若くて可愛らしい少女がよく立っている。そして、馬に乗って京の町の方に行く人がいると、

「あなたのお馬のうしろに乗せて、京まで連れていってください」

と声をかける。馬の乗り手が、

「いいよ、お乗りなさい」

と言って乗せてやると、四、五町ほどはおとなしく馬の尻に乗っているのだが、そのあとふいに馬から飛び降りて逃げていく。追いかけると、狐の正体をあらわし「こん、こん」と鳴きながら走り去ってしまう。こういうことがもう何度もあった、と都でも評判になった。

そんなある日、天皇の御殿を警護をする滝口[47]の武士たちが詰め所に多く集まっている時、この高陽川の少女のことが雑談の話題にのぼった。すると、その中にいた、年若だが勇猛で思慮もある若い武士が、こんなことを言いだした。

「この俺なら、そんな娘っ子簡単に捕まえてみせるぜ。どいつもこいつも、ぼやっとしているから逃げられちまうんだ」

それを聞いた血気盛んなほかの武士たちは、

「いやいや、捕まえられるものか」

と言う。捕まえられると豪語した若い武士は、強情に、

「それなら、明日の夜、必ず引っ捕らえてここに連れてこよう」

と宣言した。他の者たちも前言をひるがえさず、あくまで「できるものか」と言い張ったので口論になり、結局若い武士の成果を待つことになった。

翌日の夕方、この若い滝口はただひとり、従者なども連れず、駿馬にまたがって高陽川に出向いた。とりあえず、川を向こう岸に渡ってみたが、少女の姿はない。そこですぐに馬首を返して京の都側の岸に戻ってみると、少女がそこに立っていた。若い

45　京都市右京区御室大内に現存する真言宗御室派の総本山。八八八年（仁和四年）に宇多天皇が建立。
46　現在の紙屋川（天神川）ではないかと推定されるが、未詳。
47　清涼殿近くにあって、警護や雑役に従事する者たちの詰め所、またその職にある者。

武士が通り過ぎるのを見て、少女は、

「お馬のうしろに乗せてくださいな」

と笑みを浮かべて人なつこく頼んだが、その様子はたいそう愛らしい。武士が、

「早くお乗り。どこに行きたいのかな」

と訊くと、少女は、

「京へ参るのですが、日が暮れてきてしまったので、お馬のうしろに乗せてもらって行こうと思いまして」

と答える。武士はすぐさま乗せてやったが、その次の瞬間、かねて用意してあった馬の引き綱で、少女の腰を縛って鞍に結わえつけた。少女が、

「どうしてこんなことをなさるのです？」

と訊くと、武士は、

「あなたを連れていって、今宵は抱き寝するつもりだから、逃げられないようにしたのさ」

と答えた。そして、そのまま先に進むうちに、日はとっぷりと暮れた。

一条大路[48]を東に行き、西大宮大路[49]と交わるところを過ぎたあたりで前方を見ると、東の方からおびただしい数の松明（たいまつ）を点（とも）し、牛車をたくさん連ねた行列が来るのがわ

かった。列の先頭で、警護の者たちが大声で先払いをしている。若い武士は、「これはしかるべき身分の方の行列だろう、下馬(げば)の礼を取るのも面倒だ」と思い道を引き返した。そして、西大宮大路を南に下って二条大路[50]まで行き、そこから再度東に向かい、東大宮大路[51]を北上して土御門大路[52]とぶつかるところまでたどりついた。

若い武士はあらかじめ、「土御門の門の前で待っておれ」と従者に言い置いて出かけたので、彼らが来ているかどうか門の中に声をかけた。すると、

「みな参っております」

という返事と共に、十人ばかりの従者が姿をあらわした。武士はそこで少女を縛りつけた縄をほどき、馬から引き降ろした。乱暴にその腕を引っつかんだまま門内に入り、道の前を灯りで照らさせると、滝口の詰め所に少女を連れ込んだ。仲間の武士たちは

48　平安京北限を東西に通る。
49　309ページ、注18参照。
50　309ページ、注17参照。
51　349ページ、注53参照。
52　313ページ、注24参照。

皆、詰め所に居並んで待ちかまえていたが、物音を耳にして口々に、

「おお、首尾のほどは？」

と訊く。若い武士は、

「ほらこの通り、引っ捕らえてきましたよ」

と胸を張って答えた。少女はというと、泣きながら、

「もうお許しください。ずいぶんたくさんの方がおいでなのですね」

と身をもむようにして嫌がる。だが、若い武士は決して許さず、詰め所の奥に引っぱっていった。他の武士たちも全員立ちあがり、少女を取り囲んで松明をあかあかと点し、

「よし、この輪の中に放せ」

と言った。が、若い武士は、

「いや、逃げられるかもしれないから、放すわけにはいかない」

と応じない。すると、他の武士たちは射ると音を発する鏑矢[53]を弓につがえて、口々にこんなことを言った。

「いいから放してみろ。面白いぞ。もし逃げようとしたら、こやつの腰を射てやろう。これだけ大勢いるんだから、射損じることなどありっこない」

そして、十人ばかりが少女に狙いを定めて弓を引きしぼった。それを見た若い武士は、

「では行きますよ」

と言って手を放した。そのとたん、少女は狐の姿になって「こんこん」と鳴いて逃げ去った。取り囲んでいたはずの武士たちも、いっせいにかき消すようにいなくなった。松明の火も消え、あたりは真っ暗闇になった。

若い武士はあわてふためいて従者を呼んだが、返事をする者などひとりもいない。あたりを見回せば、そこはどこともわからない野原の真ん中である。肝もつぶれる思いがして、恐ろしいことこの上ない。生きた心地もしないのだが、気力をふりしぼって再度周囲を見回すと、闇に浮かぶ山の形やあたりの様子から、どうやら鳥辺野[54]の中にいるらしい。土御門ではたしかに馬から降りたはずだが、その馬もどこへ行ってし

53　原文は欠字だが、「蟇目（ひきめ）」という語が入ると推定される。鏑矢の先端は主に木製。蟇目鏑は放つと笛のように高い音を発する。207ページ、注79参照。

54　京都市東山区の清水寺から西大谷にいたる辺りの地名。京都の三大葬送地のひとつで、最も規模が大きかった。他の二か所は、蓮台野（れんだいの）と化野（あだしの）。

まったのやら、まるで見当もつかない。

「なんということだ。貴人の行列を避けて西大宮大路から遠回りをし、土御門に着いたと思ったら鳥辺野の真ん中だ。松明をたくさん点していたあの行列は、狐が化かしたものだったんだな」

そう気づいたが、あとの祭り。墓場である鳥辺野などにいつまでもいるわけにもゆかず、武士はとぼとぼと歩いて京に戻ったが、家に帰りついたのは夜半過ぎだった。

翌日はどうにも気分が悪く、死んだようになって寝込んでしまった。同僚の武士たちは前の晩、みんなで若い武士をずっと待っていたのだが、彼が姿をあらわさなかったので、

「あの若造が高陽川の狐を捕まえるなどと豪語したのは、さては口先だけのことだったかな」

などと皆で口々に笑いものにした挙げ句、使いをやって呼び出しをかけた。しかし、若い武士が詰め所に姿を見せたのは三日目の夕方で、それも大病をわずらったかのような顔色である。他の連中が、

「先夜の狐はどうなったんだね？」

などと訊くと、若い武士は、

「あの晩は急に病が起こって、動けなくなってしまったんですよ。やっと治ったので、今夜行ってみます」

と答えた。同僚たちはそれを聞くと、

「それじゃ今夜は二匹捕まえてこいよ」

などと冷やかしたが、彼はそれには取り合わず、言葉少なに詰め所をあとにした。しかし、心の中では、

「狐の奴め、先夜は俺にだまされて、いったんは馬に縛りつけられたんだ。だから、今夜はたぶん姿をあらわさないだろう。だが、もしも出てきたら、一晩中であろうとも、絶対に縛りつけたまま放すものか。放したが最後、逃げられるに決まっている。これであらわれなかったら仕方がない。詰め所にはもう顔を出せないから、家に引きこもりだ」

と固く決心した。そして、今回はえりすぐりの屈強な従者たちを大勢引き連れ、馬に乗って高陽川をめざして出かけた。道中、「つまらない意地を張ったばかりに、滝口のお役目も失うことになるのか」とも思ったが、自分で大きい口をたたいた以上、こうするよりほかに道はなかったのである。

高陽川に着いて向こう岸に渡ったが、少女の姿はない。だが、引き返してくると、

川のほとりに少女がひとり立っている。もっとも、先夜の少女とは顔立ちが違っていた。ただ、言うことは同じで、

「馬のうしろに乗せてください」

と言うので、若い武士は少女を乗せた。そして、前回のように馬の引き綱で少女を強く縛りつけると、京の一条大路に向けて馬を返した。途中日が暮れてきたので、連れてきた多くの従者たちのある者には松明に火を点させ、ある者は馬のすぐ横を歩かせて警戒させ、あわてることなく進んでいく。先頭に立つ者には、高らかに先払いの声を上げさせたが、今回は結局誰にも出会わなかった。やがて土御門に到着すると、若い武士は少女の髪を乱暴につかみ、滝口武士の詰め所に連れていこうとした。少女は、泣いてあらがったが、無理矢理詰め所に引きずり込んだ。待ちかまえていた滝口の武士連中は、この騒ぎに、

「おお、首尾はどうだ？」

と声をかける。若い武士は、

「これこの通り」

と答え、強く縛りあげたままの少女をしっかり押さえつけたまま同僚たちに披露した。

少女は、しばらくの間は人の姿をしていたが、怒鳴りつけられたり小突きまわされ

たりするうちに、とうとう狐の正体をあらわした。そこで武士たちは、狐のからだに松明の火をくっつけ、見る影もないほど毛を焼き、さらに鏑矢で何度も射て、さんざんいじめ抜いた。そのあと、

「この狐め、二度と人をたぶらかすなよ」

と言って、殺さずに逃がしてやった。狐は、ほとんど歩けないほどに弱っていたが、やっとのことで逃げ去った。若い武士はそれを見送ってから、先夜は狐に化かされて鳥辺野に迷いこんだのだ、と同僚たちに語ったのだった。

それから十日あまりが経った頃、若い武士はもう一度試してみようと思い立ち、馬に乗って高陽川に行ってみた。すると、あの少女が、大病をわずらった者のような弱々しい姿で川辺にたたずんでいる。武士は少女に、

「おねえちゃん、ほら、この馬の尻にお乗りよ」

と声をかけた。少女は、

「乗りたいとは思いますが、また松明の火で焼かれるのはつらすぎるから」

と答えて消え失せた。

人を化かそうとしたばかりに、とんでもなくひどい目にあった狐ではある。これは最近の出来事らしい。めずらしい話なので、こうして語り伝えられているのである。

狐が人の姿に化けるのは、昔からよくあることでめずらしくはない。ただ、この狐は化かし方が特別にうまくて、若い武士を鳥辺野にまで連れていったのである。それなのに、二度目には牛車の行列も出さず、だました道筋をたどらせもしなかったのは、いったいどうしたわけなのだろう。ひょっとすると、狐は相手の気構えによって、化かしたり化かせなかったりするのかもしれない、と人々が噂した、と語り伝えられている。

（巻第二十七第四十一）

信濃の国守になったさなだ虫の話

今は昔、腹の中にさなだ虫を持っている女がいた。ある人の妻になり、男の子を産んだ。すくすくと成長したその子は、元服(げんぷく)[55]を済ませたあと官職についた。次第に出世して、ついには信濃の国守になった。そして、任国に下ったのだが、信濃の国に入るその国境(くにざかい)で新任国守を歓迎する宴が催された。国守が宴席で一番の上座に坐ると、付き従う多くの家来たちもそれぞれの座を占めた。迎える信濃の国側の役人たちも、たくさん席に連なっている。

信濃守(しなののかみ)は坐った場所から宴席全体をぐるりと見渡した。すると、彼の前に置かれた机をはじめとして末席の机に至るまで、胡桃(くるみ)を素材にした料理ばかりがどっさり用意されている。これを見ているうちに、なぜか守はどうしようもないほどつらい心持ちになり、身をよじって苦しみはじめた。まるで全身を絞りあげるかのような身悶えである。そして、苦しみながら、

「この宴席に、どうして胡桃の料理ばかりがこうもたくさん並んでいるのだ？　理由を言え」

と詰問するように訊いた。すると、信濃の国の役人は、

「この国では、いたるところに胡桃の木が生えております。そこで、国守さまにはもちろんのこと、ご家来衆の皆さまにも胡桃を酒肴として召しあがっていただこうと、さまざまに調理してお出ししたのでございます」

と答えた。それを聞いた守は、ますますつらそうな様子になり、からだをよじるように身悶えして苦しんでいる。

55　男子の成人の儀式。子供の髪型を改めて冠をつけ、大人の装束を身につける。

そんな風に国守が弱りきって、あまりにもつらそうなのを見て不思議に思ったのは、信濃の国府(こくふ)の次官である。彼はかなりの年配者で万事に通じた男だったが、あれこれ思いめぐらし、ふとこんなことを考えた。

「もしかすると、さなだ虫が人の形をとって生まれてきたのが、今度の国守その人ではあるまいか。あの様子は、どうにも怪しい。ひとつ試してみよう」

そして、胡桃をたっぷりすり入れた古酒を、提(ひさげ)[56]で熱く沸かして部下の役人に持たせ、自分は盃をのせた盆を目よりも高く捧げながら、うやうやしい態度で守の前に進みでた。守が盃を手に取ったので、次官の男は提を部下の手から受け取り、その盃になみなみと酒を注いだ。酒には胡桃が濃くすり入れてあるので、白く濁っている。

守は盃の中身を眺め、ひどく気分が悪そうな面持ちで、

「ずいぶんとまたなみなみと注いでくれたな。しかし、この酒は普通とは違って、白く濁っているではないか。これはどうしたわけなのだ？」

と訊いた。次官は、

「この国では古来の習わしで、赴任される新任の国守さまをお出迎えする宴では、三年以上寝かせた古酒に胡桃を濃くすり入れまして、その銚子(ちょうし)を地元の役人が捧げて国守さまの御前に参り、お酌する定めになっておるのです。ぜひ御一献お傾けくださ

いませ」

と、もっともらしく答えた。これを聞くと同時に守はみるみる真っ青になり、がたがた震えだして飲もうとはしない。

だが、次官は、

「これをお召し上がりになるのが定めでございます」

とかさにかかって責めたてる。守は進退きわまって、震えながら盃を口もとに引き寄せたが、

「私は実はさなだ虫である。もうこれ以上我慢できない」

と叫ぶや否や、さっと水になって溶け流れてしまった。亡骸どころか影も形もなくなっている。守の家来たちは、これを見て驚愕し、

「なんだなんだ、いったいどうしたんだ」

と大声をあげて騒ぎ立てた。

その騒ぎを鎮めるように、次官はこう説明した。

「ご家来衆はご存じなかったのですか。国守さまは、さなだ虫が人の形を取って生ま

56　203ページ、注72参照。

れてきた方だったのですぞ。胡桃の料理ばかりが並んでいるのをご覧になって、たいそうつらそうなご様子になられたのを拝見し、以前耳にした『さなだ虫は胡桃が大の苦手』ということが思い出されました。それで試してみようと胡桃酒をお勧めしたところ、耐えられずに国守さまは溶けてしまわれたのです」

そして次官は、守の家来たちを放ったまま、信濃の国府の役人たちを引き連れて帰ってしまった。守のお供をしていた者たちは、こうなってはどうしようもないことだったので、京の都にすごすご引き返した。戻った彼らが事の次第を伝えたので、信濃守の妻子や親族は「あの人はさなだ虫の化身だったのか」とはじめて知ったのだった。

この世には、さなだ虫が人の形に生まれるなどという不可思議もあるものなのだ。この話を聞いた人は皆、「まったくめずらしいこともあるものだ」と大笑いした、と、こうして今に語り伝えられている。（巻第二十八第三十九）

蜂を飼い慣らした商人の話

今は昔、京の都に水銀を商う者がいた。長年のあいだ勤勉に商売に励んだため、儲けもたいした額になり、たくわえた財産で裕福に暮らしていた。

この商人は京の都と水銀の産地である伊勢[57]の国との間を、長年にわたって行き来していた。その時にはいつも、百頭余りの馬に絹布や麻布、糸や真綿、そして米なども背負わせて伊勢にむかうのだが、同行する男手は馬を追う召使の少年たちだけであった。月日は過ぎ、商人も次第に年老いていったが、不思議なことに旅の道中では決して盗賊に襲われたことがない。紙一枚取られたためしはないのである。こうして、商人は財産を失うことなく、また火災や水難もまぬがれて、ますます富み栄えた。

そもそも、この伊勢の国の土地柄は、たとえ父母の物であっても平気で奪い取るといった、とんでもないものであると言われている。相手と親しかろうがそうでなかろ

57 日本では古来、赤色硫化水銀を「丹」と呼び、顔料として尊んだ。その産地として有名な場所が、伊勢の国の丹生（現在の三重県多気郡多気町）であった。

うが、身分が高かろうがそうでなかろうが、お互いに隙をうかがってだましあい、弱い者の持ち物を平気で奪ってわが物とするというひどい気風の国なのだ。それなのに、この水銀商人が昼夜を分かたずに行き来していても、どうしたわけか彼の持ち物だけは安全だった。

ところで、伊勢と近江の国境にある鈴鹿峠[58]には山賊が巣くっていた。どういう素性かはわからないが、八十人余りが一味となって、街道を行き来する旅人の持ち物を強奪していた。私人の財産だけでなく、朝廷への納め物なども平気で奪い、犠牲者を皆殺しにするのである。長年にわたりその悪業は続いていたが、朝廷も伊勢の国守も彼らを逮捕することができないままであった。

ところがある時、水銀商人が伊勢の国から都に戻る途上で、この山賊たちに目をつけられてしまった。商人はいつもと変わらず、少年たちに手綱を引かせた馬百頭余りにさまざまな財宝を載せ、食事の支度をさせる女たちなども引き連れ、京をめざして街道を進んでいた。八十人余りの山賊たちはこの様子を見て、

「なんという馬鹿者だ。こいつの持ち物を洗いざらい奪い取ってやろうぜ」

と言い合い、手勢を分けて山の中で一行を挟み撃ちにした。山賊が大声でわめいて脅すと、少年たちは一斉に逃げ散った。そこで賊たちは、馬たちを追いかけて捕まえ、

負っている荷を強奪した。さらに、女たちの衣服も剝ぎ取って追い払った。光沢のある薄藍色の絹の衣に、やはり光沢のある青黒い袴をつけ、厚く真綿を入れた薄黄色の着物を三枚重ねるという贅沢ないでたちをした水銀商人はというと、菅笠をかぶっておとなしい雌馬にまたがっていたが、危ういところを逃れて命からがら小高い丘の上まで逃げ切った。

山賊たちは商人が逃げるのを見てはいたが、

「あんな奴、どうせ大したことはできなかろう」

と高をくくって、皆で谷間に降りていった。そして、八十余人、先を争ってめいめい気に入った品を分け取った。それを咎め立てするような追っ手はいないので、皆のんびりしたものである。一方、水銀商人は高い丘の峰に突っ立ち、襲われたことも気にしていない様子で、大空を見上げながらなにやら大声を出している。叫んでいる言葉はというと、

「どうした、どうした。遅いぞ、遅いぞ」

58　現在の滋賀県南東部と三重県北部との県境に連なる山。古代三関の一つが置かれた交通の要所。

というもの。やがて小一時間もすると、大きさが三寸ほどもある恐ろしげな蜂が、ぶーんぶーんと羽音を立て空から舞い降りてきて、商人のそばにある高い木の枝に止まった。商人はこの蜂を見るといよいよ熱心に、

「遅いぞ、遅いぞ」

と唱え続けた。その声に応ずるように、大空に延々長くつながった二丈[59]ほどの幅の赤い雲がにわかにあらわれた。街道を行く人も、

「なんだあれは？　不思議な雲だぞ」

などと言って見上げる。すると赤い雲は次第に高度を下げて、奪った荷物を運ぶために荷造りに励む山賊たちがいる谷間に降りていく。木に止まっていた大蜂も飛び立ち、一緒になって谷に降りていく。なんと、赤い雲と見えたのは、蜂の大群なのだった。

谷間に降りた蜂たちは、盗賊ひとりひとりに群がって、全員を刺し殺してしまった。もしも人ひとりについて百匹、二百匹の蜂が取りついて刺したとしたら、どんな人間でも到底生きのびることなどできはしないだろう。ところが、商人が呼んだ蜂は二、三石[60]分の米粒と同じくらいの数が一気にひとりに群がったのであるから、ひとたまりもない。あらがって少しの蜂は殺したものの、あっというまに山賊全員はあの世行きになった。蜂が飛び去ると、雲ひとつない晴れになった。水銀商人は、蜂が去ったあ

との谷間に降りていき、山賊たちが長年の間に貯めこんだ物品、弓矢やなぐいなど多くの武具、馬、鞍、着物などをすべてせしめて、都に持ち帰った。こうして、彼はさらに裕福になったのだった。

実はこの水銀商人は、かねてから蜂を手なずけていたのである。自宅で酒を醸し、他のことには使わずに、もっぱら蜂に飲ませて大切に扱ってきたのだ。その事情を知っている者は、彼の持ち物には決して手を出さなかったのだが、それを知らない山賊たちはうかうかと商人を襲って、逆に刺し殺されたのである。

蜂のような虫でさえ、このように恩は知っているものなのだ。だから、心ある人は、他人から受けた恩義に必ず報いねばならない。そして、大きな蜂を見ても決して打ち殺してはいけない。この話のように、多くの仲間の蜂があらわれて、必ず復讐しようとするからである。

いつの頃の話であるかはわからないが、こうして今に語り伝えられている。

（巻第二十九第三十六）

59　約六メートル。
60　約五四〇リットル。

大事なところを蛇にしゃぶられた僧の話

今は昔、きわめて高い位の僧のもとで働く若い僧がいた。妻子もあって、かなり俗っ気の多い僧であった。

ある時、彼は主人の高僧の供をして三井寺[61]に出向いた。夏の頃のことで、昼間からどうも眠気がさす。広い僧坊[62]で待機していたので、若い僧は人がいないひと隅に行き、敷居を枕に横になった。ひと寝入りのつもりがぐっすり眠り込み、誰も起こす人がいないのをいいことに長い昼寝をしてしまった。すると、夢の中に見目うるわしい若い女が出てきて、僧のかたわらに横たわった。やれうれしや、と思い、僧はその女と存分に交わる。やがて果てたと思ったとたん、はっと目が覚めた。なにげなく顔を横にむけると、なんと、そこには五尺ほどもある大蛇がいる。

びっくりして飛び起き、おそるおそるよく見ると、蛇は口を開けたまま死んでいる。怖いやら呆れるやらで混乱しながら、ふと自分の股を見ると、精をたっぷり洩らしたらしく濡れている。「さては、さっきの昼寝で見た、きれいな女と交わるあの夢は、この蛇に犯されたということか」と思い、総毛立つような恐怖に襲われた。大蛇は開いている口から、精液を吐き出していた。

「そうか、俺が寝ている間に、あそこが勃起していたんだな。それを見た蛇の奴、近寄ってきて呑みこんだというわけだ。うれしや、いい女と寝ていると思った夢の正体が、これだったとは。蛇の奴、俺が精を洩らしたのを呑みこんだはいいが、人の精に耐えられずに死んだんだ」

そう気づくとともに、僧はなんとも気味が悪く怖くなり、その場から逃げた。そして、ひと目につかない場所まで行って、男のしるしをよくよく水で洗った。一瞬、誰かにこの珍事を話そうか、と思ったのだが、すぐに、つまらないことをうっかり話して、「あいつは、蛇にあそこをしゃぶられた坊さんなんだぞ」などと評判になってはたまらない、と考えなおし、話すのはやめた。しかし、あまりにも奇怪な出来事だったので、とうとう我慢できず、しばらく経ったあと、親しくしている友人の僧に洗いざらい話して聞かせた。友人も、ふるえあがって恐ろしがった。

こういうこともあるから、誰もいないところでひとり昼寝をする、などということ

61　141ページ、注3参照。
62　僧侶が日常生活を送る場所。

はやめた方がよい。もっとも、この若い僧は、その後別になんの祟(たた)りも受けなかった。「人以外の生き物は、人間の精液を呑むと、耐えられずに必ず死ぬものだ[63]」というのは、本当のことだったのである。しゃぶられた若い僧は、かなりびくびくしていて、しばらくは病気のようなありさまだったという。話を聞かされた僧の友人が、別の者に語ったので、このことはこうして今に語り伝えられているのである。

（巻第二十九第四十）

人間の女を妻にした犬の話

今は昔、京の都に住む若い男が、北山[64]のあたりに野遊びに出かけたのだが、思いのほか日が早く暮れ、そのうえどこともわからない山の中に迷いこんでしまった。道もわからなくなって帰るに帰れず、一夜の宿を借りる場所も見当たらない。途方に暮れてうろうろしていると、彼方の谷あいに小さな庵(いおり)があるのがかすかに目に入った。男は、「よかった。人の住まいにちがいない」と喜び、草むらをかき分けて近づいてみると、柴で作った庵だった。

人が近づく物音に気づいて、庵から年の頃は二十歳くらいの若く美しい女が出てきた。男はこれを見て一層うれしくなったが、女の方は男を不審げな顔つきで眺め、

「そこにおいでになったのは、どちらさまですか」

と声をかける。男が、

「山遊びをしているうちに、迷って帰り道がわからなくなってしまったのです。日が暮れて一夜を明かす場所もなく困り果てておりましたところ、こちらの庵を見つけて喜びながら急ぎ参った次第です」

と答えると、女は、

「ここは普通の人が来るようなところではございません。この庵の主人は、もうすぐ帰ってきます。あなたさまがおいでになるのを見たら、きっとわたしの情夫かなにかだと疑うにちがいありません。そうなったら、お困りになるのはあなたさまですよ」

63　人間と交わった狐の話と同じく、「人獣相姦が死を招く」という当時の考え方に基づくもの。

64　京都の北方にある山々。

と言った。しかし男は、

「そこをなんとか、良きようにお取りなしください。いまさら帰れと言われましても、どうにもならないのです。今宵ひと夜だけ、どうかお泊めください」

と頼みこむ。すると女は、

「それでは、こういたしましょう。長年会っていなかった兄に会いたい会いたいと焦がれていたところ、山に遊びに来て道に迷ったその兄が、こうして思いもかけず偶然この庵にたどりついて驚きました、と主人には言っておきます。そのおつもりでいらしてください。それから、京にお戻りになっても、北山のこんな場所にわたしのような者がいた、などとは決して他言してくださいますな」

と言った。男は、

「まことにありがたいことです。承知いたしました。あなたさまのことも、決して他言いたしません」

と喜んでうけあった。

女は男を庵の中に招き入れ、ひと間にむしろを敷いてやった。男がそこに坐ると、女はそばに近づいてきて、声をひそめて話しはじめた。

「実はわたしは京のさるところに住む者の娘なのです。それが、思わぬことにあさましいものにさらわれ、むりやりその妻にされ、長年このような暮らしをしているのです。その夫が、もうすぐここにあらわれましょう。どれほどあさましい姿のものかは、ご覧になってくださいませ。ですが、暮らしに不自由することはないのです」

そう言うと、女はさめざめと泣いた。これを聞いた男は、「いったいどんな奴なのだろう。鬼なのだろうか」などと空恐ろしく思ったが、やがてあたりが真っ暗になると、外でなにやらものすごく恐ろしいうなり声がした。男が恐怖で身も心も縮みあがり凍りついていると、女は戸口に出ていって戸を開けた。入ってきたものに目をやると、たくましい大きな白い犬だった。「なんと、犬だったのか。この女は犬の妻なのか」と驚き呆れていると、犬は室内に入ってきて男を見つけ、すさまじいうなり声をあげる。女はうなる犬のそばに寄っていき、

「長年恋しいと思っていた兄なのですよ。山で道に迷い、思いがけずこの庵にたどり着かれたのです。もう、ほんとうにうれしくて」

と言って泣いてみせた。すると、犬はその言葉がわかったかのようなそぶりで、そのまま竈（かまど）の前に歩いていって寝そべった。女は麻糸を紡ぎながら、犬の脇に坐っていた。しばらくして、女は美味しく調理した食事を出してくれたので、男はそれを平らげてから横になった。犬も女と一緒に寝たようだった。

こうして夜が明けると、女は男のもとに朝食を運んできて、声をひそめ、

「昨晩も申し上げましたが、ここで見聞きしたことを他人には絶対にお洩らしくださいますな。また、時折おいでください。夫にはあなたさまを兄と申しましたから、あの者もそう思っております。なにかお望みのことがあれば、かなえてさしあげましょう」

と言う。男は、

「必ず他言はいたしません。また近いうちに参ります」

と丁重に約束をして、朝食を済ますと道を探して京の都に帰り着いた。

ところが、帰り着くや否や、男は会う人ごとに、

「昨日は実に不思議なところに行った。それはもう奇妙なことがあったんだよ」

とぺらぺら喋ってしまった。聞いた人は面白がって、さらに別の人に話をしたので、あっというまにこの話は広まった。聞いた者の中には、怖いもの知らずの血気盛んな若者たちがいた。彼らは、

「北山には人間の女を妻にしているふらちな犬がいるらしいぞ。ひとつみんなで出張ってその犬を射殺し、妻を奪い取ってこようじゃないか」

と言い合って仲間を集め、庵を知っている男を道案内に立てて出発した。その数は二

百人もいたろうか。おのおの手には弓矢や刀剣を持ち、男の教えるままにその場所に行き着いた。するとなるほど、小さな庵が谷あいにぽつんと立っている。

「おお、あそこだあそこだ」

と、若者たちが口々に叫ぶその大声を聞きつけた犬が、驚いて庵から出てきた。そして、一行の中にこの前来た男の顔を認めると、すぐに庵に戻った。しばらくすると、犬は妻を前に押し立てて庵から出てきて、そのまま山奥の方に逃げていく。若者たちは、逃げる白犬と女を大勢で取り囲むようにしながら、犬めがけて盛んに矢を射たが、まるで当たらない。追っても追っても、犬と女は鳥が飛ぶように走っていく。そのまま山奥に入って見えなくなってしまった。

一同は、

「あれは間違いなく魔性のものだぞ」

と言い、あきらめてすごすご引き返した。皆を案内した男は、京に戻ってくるなり、

「気分が悪い」

と言って寝込んでしまい、三日ほど経ったところで死んでしまった。この顚末（てんまつ）を聞いた物知りの古老は、

「それは、きっと犬の姿をした神にちがいない」

と断じた。

庵にたどり着いた男は、まったくつまらないことを喋ったものである。約束を守らないこうした輩は、あさはかな心がけでみずから死に急ぐものなのだ。

これ以後、その犬の居場所を知る者はいない。近江の国にいたらしい、という言い伝えは残っている。古老が言った通り、犬神などであったのだろう、と、こうして今に語り伝えられている。

（巻第三十一第十五）

六　滑稽は賢愚貴賤を問わず

孔子が大盗賊にやりこめられる話

　今は昔、周の王朝[1]が中国を治めていた頃、魯[2]の国に柳下恵（りゅうかけい）[3]という人がいた。賢人として名高く、人々に重んじられていた。この柳下恵には盗跖（とうせき）[4]という弟がいたが、こちらは山の中に住み処（すみか）を構え、乱暴な悪者をたくさん呼び集めて配下にし、人の物を情け容赦なく奪ってわが物とするような男だった。山から出かける時には、獰猛（どうもう）な配下を引き連れてのし歩いたが、その数はなんと二、三千人にもなった。そして、行く先々で家々を荒し人々を苦しめ、悪事の限りをつくすことに喜びと情熱を傾けるのだった。

　ある日、柳下恵が道を歩いていると、偶然孔子（こうし）[5]に出会った。孔子は彼に向かって、

「おや、おでかけですか？　いや、ここでお目にかかったのは実に好都合です。実はあなたに直接申し上げようと思っていたことがありましてね」

と言った。柳下恵が、

「どういうご用件でしょうか」

と訊くと、孔子はこんなことを言い出した。

「申し上げたいことというのは、ほかでもありません。あなたの弟さんのことです。あの盗跖というお人は悪事の限りをつくし、荒っぽい悪人ばかりを集めて徒党を組み、世間を荒らしまわって人々を悲嘆に暮れさせています。あなたは兄として、どうして忠告してやらないのですか？」

その孔子の言葉に柳下恵は、

「盗跖は、たしかにわが弟です。しかし、あれは私の言うことなどに耳を傾けるような人間ではありません。私も忠告ひとつできないこの情けないありさまについては、

1　中国古代の王朝（前一〇五〇年頃～前二五六年）。前七七一年を境に、以前が西周、その後が東周（春秋戦国時代）。
2　周の時代の諸侯国の一つ（前一〇五五年～前二四九年）。
3　生没年未詳。本名は展禽。柳下（地名）に住み、死後「恵」と諡（おくりな）されたことによる名。魯の大夫・裁判官をつとめ、高徳の人として知られた。
4　伝説的な大盗賊で、悪逆の限りをつくした。
5　前五五一年～前四七九年。本名は、孔丘。孔子は尊称。中国、春秋時代の学者で思想家。儒教の始祖。彼の教えは中国思想の根幹となり、後世に大きな影響を与えた。『論語』は弟子がまとめた孔子の言行録。

長年ずっと悩んでいるのです」

と答えた。すると孔子は、

「あなたができないというのであれば、私が彼のもとに行って正しき道を教えようと思うのですが、いかがでしょう」

と言う。柳下恵は、

「いやいや、盗跖を教え諭し(さと)に行かれるなんて、とんでもない。どうかおやめくださ い。たとえあなたがどれほど立派な道理をもってお諭しになっても、弟は決して従うはずはありません。かえってあなたの身に危険が及ぶかもしれないのです。絶対にそんなことをなさってはいけません」

と必死でとめた。しかし孔子は、

「なに、悪人とはいえ盗跖とて人の子として生まれてきたのです。正しき道を教えれば、自然と良き本性(ほんせい)に帰ることもあるでしょう。教えても無駄だと最初から決めこんで、知らん顔のまま放置しておくのは、兄として実によろしくない態度ですぞ。まあ、見ておいでなさい。私が行って教え諭せば、必ず正道(せいどう)に立ち帰りますよ」

と自信満々で言い放ち、その場を去った。

そして、そのまますぐに孔子は盗跖の住み処に赴(おもむ)いた。やがてたどりつき、乗っていた馬から降りて門前に立つと、庭の中が見えた。庭にいる者たちは皆、鎧兜に身を固めて弓矢を持ったり、剣を帯びて槍を手にしたりしている。鳥や鹿などの獣を狩るための道具が、そのあたり一面に隙間なく置き散らされてもいる。悪事をする準備はすべて整っている、といわんばかりの光景だった。

孔子は近くにいる者を手招きして呼び寄せ、

「魯の国の孔丘という者がやってきた、と首領に伝えなさい」

と頼んだ。男は屋敷の中に入り、やがて戻ってくると盗跖の言葉を孔子に伝えた。

「親分はこうおっしゃる。『孔丘は、世に名高い人と聞き及んでいる。まずは、ここに来た理由を言ってもらおうか。俺が聞くところでは、お前は方々に出向いて正しき道を説いているとのこと。とすれば、さだめしこの俺にその道を教えようということでやって来たのではないか。もしそうであるなら、存分に教えてもらおうか。ちゃんと納得できれば、言うことを聞いてやってもいい。だが、そうでない時は、お前の肝を取り出してなますに刻んで味わわせてもらう』とのことだ」

これを聞いた孔子は門内に入り盗跖の前に進みでて、まずは庭先から丁寧に一礼した。そのあと、部屋に上がって用意された場所に座を占めた。向かい合った盗跖のいでたちは庭にいる男たちと同様で、鎧兜に身を固め、剣を帯びて矛を手にしている。

頭髪は三尺もの高さに逆立ち、よもぎが乱れ生えている様子にそっくりだ。目は大きな鈴をはめ込んだようで、それがぎろりぎろりとあたりを見回す。鼻息も荒々しく歯を食いしばり、つんつん尖ったもじゃもじゃの髭を振り立てている。そして、孔子が坐るや否や、

「お前がやって来た理由はなんなのか、さあ、はっきり言え」

と詰問した。その声は怒りを含んであたりに響きわたり、言いようもない恐ろしさである。

孔子はその声を聞いて、心中穏やかではなくなった。「ここまで恐ろしげな男だとは予想もしていなかった。姿形といい声といい、とても人間とは思えない」と肝をつぶし、自然にからだも震えてくる。しかし、それを必死でこらえて教え諭しはじめた。

「この世で人が生きていくためには、誰であれ道理を身にまとい、心の掟としてそれを守っていかねばなりません。天を頭上にいただき、しっかり大地を踏みしめ、自分のいる場所の四方を堅固に守り、公を敬い尊び、下々の人々を憐れみ、情け深くふるまうことが大切です。ところがあなたは、聞くところによれば、心のおもむくまま悪事ばかりを好んでなさるとのこと。悪事というのは、一時の満足にはなるでしょうが、結局はよくない結果に終わるものです。やはり人は善事を行えばこそ、良き結

果を得られるものなのです。あなたも私がこうして申し上げることに従って、生き方をお改めになるがよろしい。このことを申すために、ここに参ったのです」

盗跖は、この孔子の言葉をあざ笑い、雷のような大音声で応じた。

「お前が言っていることは、まったくのたわごとだ。その理由を教えてやろう。その昔、堯(ぎょう)[6]と舜(しゅん)[7]というふたりの帝王がいらっしゃった。世の人々にこのうえなく尊ばれた。ところがその子孫ときたら、針の先ほどの領地さえ支配することができなかった。また、世に賢人として喧伝(けんでん)されているのは、伯夷(はくい)と叔斉(しゅくせい)[8]の兄弟である。だが、このふたりは、山の中に隠れ棲んで徳を積んだのに餓死してしまった。それから、ほら、お前には顔回(がんかい)[9]という弟子がいたな。お前は奴を賢人に仕立てたが、結局思慮(しりょ)が足りずに若くして世を去ったぞ。もっと言うなら、お前の弟子には子路(しろ)[10]という者もいたな。

6　中国の、古代伝説上の聖天子。舜と並び称される。

7　堯と並ぶ、中国古代伝説上の聖天子。

8　殷末（前十三世紀）の孤竹国の王子。伯夷が兄、叔斉が弟。父の死後、互いに国を譲り合い、周の武王が殷の紂王を討つのをいさめるが聞き入れられず、首陽山(しゅようざん)に隠れ餓死した。

9　前五二一年〜前四八二年。孔子の弟子で徳行第一といわれた。貧しくとも道を楽しんだが、早世した。

あの男は、衛の国の争乱に巻き込まれ、都の東門のあたりで殺されてしまった。これらのことでわかるように、賢いつもりでも、結局は賢い結果にはならないものだ。

この俺は悪事を好んでやっているが、災いに見舞われたことなどいまだかってない。人に褒められたところで、そんなものはせいぜい四、五日しか続かん。非難されたところで、同じように四、五日で終わる。つまり、良いことをして永久に褒められることもなければ、悪いことをして永久に非難されることもないわけだ。だから、善事であれ悪事であれ、ただ自分の好むところに従って行えばいいのだ。お前は木を刻んで冠にし、牛の皮を着物にして、いわゆる例の清貧という暮らしぶりだ。世間の思惑にびくびくしながら公職を務め、その挙げ句に二度も魯の国を追われ、さらには衛の国からも追放されたではないか。いやはやまったく賢いことよ。これでわかっただろう? お前の言うことなんか、ことごとくでたらめだってことが! さあ、とっととここから出て行け! 役に立つことなど、何ひとつないわ!」

こう罵られても、孔子はなにひとつ言い返せない。座を立つや、大あわてで外に飛びだした。馬にまたがったが、よほど怖かったのだろう。手綱を二度もつかみそこない、あぶみも何度も踏みはずしてあわや落馬、というていたらく。世間では、どんな賢人も時には失敗する、という意味で、このことを「孔子の倒れ」[11]ということわざにした、と、こうして今に語り伝えられている。

（巻第十第十五）

実因僧都が追剝をこらしめた話

今は昔、比叡山の延暦寺西塔[12]に、実因僧都[13]という方がいた。小松の僧都とも呼ばれたが、顕密[14]すべての仏の教えに通暁（つうぎょう）するすぐれた僧だった。その上、ものすごい力持ちでもあった。

10 前五四三年～前四八〇年。孔子の弟子で、十哲の一人。勇を好み、信義を重んじた。
11 孔子のような聖人でも、時には失敗することがあるというたとえ。くじだおれ。「くじ」は、孔子の呉音読み。
12 比叡山三塔（東塔・西塔・横川）の一つ。
13 九四五年～一〇〇〇年。平安時代中期の天台宗の僧侶。西塔具足坊に住む。九九八年に大僧都。河内の小松寺に隠棲したため、「小松の僧都」と言われた。
14 顕教と密教の両方。実因は両者を習得し、両方に秀でていた。

僧都が昼寝をしていた時のこと、若い弟子たちは師が大力だという評判が本当かどうか試してみようと、僧都の十本の足の指の間に八個の胡桃（くるみ）をはさんでおいた。僧都は弟子たちのいたずらに気づいたが、そのまま足の指に胡桃をはさんでしばらく狸寝入りを続け、やおら「うーん」と声を出すと、寝そべった状態で伸びをした。すると、はさまれていた八つの胡桃は、いっぺんにばりばり音をたてて砕けてしまった。

ある時、宮中で御修法（みしゅほう）[15]が行われ、僧都は加持祈禱（かじきとう）のために参内（さんだい）した。祈禱が終わったあと、供の僧たちは先に退出し、僧都のみがしばらくそこにいて、かなり夜が更けてからようやく宮中から下がることになった。「供の僧か下働きの少年くらいは居残っているだろう」と思っていたのだが、僧都の履き物だけがあって誰もいない。しかたなく、たったひとり、西側にある宜秋門（ぎしゅうもん）[16]から内裏（だいり）の外に出た。月が明るくあたりを照らしているので、武徳殿[17]の方へぶらぶら歩いていくと、軽装の男が近寄ってきて僧都の前に立った。そして、

「これはこれは。どうしておひとりでいらっしゃるのですか。このわたくしめがおぶってお連れいたしましょう」

などと言う。僧都は、

「それはまことにありがたい」

と言って、気軽に相手の背中におぶさった。男は僧都を背負って、西大宮大路と二条大路が交わる辻まで走っていったが、そこまで来ると、

「さあ、ここでお下りください」

と言った。僧都は、

「私はこんなところに来るつもりはなかったぞ。修法所のある真言院[18]に行こうと思っていたんだ。下ろされたって困る」

と答える。男の方は、まさか相手がとんでもない力持ちだなどとは思いもよらず、

「上等の着物を何枚も重ね着したただの坊主だ。着物を剝ぎ取ってやろう」というくらいの魂胆（こんたん）である。だから、僧都の答えを聞くと乱暴に背中をゆすり、声を荒らげて、

「下りたくないとは、よく言った。おい、坊さんよ、命が惜しくはないのか。さっさ

15　宮中での修法。息災、調伏などを祈願して行われる祈禱。密教の壇を設けて護摩を焚いたりする。
16　平安京内裏の外郭にある門の一つ。西面の中央にある門。右衛門府の詰め所があったので「右衛門の陣」ともいわれる。
17　409ページ、注32参照。
18　平安京の大内裏、中和院の西にあった密教の修法道場。宜秋門から西にある。

と着物を脱いで俺に渡せ」

と脅して、来た道を引っ返そうとする。すると僧都は、

「いやなこった。お前さんがそんな奴だとは思いもよらなかったよ。ひとりでとぼとぼ歩いている私のことを気の毒がって、親切におぶってくれたのだとばかり思っていた。この寒空に着物を脱ぐなんて、真っ平御免だ」

と言いながら、男の腰を両脚でぎゅっと締めあげた。その痛みといったら、まるで太刀かなにかで腰をはさみ切られるようなものすごさ。その耐えられないほどの痛みに、男は息も絶え絶え謝りながら哀願した。

「大変な思い違いをいたしておりました。あなたさまに危害を加えようと思いましたこと、まことに愚かなことでございました。どこであれ、おいでになりたい場所にお連れいたします。なにとぞお御足（みあし）の力を少しゆるめてくださいませ。目玉が飛びだしそうです。腰がちぎれそうです」

僧都は、

「少しは賢くなったかね」

と笑い、足の力をちょっとゆるめ、軽くなっておぶさった。男は僧都のからだをゆすり上げ、

「どちらにおいでになりますか？」

と訊く。その問いに僧都が、

「さっきは、宜秋門を出て宴の松原[19]に行き、月見でもしようかと思っていたんだよ。ところが、お前がおせっかいをしてこんなところまでおぶってきたというわけだ。だから、まずはあそこで月見をさせてもらおうかな」

と答えたので、男は元通り、僧都を宴の松原におぶって行った。

松原に着くと、男は、

「では、お下りくださいませ。手前はこれにて」

と言って逃げようとした。しかし僧都は許そうとはせず、おぶさったままで月を眺め、和歌を朗々と詠んだりしている。時はどんどん過ぎてもそのままで、男の方はすっかり意気消沈してしまった。そんな男の様子などにはまるで無頓着に、僧都は、

「よしよし、今度は右近の馬場[20]に行ってあそこの月を見よう。連れていっておくれ」

と言いだした。男は、

19　内裏の西側にある宜秋門外の広場。大内裏におけるいわゆる悪所で、鬼が出るといわれた。
20　右近衛府にある馬場。大内裏の北西、一条大路と西大宮大路が交わる地点の北側にあった。

「そんな遠くまではとても参れません」

と言ってその場を動こうとしない。すると僧都は、

「それならこうするぞ」

と、また少し男の腰を締めあげた。

「あっ、苦しい苦しい！　参ります、参ります」

と、男が泣き声をだして謝ったので、僧都は力をゆるめてやった。そのからだを男はゆすりあげて、右近の馬場にむかった。馬場についても僧都はおぶさったままで、いつまでも和歌を吟じたりしている。その挙げ句、今度は、

「おい、ここから木辻大路の馬場までゆるゆる下っていこう。さあさあ、歩け歩け」

と命じる。こうなってはもう逆らうこともできないので、弱り果てたまま僧都を運んだ。そして、木辻大路の馬場に着くと、次は朱雀院のある西宮へ、といった具合に、男はとうとうひと晩じゅう僧都を背負って歩いた。明け方になってやっと、僧都を真言院に連れ戻って男は解放された。

　この男、逃げ去る時に僧都の着物だけは頂戴したが、それにしてもずいぶんひどい目に遭ったものである。なんとも力持ちの僧都であった、と、こうして今に語り伝えられている。


（巻第二十三第十九）

力士の妹が人質にされた話

今は昔、甲斐[22]の国に大井光遠[23]という相撲力士がいた。相撲節会(すまいのせちえ)[24]では、左近衛府方に属して相撲を取った。背丈は低いが固太りのがっしりしたからだつきをしていて、力は強く足さばきも敏捷な素晴らしい力士であった。

さて、この光遠には二十七、八になる容姿端麗な妹がいた。彼女は光遠の住まいの中の離れに暮らしていたのだが、ある日、人に追われて逃げていた男が、抜き身の刀を下げたままこの離れに駆け込んできた。そして妹を人質に取り、身動きしないようにと抱きかかえて刀をつきつけた。

21　木辻大路は西京の東洞院大路のこと。馬寮(めりょう)の馬場があった。
22　現在の山梨県。
23　生没年未詳。相撲力士として知られる。
24　平安時代に行われた宮中の年中行事の一つ。諸国から招集された力士が天皇の前で左右に分かれて相撲を取った。左方と右方は、それぞれ左右近衛府が相撲人の選別から取組順まですべてを取り仕切った。

家の者はこれを見て驚き、騒ぎ立てながら光遠がいる母屋へと走っていって、

「大変です！　姫君が人質に取られておいでです」

と告げた。ところが、光遠は騒ぐ様子もなく、

「なあに、あの妹を人質に取れるのは、昔その名も高かった力士、薩摩の氏長[25]くらいなものさ」

と平気な顔をしている。知らせに行った男は、兄のこの態度に首をひねるばかり。あまりに不審だったので、すぐに離れに走り戻って戸の隙間から室内を覗いてみた。

季節は九月頃のことで、妹は薄い綿の衣を一枚着ているだけだった。その片袖は恥じらうように口もとをおおい、もう一方の手は、抜き身の刀を突きつけている男の腕をやんわりつかんでいる。男はぎらぎら光る大きな刀を逆手に握り、人質の脇腹あたりに突きつけ、あぐらをかくような形で背後から姫君を両脚の中にはさみ込んでいる。

姫君は、刀を持つ男の腕をそっとつかんでいる右手はそのままに、口もとをおおっていた左手を前にのばした。そして、泣きながら、二、三十本ほどそこに散らばっている篠竹(しのたけ)をいじりはじめた。篠竹は矢の柄の部分を作るためのものだが、まだ荒削りのままだった。姫君は、その篠竹の節のあたりを指で板敷に押しつけた。すると、まるでもろい枯れ枝が砕けるように、竹はぐしゃぐしゃになってしまった。覗き見をして

いた男はあまりのことに呆れかえり、姫君を人質に取った男も目玉が飛びだすほどに驚いている。

「なるほど、兄君がお騒ぎにならないのももっともだ。あの力持ちのお兄さまだって、こんな風に篠竹を砕くには、金槌ででも叩かなければ無理な話だ。それをこんなに簡単に砕きつぶすとは、とんでもない力持ちの姫君ではないか。あの男、今にひねりつぶされるぞ」

と覗いていた男が思っていると、賊の方もこんな女を人質にしても始まらないと気づいたようである。その心中を察するに、

「たとえ刀で突いても、素直に突かれるような女ではない。逆に腕を取られてへし折られるのが関の山だ。いや、この怪力だ。手足もからだも、ばらばらにされて一巻の終わりになってしまう。これはもう、逃げるが勝ちだ」

とでも思案したのだろう。男は周囲にいる追っ手の隙をうかがうや、姫君を放りだし離れから走り出て、一目散に逃げようとした。だが、すぐに大勢の人があとを追いか

25　『日本三代実録』に名が見える伴氏長という伝説的相撲人。薩摩出身と思われる。生没年未詳。

け、ほどなく捕まって縛りあげられてしまった。

捕まった男が光遠の前に連れていかれると、光遠は男に、

「せっかくわが妹を人質に取ったのに、どうしてまた放りだして逃げたんだ？」

と問いただした。その問いに男は、

「切羽詰まっておりましたし、ごく普通の女だと思って人質にいたしました。ところが、矢柄にする太い篠竹の節を、まるで枯れ木のように手で簡単に押し砕かれるのを拝見して、肝をつぶしました。この分では私の腕などあっという間にこなごなにされると思い、逃げ出したのでございます」

と答えた。男の答えに光遠は大笑いし、

「わが妹を刀で突くなど、夢物語よ。突こうとすれば、その腕を反対にねじ上げられて、うっかりすれば肩の骨が皮膚の外に飛びだして折れてしまうさ。運よくお前の腕がねじ切られなかったのは、前世の因縁というやつで妹がそうしなかったというだけのことだ。まあ、お前も運が良かったな。この光遠でさえ、お前など素手でひねり殺せるのだ。その腕をつかんでねじ伏せて胸や腹をひと踏みすれば、お前の命など即座に吹っ飛ぶ。ところが、わが妹は、この俺二人分の力を持っているんだぞ。見かけはほっそりなよなよしているが、この俺が戯れに力比べを仕掛けたりしたら、どうなる

と思う？　俺が妹の腕をつかんでも、俺のその腕を妹が自由な一方の腕でつかんだが最後、俺の指から自然に力が抜けていって妹の腕を放してしまうほどなのだ。あれが男と生まれていれば、無敵の相撲取りであったろうに、女と生まれてかわいそうなことをした」

と言った。それを聞いている賊の男は、生きた心地もないありさま。

「普通の女と思い、うまいこと人質にできたと考えた手前が浅はかでした。まさか、そのようなお方とは存じあげず」

と泣きだした。光遠は、

「本来なら、お前などぶち殺すのが当たり前のところだ。わが妹に怪我でもさせていれば、むろん即刻そうしている。だが、反対にお前が妹に殺されるはずのところを、うまいこと逃げて命拾いしたのだから、それをあらためて殺し直すというわけにもいくまい。よっく聞いておけよ。妹はな、大きな鹿の角を膝に当てがい、あの華奢で細い両腕でつかむと、枯れ木でも折るようにまっぷたつにしてしまうんだぞ。お前など物の数にも入らんのだ」

と言って、そのまま罰を与えず男を追っ払った。

まったく途方もない力持ちの女がいたものだ、と、こうして今に語り伝えられている。

（巻第二十三第二十四）

賢い女患者の話

今は昔、典薬寮（てんやくのりょう）[26]の長官を務めるとてもすぐれた医師がいた。天下に並びない名医だったため、病に悩む人々はみなこの人に診察してもらいたがった。

ある日、この医師の屋敷の門を、美々しく飾りたてた婦人用の牛車（ぎっしゃ）がくぐった。身分の高い女性が大勢乗っているらしく、華やかな装束の裾がこれみよがしに目隠しのすだれの外にはみ出している。医師はこの様子を見て、

「どちらのお車かな」

と訊ねたが、答えはないまま車はどんどん庭先に入ってくる。そして、お付きの者たちは、牛車の二本の轅（ながえ）[27]に取りつけたくびき[28]から牛を解き放した。さらに、そのくびきを縁側と部屋の隔てになっている格子戸の下の部分に引っかけて、乗っている人が車からそのまま縁側に移れるようにした。そうした作業を終えると、お付きの者たち

は門の脇に引き下がった。

そこで医師は車のそばに近寄り、

「これはどなたさまのお越しでしょうか。どういうご用でございますか？」

とあらためて問いかけた。すると車の中からは名乗りもないまま、ただ、

「どこか適当なお部屋をご用意くださいませ。そうしていただけたら、車から下りられますので」

という答えが返ってきた。その声音の美しさ、可愛らしさといったら、ぞくぞくするほどである。典薬寮のこの長官は、もともと女好きで、老人になった今もその気が失せない人だったから、いそいそと女の言葉に従った。屋敷の隅のあまり人目につかない部屋を掃除させ、屏風を立てて畳を敷き、準備万端整えた。それから車のところに戻って、用意ができたと相手に伝えた。女がこれを聞いて、

「それでは、ちょっと離れていてくださいませ」

26　宮内省に属し、宮中の医薬にまつわることを司った役所。
27　牛車の箱の台の下に平行して添え、前方に長く突き出た二本の長い棒。長柄。
28　轅の先につけ、牛馬の首の後ろにかける横木。

と言ったので、少し離れた場所に立って見ていると、扇で顔を隠した女が膝でにじりながら車から出てきた。はみ出していた衣装が多かったので、てっきりお付きの侍女たちがたくさんいるのだろうと思っていたのだが、ほかには誰も乗っている様子はない。女が車から下りると、下働きをしている十五、六歳ほどの少女が車に近寄って、乗せてあった蒔絵（まきえ）[29]を飾った櫛箱（くしばこ）[30]を取って手に持った。と、見る間に門脇に控えていたお付きの者たちが寄ってきて、また牛をくびきにつけるや、飛ぶように空車を引いてどこかへ去っていった。

女は用意された部屋に入って坐り、下働きの少女は持ってきた櫛箱を布で包み隠し、屏風のうしろに身をひそめた。そこで、医師は部屋の前で、

「あなたはどなた様で、どのようなご用でおいでになったのか、お聞きいたしたく存じます」

と、あらためて問いかけた。すると女が、

「こちらにお入りください。恥ずかしがる年でもございませんので」

と言うので、医師はすだれの内に入った。

差し向かいになって見ると、女は三十ばかりと見える年頃。髪の様子から目鼻立ちや口もとまで、非の打ち所のない美しさである。背丈よりも長い髪やあでやかな衣装

からは、焚きこめた香の薫りがただよってくる。医師がそばに近寄っても、特に恥ずかしがる様子はなく、長年連れ添った妻であるかのような気安さで向かい合っている。医師は女のこの態度になんともいえない不思議さを感じつつ、同時に「これはなんとしてでもわがものにしたい女だ」と思い、歯が抜け落ち皺だらけの顔にこぼれんばかりの愛想笑いを浮かべ、さらに近くににじり寄った。なにしろ、長年連れ添っていた老妻を亡くして三、四年が経ち、今は妻もない身なのである。もう、うれしくてしかたない。そんな彼に女は、

「人の心というのは、あさましくも情けないもの。命が惜しいとなれば、どんな恥も振り捨ててしまうものでございます。たとえどれほどつらいことを忍んでも、命さえ助かればと、こうしてお訪ねしました。今はもう、生かすも殺すもあなたさまのお心次第。わが身をすべてお任せいたします」

と言って、泣き崩れた。

その涙を哀れに思った医師は、

29　261ページ、注60参照。

30　化粧道具を入れる箱。261ページ、注61参照。

「いったいどうなさったというのです」
と親身に訊ねた。すると女は、袴の脇の部分を引き開けて見せた。目を凝らすと、雪のように真っ白な太股(ふともも)の表面が少しばかり腫(は)れている。その腫れ方がどうにも不審に思われたので、袴の腰ひもを解かせて股の間を覗いたが、毛に隠れて患部が見えない。そこで手探りで触診すると、陰部のすぐ近くに腫れあがったできものがある。左右の手で毛をかき分けよく診ると、命にもかかわるような重い病気だとわかった。医師は心から気の毒に思い、「この私も、医の道に長年たずさわってきた身。いささか腕に覚えもある。その面目に懸けても、秘術を尽くしてこの難病を治してやらねばならん」と決心し、すぐその日から治療をはじめた。他の者は寄せつけず、みずからたすき掛けで、昼となく夜となく厚く手当てをする。

その甲斐あって、七日ほどすると病気はすっかり良くなってきた。医師はもう、うれしくてたまらない。「今しばらくは、このままここにとどめておこう。どこの誰かもわからないのだから、まずはそれをつきとめなければ。素性がわかってから帰宅させる、という段取りだな」などと勝手な思案をしつつ、患部を冷やすことはやめ、陶器の碗にすり入れたなにかの薬を、鳥の羽で一日に五、六度つけるだけの治療に変えた。「もうこれで大丈夫」という彼の喜びは、女にも伝わった。女も心から喜んでい

る様子で、

「まことに見苦しいありさまをお見せしました。命の親とお頼み申し上げるばかりでございます。わたくしが帰宅する折には、なにとぞこちらのお車でお送りくださいませ。その時に、わたくしの素性を申し上げます。これからも、しばしばこちら様にうかがいするつもりでおります」

と言う。そんな女の言葉に医師は、「もう四、五日は、このままここにいるつもりだろう」と気を許していた。

ところがその日の夕暮れ時、女は薄く綿を入れただけの夜着一枚で、下働きの少女共々逃げ去ってしまった。そんなこととはつゆ知らず、

「さあ、晩ご飯ができましたよ」

と言いながら、医師みずから食事を載せたお盆を手に部屋に入っていくと、誰もいない。「用を足しているのかな」と思って、いったん食膳を持ち帰った。そのうち暗くなってきたので、「まずは明かりを持っていこう」と、今度は火をともした燭台を女がいるはずの奥の間に持っていった。部屋に入って見回すと、着物が脱ぎ散らかされていて櫛箱もある。屏風のむこうに隠れて、まさかそんなに長く用足しをしているはずもあるまいと、

「そんなに長いこと何をしておいでなのです？」と声をかけながら屏風の後にまわってみたが、もちろん女の影も形もない。お付きの少女もいない。着重ねていた着物も袴も置きっぱなしになっていて、ただ薄綿の夜着一枚のみがなくなっている。「さては、夜着一枚だけで逃げたか」と思い至るや、頭はくらくらし胸もつぶれるような気分になり、全身の力が一気に抜けてしまった。

それでもすぐに門を閉ざして、家じゅうの者たちが手分けをし、明かりを片手に屋敷中をくまなく捜したが、屋敷の中で女がまごまごしているはずもない。どこにもいないとわかると、医師の脳裏には女のあでやかな顔つきや姿が浮かんできて、恋しいやら悲しいやらどうにも気持ちのおさまりがつかない。

「病気だからと、つまらぬ遠慮をした。ああ、なんでさっさと思いのままにしておかなかったんだろう。治療してからなどと思ったこの俺の大馬鹿者めが！」

とくやしく腹立たしく、歯ぎしりがでる。こうなってみると、今の今まで、

「妻が亡くなってなんの気兼ねもないこの俺だ。もしあの女が人妻で独り占めにできなくても、時々は通える女という線もあるぞ。そうなれば、ほんとうに天からの素晴らしい贈り物というやつだ」

などと、すっかりその気になっていた自分が憎らしい。ああ、うまうまとだまされて

逃げられた、と医師は手を打ってくやしがり、地団駄を踏み、とうとう老いさらばえた顔をくしゃくしゃにして、への字の口もみっともなく泣きだした。それを見た弟子たちは、陰で大笑いをした。世間の人々がこの顚末を聞きつけ、笑いながら医師本人に「ほんとですか?」などと訊いたりすると、彼はたいそう腹を立て、むきになっていろいろ弁解した。

それにしても、実に賢い女である。ついにどこの誰ともわからないままだった、と、こうして今に語り伝えられている。（巻第二十四第八）

無学な男が和歌を詠みかけられて怒る話

今は昔、高階為家朝臣（たかしなのためいえのあそん）[31]が播磨の国守を務めていた時、その配下にこれといって取り柄もないひとりの侍[32]がいた。本名はよくわからず、他の人たちはこの侍を佐太（さた）という通称で呼んだ。為家朝臣も、本名ではなくこの通称でお呼びになった。

取り柄はなくても長年まじめに仕えていたので、片田舎のちっぽけな郡の租税取り立て役に任命してやったところ、佐太は喜び勇んでその郡に出向いた。そして、郡司の家に泊まりこみ、徴税についてさまざまな指示を与え、四、五日してからまた国守の屋敷に戻ってきた。

この郡司の家には、もとは京の都の遊び女[33]だった者が暮らしていた。人にだまされて連れだされ、播磨まで流れてきたらしかった。郡司の夫婦は、彼女の身の上に同情して家に引き取り、裁縫仕事などをさせていたのである。女はそうした仕事も手際よくこなしたので、夫妻はいっそう可愛がって家族同然に扱って養っていた。佐太は国守の屋敷に戻るまで女の存在には気づかなかったが、帰ってきたあと従者のひとりが、

「そういえば、あの郡司の家には髪の長い、きわめつきの美人がおりましたなあ。あういうのを、京の都では女房[34]と呼ぶんでしょうかねえ」

と言った。佐太は従者のこの言葉を聞きつけ、

「こいつ！　なんであそこにいるとき、そう言わなかったんだ。戻ってきてからそんなことを言いやがって、けしからん奴だ！」

とかんかんになって怒鳴りつけた。すると従者は、

「これはおそれいりました。あなた様のお席の脇に、目隠しの衝立がございましたでしょう？　あの目隠しの向こう側に女はおりましたので、てっきりご存じかと思って

おりました」

と弁解した。佐太はこの説明を聞くや、

「あの郡にはここしばらくは行くまいと思っていたが、そんな女がいるなら、すぐにも行って確かめなくてはならん」

と、それはもうたいへんな意気込み。即座に休暇を願い出て、郡にとんぼ返りをした。郡司の家に着くと、佐太は女のいる部屋に直行した。そして、前々から馴染(なじ)みである相手に対してさえ、ちょっとでも疎遠にしていたら到底そんなふるまいはできないだろうという無作法さで、ずかずかと部屋に足を踏み入れた。まるで、従者に何か言いつける時のような態度である。そして、そのままいきなり女を抱こうと、強引に口説きにかかった。もちろん女の方はなんとか避けようと、

31　一〇三八年～一一〇六年。平安時代中期から後期の官吏で、四十年余を各地の受領として過ごした。父は、紫式部の娘・大弐三位の夫である。興福寺の衆徒に訴えられて、一時は土佐に配流された。

32　73ページ、注86参照。

33　歌舞音曲などで遊興の相手をした女性。遊女。

34　75ページ、注89参照。

「今は月の障り(さわ)の最中でございます。お返事は、またのちほど」

ときっぱり断って、決して言うなりにはなろうとしない。佐太は腹を立て部屋を出ようとしたが、着ている安物の水干(すいかん)の肩口に糸のほつれがあるのに気づき、それを脱いで衝立越しに投げつけ、

「このほつれ目を縫ってくれ」

と大声で言った。するとほどなく、女はその水干を投げかえしてきた。佐太は、

「縫い物上手と聞いているが、なるほどさっさと縫ってくれたな」

と荒っぽい声音でほめて、その水干を手に取って見たところ、ほつれ目はそのままである。代わりにその脇の部分に、いい香りがする陸奥紙(みちのくがみ)[35]の切れ端が結びつけられている。何か書いてあるようなので、不思議に思った佐太は紙をほどき、開いて中を見てみた。と、そこには、こんな和歌が記されていた。

われが身は竹の林にあらねども
さたがころもをぬぎかくるかな

(天竺(てんじく)の薩埵(さった)王子[36]が衣を脱いでかけたという竹の林ではないこのわたくしに、なんの間違いか佐太が衣を脱ぎかけました。)

もちろん佐太は、この返しを「奥ゆかしく風流な返事だ」などと解する素養などまったく持ち合わせていない。「さたが」と書いてあるところを目にするや、猛烈な勢いで怒りだし、

「ほつれを直せと言ったのに、ほつれ目ひとつ見つけられずにこんな紙を寄越しやがって、この馬鹿女が！　だいたいこの俺を『さたが』などと呼び捨てにしやがって！『佐太』という名が卑しいとでも言うのか！　かたじけなくもこの播磨の国守さまでさえ、俺の本名を軽々しくお呼びになったりせず、佐太という通称でお声をかけてくださるのだ。それを気安く『さたが』などと書きやがって！　こいつめ、目に物見せてくれるぞ！」

とわめき、さらには、

「おまえの恥ずかしいところをめちゃくちゃになぶってやるぞ」

35　129ページ、注138参照。
36　釈迦の前世である王子。女の和歌は、薩埵王子が竹林にいる飢えた母虎と七匹の子虎のために、衣服を脱いで竹にかけ、その裸身を虎に捧げたという話に依拠したもの。

などとんでもなく卑猥なことまで口走り、激しく怒鳴り続けた。女は恐れおののいて泣きだしてしまった。佐太は怒り狂ったまま郡司をそこに呼びつけ、

「国守さまに訴えて、必ず処罰してやるからな！」

と凄んだので、郡司はふるえあがった。

「縁もゆかりもない女を可哀想に思って養ってきたが、そのおかげで国守さまからお咎めをこうむることになりそうだ」

と嘆いて途方に暮れる。女も、いったいどうしたらよいのかわからないまま、悲しみに沈むばかりである。

佐太は怒りがおさまらないまま、なおもぷりぷりして、主の屋敷に戻り、侍の詰め所に行くと、

「まったく糞面白くもない。つまらぬ女から佐太と呼び捨てにされるなぞ、情けない限りだ。これは国守さまのお名前にもかかわることだぞ」

と一人腹を立てて息巻いた。同僚たちはわけがわからず、

「そんなに怒るからにはよほどひどい目に遭わされたんだろうが、いったいどういうわけなんだ？」

と訊ねた。すると佐太は、

「これは俺ひとりの恥ではなく、同僚皆の名誉にもかかわることだから、よくよく国守さまに申し上げてもらいたい」

と言って、事の次第を一同に語り聞かせた。聞いた方は、「おやおや、とんでもない馬鹿だな」と佐太の無知を笑う者あり、そのふるまいを憎む者ありという具合だったが、相手の女については誰もが気の毒がった。

やがてこのことが、国守の耳に入った。国守は佐太を召し出し、あらためてどういう次第であったかを質問した。佐太は、自分の訴えが聞き届けられたと思い大喜び、身ぶり手ぶりもいそがしく身を乗りだすようにして主に訴えた。その話をよくよく聞き取ったあと、国守は、

「お前は物の道理もわからない大馬鹿者だ。まともな人間とも思えぬ。こんなろくでなしを長年召し使っていたとは、わが恥だ」

と言って、佐太を追放処分にした。一方、女のことは心から気の毒に思って、着物などを与えてやった。

佐太は、おのれの愚かさのおかげで主人からは追放され、郡の役所に行くことも禁止され、どうするあてもなくすごすごと京の都にのぼっていった。郡司は、罰せられるのではとびくびくしていたのだが、事の次第を聞いて心から喜んだ、と、こうして

今に語り伝えられている。

（巻第二十四第五十六）

名高い武士たちが牛車に酔う話

今は昔、源頼光朝臣[37]の家来に平貞道[38]、平季武[39]、坂田公時[40]という三人の武士がいた。いずれも堂々とした容姿で武芸にすぐれ、胆力と知力、そして思慮深さを兼ね備えた、文句のつけようがない勇士ばかりであった。東国でもたびたび素晴らしい手柄を立て、一騎当千の強者として人々に畏敬される武士だった。頼光朝臣はこの三人をことのほか重く用いて、常に自分のそば近くに置いて召し使っていた。

ある年のことである。賀茂祭の二日めの大行列[41]が行われる日に、三人は「今日の行列をわれらもひとつ見物しようではないか」ということで相談をはじめた。ひとりが、

「馬を連ねて紫野[42]に押し出すというのは、武骨過ぎて野暮だ。かといって、歩きで顔を隠しながら行くというのも、どうもなあ。噂に高い行列をどうにかして見てみたいが、どうすればいいだろうか」

と嘆くと、もうひとりが、

「よし、俺が知り合いの坊さんから牛車を借りてくるから、それに乗って見物しよう」

と言いだした。が、残りのひとりは、

「いや、身分不相応な牛車なんかに乗って、途中で高貴な殿上人(てんじょうびと)[43]に行き会ったりし

37　205ページ、注74参照。
38　生没年未詳。平安時代中期から後期の武人。平良文の子（忠光の子で養子とも）。頼光四天王の一人。225ページ、注98参照。
39　205ページ、注78参照。
40　生没年未詳。平安時代中期から後期の武人。頼光四天王の一人。
41　賀茂神社の祭礼。四月の中の酉の日に始められる。賀茂神社に巫女として奉仕した未婚の内親王である斎王(いつきのみや)が、祭りの二日目に賀茂神社の上社から紫野にある斎院に帰る華麗な行列。これは「祭りの帰(かえ)さ」と呼ばれ、祭礼の見どころになっていた。
42　京都市北区紫野。紫野の有栖川に、斎院の御所があった。
43　昇殿を許された、高貴な人々の総称。通常、三位以上と四位・五位の人、及び特に許された六位の蔵人。

てみろ。武士風情が牛車に乗るとは無礼千万、などと言われて車から引きずり下ろされるかもしれんぞ。あげくの果てに蹴り殺されでもしたら、とんだ犬死にだ」

と危ぶむ。そうしていろいろ話し合ううちに、ひとりが、

「そうだ、牛車のすだれの内側に絹の布を垂らし、女車のようにして見物するというのはどうだ？」

と提案した。この提案にほかのふたりは、

「おお、それは名案」

と賛成し、早速知り合いの僧侶のところから牛車を借りてきた。そして、すだれの内側に目隠しを垂らすと、三人はよれよれの紺の水干と粗末な袴を着たまま牛車に乗り込んだ。履き物などはちゃんと車の中に入れ、袖も外に出ないように気を配ったので、外見だけはちょっと奥ゆかしい感じの女車になった。44

さて、こうして紫野めざして車を進ませたのだが、なにしろ三人とも牛車に乗るのは初めてなので、たいへんな騒ぎである。左右の横板につけられたくぼみを手で握ってからだを安定させるやり方などまったく知らないため、まるで箱の中になにか物を入れて振ったように、三人一緒にごろごろごろごろ転げまわる。横板に頭をたたきつけたり、お互い同士頰をぶつけ合ってあおむけにひっくり返ったり、うつむけの状態

のまま目を回してしまったり、もう散々である。こんな風に揺すられて行くうちに、三人ともすっかり車酔いになってしまい、出入り口の踏み板に反吐を吐き散らし、烏帽子もどこかに落としてしまうという実にみっともないありさま。おまけに車を引いている牛は体力抜群の逸物で、ぐいぐいと速度を出して進んでいくので、三人は東国訛りも丸出しに、

「そったらはやぐ行ぐな行ぐな」

などと叫ぶ。同じ道をあとからついてくる車や、その車に徒歩で従っている家来たちなどは、彼らが騒ぐその声を聞きつけて怪しむ。

「あの女車に乗っているのは、いったいどんな女房なんだろう。まるで東国の雁が鳴き交わしているように騒がしいじゃないか。まったく変な車だ。東国の娘たちが行列見物にでも来たのかとも思うが、声は男の太い声だぞ」

と、まるっきりわけがわからないまま首をひねるばかり。

やっとのことで紫野にたどり着き、牛をくびきからはずして車が動かないようにし

44　女車は絹布で目隠しをしながらも、すだれの脇や下から着物の美麗な袖や裾を出すのが常であった。それをしないため、正体がよくわからずかえって奥ゆかしく見えたのである。

たのだが、到着が早過ぎたため、行列が来るまでにはまだだいぶ時間があった。三人は車酔いが治らないまま辛抱して待っていたが、目が回ってなにもかもが逆さに見える。あまりの酔いのひどさに、とうとう三人は尻を持ちあげるようなおかしな姿勢でうつ伏せになったまま、寝込んでしまった。

やがて時刻になり、美々しい行列がやって来た。しかし、武士たちは死んだように眠っていたために、まったく気がつかないままだった。行列が行き過ぎると、あちらこちらで見物を終えた車が牛をくびきにつけ、帰り支度をはじめる。その騒がしい物音で、三人はようやく目が覚めた。だが、相変わらず気分は悪く、その上寝込んでいてせっかくの行列を見過ごしたので、腹立たしいやら口惜しいやらで気分は最悪である。

「これでまた帰りに車をむやみに飛ばされたりしたら、とてもじゃないが生きて戻れる保証はないぞ。千人の敵の真っただ中に馬を走らせて飛び込むのは、朝飯前で怖くもなんともないが、貧乏ったらしい牛飼いの小わっぱひとりに身をまかせた挙げ句に、こんなひどい目に遭わされるなぞ、我慢できるもんじゃない。とにかく、この車で帰ったりしたら、命とひきかえになる。しばらくこのままじっとしていて、ほかの連中がいなくなって大通りに人影がなくなったら、牛車を降りて歩いて帰ろう」

そう決めると、人通りが絶えたのを見計らって彼らは車から降り、車だけを先に帰した。そして、履き物をはき、烏帽子を鼻先くらいまで引き降ろし、扇で顔を隠したまま頼光公の屋敷まですごすご戻ったのである。

のちになって季武は、

「いかに勇敢な武士も、牛車には敵わないものである。あれ以来すっかり懲りて、牛車のそばには一歩たりとも近づかないようにしている」

と言ったそうである。いかに勇気があり思慮分別がある武士でも、一度も牛車に乗ったことがなければ、こんな悲惨な酔い方をするものなのだ。まったく阿呆なことをしたものだ、と、こうして今に語り伝えられている。（巻第二十八第二）

越前守為盛が臭い計略をめぐらす話

今は昔、藤原為盛[45]という貴族がいた。彼が越前の国守を、在京のまま務めていた[46]時のことである。本来なら、御所を守る左右の近衛府[47]など、六つの官庁に下級役人用の配給米を納めなければならないのだが、為盛公はいっこうに差し出そうとしない。米が配られないため、六つの役所の役人たちは困り果て、下僕たちまでも引き連れて為盛公の屋敷に総出で押しかけた。雨風や日差しを避けるための天幕を用意し、屋敷の門前にそれを張り、折りたたみの腰掛けをその下に並べ、来た者全員がずらりと並んで腰を据えた。そして、屋敷の者たちの出入りを差し止めて、強硬に米を納めるよう要求した。

時期はちょうど六月頃で、日が長くひどく暑い。役人たちは夜明け前から出張ってきて、午後の二時頃までずっと坐り込みを続けた。天幕があっても、日差しは容赦ない。太陽に照りつけられてふらふらになったが、相手が米を差し出すまでは絶対に帰るものかと、ひたすら暑さを我慢していた。すると、屋敷の門が細目に開いて、年配の家来が首だけ外に出してこんなことを言った。

「殿様の仰せをお伝えいたします。『ぜひとも早く皆さまとのご対面をいたしたいのではありますが、あまりにもものものしく談判においでになられましたので、女子供が恐ろしさに震えあがっております。そのせいで、対面してのご説明が遅くなってしまいました。このように暑い時節でございます。いつまでも日差しに灼かれておいでては、皆さまもさぞかし喉がお渇きのことと存じます。すだれ越しにでも皆さまとお目にかかって、こちらの事情を細かに申し上げようと思っておりますが、まずはその前に軽くお食事などを差し上げたいと思っております。いかがでございましょうか。もし差し支えがないようでしたら、まずは左右の近衛府のお役人さま方、舎人[48]の皆さま方からお入りください。兵衛府[49]と衛門府[50]の皆さま方には、近衛府の皆さまがお済みになったところでご案内申し上げたいと存じます。一度に皆さまをご案内すべきところではありますが、なにしろむさくるしく手狭な家でございまして、皆さまご一緒に入っていただくような場所もございません。なにとぞお許しください。まずは近衛府の皆さま、どうぞ』と、このように主の殿が申しております」

押しかけた連中は、かんかん照りの太陽にあぶられて喉が渇きに渇いていたところに、このような提案をされたので、喜び勇んだ。「これで自分たちの言い分を相手に

45　?～一〇二九年。平安時代後期の公卿。官位は従四位下・越前守。蔵人。

46　任国へ実際には赴任しない遥任国司だったと考えられる。

47　59ページ、注72参照。

48　45ページ、注47参照。

49　101ページ、注114参照。

50　141ページ、注5参照。

伝えられる」と思い、礼を言いながら、

「それはまことにうれしい仰せです。早速邸内に入らせていただき、このように参上した事情をお話しいたしたく存じます」

と口をそろえて返答した。その答えに、年配の家来は、

「それではどうぞ」

と正門を開いたので、近衛府の役人や舎人たちは、門の内側に足を踏み入れた。

中の様子はというと、門の正面には庭への入口になっている中門[51]があり、その両側には中門廊が南北に延びている。母屋へとつながる北側の広い中門廊には、向かい合わせで長いむしろが三間ほど敷かれ、さらにそこに小さい机がやはり向かい合わせに二、三十くらい並べられていた。机の上に載っているものを見ると、塩辛い干し鯛の切り身が盛られている。ほかにも、塩引き鮭の塩辛そうな切り身に鰺の塩辛、鯛を醬[52]に漬けたものなど、どれもこれも塩辛い食べ物ばかりが満載だった。果物もあって、よく熟して紫色になったすももが、大きな春日塗り[53]の盆に十個ずつ盛ってある。

用意が整ったところで、案内役の年配の家来が、

「では、まずは近衛府のお役人方、どうぞこちらへ」

と中門廊へと誘ったので、尾張兼時[54]と下野敦行[55]という名の舎人を先頭に、近衛府の

お歴々が群がってそちらに向かった。一方で、

「他のお役所の方がまぎれてお入りになるといけませんから」

などと言って、正門を閉じて錠をさし、その鍵をどこかに持っていってしまった。

中門廊の上がり口で近衛の役人たちがもじもじしながら並んでいると、例の年配の家来は、

「さあさあ、早くお上がりください」

と促す。そこで皆は廊下に上がり、東西に向かい合って坐った。家来は、

「まずは一杯差し上げましょう」

と言うのだが、どうも口先ばかりで酒はなかなか到着しない。役人たちは朝から何も食べていないので、酒を待ちきれず急いで箸を取るや、鮭、鯛、塩辛、醬といった塩

51　211ページ、注82参照。
52　魚醬。「醬」は獣肉、魚肉に麴、塩、酒などを加えて発酵させたもの。
53　表を朱、裏を黒く漆塗りにして螺鈿をほどこした器。
54　67ページ、注82参照。舞と馬術の名手。
55　生没年未詳。右近衛将監。馬術に長じていた。尾張兼時と競馬をする話が、巻第二十三第二十六にある。

辛い食べ物をつまみはじめた。つまみながら、

「酒はまだか。遅いぞ」

と催促する。だが、いっこうに酒は到着しない。談判相手である当の為盛公も、

「すぐにもお目にかかるべきところではございますが、ただいま悪い風邪を引いており、すぐには顔が出せません。しばらく杯を重ねていただいたのちに、そちらに参上したいと存じます」

と案内役に言わせて姿を見せない。

やがてようやく酒が出てきた。白木の盆を捧げた若い家来がふたりあらわれたが、その盆には中が深くくぼんだ大杯が載っている。彼らは、兼時と敦行が向かい合って坐っている前に、その大杯が載った盆を置いた。次に、大きな提（ひさげ）[56]になみなみと酒を入れて持ってくる。兼時と敦行はおのおの大杯を取り上げ、こぼれんばかりにたっぷり注いでもらった。口をつけると、酒はどうも少し濁っていて酸っぱいようである。だが、なにしろ日に照りつけられて、喉はからからに渇いている。二人とも最初の一杯をひと息であおって飲み干し、杯を手から放さず立てつづけに三杯飲んだ。

続く役人たちも酒を待ちかねていたので、おのおの二杯三杯、四杯五杯と、のどの渇きにまかせて飲んだ。すももを肴に飲むのだが、家来たちが次々に酒を持ってきて

は勧めるので、舎人たちは誰も彼も四度五度、五度六度と杯を重ねていった。やがてようやく、為盛公が膝をにじらせながらあらわれ、役人たちとの間を隔てるすだれ越しに座を占めた。そして、

「物を惜しむ気持ちを持ったばかりに、ご貴殿方にこのように責められ恥をさらし、まことに不覚の極みでございます。わが任地である越前は、昨年は日照り続きでまともな米の収穫がございませんでした。たまたま少しばかり徴収できた食糧米は、まずはやんごとなき帝やそのご係累の方々のご用に差し上げねばならず、ありったけのものを御上納いたしました。それですっかり米はなくなり、わが家の飯米にも困る始末。召使の少女までが、空き腹を抱えて仕えているというこの時に、こうして重ねての恥を見るとはわが身の不運、いっそ自害して果てようかとも考えたほどでございます。皆さま方の食膳に飯のかけらさえ差し上げられぬことからも、なにとぞよろしくご推察願いたく存じます。わたくしは、前世の因縁ゆえか長年まともな官職にも恵まれず、たまたま任じられましても日照りで不作の国の国守というひどい立場。これほどに辛い目を見るのも因縁で、人をお恨みする筋ではなく、すべてはわたくしが恥を見るべ

56　203ページ、注72参照。

き運命に生まれたということでありましょう」

と言いながら、さめざめと泣く。

　こうして為盛公がおいおい泣きながら、とめどなく弁解を続けるのを聞いて、兼時も敦行も、

「仰せられることは、まことにごもっともです。われらも皆、あなたさまのご心中をお察し申し上げております。しかしながら、これは私どものみの問題ではございません。このところ六衛府（ろくえふ）すべての食糧が底をつき、詰め所におります役人すべてが困り果てております。それでこうして押しかけました次第。苦労は相身互（あいみたが）いという道理を、なにとぞ飲み込んでいただきたく存じます。たしかに殿様におかれましてもお気の毒ではございますが、役目としてこうせざるを得ず、まことに不本意なことでございます」

と応じているうちに、彼らふたりの腹が盛んに鳴り始めた。すだれを隔てて彼らのすぐそばにいる為盛公の耳にも、その音はよく聞こえた。ごろごろごろごろ鳴る腹の音を、持っている笏（しゃく）[57]で机を叩いたり、あるいは握った拳でむしろをぐりぐりこすったりして、しばらくの間はまぎらわしていた。公がすだれ越しに見渡すと、末座の者にいたるまで、全員が腹を鳴らしてからだをぴくぴく痙攣（けいれん）させている。

とうとう兼時が、

「ちょっと失礼いたします」

と言うなり、急いで走るように立ち去った。彼が立ち上がるのを見ると同時に、他の役人連中もわれ先に座を立って兼時のあとを追った。重なり合うように中門廊の板敷きから外に駆け降りたり、手すりを乗り越えたりしながら、その間にも我慢しきれずびちびちと音高く垂れ流し始める。牛車を入れる車寄せの納屋に駆け込んで、着物を脱ぐ暇もなくそのまま糞を洩らす者がいると思えば、なんとか尻だけはまくって水差しから水を流すようにひり出す者があり、あるいは適当な隠れ場所を見つけられず、うろうろ歩きながら糞をひり散らす者ありという惨憺(さんたん)たるありさま。しかし、こんなひどい目に遭いながらも、役人たちは互いにげらげら笑い合い、

「どうも最初から臭いと思っていたよ。為盛のじいさん、どうせろくなことはしない、きっと何かやらかすだろうと思ってはいたんだ。まあ、国守殿を憎むわけにもいかん。われらが意地汚く酒をがぶがぶ飲んだ報いというやつだ」

と言ってさらに大笑いし続け、そこらじゅうに下痢便を垂れ流した。

57　束帯姿のときに右手に持って威儀をととのえる薄い板。510ページ図版参照。

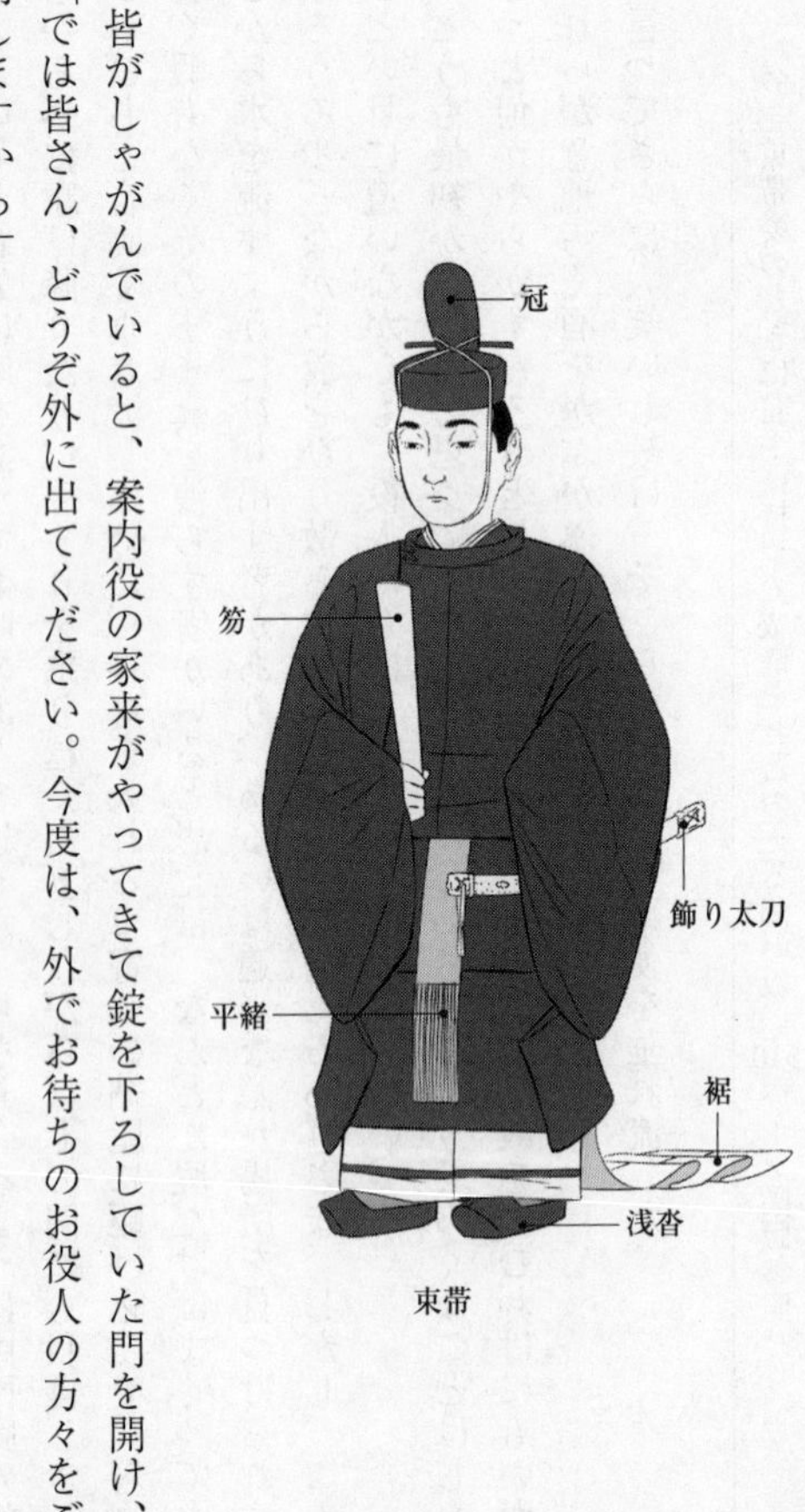

束帯

皆がしゃがんでいると、案内役の家来がやってきて錠を下ろしていた門を開け、

「では皆さん、どうぞ外に出てください。今度は、外でお待ちのお役人の方々をご案内しますから」

と言う。役人たちはそれを聞いて、

「そいつは面白い。早く招き入れて、われらのように糞をひり出させてやれ」

と言い、袴に垂れ流した糞をぬぐう間もどかしく、先を争って門の外に飛びだしていったから、あとの四つの役所の連中も大笑いしながら逃げ去ってしまった。

なにもかも、為盛公の悪だくみだったのである。「この炎天下に、天幕の下で七、八時間も暑さにうだらせておけば、いい加減喉も渇く。それから呼び入れて、すももやら塩辛い魚やらの肴をすきっ腹に詰めこませ、酸っぱくなった濁り酒に下剤の朝顔の種[58]をすり下ろしてたっぷり混ぜて飲ませたら、まちがいなく連中は腹を下すはずだ」と思ってたくらんだのだ。この為盛という貴族はいたずらや奇抜な思いつきがとても得意な人物で、洒落の利いた面白いことを言っては人を笑わしていた。そういう一筋縄ではいかない老人だったので、こんなことをしでかしたのである。役人たちは、とんでもない者のところに押しかけて、ひどい返り討ちに遭ったものだ、と当時の人々は笑ったという。

これ以後懲りたのか、米を役所に納めない地方の国守がいても、六衛府の役人たちが押しかける、ということはなくなった。為盛公は、たとえ追い返しても相手がおとなしく帰りそうもないと見て、こんなおかしな策を考えだしたのだろうと、こうして

58　原文は「牽牛子」。漢方に用いる生薬の一つ。アサガオの種子を乾燥させ粉末にしたもの。強い下剤作用がある。

今に語り伝えられている。

（巻第二十八第五）

厳粛な場所で音高く鳴らしてしまった話

今は昔、左の近衛府の役人で、四等官の位にあった秦武員[59]という人がいた。この武員が、真言宗の道場である禅林寺[60]の住職をつとめる深覚僧正[61]をお訪ねした時のことである。僧正は彼を中庭に招き入れ、親しく話を交わした。武員は、僧正の御座所の前の庭先にかしこまってうずくまり、その姿勢で長い間しゃがんでいた。ところが、そのうちどういうはずみか、とてつもなく大きく響く一発を放ってしまった。

僧正はもちろんこれをお聞きになったし、その場に控えていた大勢の僧侶たちも皆この音を聞いたのだが、なんともきまりが悪いことなので、僧正も無言、侍っている僧たちもおかしさをこらえ互いに顔を見合わせていた。その瞬間、武員はふいに左右の手を大きく広げてから顔をおおい、

「ああ、死んでしまいたい」

と言った。その声を聞いて、僧正の御前にいた僧侶たちは全員、こらえきれずにどっと笑い声をあげた。その笑い声にまぎれて武員は立ち上がるや、その場から走って逃げ去った。この一件以後、武員は久しく僧正のところには姿を見せなかった。

こういうしくじりは、聞いたその瞬間が一番滑稽でおかしいのだ。黙ったままやり過ごして時間が経つと、むしろ恥ずかしいふるまいとして皆に記憶されてしまうものである。武員は、もともと面白おかしい話をするのが得意な人だったので、とっさに「死んでしまいたい」などと言うことができたのだ。そういう芸がない人だったら、きっとひどくきまり悪そうな顔のまま何も言えずに坐っていることになったはずで、さぞ気の毒な図になっただろう、と人々が噂した、と、こうして今に語り伝えられている。

（巻第二十八第十）

59　未詳。

60　現在の京都市左京区永観堂町。東山山麓にあり、「永観堂」と呼ばれる。前身は河内国観心寺。

61　九五五年〜一〇四三年。平安時代中期の真言宗の僧侶・歌人。『後拾遺和歌集』などの勅撰集に四首の歌が採録されている。

長すぎる鼻を板で持ちあげる話[62]

今は昔、池の尾というところに内供奉[63]を務める禅智という僧が住んでいた。道心堅固で女性に近づくことなく、真言をよく習い、密教の加持祈禱を熱心に修行していたので、自然、彼の寺の本堂や塔、僧房[64]などすべてに掃除が行き届き、少しも荒れたところが見られなかった。本尊への灯明や御供物を絶やすことなく、季節ごとに寺に詰めている僧侶たちへの供養として金銭や米を配り、また経文についての講義なども頻繁に行わせたため、境内にはぎっしり僧房が立ち並び、多くの僧が住みついてにぎわっていた。風呂場では毎日湯が沸かされ、湯浴みする僧たちの声高な話し声が騒々しいほどだった。こんな風に栄えた寺だったので、近所にも小さな民家がどんどん増え、寺町としても大いににぎわった。

さて、この禅智内供の鼻は、長さ五、六寸ほどもあって、あごの先よりも下にまでぶらさがっていた。色は赤紫色で、夏みかんの皮のようにぶつぶつに粒立ってふくれあがっている。しかも、ひどくかゆくてたまらない。それで、我慢できなくなると、鍋に湯を沸かして鼻を茹でるのだった。

その方法はというと、まずお盆の真ん中に鼻が通るくらいの穴を開け、そこに鼻を差し通す。これは、鍋の湯気で顔のほかの部分にやけどをしないための用心である。それから、おもむろに鼻を鍋の湯の中に入れて茹でる。色が紫色に変わったところで引き出し、横向きに寝そべり、鼻の下に物をあてがって弟子に踏ませる。すると、黒々とした皮膚の毛穴から煙のようなものがでてくる。さらに強く踏んでいると、やがて穴ごとに白い小虫が頭をのぞかせるので、それを毛抜きで引き抜く。長さ四分ほどの白い虫である。

虫を抜いたあとは、鼻全体にぽつぽつと穴が開いたように見える。そこで鼻をふたたび同じ湯に入れてさらし、最初と同じように茹であげると、小さくしぼみ縮んでふつうの人のような小さい鼻になった。しかし、二、三日も経つと、またかゆくなり、膨(ふく)れ伸びて、元どおりの大きな鼻に戻ってしまう。これの繰り返しで、結局腫れてい

62　本話は、芥川龍之介の短篇「鼻」の原話である。
63　宮廷に出仕し、天皇の安寧を祈禱する僧侶の官職。御斎会(ごさいえ)の読師(どくし)や清涼殿の夜居を勤めた。内供奉十禅師。
64　455ページ、注62参照。

る日数の方がずっと多かった。

こういう鼻であるから、物を食べたり粥をすすったりという時には、弟子の法師に長さ一尺幅一寸の平たい板を持たせて向かい側に坐らせ、その板を鼻の下に差し入れて持ちあげさせ、食事をとる。食べ終わると、弟子の僧は板をはずしてその場を去る。この弟子以外の者が持ちあげると、鼻の扱い方が下手なので内供は機嫌を悪くしてしまい、物も食べなくなってしまう。それで、この弟子の僧が鼻持ちあげ係と決められていた。

ところが、ある時その法師が病気になってしまった。内供が朝粥を食べる時間になっても、鼻を持ちあげる者がいない。どうしたものかと皆が困り果てていると、給仕をする少年のひとりが、

「わたしにやらせてもらえば、それはもう、うまく持ちあげてさしあげますよ。いつもの人なんかには、絶対負けませんね」

と言いだした。他の弟子たちはこれを聞き、内供に、

「給仕の少年がこんなことを申しております」

と伝えた。

この少年は容姿も見苦しくなく、上座敷で用を勤める者だった。弟子の注進を聞い

た内供が、

「では、その子をこちらへ連れてきなさい。それほど言うのなら、試しに持ちあげさせてみよう」

と言ったので、少年が連れてこられた。

　彼は鼻持ちあげの板を手に取ると、内供の向かい側にきちんと坐り、ほど良い高さに鼻を支えて粥をすすらせた。内供は、

「おう、この子は実に上手じゃないか。いつもの法師よりもうまいぞ」

と褒めながら調子よく粥を飲んでいたのだが、その時ふいに少年は顔を横にそむけるなり、大きなくしゃみをした。そのはずみで手がふるえ、鼻持ちあげの板が動き、鼻が粥の椀の中にぴしゃんと落ちてしまった。粥は勢いよく飛び散って、内供の顔にも少年の顔にも盛大にふりかかった。

　内供は激怒し、紙で顔をぬぐいながら、

「このとんでもない大たわけめが！　もしこのわたしでなく、高貴なお方のお鼻を持ちあげている時にこんなことを仕出かしたら、いったいどうするつもりなんだ。大うつけの大馬鹿者め！　さっさと出て行け、こやつめ！」

とののしって、少年を追い出した。すると少年は物陰に行って、こう呟いた。

「世の中にこんな鼻を持った人がふたりといるものか。よそで鼻を持ちあげた時になんて、いやまあ阿呆なことをおっしゃるお坊さまだ」

彼の呟きを耳にした弟子たちは、外に逃げて行って大笑いした。

実際どんな鼻だったのか。まことに呆れ返った鼻ではないか。少年の言い返し方が実に面白いと、聞く人が皆褒めた、と、こうして今に語り伝えられている。

（巻第二十八第二十）

水漬け飯で痩せようとした中納言の話

今は昔、三条の中納言というお方がいらした。本名を藤原朝成（ふじわらのあさひら）[65]といい、三条の右大臣と呼ばれた藤原定方（ふじわらのさだかた）[66]のお子であった。きわめて博学で、中国のことやわが国のことにことごとく通じている上に、思慮深く豪胆なお方だった。もっとも、いくぶん強引なところもおありだった。音楽にも長じ、実に上手に笙（しょう）[67]をお吹きになった。さらには蓄財も巧みで、立派な資産家であった。

ところで、この三条の中納言殿は、背が高くてひどく肥っていらした。あまりにも肥りすぎて息をするのも苦しいくらいなので、医師の和気重秀(わけのしげひで)[68]を呼び、

「どんどん肥ってしまい困り果てているのだが、どうにかならないだろうか。立っても坐ってもからだが重く、苦しくてたまらない」

と相談をなさった。すると重秀は、

「寒い冬は湯漬け、夏場は水漬けのご飯を召しあがられるのがよかろうと存じます」

とお答えした。この日はちょうど六月頃の夏場だったので、殿様は重秀に、

「そうか、ではしばらくそこにいてくれ。水漬け飯を食べるところを見せよう」

とおっしゃる。重秀がそのまま控えていると、ひとりの家来が呼ばれた。殿様はその男に、

65 九一七年～九七四年。平安時代中期の公卿。母は藤原山蔭の娘。藤原伊尹と官職を争って敗れ、それを深く恨んで伊尹の一族に祟る怨霊となった、というエピソードが、『大鏡』『古事談』などに見える。
66 八七三年～九三二年。平安時代中期の公卿。歌人。藤原高藤の次男。59ページ、注73参照。
67 雅楽に用いる管楽器の一つ。
68 未詳。和気氏は医師の家柄。

「いつものようにして水漬け飯を持ってこい」

とお命じになると、給仕役らしいその男はうけたまわって部屋を出て行った。しばらくすると、彼は食器を載せる四脚膳を持ってきて殿様の前に置いた。膳の上には箸置きがふたつほど載っている。続いて今度は、盆に何かを載せて運んできた。給仕役が盆から膳に移したものを見ると、中ぐらいの大きさの深皿である。そこには三寸ばかりの長さの白い干し瓜が、そのままの形で十個ほど盛られていた。また、別の中ぐらいの深皿には、頭と尻尾の部分に重しを載せ皿からこぼれないようにした、大きくて幅広の鮎の熟れ鮓[69]が三十尾ほども盛られている。さらに空の大きな銀の椀が添えられ、これらすべてが膳の上に据えられた。

そのあと、また別の家来が大きな銀の匙が突き刺さっている大きな銀の提を、ひどく重そうに運んできて殿様の前に置いた。すると、中納言の殿は椀を手に取ってその家来に渡し、

「これに飯を盛れ」

とおっしゃる。家来は匙で提から何度も飯をすくっては椀に移し、高々と盛り上げた。そして、盛り上げた飯の脇のところから水を少し注いで、四脚膳の上に置いた。殿様は膳を引き寄せると椀をお取り上げになったが、その手があまりに大きいので、もの

すごく大きい椀がごく普通の大きさに感じられてしまうほどである。椀を持った殿様は、まずは干し瓜ひとつをがぶりと食い切って三口で平らげ、それを繰り返して合計九口、つまり三つの干し瓜を食べた。次に、鮎の鮓一尾を二口で食べ、全部で五、六尾分をぺろりと平らげた。それから椀の中の水漬け飯を二回くらいかき回したかと思うと、一気に口の中に掻き込んだ。見ると、もう飯はなくなっている。殿様は、

「もう一杯盛れ」

と言って、椀を家来に差し出される。

見ていた和気重秀は、

「水漬け飯だけをお召し上がりになるといっても、こんな具合にお食べになったのでは、到底ご肥満がおさまるはずはございません」

と申し上げて、その場から逃げるように退出した。そして重秀は、のちにこのありさまを他の人に語って大笑いした。

中納言の殿は、その後もどんどん肥って、まるで相撲取りのようであった、と、こうして今に語り伝えられている。

（巻第二十八第二十三）

69　167ページ、注29参照。

米断ち聖人の嘘が露見する話

今は昔、文徳天皇[70]の御代(みよ)のことである。その頃、備前[71]の国の波太岐山(はたき)[72]というところに、長年にわたり穀類を一切口にしていないという行者(ぎょうじゃ)がいた。帝はこのことをお聞きになると、その行者をお召し出しになり、大内裏(だいだいり)[73]の南に広がる神泉苑(しんせんえん)[74]に住まわせ、心から尊んでご信心された。この行者は穀類を断つ代わりに、木の葉を常食にしていた。

この評判を聞きつけたのが、若くて血気盛んで、しかもいたずらが大好きな殿上(てんじょう)人(びと)[75]たちだった。彼らは、

「米断ちの聖人(しょうにん)とは、めずらしい生き物じゃないか。ひとつ拝みに行こうぜ」

と言い合い、連れ立って聖人の住まいを訪ねた。すると、聖人は見るからに尊い感じで坐っていたので、殿上人たちはまずはうやうやしい態度で彼を礼拝した。そして、

「聖人さまは穀類を断たれて何年におなりでしょうか。また、お年はいくつになられたのでしょうか」

と質問した。聖人は、

「年はもう七十になります。若い時から穀断ちをしておりますので、五十数年になります」

と答える。その答えを聞いた殿上人のひとりが声をひそめ、周囲の仲間にささやいた。

「おい、穀断ちをした人の糞は、どんなものだと思う？　ふつうの人間とはまるで違っているはずだよな。ちょっと調べてみようぜ」

仲間たちもそれは面白いと、二、三人がしめし合わせて便所に行ってみた。便壺をのぞいてみると、糞の中に米粒がたくさん混じっている。「穀断ちをしているのに米入りの糞をするなんて、ありえない」と皆怪しく思い、疑いを濃くしながら聖人の座所に戻った。そして、聖人がちょっと席を立った隙に、彼が坐っていた薄畳をめくっ

70　275ページ、注68参照。

71　現在の岡山県南東部。

72　未詳。

73　41ページ、注41参照。

74　現在の京都市中京区にあった大庭園。行幸や遊宴の場。東寺の空海と西寺の守敏（しゅびん）が祈雨の法を競って以来、祈雨の霊場ともされた。646ページの地図参照。

75　497ページ、注43参照。

たところ、下の板敷きに穴が開いている。穴を覗くと、床下の土が少し掘りかえされていた。いよいよ怪しいぞ、と思ってさらに調べると、米が入った布袋がそこにあるではないか。

殿上人たちは、これを見て「思った通りだ」と互いにうなずき合い、薄畳を元通りにすると素知らぬ顔で聖人を待ち構えた。そこに聖人が戻ってきたので、彼らは満面の笑みを浮かべ、

「お聖人さまの糞は米の糞、お聖人さまの糞は米の糞」

と大声ではやしたて、散々にあざけり笑った。それを聞いた聖人は、恥ずかしさで真っ赤になって逃げ出し、そのまま行方知れずになってしまった。

いやはや、この聖人、人に尊ばれたいばかりに穀断ちをしていると嘘をつき、その裏で米をひそかに隠し持って食べていたわけである。そんなこととは露知らず、穀断ちの行(ぎょう)をしていると信じて人々は尊び、とうとう帝までが帰依されたのだった、と、こうして今に語り伝えられている。(巻第二十八第二十四)

笑った理由を説明できずに困った話

今は昔、平範国（たいらののりくに）[76]という人がいた。この人が、蔵人所（くろうどどころ）[77]の次官を務めていた時のことである。多くの公卿（くぎょう）が集まって、重要な政策を決める会議が紫宸殿（ししんでん）[78]で催された。最終的な決定をする議長は、右大臣の藤原実資（ふじわらのさねすけ）[79]という方がおつとめになっていた。五位の位にある範国は、その決議を帝に申し上げてご裁可を仰ぐ役目であった。そのため、右大臣の前にかしこまって、その仰せをうやうやしくうけたまわっていた。

76　原文は「藤原ノ範国」とされているが、誤記であろう。平安時代中期の貴族。日記『範国記』があり、蔵人正五位下右衛門権佐を務めていた頃の記述が現存する。

77　天皇の秘書的立場で宮中の用務や機密文書を扱うのが蔵人で、彼らが所属した部署が蔵人所である。令外官（りょうげのかん）。

78　内裏の正殿の名称。もとは朝賀や節会などの儀式を行うところだったが、大極殿が焼け落ちた後には即位の大礼など重要な儀式もここで行った。南向きに造られている。

79　九五七年〜一〇四六年。平安時代中期の公卿で、賢人と称された。『小右記』の著者。剛直な性格で、藤原道長と対立した。

ところがその最中、紫宸殿の東の端の方に坐っていた源顕定(みなもとのあきさだ)[80]という弾正台(だんじょうだい)[81]の次官を務める殿上人が、おかしなことをしているのが目に入った。なんと顕定は、袴から男のしるしをひっぱり出してぶらんとさせているではないか。右大臣は広間の奥の方にお坐りになっているため、それが目に入らない。だが、広間の南の端にいる範国からは、顕定のいちもつが丸見えなのである。あまりのおかしさに、こらえきれずに吹きだしてしまった。

　右大臣は範国が吹きだすのを見て、その理由がおわかりにならないため、お怒りになった。

「朝廷の決議を下すというこの大事な場で笑うとは、何事だ！」

と厳しくお咎めになり、即座に帝にこの不謹慎を奏上なさった。範国は恐れ入って身を縮め、どうしていいのか身の置き所もないありさま。しかし、

「顕定の殿が、おちんちんを丸出しにしていたものですから」

とはまさか言えないので、そのまま弁解もできず怒られっぱなしで終わってしまった。いたずらをした顕定の方は、どうにもおかしくてたまらなかったことだろう。

　場所柄をわきまえずに罪な悪ふざけをするのは、はた迷惑だからやめた方がいい、と、こうして今に語り伝えられている。

（巻第二十八第二十五）

腹黒い金持ちが猫におびえる話

今は昔、大蔵省[82]の大丞(だいじょう)[83]を務めた藤原清廉(ふじわらのきよかど)[84]という者がいた。長年の在職を顕彰されて、六位から従五位下に昇進することができた。以来、彼は大蔵の大夫(たいふ)[85]と呼ばれるようになった。この男、前世がねずみででもあったのか、ひどく猫を怖がった。清廉がどこかに出向くと、彼の姿を見かけたいたずら好きの若者たちが、即座に猫を連れてきて見せつける。清廉はどんなに大切な用事があっても、猫を見た途端両手で顔をおおって逃げ出す。それで、世間の人は清廉に、「猫怖(お)じの大夫」というあだ名を進呈

80　?〜一〇二三年。平安時代中期の官吏。為平(ためひら)親王の王子。

81　律令制下の警察機関。風俗の粛正、役人の不正摘発などを司った。のちにこの職務は、令外官の検非違使に移って有名無実化した。

82　八省の一つ。諸国からの租税の出納、売買価格などを司った。

83　正六位下に相当する位官。

84　?〜一〇六四年。平安時代中期の官吏。多くの私営田を所有していたことでも知られる。

85　五位の通称。

した。

　この清廉は、山城[86]、大和[87]、伊賀[88]の三か国にたくさんの田を持っていて、とてつもない財産家であった。ところが、藤原輔公朝臣（ふじわらのすけきみのあそん）[89]が大和の国の国守として在任していた時、清廉は租税としての米をまったく納めようとしなかった。長官は「どうやったら納税させることができるだろうか」と頭をひねったのだが、清廉はわきまえのない田舎者というのではなし、京の都で長年官途についていた功績で帝から五位の位も賜（たまわ）っている。そうした経歴だから、都の役所にもいろいろ顔が利くのである。うっかり検非違使庁[90]に訴えたりすれば、かえってこちらに不利になることも考えられる。かといって、このまま寛大に扱っていれば、盗人も驚くほどの図々しい心根の男だから、なんのかんのと言い逃れて納めないに決まっている。さてどうしたものか、と思案投げ首をしているうちに、ふと名案がひらめいた。すると、それを見計らったかのように、清廉が役所を訪ねてきた。

　大和守は名案を実行に移すために、まず警護の武士が宿直をする狭い詰め所にひとりで入って坐った。この部屋は二間四方ほどの広さで、壁には窓はない。入口を閉めれば完全な密室になる。守は、

「大蔵の大夫殿、こちらに来なさい。内々で耳に入れたいことがある」

と家来に言わせて詰め所に招き入れた。いつもなら苦虫をかみつぶしたような顔つきで自分を迎える守が、機嫌よく詰め所で迎えてくれたので、清廉は御礼の言葉を述べながら入口の垂れ布を引き開け、ごく無防備に中に足を踏み入れた。すると、うしろから家来があらわれ、入口の引き戸をぴしゃりと閉じてしまった。

部屋の奥に坐っている大和守が、

「さあ、こちらへ」

と招いたので、清廉は膝をついたまま、うやうやしい態度でそちらににじり寄った。守は近くに寄った清廉に、

「私の大和の国での任期も、どうやら終わりに近づいた。今年いっぱいということになる。ところで、私の任期中そなたは租税をまったく納めようとしなかったが、いっ

86　現在の京都府南部。
87　275ページ、注73参照。
88　現在の三重県西部。
89　生没年未詳。藤原清通の子。官位は従四位下。一〇一七年～一〇二〇年に大和守を務めた記録が残る。
90　衛門府に置かれた検非違使の役所。

たいどういうつもりなのか。今日はきっちりうけたまわりたい」

と言った。清廉は待ち構えていたように、

「いや、そのことでございます。実は、大和の国のみのことではございません。山城の国、伊賀の国にても納めねばならない租税がありまして、その手配をいたしますうちに、どの国にも納めることができなくなりました。それで未納額がかさみ、なかなか納めきれずにおります。とは申しましても、今年の秋の収穫を待って完納しようと思っております。他の方のご任期であれば、うやむやのまま済ますということもあるかもしれませんが、ほかならぬあなた様のご在任中にそのようなことをいたすなど露ほども考えておりません。納付がこのように延び延びになったことだけでも、わたくしめは心中まことに申し訳なきことと畏れいっておる次第でございます。必ずや仰せの通り、滞納いたしました数量をととのえてお納めいたします。たとえ千万石でありましょうとも、必ずや未納分を納めきる所存です。長年にわたり、相応の蓄えをしてまいったこのわたくしめでございます。それをお疑いになってのこのような仰せ、この清廉、まことに心外で情けなく存じます」

などと弁解しつつ、

「この貧乏役人が何をぬかす。屁でも一発かがせてやろうか。家に戻って、そのまま伊賀にある東大寺の荘園に逃げ込めば[91]、どんなお偉い国守様でも米を取り立てることなどできるわけはない。だいたい、大和の国なんぞに素直に租税を納める馬鹿者が、いったいどこの世界にいるというんだ。今までだって、作物は天地の恵みで出来る物、天と地の取り分を除いた残りが人の取り分で、それはまことに少なく、などと屁理屈で煙に巻いてきたこの俺さまだ。それをこの国守めは威張りくさって、きちんと納税せよ、などとのたまうんだから、阿呆にもほどがある。大和の国守などに任命されたというだけで、有力な方々のおぼえがどの程度か知れるわ。まったく笑っちゃうよ」などと心の中では悪口雑言。表面だけ大いに恐縮した様子を作り、もみ手をしながら適当に言い逃れを口にすれば済むと高をくくっている。

だが、大和守は、

「盗っ人根性のくせに、よくもそんなきれいごとを言えるものだ。これで家に戻れば、こちらの使者には門前払いを食わせ、納税などしないことははっきりしているぞ。と

91　寺社領は国司不入の場所で、東大寺の所領に役人が入ることはできない。清廉が伊賀に持っている私領は黒田庄にあり、そこには東大寺の所領もあった。したがって、黒田庄に行けば簡単に東大寺領に逃げ込めたのである。

すれば、今日を逃してはなるまい。本日ここで納入の手配をきっちりさせるぞ。納入しない限り、そなたは家には絶対に戻れないものと思え」

と厳しく言い渡した。それでも清廉は、

「いえお殿さま、帰りましたら必ずや今月のうちに完納いたします」

などと、なお言いつのった。しかし、もちろん、守はその手に乗るはずもなく、

「そなたと近づきになってから何年にもなっているし、そなたもこの輔公を知ってから久しい。お互いに不人情な真似はできないのが道理であろう。しかし、このことばかりは別である。まっとうな分別を働かせ、即刻納税の手配をしてもらいたい」

と言った。清廉は、

「殿様のおっしゃることはもっともですが、しかし、ここにいてはどうやってお納めしてよいものやら。家に戻り次第、租税の高を文書で確認いたしましてお納めいたします」

と、まだねばろうとする。この言葉を聞いた大和守は、腰を浮かせてから居ずまいを正し、満面に怒気をみなぎらせ、

「そうか、そこもとは本日のうちに弁済する気はないのだな。ならば、この輔公、今日を限りにそこもとと刺し違えて死ぬ覚悟を決めた。命など毛ほども惜しくないぞ」

と大音声をあげ、

「おい、男どもはいるか」

と声高く叫んだ。二回ほどそう叫んだが、清廉は少しも騒がず、にやにやして平然と国守の顔を見つめている。

　家来がやって来て、部屋の外から守に返答した。守はその声にむかって、

「用意したあれを持って参れ」

と命じた。清廉はそれを聞いても、「この俺に恥をかかせようとでもいうのか。何をどうするつもりか、お手並み拝見」などと思っていた。そこに五、六人ほどの足音がして、引き戸の外から、

「持って参りました」

という声がした。守は座を立って戸口に行き、引き戸を開けた。そして、

「ここに入れろ」

と言う。清廉が戸口に目をやると、灰色の斑猫（ぶちねこ）、それも尻尾を入れずに一尺以上もあろうかという大猫が部屋に入ってきた。琥珀を磨いたような赤い目玉をして、にゃあと大声で鳴く。しかも、猫はその一匹だけではない。全部で五匹が次々に部屋に入ってきて、にゃあにゃあ鳴く。すると清廉は、みるみるうちに目から大粒の涙をこぼし、

大和守にむけて両手をすりあわせて拝みながら、からだをぶるぶる震わせた。

五匹の猫は部屋の中を我が物顔に歩き回り、清廉の袖の匂いを嗅いだり、あちらの隅こちらの隅と走り歩く。清廉の顔色はみるみるうちに真っ青になり、気絶でもしかねないありさまである。見ているうちに少々かわいそうになってきた守は、家来を呼び入れ猫を部屋から出させて、入口の引き戸の脇に短い縄でつながせた。つながれた猫たちは、ひときわ高くにゃあにゃあ鳴いてまことに騒々しい。清廉は汗びっしょりになり、目だけをぱちぱちさせ、息も絶え絶えになっている。守が、

「これでもまだ租税を納めないつもりか？　どうだ？　期限は今日限りであるぞ」

と言うと、清廉は哀れきわまる声で、震え震え、

「もうもう、おっしゃる通りにいたします。命があってこそ、租税も納められるというものです」

と答える。

その答えを聞いた守は家来を呼び、

「硯（すずり）と紙を持ってこい」

と命じた。硯と紙が到着すると、清廉の前にそれを置き、

「そなたが納めるべき米は、すでに五百七十石余りになっている。そのうちの七十余

石は、家に帰ってから算木[92]を置いてよく計算してから納めるがよい。五百石の方については、ここで領民への命令書を書け。その命令書の宛先は、管轄違いの伊賀の国の租税納入所にしてはならんぞ。そなたのような心根では、偽の命令書を書いてごまかそうとするかもしれん。大和の宇陀の郡[93]にあるそなたの屋敷、あそこに置いてある米から五百石を差し出すよう命令書に書け。大和の国の中なら、私の目が届く。その命令書を書かないようなら、あそこで鳴いている猫どもをまたこの部屋に放って、私は出て行くぞ。そうして部屋の入口を外からしっかり閉ざして、そなたを封じ込めにしてやる」

と脅した。それを聞いた清廉は、

「わが殿、わが殿、そのようなことをなされては、この清廉の命はございません」

とおろおろして手を合わせ拝んだ。結局彼は、宇陀の郡の屋敷に蓄えていた稲穂のままの米、脱穀した米、もみ殻が付いたままの米の三種を合わせて五百石分の糧米を差

92　和算に用いる計算器。柱状で、加を表す赤色のものと減を表す黒色のものがある。縦または横に並べて数を表した。

93　現在の奈良県宇陀郡。

し出すよう命じた文書を書き、大和守に渡した。守はそれとひきかえに、清廉を部屋から解放してやった。そして、命令書を家来に持たせ、清廉を同道させて彼の屋敷に向かわせた。家来は命令書通りに五百石を供出させ、とどこおりなく受け取って役所に戻った。

清廉が猫におびえたのは、いかにも馬鹿げて見えるが、しかし大和の国守であった藤原輔公朝臣にとっては実にありがたいことだったわけで、まったくお猫様々というものだ、と当時の人々は噂し合い、皆々腹を抱えて笑った、と、こうして今に語り伝えられている。（巻第二十八第三十一）

勇猛ぶった男が自分の影におびえる話

今は昔、ある地方の国守の家来で、勇猛の士と思われたい一心から、むやみやたらに勇ましくふるまう男がいた。

ある日のこと、男は朝早くに家を出て用足しをする予定だった。しかし、時刻になっても、寝床の中でまだぐずぐずしていた。彼の妻は、先に起きて夫のために朝食を作ろうと台所に行った。粗末な家なので、台所の板壁の隙間から残月の光が差しこんでいる。その光が妻に当たり、隙間の反対側の壁に彼女の影が大きく映った。まだ寝ぼけまなこだった妻は、その影を見て、「泥棒が入ってきてる！　ふり乱している髪は切り下げだから子供みたいだけど[94]、すごい大男だ！」と勘違いし、あわてふためいて寝ている夫のところに飛んで戻った。そして、その耳元でひそひそ、

「ぼさぼさの子供髪をした大男の盗っ人が、家に押し入ってきて台所に立ってます」

とささやいた。それを聞いた夫は、

「それは一大事。どうしてくれよう」

と言いながら、枕元に置いてあった太刀を手探りで握りしめると、

「そやつの素っ首、打ち落としてくれる」

と勇ましく起きあがり、着物も着ず、もちろん烏帽子(えぼし)もかぶらず髷(まげ)をむき出しにした

94　原文は「童盗人」。元服前の子供は、髷を結わない「おかっぱ」の髪型であった。身分のある女性の髪とは異なり、本話の妻は短い切り下げの髪だったために、映った自分の影を子供髪と誤認したのである。

まま、抜き身の太刀をさげて台所に出て行った。すると月の光は、今度は男を照らして影を作った。壁に映ったその影を見た男は、「うわわ、子供髪なんて言うからただの小わっぱかと思えば、太刀を引っさげた大人の盗っ人じゃないか」と、これまた勘違い。「いかん、俺の方が頭をぶち割られるぞ」と怖じ気づいた。そこで、蚊の鳴くような声で、

「おう」

と申し訳のように威嚇してから妻のところに戻ってきて、文句を垂れた。

「お前は立派な武人の妻だとばかり思っていたが、なんであんな見間違いをしたんだ。子供髪の盗っ人などであるものか。髻を丸出しにした大の男が、抜き身の太刀を持って立っていたぞ。もっとも、あやつはひどく臆病な奴ではある。なにしろ、俺が出て来たのを見て、持っていた太刀を取り落としそうなくらい震えあがっていたからな」

と、これは自分の影が映っているの見てそう思ったのである。

そうやって文句を言い終わると、男は妻に、

「お前が行って、あいつを追いだせ。俺の姿を見てあんなに震えたんだから、相当びくついているはずだ。俺はこれから、大切な用事のために出かけねばならない身の上。盗っ人ごときのために、うっかり怪我などするわけにはいかんのだ。相手が女なら、

奴もまさか切ったりはすまい」

と言い捨て、また夜着を引っかぶって寝てしまった。妻は、

「この意気地なし！　こんなざまで、夜の見回りなんかよくできること。月見ができる明るい晩だけ、弓矢をしっかり抱きかかえてうろうろするのが関の山なんじゃないの？」

と腹立ちまぎれに皮肉[95]を言って起きあがり、もう一度様子を見に行こうとした。その途端、寝床のそばにあった衝立(ついたて)が、ふいにばったり寝ている男の上に倒れかかった。男は、「さては盗っ人が襲いかかってきたな」と思い、大声で悲鳴をあげた。妻は憎らしいやらおかしいやらで、

「もし、ご主人さま、盗っ人はとっくに逃げていきましたよ。あなたの上に乗っかったのは、つ・い・た・て」

と教えてやった。男が身を起こしてたしかめると、なるほど盗っ人など影も形もない。ただ単に衝立が倒れかかっただけだとわかると、やおら男は起きあがってあぐらをか

95　本当の武芸者であれば、明るい晩ではなく真っ暗闇でも警護が出来なければならないはずである。

き、裸の胸を手でぱんぱんと威勢良く叩き、両方の手のひらにぺっぺと唾を吐いてこすり合わせた。そして、

「この俺の家に入ってきて、やすやすと物を盗んでいける奴がいたらお目にかかりたいものだ。盗っ人の奴、衝立を倒しただけで、一目散に逃げやがった。もう少しぐずぐずしていたら、必ず引っ捕らえてやったものを。お前がぼやぼやしているから、まんまと逃げられたじゃないか」

と言ったので、妻は「よくもまあ」とおかしくてたまらなくなり、大笑いした。

いやはや、世間にはこんな馬鹿者がいるのである。まったく妻の言う通りで、こんなに臆病では、なんのために刀や弓矢をたずさえて貴人の警護をするのか意味がわからない。この話を聞いた人は、誰もがこの男をあざけり笑った。妻が人に語ったことを聞き伝えて、こうして今に語り伝えられている。（巻第二十八第四十二）

偉い学者が強盗に殺される話

今は昔、清原義澄(きよはらのよしずみ)[96]という明法博士[97]がいた。大学寮で法律を教授し、また儒教を教える明経博士[98]の補佐[99]も務めていた。その学才に肩を並べる者はひとりとしておらず、古の優れた博士にも決して劣らない大家であった。年はもう七十過ぎで、世間でも非常に重んじられていた。ただ、学者の常で家はひどく貧しく、日々の暮らしに事欠くこともしばしばだった。

そんな貧しい家に、ある時強盗が押し入ってきた。それを察知した義澄は、とっさの機転で縁の下にもぐり込んだので、相手に見つからずに済んだ。盗人たちは家の中

96　?～一〇一〇年。明経道の学者。ただし、実際に、明法博士に任ぜられたかどうかは未詳。
97　大学寮で明法道（律令）を教授する職業。
98　大学寮で明経道（経書学）を教授する職業。
99　原文は「助教」。大学寮で経書について講義し、学生に試験をするなど明経博士の補佐をする任。

に入ると、手当たり次第に物を盗み、どたんばたんとそこらじゅうにある器物を投げたり踏んづけたりして壊し回り、しまいには口汚くわめき散らしながら屋外に出ていった。

その瞬間、義澄は縁の下から這いだし、盗人たちが出ていったあとを追って門から走り出るや、大声で、

「やい、お前ら！　お前らの顔は、ひとり残らずすっかり見届けたぞ！　夜が明けたら検非違使庁の長官に訴えて、かたっぱしから捕まえさせるからな！」

と腹立ちまぎれに叫んだ。門を叩き、逃げていく連中の注意を引くようにして義澄がこう怒鳴ったから、たまらない。その声を聞きつけた盗人の頭目が、

「おい、みんな聞いたか？　戻ってあいつをぶっ殺そう」

と言い、彼らはばたばたと走り戻ってきた。それを見た義澄は、あわてふためいて家に逃げ込み、急いでまた縁の下にもぐろうとした。しかし、あわて過ぎたせいで、額をいやというほど縁のところにぶっつけふらふらになり、うまくもぐり込むことができなかった。そこに盗人が走り寄って、義澄を引きずり出し、太刀で頭を散々に打ち割って、とうとう殺してしまった。そのあと盗人たちはさっと引きあげたので、結局義澄は殺され損になってしまった。

義澄は、学才こそ素晴らしかったが、年をとっても思慮分別がまるでなかった。だから、こんな浅はかなふるまいをして、殺される破目になったのである。この事件を聞いた人は、皆彼の悪口を言った、と、こうして語り伝えられている。[100]

（巻第二十九第二十）

100　本話は史実に基づくもので、この事件の発生は一〇一〇年（寛弘七年）七月のこととされる（『日本紀略』など）。義澄が奇矯で常軌を逸した人物だったことは、『御堂関白記』にも見える。

七　悪行の顚末

アジャセ王子が父王を殺す話

今は昔、マガダ国の阿闍世(あじゃせ)[1]王子[2]は、釈迦(しゃか)の弟子である提婆達多(だいばだった)[3]を親友と思い、彼の言うことは絶対に間違いのない真実だと信じ込んでいた。提婆達多は、王子が彼の言うことを信頼しきっていると見るや、彼にむかって、

「あなたは父王を殺して、新しい王になりなさい。私は、釈迦を殺して新しい仏陀になるつもりです」

と言った。

阿闍世は提婆達多の言うことに従い、父の頻婆娑羅(びんばさら)王[4]を捕らえ、人里離れた場所に七重の壁で囲った部屋を造り、父王をそこに幽閉した。部屋の入口には厳重に鍵をかけ、そこを守る門衛には、

「絶対に、この部屋に人を近づけるな」

と厳命した。こうした命令が何度となく下され、大臣たちや貴族たちも強く命じられたため、誰ひとり父王が幽閉されている部屋には近づけなかった。阿闍世は、七日以内に必ずや父王を責め殺してしまおう、と思い決めていたのである。

王子の母である韋提希王妃は深く悲しみ、「心がねじまがった息子をわたしが産んでしまったばかりに、大王さまが殺されることになってしまった」と嘆いた。そして王妃は、炒った麦粉をバターと蜂蜜に混ぜたものをからだに塗ってひそかに幽閉場所に近づき、門衛に頼み込んで部屋に入った。そして、頻婆娑羅王にそれをなめさせた。[6]また、宝玉でできた装身具の真ん中をくりぬいてくぼみを作り、その中に重湯を入れ

1　古代インドのビハール州南部の平野にあった国。前六世紀から千年以上にわたり、北インドの政治、経済、文化の中心だった。
2　アジャセ王。前五世紀ごろの人で、釈迦と同時代のマガダ国の国王。提婆達多（デーヴァダッタ）に師事し、そそのかされて父王（ビンビサーラ）を殺害した。即位後に改悛し、仏門に入った。
3　デーヴァダッタ。前五世紀ごろの人で、釈迦の徒弟。初め仏門に入るが、途中から教団を離脱して異説を唱えたことで、仏教側から敵視された。
4　ビンビサーラ。前五五八年～前四九一年。古代インドのマガダ国の国王（在位前五四三年頃～前四九一年頃）。仏法に帰依し、釈迦の強力な後援者となった。息子のアジャセ王に殺害される。
5　ヴァイデーヒー。生没年未詳。ビンビサーラ王の正夫人。

て王にさしあげた。

王は王妃の心づくしを食べてから、手を洗い口をすすいで清め、うやうやしく合掌すると、釈迦がおいでになるはるか遠くの霊鷲山[7]の方角を向いて、涙を流しながら礼拝なさった。

「尊き釈迦牟尼如来さま、なにとぞこのわたくしの苦しみをお救いください。仏法にはめぐりあいましたが、心がねじまがった息子のためにわたくしは今殺されようとしています。神通力をお持ちの目連[8]さまは、いらっしゃいますか。お慈悲をもってここにおいでくださり、在家のわたくしが守るべき八つの戒律をお授けください。来世に善く生まれるための善根にいたしたいのです」

仏陀はこの願いをお聞きになり、慈悲の御心をもって弟子の目連と富楼那[9]を頻婆娑羅王のもとに遣わした。二人のお弟子はハヤブサのように空を飛び、瞬時に王のところにやって来て、戒律を授け仏法を説いた。そして、この説法を毎日続けたのである。

そうとは知らない阿闍世王子は、門衛に様子を訊いた。

「父王は、まだ生きているか」

すると門衛は、

「まだ生きておいでです。お顔つきもうるわしく活き活きされていて、お亡くなりになるような気配はまったくございません。と申しますのも、韋提希王妃さまが麦焦がしをバターと蜂蜜で練ってご自分のおからだに塗り、またくりぬいた宝玉に重湯をお入れになって、そっと陛下にさしあげておられるからです。その上、目連尊者と富楼那尊者が、霊鷲山から毎日空を飛んでおいでになり、陛下に戒を授け仏法の真理をお説きになるのです。わたくしめには、とうてい制止できるような方々ではございません」

と答えた。王子はこれを聞いて激怒し、

「わが母とはいえ、王妃は盗賊同然の悪人だ。悪僧の目連と富楼那と結託して、悪王を今日まで生かしてきたんだからな」

6　原文は「大王ノ御身ニ塗ル」。しかし、『観無量寿経』では、夫人はみずからの身に麦粉を塗って牢に持ち込み、王に食べさせた、とあり、この話の後段にも夫人がわが身に塗った、とあるため、訳はそちらで統一した。

7　マガダ国の王舎城（現在のビハール州中央部）にある小山。霊山とも略称される。法華経、無量寿経などでは、釈迦がここで説法をしていたとする。

8　233ページ、注17参照。

9　インドの僧侶で、釈迦の十大弟子の一人。説法に長じ、「説法第一」と称された。

と叫び、母を捕らえてその首を剣ではねようとした。

その時、釈迦に帰依する尼僧・菴羅衛女[10]の息子で、天竺第一の名医である大臣の耆婆[11]が王子の前に進み出た。そして、

「わが君よ、いったいどういうおつもりでそのような大逆の罪[12]を犯されるのですか。バラモン教の最高経典であるヴェーダ経には『この世が始まって以来、世に出現した悪王で、王位を奪うために父を殺した者は一万八千人に及ぶ』と書いてあります。しかし、いまだかつて理不尽に母を殺した人がいたとは、聞いたことがございません。阿闍世さま、なにとぞよくよくお考えになり、そのような悪逆無道をおやめくださいませ」

といさめた。王子は耆婆大臣の言葉に震えあがり、剣を捨てて母を解放した。だが、父を許すことはしなかったので、とうとう頻婆娑羅王は餓死してしまった。

それから幾年かが過ぎた頃、釈迦は霊鷲山を降り、末羅国[13]の鳩尸那城[14]を流れる抜提河[15]のほとりにある沙羅双樹[16]の林に入られ、そこで大涅槃[17]の教えをお説きになった。

そのことを知った耆婆大臣は、すでに国王になっている阿闍世にむかって、

「わが君は大逆の罪を犯されました。地獄に堕ちられることは間違いありません。今、釈迦牟尼が鳩尸那城を流れる抜提河のほとりの沙羅双樹の林で、教えを説かれていま

す。人の中には仏としての本性がいつも変わらず存在するのだ、という、すべての人々を救う教えです。さあ、すぐにも釈迦牟尼のもとにおいでになり、ご自分の罪を懺悔(ざんげ)なさいませ」

と勧めた。だが、阿闍世王は、

「いや、私は父を殺してしまっている身だ。釈迦牟尼は決して私に好意を持たれることはあるまい。そもそも、私が近づくことをお許しにはならないだろう」

10　アンバパーリー。釈迦の女性弟子（比丘尼）のひとり。

11　ジーヴァカ。釈迦と同時代のマガダ国の医師。古代東洋の伝説的医師とされる。

12　五逆罪に同じ。親殺し、主人殺しなど、天にも人にも許されない重大な犯罪。

13　古代インドのマラ国。

14　クシナガラ。古代インド十六大国の一つ、マラ国の首都。

15　ヒラニヤヴァティー河。『大唐西域記』によると、クシナガラの西北約二キロの地を流れる川だという。

16　フタバガキ科の常緑高木。高さは約三〇メートルに及び、葉は光沢のある大きな卵形。花は淡黄色で小さい。

17　釈迦の入滅を述べた『大般涅槃経』のこと。

とためらう。しかし、大臣は、

「仏陀は善を行う者も、悪を行う者も、共にそばにお近づけになります。わが子に対するのと変わらない慈しみを、すべての人々に平等に与えてくださるのです。ためらうことなくおいでになるべきです」

と譲らずに強く勧める。それでもなお王は、

「大逆の罪を犯した以上、私の無間(むげん)地獄行き[18]は決まっているのだ。仏陀にお目にかかったところで、この罪が消えるということはあるまい。私もすっかり年老いてしまった。いまさら仏陀の前で恥をさらす気持ちにはなれないよ」

と言って渋る。だが、大臣も粘る。

「あなたさまがこの機会を逃して仏陀にお会いにならず、父君を殺した罪を消さなければ、この先いったい、いつの世で罪業を消すことがお出来になるというのです？無間地獄に堕ちてしまえば、そこから出ることなどできるはずはありません。なにがなんでも、今この時に仏陀にお目にかかるのです」

そうやって大臣が熱心に説得していると、沙羅双樹の林にいらっしゃる仏陀から光が発されて王宮に届き、阿闍世王の身を明るく照らした。王はおののいて、

「この世の終わりには、月が三つあらわれてあたりを照らすと聞いたことがある。こ

れは、世が終わる徴なのか？　月光が私を照らしている！」

と叫んだ。大臣はおびえる王に、

「大王さま、どうかお聞きください。たとえば、ある人にたくさんの子供がいたとしましょう。その中に、病気の子や障害のある子がいれば、父母というものはそういう子こそ特に慈しんで育てるのです。大王は、父君をお殺しになりました。その罪はまことに重い。ですが、それはいわば病が重い子供のようなものではありませんか。仏陀はすべての人をわが子のように慈しむのです。この光は、仏陀が大王を救ってくださるというご意志をあらわしている光にちがいありません」

と言った。

これを聞いた王は、

「お前がそれほどまでに言うのであれば、仏陀がおいでの場所に行くことにしよう。だが、私は大逆罪を背負っている身だ。行く途中で大地が裂け、地獄に落ち込むかもしれない。もしそうなったら、お前にすがりついて助けてもらうからな」

と言って、大臣を連れて釈迦のもとに赴くことにした。出発にあたっては、仏法に帰

18　地獄の最深部である第八層にあって、呵責が激烈をきわめていて寸時も休めない世界。

依する目印の旗を取りつけた矛を、五万二千台の天蓋付き車両すべてに立てさせ、五百頭の巨象の背には七種の宝物[19]を満載した。付き従う大臣たちの数もたいへんなものである。

こうして王は沙羅双樹の林に到着し、仏陀の前に進み出た。仏陀はその姿をご覧になり、

「あなたが阿闍世大王か」

と問いかけられた。その途端、瞬時に王は最初の悟りを得たのみならず、未来において成仏できることを仏陀から告げられたのである。仏陀は、

「私は必ずあなたを仏道に入れるつもりであった。今、あなたは私のもとにやってきた。それはすなわち仏道に入った、ということである」

とおっしゃった。

父を殺した阿闍世王が、仏陀のお姿を見た途端、三界[20]の迷いを断つことが出来、最初の悟りを得たのである。このことを思うに、仏陀のお姿を拝する功徳は計り知れないものなのだ、と、こうして今に語り伝えられている。（巻第三第二十七）

酔わせた象に罪人を踏み殺させる話

今は昔、天竺にある国王がいた。その王は、国の法を犯す人々がいると、酒を飲ませて酔わせた巨象をその人々の前に放つという刑罰を行うのが常であった。酔った巨象は、目を真っ赤にして大きな口を開け、猛烈な勢いで罪人めがけて走りかかる。そして、無残に踏み殺してしまう。どのような罪であれ、罪を犯した者はひとりとして生きのびることはできなかった。国王は、この巨象を国の第一の宝として尊んだ。敵対している隣国も、この巨象のことを聞いていたので、あえて攻めてくることはなかった。

ところがある時、この象の厩舎（きゅうしゃ）が火事で焼けてしまった。新しい厩舎が出来上がるまで、象はしばらくの間僧侶の宿舎につながれることになったのだが、この宿舎を

19　「七宝」。379ページ、注6参照。
20　欲界・色界・無色界の三界。悟りを得ず、一切の衆生が生死の輪廻を繰り返して安住を得ない世界のこと。

取り仕切っているのは、常日頃から法華経[21]を熱心に唱える僧だった。そして、宿舎につながれた象は、僧がひと晩じゅう唱えるそのお経を聞いたのである。すると翌日、象はひどくかしこまって慎み深い様子に変わっていた。

その日も国王は、多くの罪人たちを引き出させた。そして、いつも通り巨象を酔わせて、彼らの前に放った。しかし、象はその場に足を折って伏し、罪人たちのかかとを舐めるのみで、ただのひとりも踏み殺そうとはしない。そのありさまを見た国王は、普段とあまりに違う象の様子に驚き呆れ、象にむかって、

「私が頼りにしているのは、お前だけなんだぞ。お前のおかげで国の中の罪人は少なくなり、敵である隣国も攻めてこないのだ。そのお前がこんなざまでは、どうにもならんではないか！」

と責めた。

その時、王の嘆きを聞いた知恵の回るあるひとりの家臣が、

「この象は昨夜どこにつないであったのか？　ひょっとすると、僧侶の宿舎の近くだったのではないか？」

と、周囲の者に訊いた。すると、その中のひとりが、

「はい、その通りです」

と答えた。それを聞いた賢い家臣は、

「思った通りです。象は、僧が唱えるお経を聞いて慈悲の心を抱いてしまったのです。人を踏み殺せないのは、そのせいです。象を今すぐ動物を殺して処理する場所の近くに連れていって、ひと晩過ごさせてから、再度試みてみましょう」

と言って、そのように配下に命じた。命令はすぐに実行され、巨象は処理場の近くにつながれ、一夜が過ぎた翌日、ふたたび酔わされて罪人の前に連れてこられた。すると巨象は、歯をかみ鳴らして口を大きく開け、まっしぐらに罪人のところに走り寄り、ことごとく全員を踏み殺してしまった。それを見た国王は、このうえなく喜ばれた。

このことからもわかるように、畜生でさえ法華経を聞けば、良心を呼び覚まされて悪行を思いとどまるものなのである。まして、元々心のある人間が仏の教えを聞いて尊んだならば、必ず悪心は消えるはずである、と、こうして今に語り伝えられている。


（巻第四第十八）

21　29ページ、注25参照。

父親と一緒に盗みをした息子の話

　今は昔、財宝をたっぷり納めた大きな宝物蔵を持っている王が中国にいた。その宝を盗み取ろうとして、ふたりの盗人が王の宝物蔵に忍び込んだ。彼らは親子で、父が蔵の中に入って財宝を盗み、息子は蔵の外で盗み取った獲物を受け取る役目を受け持った。

　ところが、そこに蔵の護衛たちがやってきた。外に立っている息子はその気配を察知して、こう思った。「護衛が来ても、俺は逃げられるから捕まらない。だが、蔵の中の親父は逃げ出せずに、きっと捕らえられるだろう。親父に生き恥をさらさせるくらいなら、いっそ親父を殺してどこの誰ともわからないようにしてしまう方がいい」

　そう決心すると、息子は蔵の中にいる父に声をかけた。

「蔵の護衛がやって来た。どうしよう」

　父はこれを聞くと、

「護衛だと？　どこだ、どこにいる？」

と言いながら、蔵の中から頭を外に出した。息子はその首を一刀のもとに切り落とし、父の頭だけを拾うとその場から逃げた。

そこに護衛たちがあらわれ、蔵を見ると入口の扉が破られている。さては盗人が入ったか、と色めき立って蔵の中になだれ込んだ。すると、そこには血がおびただしく流れている。怪しんでよくよく目を凝らすと、頭がない死人が倒れているではないか。そして、たくさんの財宝が消えていた。護衛たちは、ことの次第を国王に奏上した。報告を受けた国王は、

「蔵の中の死人は、まぎれもなく盗人だ。もしも親子の盗人だとすると、父親が蔵の中で財宝を物色し、息子は蔵の外でそれを受け取っていたにちがいない。護衛たちがやって来たのがわかったが、蔵の中から逃げ出る暇がなく捕まりそうになったのだろう。それで、誰が犯人かわからなくするために、息子は父の首を切って頭だけを持ち去ったのだ」

と推理した。この国には、昔から親が亡くなると、日の良し悪しを選ばず必ず三日以内に葬儀をしなければならない、という風習があった。そこで国王は、首のない死体を蔵から人通りの多い十字路に持っていかせ、そこに捨て置きにした上で、ひそかに人を遣って様子をうかがわせた。

一方、逃げた息子は、父親の亡骸(なきがら)が四つ辻に放置されていることを知り、これはま

ちがいなく誰かに見張らせているな、と察知した。そこで、強い酒をたくさん甕に入れ、酒の肴も用意して変装をすると、日が暮れる頃、これらの荷を担いで父の亡骸のそばを通り過ぎた。死体を見張っていた者たちは、一日中根を詰めていたので疲れていたし、腹もぺこぺこだったため、息子が担いでいる荷が酒と食べ物であると気づくと、奪い取ってたらふく飲んだり食べたりした。

見張りたちに荷を奪い取らせたあと、息子は今度は、ちょっとでも火に近づけるとすぐに燃えあがるくらい乾ききった薪を車に積み、牛にひかせてまた父の亡骸のそばを通り過ぎた。そして、夜の暗さで車をあやつりそこなったかのように見せかけ、亡骸の上に薪をすべてぶちまけた。息子は、

「やあ、えらいしくじりをした！　すぐに人を呼んで取りのけます」

と言ったままその場を去った。

見張りたちは酔っぱらって、あおむけにひっくり返ったまま前後不覚に寝ていたので、何が起こったかまったく知らなかった。したがって、息子のふるまいを見咎める者は誰もいない。最後に息子は、火をともした松明を手に薪のそばを歩きながら、持っている松明を振り回して薪に火をつけた。こうして、見張りが酔い倒れて寝ているうちに、亡骸はきれいに焼けてしまった。

見張りの者たちが起きてみると、目当ての犯人は見つからないまま、死体は焼けて灰になっている。「こんなしくじりをして、俺たちは首を切られるぞ」と、皆おびえあがったが、隠しおおせることはできないので事の顚末を国王に申し上げた。国王は見張りの者たちをお咎めになることはなく、

「かの盗人は、実に利口な奴である」

とおっしゃられた。


葬儀の習わし以外にも、この国には父母を葬ってから三日以内に決められた川で水浴をせねばならない、という風習があった。王は、

「かの者はあの川で、必ず水浴をするはずだ。今日から三日の間、そこで水浴びする者を全員引っ捕らえて連れて参れ」

という命令を下した。さらに、

「誰かが見張っているとわかれば、水浴をしないだろう。だから、捕縛するための手勢は遠くに置いておき、若い女をひとり、川のそばに坐らせて見張らせよ。川で水浴する者があらわれたら報告するようにさせ、その者を取り囲んで捕縛するのだ」

ともお命じになった。


そこで、王の指示通り女をひとり川辺に置いて見張らせていると、ひとりの男が

やって来た。男は親しげに女に話しかけ、口説いた。女も気をそそられ、やがてふたりは抱き合って交わった。事が済むと男は起きあがり、

「ひどく暑いねえ。汗を流してこよう」

と言いながら川に下りて、水浴びをした。浴び終わると岸に上がり、また女と睦み合った。そして、

「また会おう」

とよくよく約束を交わして立ち去った。女は、男が汗を流すために川に入ったのだとばかり思っていて、相手のことを他の者には告げないまま三日が過ぎた。

国王は家臣に、

「どんな具合だ？」

と訊ねられたが、

「川で水浴びをした者はまったくおりません」

という答えである。国王はこれを聞き、

「そんなことはないはずだ」

と怪しまれ、見張りの女に直接問いただされた。すると女は、

「水浴をしに来た者はひとりもおりません。ただ、男がひとりあらわれて、わたしと

夫婦になろうと言いだし、契りを交わしました。それで共寝をいたしたのですが、そのあと男は『ああ暑い。汗を流してこよう』と言って、川に入りました。上がってくると、去り際に『また会おう』と場所を決めて再会の約束をしました。でも、まさか、なにか考えがあって水浴びをしたのだとは思いもよりませんでした」

と答えた。

国王はこれを聞いて、

「ああ、まさにその男が盗人だったのだ。そやつの策略に、こうも何度もしてやられるとは、くやしい限りだ」

と嘆かれた。そして、男と契った女は留め置いて、他の男と結婚させないようにした。ひょっとすると、男の子を妊娠しているかもしれない、と思われたからである。その疑い通り、女は身ごもっていた。それを知った国王は、非常に喜んだ。やがて月満ちて、女は無事子供を出産した。

この国には出産の際の習わしもあって、それは子供が生まれた時、それがはっきりわが子であるとわからなくても、父と思われる者は、三日以内に生まれた子のもとに行って口づけせねばならない、という風習であった。国王は、この女が妊娠していて子供を産んだならば、その子供に口づけするためにあらわれる相手の男を捕縛しよう、とたくらんだのだった。それで、女を他の男に嫁がせず、宮殿に留め置いたのである。王は、よし、今度こそと思い、女に生まれた子を抱かせて人々が集まる市場に行かせた。同行する家来たちには、

「もしも男がやって来て、子供に口づけしたら、その場で必ず捕らえるのだぞ」

と厳命した。ところが、待てど暮らせど、口づけをする男はあらわれない。いたずらに時が過ぎていったその時、ひとりの餅売り男が近づいてきた。女が抱いている子を見ると、男は、

「おやおや、なんとも可愛らしい子だねえ。ちょっと餅を食べさせてあげよう」

と言って、餅を口に含んで嚙みくだき、口移しで子供に食べさせた。女は、ただわが子を可愛がって食べさせているのだとばかり思ったし、捕縛する役目の者たちもそう思ったので、捕らえようとはしなかった。見ず知らずの男とばかり思っていたため、餅売りが自分と契った男であることにも女は気づかなかったのである。成果なく宮殿に戻った捕縛係りの家来たちに、国王が市場での様子をお訊きになると、彼らは、

「口づけする男はあらわれず、捕縛することはかないませんでした。ただ、この子を可愛がって、餅を嚙みくだき口移しで食べさせた者はおりました」

と報告した。これを聞いた国王は、相手の奇策にまたしてもくやしい思いをなさった

が、今さらどうしようもなく、そのまま犯人探しは沙汰やみになった。

それから何年かが経った。国王は、「隣国にいくさが起き、どこの誰ともわからない男が国王を討って王位についた」という噂を耳にされた。その男の戦略は想像もつかないほどすぐれていたらしい、と噂からいろいろ思いめぐらせていると、隣国のその新しい国王から、「王様の娘御を后としていただきたい」という申し入れがあった。こちらの国王は、すぐにその申し入れを承諾なさり、日を定めて結婚式を挙げることにされた。その当日になると、隣国の王は無数の軍勢を率いてやって来た。迎えるこちらも考えられる限りの盛大さで結婚の準備をし、娘を美しく着飾らせて滞りなく式を行った。

三日が過ぎ、隣国の王は后となった娘を連れて帰国することになった。その時、今は舅となった王は、婿の王に別れの挨拶をしつつすぐそばに近づき、こうささやいた。

「あなたは、以前私の宝物蔵に入って財宝を取っていかれた方ではないですか。あなたのすぐれたお知恵のほどを知ると、どうもそのようにしか思われないのです。なにとぞお隠しにならずお教えください」

すると、婿の王は微笑んで、

「たしかに、その通りです。だが、もう昔のことです。それ以上はもう、おっしゃいますな」

と答え、后をともなって隣国に帰っていった。

舅の王は、「奴のとんでもない知恵に完全に負けて、とうとう娘まで取られてしまったなあ」と憮然とされたが、そののち婿となった王は他の国々の王たちからも一目置かれる存在として君臨した。これもすべて、婿になった王の人徳ゆえであろう、と、こうして今に語り伝えられている。[22]（巻第十第三十二）

醍醐天皇が女の泣き声を聞いた話

今は昔、醍醐天皇[23]が世を治めていらした延喜[24]の御代のことである。ある夜、清涼殿の御寝所でおやすみになっていらした帝が、急に秘書官の蔵人[25]をお召しになった。ひとりがすぐに参上したところ、帝は、

「ここから東南の方角にあたるどこかから、女の泣く声が聞こえてくる。その女をすみやかに捜してまいれ」

と仰せられた。蔵人はご命令をうけたまわると、内裏(だいり)を警護する者たちの詰め所に行って、警護の者に松明(たいまつ)を点(とも)させ、内裏の中をくまなく捜させた。しかし、泣いている女などどこにも見当たらない。夜も更けているため、あたりには人の気配ひとつないのである。蔵人がその旨を奏上すると、帝は、

「もっとよく捜してみなさい」

と重ねておっしゃる。そこで今度は、八つある省庁のうち、清涼殿から東南にあたる諸庁舎を、一か所一か所ていねいに捜し回ったが、やはりどこにも声を立てている者

22　この話の原話は、中国の西晋時代に活躍した西域僧・竺法護(じくほうご)が漢訳した経典のひとつ『生経(しょうきょう)』に収められた「舅甥経」だと考えられる。本話では「中国・親子」の設定だが、原典では「インド・叔父と甥」の話になっていて、その甥は釈迦の前世である。したがって、本来ならばこれは釈迦の本生譚が多い『今昔物語集』第五巻に入るべきものだが、すでにその認識が一般になくなっていたか、あるいは編者が気づかなかったのか、「震旦」篇の世俗話に分類されている。

23　59ページ、注71参照。

24　平安時代前期、醍醐天皇が治めた時期で、九〇一年から九二三年のあいだの元号。

25　525ページ、注77参照。

はいなかった。蔵人はふたたび帝のもとに戻って、省庁の建物内にも女は見当たらない旨を申し上げた。すると帝は、

「それならば、省庁の外をさらに捜せ」

と命じられた。命を受けた蔵人は、ただちに馬役人に馬を用意させてまたがり、松明を持った警護の者を大勢引き連れて内裏を出た。そして、東南の方角に当たる京の町をくまなく捜し回り、耳を澄ませた。だが、夜の町は静まりかえっていて、人の声などまったく聞こえてこない。女の泣き声がしたらすぐにもわかるはずだが、かすかにさえそんな気配はなかった。

一行は捜し回った末、ついに内裏から遠く離れた都のはずれ、九条堀川[26]のあたりまでやってきた。すると、一軒の小さい家から、女の泣き声が洩れてくる。蔵人は、

「帝はもしや、この声をお聞きになったのか?」と驚き怪しみながらも、その家の前に馬をとどめ、護衛の者に伝言を託して内裏に走らせた。帝のもとに戻った護衛は、

「京じゅうどこもすべて寝静まり、女の泣く声は聞こえませんでした。しかし、九条堀川にあります小さい家で、女がひとり泣いております」

と蔵人の言葉を奏上した。帝は即座にその護衛に蔵人への命令を託し、九条堀川に走り戻らせた。その命令はというと、

「その女を捕らえて連れてまいれ。泣いているのは人をたぶらかすたくらみがあってのことで、決して本心からではないぞ」

というものであった。そこで、蔵人がすぐに女を捕らえようとすると、女は、

「わたくしの家は、死人でけがれております。今夜盗人が押し入って、夫を殺したのです。その亡骸が、まだ家の中にあるのです」

と言い、大声で泣き叫び続ける。しかし、帝のご命令がある以上逆らうことはできないので、女を捕縛して内裏まで連行した。そして、女を捕縛した旨を帝にお伝えすると、帝はすぐさま検非違使（けびいし）をお呼びになり、死者のけがれを負っている女を内裏にはお入れにならず、そのまま外で検非違使が引き取るようお命じになった。帝は、

「その女は、大罪を犯している。それを隠すために、表面だけ泣き悲しんでいるのだ。すぐにも厳しく尋問して、法に照らして処罰するように」

とおっしゃられた。仰せをうけたまわった検非違使は、退出して女を検非違使庁に連れていった。

夜が明けてからこの女を尋問すると、しばらくは白状しなかったが、拷問にかけた

26　平安京の南端で、九条大路と堀川小路の交わるあたり。

ところ、事の詳細を自白した。それによると、この女は夫以外の男と関係を持ち、その男と共謀して夫を殺害したのだった。そうやって殺したあと、嘆き悲しむ様子を人に見せつけるために泣いていたのである。女が罪を隠しきれずに自白したことを、検非違使が宮中に参内して奏上すると、帝は報告をお聞きになって、

「やはり思った通りであった。女の泣き声が聞こえた時、どうも本心からのものではない気がしたので、なんとしてでも捜すように命じたのだ。夫を殺した男も、必ず捜し出して捕縛するように」

と仰せられた。その後男も捕らえられ、女と共に牢獄に入れられた。

こういうことがあるから、性悪だと思える妻には気を許してはならない、と、この事件を聞いた人々は言い合った。また、帝に対しては、「やはり、普通の人間とはちがうお方なのだ」と言って心から尊び申し上げた、と、こうして今に語り伝えられている。

（巻第二十九第十四）

悪事が露見した検非違使の話

今は昔、ある夏の頃、大勢の検非違使たちが、盗人を逮捕するために下京のあたりに出動することになった。首尾よく盗人を捕縛できたので、検非違使たちはすみやかに役所に戻ろうとした。ところが、ひとり某(なにがし)という検非違使だけが、

「まだ疑わしいことがある」

と言って、馬から降り、盗人の家に入っていった。

しばらくして、その某が家から出てきたのだが、入っていった時とくらべると、どうも服の見た目が変わっている。袴の裾のあたりが、妙にふくらんでいるのである。他の検非違使たちはそれに目をつけ、どうもおかしなことだ、といぶかしく思った。そもそもこの某が盗人の家に入る前、彼の武具を持って供をしている従者がその家から出てきて、なにやらひそひそ主人である某と話し込んでいたのだった。その様子がなにか怪しい、と他の検非違使たちがすでに思っていたところにもってきて、某の袴の裾がふくらんでいたわけである。検非違使たちは、

「どうもひどく怪しいぞ。きちんと糾明(きゅうめい)しなければ、俺たちみんなの恥になる。こ

のままにはしておけない。なんとかしてあいつの衣装を脱がせて、しっかりあらため
なければならん」
などと相談し合って、一計を案じた。そして、いかにも衆議一決したように、
「捕らえた盗人を、まずは賀茂の河原に連れていって尋問しよう」
と言って、屏風裏（びょうぶうら）[27]という場所に盗人を連行した。
そこに着くと、検非違使たちは盗人をひとしきり尋問し、さていよいよ引き上げる
という段になって、中のひとりが、
「暑くてたまらんな。どうだ、ひとつ皆で水浴びでもしようじゃないか」
と言いだした。ほかの連中も、
「おお、それは名案だ」
と賛成し、皆馬から降りて着ているものをどんどん脱ぎはじめた。しかし、疑われて
いる当の検非違使は、
「とんでもない！　不都合きわまる。軽々しく水浴びをするなど、検非違使の身分を
わきまえないふるまいだ！　まるで馬飼いの小わっぱがやるようなことではないか。
見苦しい！」
と反対し、まさか自分の衣服を脱がせるための策略だとは気づかず、そわそわ落ちつ

かない様子でむやみに怒鳴(どな)り立てる。そのありさまを横目で見ながら、他の検非違使たちは互いに目くばせを交わし、どんどん装束を脱いでいく。そして、某が憤慨していっこうに服を脱ごうとしないのを、わざと意地悪く責めたてるようにして、むりやり脱がせてしまった。

　そうしておいてから、下僚である看督長(かどのおさ)[28]を呼び、

「われわれ皆の装束を、一着づつ別にしてどこかきれいな場所に並べておけ」

と命じた。そこで看督長は、まず最初に袴をふくらませていた某の衣服のところに近寄り、それを芝草の上に置いた。その途端、袴の裾のくくり紐がゆるんで、紙に包んだ白い糸の束が二、三十ほど、ばらばらと下にこぼれ落ちた。検非違使たちはこれを見て、

「あれはなんだ？　なにか出てきたぞ！」

と近づきながら、目くばせしながら大声でわめき立てた。この失態に、袴をふくらませていた検非違使の某は、褪(あ)せた藍のような顔色になり、茫然自失といった状態で立

27　未詳。
28　牢獄の管理や、罪人の追捕(ついぶ)に従事した、検非違使庁の下級役人。

ちつくした。みじめなその姿を目にした同僚たちは、それまで意地悪く責めたてていたのだが、にわかに気の毒になり、めいめい衣装を取って大急ぎに身につけると、馬に飛び乗って一目散に走り去っていった。あとに残された某は、胸がひどく痛むというような風情で、ぼんやりとみずからの衣服を着て、馬にまたがるとその歩みにまかせてとぼとぼとその場を離れた。

看督長が、こぼれ落ちたままになっている糸の束を拾い集め、某の従者にそれを渡してやったところ、従者もまた茫然とした様子で糸束を受け取った。一部始終を見物していた看督長配下の放免(ほうめん)[29]たちは仲間同士で、

「俺たちは盗みを働いてとっつかまり、今はこうしてみじめな手先の身になっているが、それも大した恥ってわけではなさそうだぜ。取り締まりのお偉方(えらがた)だって、ああなんだからな」

と、こそこそささやき合い、あざ笑った。

この某という検非違使は、どうしようもない愚か者である。欲しくて仕方がなかったのかもしれないが、盗人を逮捕した現場で糸をかすめとるなど言語道断である。その上、すぐに見破られたのだから、呆れ果てたみっともなさだ。他の検非違使たちは、さすがに哀れだと思って口をつぐんでいたようだが、やがて自然に世間に知れ渡り、

こうして今に語り伝えられているのである。

(巻第二十九第十五)

大きな鐘をまんまと盗んだ話

今は昔、摂津の国に小屋寺(こやでら)[30]という名の寺院があった。ある時、その寺に年の頃八十にもなろうかという老法師が訪ねてきて、住職に面会を求めた。そして、

「わたくしは西の国から参りました。京の都に行こうと思っておりましたが、寄る年波ですっかり疲れきり、このままではとても都にたどり着けそうもありません。ご迷惑でもありましょうが、どうかこのお寺にてしばらく休ませていただきとうございます。どこかの隅にでもお泊めくださいませんでしょうか」

29 検非違使庁に属する下級の者で、犯罪捜査、罪人追捕などにあたった。かつての罪人で、赦されて出獄したものが職にあたったため、この名がある。

30 未詳。

と頼んだ。だが、住職は、

「今すぐお泊めするといっても、あいにくきちんとした部屋もないのです。本堂の廊下などでは囲いもない吹きさらしですから、凍えてしまわれるでしょうし」

と思案投げ首の体である。すると、老法師は、

「では、鐘つき堂の下ではいかがでしょうか。あそこなら、まわりにも囲いがありますので、休むこともできるのではないかと」

と持ちかけた。住職はそれを聞き、

「おお、よいところに気づかれた。それでは、あそこにお泊まりください。ことのついでに、鐘もついてくだされば、寺としてもまことに都合がよい」

と答えたので、老法師もたいそう喜んだ。

住職はすぐに法師を鐘つき堂の下へと連れていき、

「鐘つき役の僧が使っているむしろや薦がありますどうぞご自由にお使いください」

と親切に説明し、老法師を置いてやることにした。それから、鐘つき役の僧侶には、

「先ほど、流れ者の年老いた法師がやってきて、『鐘つき堂の下に置いてくれまいか』と頼んできたので、あそこに泊めることにした。『鐘もつく』と言っているので、『泊

まっている間はつきなさい』と申しておいた。だから当分の間、お前さんは休んでいていいぞ」

と言い渡した。鐘つき僧は、

「それはありがたいことです」

と言って、引き下がった。

この日から二晩ほどは、老法師が鐘をついた。三日目の午前十時頃、「その流れ者とやらの顔を拝見するとしようか」と元の鐘つき役は思い立ち、鐘つき堂の下に行って、

「法師殿はおいでか?」

と戸を押し開けて中に入ってみたところ、なんと、ひどく年老いて背の高い老法師が、みすぼらしい麻布の衣を腰に巻きつけたまま、手足を突っ張らせて死んでいるではないか。鐘つき僧はこのありさまを見るや走り戻り、本堂にいた住職に、

「例の法師が死んでいます。どういたしましょう」

とあわてふためいて報告した。住職も驚いて鐘つき僧と一緒に鐘つき堂の下に駆けつけ、戸を細めに開けて中を覗いてみると、たしかに老法師は倒れ伏して死んでいる。住職は、戸をしっかり閉めてから寺に戻り、寺僧たちに招集をかけて、事の次第を

告げた。すると、僧たちは、

「得体の知れない老いぼれ法師なんぞをお泊めになるから、寺に穢れ[31]が持ち込まれるようなことになるんだ。いやもう、とんだありがたいご住職さまではないか」

などと腹立ちまぎれに住職の悪口を言い合って騒いだ。しかし、結局、

「こうなっては、今さら騒いだところで仕方がない。村人たちを集めて後始末をさせよう」

ということになって、さっそく村人を呼び集めた。ところが、村の者たちは、

「村の神社の大切な祭りが近づいているのに、そんなとばっちりの穢れに触れられるものか」

と言って、誰ひとりとして死骸を始末しようと言う者はいない。

「それじゃあ、いったいどうするんだ。放っておくなんてできる話じゃないぞ」

と、坊さんたちも口々に大騒ぎするうちに、いつしか午後も一時くらいになってしまった。

そんな騒ぎの中、年の頃は三十くらい、薄墨色の水干と裾にむけて色が濃くなる紫の袴を身につけた男がふたりあらわれた。袴の脇の部分をはしょって帯にはさんだ、動きやすい姿をしている。帯にはさらに太刀をこれ見よがしに差していて、綾藺笠[32]を

首にかけている。身分は低いが見苦しい風体ではなく、軽快ないでたちだった。彼らは、僧房に寄り集まって騒いでいる僧たちのもとに行き、

「少々おうかがいたしますが、このお寺に年老いた法師が参りませんでしたか」

と言った。僧たちは、

「この数日来、年は八十くらいで背の高い老僧が、鐘つき堂の下に泊まっていましたが、それが今朝がた死んでいるのが見つかったんです」

と答えた。すると、ふたりの男たちは、

「これはとんだことになってしまった」

と言うなり、大声で泣きだした。

「あなたがたはどういうお方です？　なぜそのようにお泣きになるのです？」

と僧たちが問うと、ふたりの答えは次のようなものだった。

31　平安期にはすでに天皇や貴族、富裕層の葬儀に僧侶が関わるようになっていたが、いきなり寺で死者が出ることに対しては、やはり一般的な「死に穢れ」の思考が先だったようである。

32　イグサを綾に編んで作った笠。171ページ、注34参照。

「その老法師は、わたくし共の父親なのでございます。老いのせいか、近頃ひどくひがみっぽくなりまして、ささいなことでも自分の思い通りにならないことがあると、すぐに家出をするのです。家は播磨の国の明石[33]にありますが、先日も家出をいたしましたので、皆で手分けをしてこの数日捜し回っておったのです。わたくし共は貧窮の身ではなく、田も十町[34]ほどは持っており、ここの隣の郡にも配下の家来が多数おります。なにはともあれ、とにかくその鐘つき堂とやらに参りとうございます。もしも真実その死骸が父であるなら、夕刻にまた参って葬式をいたしたく存じます」

その後、ふたりは住職と一緒に鐘つき堂に行き、中に入っていった。住職は中には入らず外に立って見ていたが、男たちは倒れている老法師の顔を見るなり、

「ああ、お父さん、こんなところにおいでだったのですか」

と語りかけ、突っ伏して身もだえしながら、声を限りに泣き叫んだ。住職もこの哀れな様子に、思わずもらい泣きをした。男たちはさらに、

「年をとれば誰しもひがみで頑固になるものとは言いながら、なにもこんな風にわれらに隠れて家出などなさり、挙げ句にこんなわびしいところで最期をお迎えになられるとは。死に目にもあえずこうしてお別れするなんて、悲しくてたまりません」

とかき口説くように言い続け、ひたすら泣いた。それからしばらくしてようやく、

「こうなってはもう、きちんと葬ってさしあげるほかない」
と言い、堂下から出て戸を閉めて去っていった。住職は、ふたりが泣いていたありさまを寺の僧たちに語り、しきりに気の毒がる。聞いた僧たちの中には同情して泣く者もいた。

その日の夜八時ほどになろうとする頃、四、五十人もの人がやって来てがやがや喋りながら老法師の遺骸を運び出したが、彼らの多くは弓矢で武装していた。僧房は鐘つき堂からは遠く離れているので、老法師を担ぎ出す様子を見ていた寺の者はひとりもいない。僧たちは皆びくびくして房の扉に鍵をかけて閉じこもり、外の気配をうかがっていた。すると、どうも寺のうしろの山のふもと、十余町ばかり離れたあたりにある松林に遺骸を運んで焼いているようである。念仏と鉦（かね）の音は一晩中続き、夜明けになって止んだ。

寺の僧侶たちは、それからというもの、老法師が死んだ鐘つき堂のあたりには誰ひとり近づかなかった。鐘つき役の僧も、死に穢れを忌む期間である三十日の間は、鐘

33　現在の兵庫県明石市。
34　323ページ、注38参照。

をつきに行かなかった。三十日が過ぎてようやく、鐘つき役が堂の下を掃き清めようと思って足を運んでみると、大鐘は影も形もなくなっている。「これは一大事」と、寺の僧たち全員に注進したところ、皆あわてて鐘つき堂に集まってきたが、盗まれてしまったものはいまさらどうにもならない。僧たちは、「さては、あの老法師の葬式は、大鐘を盗むための芝居だったんだな」と思い至り、

「葬った場所はどうなっている？」

と、村人をたくさん引き連れてくだんの松林に駆けつけた。すると、大きな松を切り倒して、その上に大鐘を載せて焼いたものと見え、銅の破片があちこちに散らばっている。

「よくもまあ、うまく企んだものだ」

とわあわあ言い合って騒いだが、誰のしわざともわからないので、とうとうそのままになってしまった。そんな次第で、以来小屋寺には鐘がないのである。

思うに、いろいろはかりごとをめぐらして盗みを働こうとする者は、珍しくはない。だが、死んだふりをして長い時間ぴくりとも動かずにいるのは、至難の業だ。そして、意のままに涙を流すのもむずかしい。現場にいた者は、なんの関わりもないのに、盗人の空涙に悲しくなってもらい泣きしていたのだ。この事件を見聞きした人たちは、

「とんでもないだまし上手な盗人だ」

と、盛んに評判した。

どれほどもっともらしく思われる出来事であっても、見知らぬ者がすることにはよくよく注意して思いめぐらし、疑ってかかるべきだ、と、こうして今に語り伝えられている。

（巻第二十九第十七）

羅城門の二階で死人を見た盗人の話[35]

今は昔、盗みを働こうと、摂津[36]の国のあたりから京にやって来た男がいた。夜になるまでまだ間があったので、人目を避けながら羅城門[37]の下に立ち隠れていた。京の真ん中を貫く朱雀大路には、たくさんの人々が行き交っている。人通りが絶えるまでの

35　この話は、芥川龍之介の短篇「羅生門」の原話である。

36　113ページ、注128参照。

辛抱だ、と、男は門の陰で時を待った。ところが、しばらくすると、門の外の南の方角から大勢の人が近づいてくる物音や声が聞こえてきた。盗人は、見つかってはまずい、と、羅城門の二階にそっとよじ登った。すると、中にぼんやり灯がともっているのが見えた。

盗人は怪しみ、格子窓から部屋の中を覗くと、若い女の死骸が横たわっているのが目に入った。ひどく年老いた白髪(はくはつ)の老婆が、灯をともしてその枕元に坐り、死骸の髪の毛を手荒く引きむしっている。

男は、身の毛もよだつその光景に気も動転し、

「もしやこれは鬼ではなかろうか」

と、いったんはおじけづいた。が、

「ひょっとしたら、ただの幽霊[38]かもしれない。試しにおどしてみよう」

と大胆にも思いなおし、そっと戸を引き開け刀を抜き放ち、

「こいつめ、こいつめ」

と、叫びながら走り寄った。

不意をつかれた老婆はあわてふためき、両手をむやみにふりまわしたあと、今度は手のひらをすりあわせて盗人を拝んだ。そこで彼は、

「おい婆あ、おまえはどこの誰で、なんで死人の毛なんかむしっているんだ」

と訊ねた。老婆は、

「このお方はわたしのご主人さまでしたが、お亡くなりになられても、お葬式の世話をしてくれる人がおりません。困り果てて、仕方なしにここに安置いたしました。ご主人様は、髪の毛を背丈に余るほど伸ばしておいでしたので、抜き取って鬘（かつら）にしようと思い抜いていたのです。どうぞ、命ばかりはお助けください」

と答える。

それを聞いた盗人は、死人の着物と老婆の着物を剝ぎ取り、さらに抜き取ってあった髪の毛までも奪い取り、すばやく羅城門の二階から下に降りると、いずこともなく走り去った。

37　朱雀大路の南端に建てられた、平安京の正面入口の門。八一六年（弘仁七年）と九八〇年（天元三年）の二度にわたり倒壊し、以後は再建されなかった。
38　原文は「若シ死人ニテモゾ有ル」。（鬼では大変だが）単なる死者の霊ならばたいしたことはない、という意味に取れるが、写本する過程で「若シ」の「シ」が重なって誤認された可能性もある。その場合は「人」であるから、「ただの人間かもしれない」という意味の文になる。

この門の二階には、死人の骸骨が常にたくさんころがっていた。死んでもきちんと葬ることができない者のなきがらを、この門の上に捨て置きにしたのである。

この話は、当の盗人が人に語ったのを、こうして今に語り伝えているということである。

(巻第二十九第十八)

平貞盛が胎児の肝を抜き取らせた話

今は昔、平貞盛(たいらのさだもり)[39]という武人がいた。この人が丹波の国守として赴任していた時のことである。

貞盛は、なかなか治らない悪性の腫(は)れものを病んでいた。そこで、京の都から高名な医師を呼び寄せて診察させたところ、医師は、

「これは、お命にもかかわる腫れものです。この病は、胎児の肝で作った児干(じかん)という薬を手に入れて治療しなければ治りません。しかし、この薬は人には口外できないものです。その上、一日でも早く処方しないと効き目が薄れます。今すぐにもお探しに

なられるべきです」

と告げた。それから、席をはずし屋敷の外にある建物で待機していた。

医師の判断を聞いた貞盛は、左衛門府の尉[40]を務めている息子を呼び、

「医者の奴、俺のこの腫れものの原因が矢傷だと見抜いたようだ。まずいことになった。あの者が勧めた薬を探したりしようものなら、すぐに世間に知れ渡ってしまうだろう。そこでお前に相談なんだが、お前の妻は今妊娠しているようだな。その胎児を俺にくれぬか」

と言った。息子は父の言葉を聞いて、目の前が真っ暗になる思い。ただ茫然とするばかりである。しかし、父の言葉に逆らうわけにはいかないので、

「すぐにもお役立てください」

と答えた。貞盛は、

「おお、それはありがたい。では、お前はしばらくよそに行って、葬式の用意をせよ」

39　151ページ、注13参照。
40　141ページ、注5参照。

と言いつけた。

息子はこの一大事に、すぐさま待機している医師のもとに足を運び、

「妻とその腹の中の子を殺すことになってしまいました」

と泣きながら訴えた。医師ももらい泣きをしながら思案に暮れたが、やがて、

「恐ろしくも浅ましいお話です。私がなんとかいたしましょう」

と言った。そして、貞盛の屋敷に戻ると、

「いかがですか。薬を手に入れることはできそうですか？」

と、貞盛に訊いた。その問いに貞盛が、

「いや、それがなかなか難物でな。しかし、息子の妻が懐妊しているので、その胎児をもらい受けることにした」

と答えたところ、医師は、

「それはいけません。ご自身の血を引いた者では薬になりません。急いで他の胎児をお探しください」

と言う。貞盛は、

「それは困った。どうしたものか」

とがっかりしたが、すぐに、

「ともかくも、皆で探せ」

と、家来たちに命じた。やがて、その中のひとりが、

「台所勤めの女が妊娠していて、六か月になります」

と報告してきた。

「では、それを早く取り出せ」

ということで、その女の腹を断ち割ってみたところ、胎児は女の子であった。これでは薬にならないと、その子はすぐに取り捨てられた。さらに方々を探し、とうとう薬にできる胎児を見つけることができたため、貞盛は一命をとりとめることができた。

病が癒えた貞盛は、医師に名馬や衣服、米などの褒美を山ほど与えて京に帰すことにした。だが、医師の出立（しゅったつ）の日に、貞盛は左衛門府勤めの例の息子を呼んでひそかにこう言った。

「俺の腫れものは矢傷が原因の病だったので、胎児の肝から作った薬を塗ったのだ、という風に医者の口から世間に知れ渡るにちがいない。朝廷では、この俺を頼もしき武士だとお思いになっておいでだ。だから、このたび東国の夷（えびす）[41]が反乱を起こしたというので、この俺を陸奥の国に派遣なさろうとしているのだ。そんな時に、俺が矢で射られて手傷を負ったなどという評判が立とうものなら、それこそえらいことになる。

それで相談なんだが、あの医者をなんとかして亡き者にしたいのだ。今日、あやつを都に帰すので、途中で待ち伏せして射殺してもらいたい」

父の言葉に息子は、

「そんなことは、ごく簡単な仕事です。帰り道の途中の山で待ち伏せして、強盗を装って射殺しましょう。多少用意もありますので、夕方まで引き止めてから医者を出発させてください」

と言ったので、父親は、

「おお、それはうまい考えだ」

と喜んだ。息子は、

「では、用意をして参ります」

と急いで退出した。

息子は父の屋敷を出たその足で、こっそり医師のもとを訪ね、

「実は、あなたが都に帰られる途中を襲って殺せ、と父に命じられました。どういたしましょう」

と告げた。医師は、「これは大変なことになった」と震えあがり、

「なんとかあなたさまのお考えで、この一命をお救いくださいませ」

と頼み込んだ。息子は、

「では、こういたしましょう。都にお戻りの途中、山にさしかかりましたら、あなたをお見送りするために同行するこちらの役人を馬に乗せ、あなたは徒歩で山を越えるようにしてください。妻と子を助けていただいたご恩に報いるために、こうしてお知らせしたのです」

と言った。医師はそれを聞いて手をすりあわせて拝み、喜んだ。

一方、貞盛はなにくわぬ顔で、夕刻の午後六時頃、医師の一行を出発させた。医師は息子が教えた通り、山にさしかかるあたりで馬から降りて、従者のように徒歩になった。そこに偽の盗賊があらわれた。そして打ち合わせ通り、馬に乗った役人が一行の主人だと思い込んだふりをして、それを射殺した。貞盛が付き添いを命じたその他の従者たちも、散り散りに逃げてしまったので、医師は無事に京の都に帰りつくことができた。

左衛門府の尉は屋敷に帰り、父に射殺したことを報告すると、貞盛は喜んだ。しか

41　異民族を意味した「えみし」という古い言葉が、「えびす」に転訛したもの。「蝦夷（えぞ）」に同じ。東国の荒々しい武士も「夷」と呼ばれた。

し、やがて医師が都で元気に生きていて、射殺されたのは地元の役人だったことがわかった。怒った貞盛は、

「いったいどういうわけだ」

と息子を問い詰めたが、息子は、

「医者が徒歩で従者のように歩いているのを知らず、うっかり馬に乗っていた役人を主人だと見誤って射殺してしまったのです」

と弁解した。その弁解に、貞盛もそういうことなら仕方がないと思い、あとは強いて追及することもなかった。こうして息子は、医師の恩に報いることができたのである。

平貞盛朝臣（あそん）が、妊娠している息子の妻の腹を裂いて胎児の肝を取ろうとしたことは、言いようもなく残酷で恥知らずな心根ゆえのふるまいだ。この話は、貞盛がもっとも信頼していた家来である舘諸忠（たてのもろただ）[42]の娘が語ったことを聞き継いで、こうして今に語り伝えられているのである。

（巻第二十九第二十五）

文書改竄を命じた書記を口封じに殺す話

今は昔、日向[43]の国守で某という人がいた。任期[44]が終わり、新しい国守が赴任してくるのを日向で待っている間に、引き継ぎのための公文書を整える必要があった。そこで、書記の中でもとりわけ事務能力にすぐれ、美しい文字が書ける男をひとり選び、一室に閉じ込めた。そして、古い記録の書き直しを命じたのである。

命じられた書記は、

「こんな風に偽りの記録を書かせた俺に、国守殿はきっと疑心暗鬼になるだろう。新しい国守が赴任した時、この俺が文書を改竄したと洩らすのではないか、と考えるにちがいない。あの殿は心根の悪い人間だから、おそらく俺に危害を加えようとするだろう」

42 未詳。貞盛の郎党に舘氏がいた記録は残っている。
43 現在の宮崎県。
44 37ページ、注33参照。

と思い、「なんとかして逃げ出さねば」という気持ちになった。しかし、国守も心得て、屈強な男たちを四、五人監視役に付け、昼夜を分かたず見張らせたので、書記が逃げ出す隙はまったくなかった。

どうする術(すべ)もないまま、書き直しを続けるうちに、二十日ほどですべての公文書を直し終えてしまった。それを見た国守は、

「ひとりでこれだけの文書を仕上げてくれたとは、まことにご苦労であった。心から感謝する。私が京の都に戻っても、忘れずに頼りにしてくれてよいのだぞ」

などと言い、褒美として絹の反物(たんもの)四疋(ひき)[45]を彼に与えた。だが、書記は褒美をもらっても、恐ろしい胸騒ぎで気もそぞろである。褒美を持っていざ退出しようとすると、国守は腹心の部下を呼んで、長い間ひそひそ話を交わしている。このありさまを目にした書記の心臓は早鐘を打ち、胸もつぶれるような気分である。腹心の男は、密談を終えると部屋を出ていこうとしたのだが、そこで書記に声をかけた。

「書記殿もご一緒においでください。人目につかないところで、少々申し上げたいことがありますので」

書記は、ついふらふらと相手のそばに寄っていって話を聞こうとしたのだが、その途端二人の男が書記の両手をつかみ、からだの自由を奪った。腹心の男はやなぐいを

背負い、弓に矢をつがえて立ちはだかっている。書記は真っ青になり、

「いったいどうなさろうというのです？」

と問いかけた。すると、腹心の男は、

「まことにお気の毒とは思うが、主人の言いつけに背くこともできないので、お覚悟召されよ」

と言う。書記は、

「やっぱり思っていた通りですね。それで、どこで私を殺そうというのです？」

と訊いた。腹心は、

「どこか人目につかない場所で、こっそり殺すようにとの仰せである」

と答えた。そこで書記は、

「主人の命令でそうなさる以上、いくら命乞いをしても無駄ですね。ですが、あなたとは長年一緒に仕事をしてきた仲です。私の願いを聞き入れてくださいませんか」

と言った。腹心の男が、

「どういう願いかな？」

45　布を数える単位。一疋は二反。絹の場合は六丈を一疋とする。一丈は約三メートル。

と訊くと、書記は、

「私には八十歳になる老母がおり、家で長年面倒を見て参りました。また、十歳になる幼い子もひとりおります。母と子の顔をひと目見ておきたいのです。どうかわが家の前を通ってください。そうしてもらえれば、呼びだして顔を見ることができます」

と嘆願する。腹心は、

「わけもないことだ。それくらいのことなら、なんの問題もない」

とうけあい、書記を家に連れていくことにした。書記を馬に乗せ、二人の男が手綱を取り、まるで病人を連れていくような風情で、さりげなく進んでいく。弓矢をたずさえた腹心の男が、そのうしろから馬を歩ませる。

やがて家に到着すると、中に入って母に事の次第を告げてくれるように、と書記は同行者のひとりに頼んだ。その男が書記の言う通りにしたところ、書記の母親は彼の手にすがって、門のところまで出てきた。灯心にする真っ白な綿糸を生やしたような白髪頭で、よぼよぼの老婆である。子供の方はたしかに十歳ばかりで、妻に抱かれて外に出てきた。書記は馬をとどめ、母親を近くに呼び寄せてこう言った。

「私は間違ったことは、何ひとついたしておりません。ただ、前世からの因縁で、命を取られることになってしまいました。ですが、どうかあまりお嘆きにならないでください。わが子は、たとえ他の人の子になったとしても、なんとか生きていくことはできましょう。たったひとつの心残りは、母上のことです。それを考えると、殺されることよりもいっそう辛く感じられます。さあ、もう家にお入りください。今生のお別れに、今ひとたびお顔を見たいと思って、家の前を通ってもらったのです」

この言葉を聞いて、国守の腹心は涙を流した。手綱を取っていた者たちも、もらい泣きをした。母親は、息子の別れの言葉を聞いて嘆き悲しみ惑乱しているうちに、とうとう気を失ってしまった。だが、命令を受けている腹心の男としては、いつまでもぐずぐずしているわけにはいかない。そこで、

「長々話すことはならぬ」

と言って、書記の乗った馬をまた歩かせはじめた。そして、進んで行った先にあった栗林の中に書記を連れ込んで射殺(いころ)し、その首を取って屋敷に引き上げた。

このようなことをしでかした国守の罪業は、空恐ろしいというほかない。偽りの公文書を作らせるのでさえ、罪は深いのだ。まして、それを書かせたなんの罪もない書記を殺すなど、はかり知れない罪深さである。極悪人の所業と同じだ、と聞いた人は皆この国守を憎んだ、と、こうして今に語り伝えている。

（巻第二十九第二十六）

干した魚の切り身を売る女の話

今は昔、三条天皇[46]がまだ皇太子でいらした頃のこと、その警備を担当する帯刀（たちわき）の舎人（とねり）[47]たちの詰め所に、毎日のように魚を売りに来る女がいた。帯刀たちがその魚を従者に買わせて食べてみると、なかなかの美味である。これは旨いと珍重し、飯のおかずとして買い込んで食べていた。見たところ、干した魚の切り身のようだった。

さて、秋風がたつ九月頃になり、帯刀たちは都の北、北野の野原[48]で小鷹狩り[49]をして遊んでいた。そこに、魚売りの女がどこからともなくあらわれた。帯刀たちは女の顔を見知っていたので、

「あの女、こんな野原の真ん中で何をしているんだ?」

と不審に思い、馬を駆ってそばに寄ってみると、女は底が四角で口が丸くすぼまっている竹製の大きな笊（ざる）を抱え、片手には木の枝を鞭のようにふりあげて持っていた。女は彼らの姿を見ると、怪しいことに逃げ腰になり、ひどくあわてている。帯刀の従者たちが女のかたわらに行き、笊に何が入っているのか覗こうとするが、女は隠して見せまいとする。こいつはおかしいと、笊をひったくって調べると、中には蛇を四

寸ばかりの大きさに切り刻んだものが入っていた。驚いて、

「こんなもの、どうするんだ？」

と問いただしたが、女は口をつぐんだまま返事もせず、ただ呆然と突っ立っている。

なんとまあ、この女は木の枝で藪をたたき、這い出てくる蛇を打ち殺し、小さく切っては家に持ち帰って、塩干しにして売っていたのだ。帯刀たちは知らぬが仏、それを買わせては、旨い旨いともてはやして食べていたのである。

世間では、蛇を食べると当たると言われているが、彼らはどうして毒に当たらなかったのだろうか。

ともかく、何の魚か正体の知れない切り身を、うかつに買って食べるのはやめた方がいいと、このことを聞いた人が噂した、と語り伝えられている。（巻第三十一第三十一）

46　九七六年～一〇一七年。第六十七代の天皇。在位は一〇一一年～一〇一六年。冷泉天皇の第二皇子。在位中は道長の時代にあたる。
47　原文は「大刀帯」。刀を帯びて皇太子を護衛した武官。舎人の中から武芸に優れた者を選んだ。
48　平安京の内裏の北に広がる野原。北野天満宮がある辺り一帯を指す。
49　小型の鷹でもって小鳥などを捕る、秋の鷹狩りのこと。

八　仏の救いは摩訶不思議

美女だけしかいない島が世にも恐ろしい場所だった話

今は昔、天竺（てんじく）に僧迦羅（そうから）[1]という人がいた。仲間の商人たち大勢を引き連れて一隻の船に乗り込み、財宝を手に入れようと大海原に船出した。ところが、にわかに逆風が吹きつけてきて、矢のような速さで船を南の方角へと押し流していく。するとやがて、大きな島があらわれ、船はそこに流れ着いた。まったく見知らぬ島だったが、陸地に着いたのをさいわい、皆四の五の言わず先を争うように船から下りた。

ホッとひと息ついていると、見事に美しい容姿の女が十人ほど歩いてきて、歌を唄いながらかたわらを通り過ぎて行く。商人たちは、それまでは見知らぬ島に漂着したことを嘆き悲しんでいたのだが、このように美しい女たちがたくさんやって来るのを見るや、現金にもたちまち愛欲の気持ちを起こし声をかけて誘い始めた。その呼び声に応じて、女たちはしとやかな風情で近づいてくる。その姿は、近づけば近づくほど、一段二段と美しさを増していき、言いようもなく魅力的である。

僧迦羅をはじめ仲間の商人たちは全員、鼻の下をすっかり伸ばしてぼうっと見惚（みほ）れながら、こんなことを言った。

「わたしどもは、財宝を求めて海原に出たのですが、急に逆風に押し流されてまったく知らない場所に来てしまったのです。どうしてよいやら困り果てて嘆いていたところに、あなたがたがおいでになったのです。みなさんの美しいお姿を見て、悲しみはすっかりどこかへ行ってしまいました。どうかわたしどもを、あなたがたがお住まいのところに連れていってください。船はすっかり壊れてしまったので、すぐには帰ることができないのです」

すると女たちは、

「はいはい、なんでもお言いつけ通りにいたしますよ」

とあだっぽく誘いかけるので、商人たちは一緒についていくことにした。女たちは、彼らの前に立って案内する。

彼女たちの住まいに行き着くと、そこは高い土塀を延々とめぐらせた城郭（じょうかく）で、厳（いか）めしく堂々とした門があった。商人たちがその門の中に入ると、すぐさま門には厳重に錠が掛けられた。敷地にはさまざまな家屋があり、一軒一軒独立した形で建てられている。男の姿はなく、いるのはただ女ばかり。こうして商人たちは、めいめい好み

1　『大唐西域記』に、南天竺の豪商・僧伽の子で、老父に代わり家業を取り仕切った、とある。

の女を妻にしてそこで暮らすようになったのだが、皆が皆相思相愛の仲睦まじさで、片時も離れていたくないといったありさまだった。そうして日々は過ぎていったのだが、妻になった女たちはどういうわけか、毎日長い時間昼寝をするのである。その寝顔もまたとても美しいのだが、なんとなく気味が悪い感じも漂っているのだった。

僧迦羅は、その気味悪さがどうにも不審でたまらなくなり、彼女たちが昼寝をしている時に、そっと家を出て城内をあちこち探ってみた。すると、歩き回っているうちに、隔離された一軒家を発見した。日頃妻たちは、どんなところも隠すことなく案内してくれていたのだが、ここは見たことがない場所だった。屋根を葺いた土塀で厳重に取り囲まれている。門がひとつあったが、がっちり施錠されていて開けられない。

僧迦羅は、横の方の土塀を苦労してよじ登り、塀の内を覗いてみた。と、そこにはたくさんの男たちがいた。生きている者だけでなく、息をしていない者もいる。呻き声や泣き声が響き、白骨や血まみれの死体がごろごろころがっている。僧迦羅が生きている者を招き寄せたところ、その男は近づいてきた。

「あなたはどういう方ですか？　どうしてまた、こんなありさまになっているんですか？」

僧迦羅のその問いに、男は、

「わたしは南天竺の者です。商いのために航海している最中に嵐にあい、この島に漂着しました。そして、ここの美しい女たちに心を奪われ、帰国することを忘れ果てて住みついたのです。この島には、女しかおりません。あの連中は、最初はわたしたちと相思相愛、心から愛しあっている風だったのですが、別の商人たちの船が漂着すると、古い夫をこうして閉じ込め、膝の裏側の筋を断ち切って歩けないようにし、毎日の食事にしているのです。あなたがたも、新しい船が来たら、わたしたちと同じ目に遭いますよ。なんとかしてお逃げなさい。ここの女たちは人を喰らう羅刹女（らせつにょ）[2]なのです。あいつらは、日に六時間昼寝をします。その間に逃げれば気づかれるおそれはありません。わたしたちが閉じ込められているここは、四方が鉄で固められていますし、膝裏の筋を切られていますから、とうてい逃げることはかないません。悲しくてたまりません。あなた、一刻も早くお逃げなさい」

と泣きながら言った。僧迦羅は、「怪しいと思っていたら、やはりこんなことだったか」と思い、すぐにもとの場所にとって返すと、女たちが寝ている隙に、仲間の商人たち皆にこのことを告げて回った。そして、浜辺に向けて急いで逃げ出し、仲間も彼

2　インドの古代神話伝説に登場する悪鬼。山林・海浜などに住む食人鬼。

の後に続いた。だが、浜に出てはみたものの、島から逃げる方策はない。ただひたすら、仏の世界があるというはるか遠い補陀落(ふだらく)[3]の方角を拝みながら、一心不乱に声をあげて観音(かんのん)菩薩のお名前を念じて助けを求めた。その大合唱は、海原の彼方にまで響きわたった。

そうして懸命に念じていたところ、沖の方から巨大な白馬が波を蹴立てて浜辺に近づいてきて、商人たちの前に来ると身を伏せてうずくまった。「これぞまさしく観音様のお助けだ」と思った商人たちは、全員この白馬に取りついて乗った。すると馬は立ちあがり、海を渡って島を離れていく。羅刹の女たちが目覚めてみると、商人たちは影も形もない。「さては逃げたか」と、先を争いこぞって彼らを追いかけ、城の外に出た。見ると、商人たちが白馬に乗って海を渡っていく。このありさまを目にした女たちは、たちまち背丈が一丈[4]ほどもある羅刹本来の姿に変じ、身の丈の四、五倍もの高さまで何度も躍りあがっては、大声で叫びののしる。その瞬間、妻にしていた女が美しかったことを思い出したひとりの商人は、馬から転げ落ちて海に墜落した。すると、即座に海に飛び込んだ羅刹女たちは、男を捕らえるとめいめい引きちぎり合って、むさぼり喰ってしまった。

白馬はやがて、南天竺の浜辺にたどり着き、そこで身を低くかがめた。商人たちが喜びながら馬の背から降りると、白馬はかき消すようにいなくなった。僧迦羅は「これはひとえに観音菩薩のお助けである」と感涙にむせびつつ伏し拝んで、仲間と共に本国に帰った。しかし、このことは帰っても誰にも話さなかった。

それから二年ほどが経ったある日、僧迦羅がひとり寝ていると、そこに島で彼の妻だった羅刹女があらわれた。かつてよりも、さらに何倍も美しい姿をしている。彼女はそばに寄ってくるなり、

「あなたとわたしは、前世の縁があったからこそ、あのように夫婦の契りを結んだのです。ですから、わたしはあなたを心の底から頼りにしているんです。それなのにわたしを捨てて逃げるなんて、ひどすぎます。あの国には、夜叉（やしゃ）[5]の一団が巣くっていて、時折あらわれては人を取って喰らうのです。城壁を高く築いているのは、そのためなんです。あなたたちが逃げだして浜辺で大声を出していた時、おそろしい姿を見せたのは、その夜叉でした。ところが、それを見たあなた方は、わたしたちが鬼なんだと

3　観音の住む山とされる霊場。インド半島南端にあると信じられていた。
4　一丈は約三メートル。413ページ、注36参照。
5　インドの神話伝説上の悪鬼。231ページ、注14参照。

勘違いなさった。わたしたちは、鬼などではありません。あなたがお帰りになってしまってからずっと、わたしはひたすらあなたを恋しく思い、悲しみ続けていました。あなたも同じお気持ちなのではないのでしょうか」

と、さめざめと泣きながらかき口説く。この女の本性を知らない者なら、まちがいなく心を許してしまうだろう風情だった。

しかし、僧迦羅は激怒して、剣を抜きはなって斬りかかろうとした。女は、ひどく恨んで彼の家をあとにし、その足で王宮に参上した。そして、家臣を通じて国王にこんなことを言上した。

「僧迦羅は、長年連れ添ったわたしの夫です。それなのに、わたしを捨てたままそばに寄せつけてもくれません。このこと、どなたに訴えたらよいのでしょうか。国王陛下、どうかこの理非をご裁断くださいますようお願い申し上げます」

王宮の者たちは、こうして訴える女が比類ない美しさの持ち主なので、皆が皆、愛欲の思いを感じずにはいられなかった。国王もこの様子を聞きつけて、ひそかに女の姿をご覧になったところ、たしかに並ぶ者がない美しさである。寵愛している妃たちとくらべると、彼女たちは土くれ同然、女は宝玉である。「これほどの女と一緒に暮らさないとは、僧迦羅もとんだ馬鹿者だ」とお思いになった国王は、すぐに彼を召し

出して詰問した。僧迦羅は、王の問いに、

「あれは人を喰らう鬼でございます。王宮には決してお入れになってはいけません。すぐに追いだすのが一番です」

と申し上げ、そのまま退出した。

国王は、しかし、彼の言うことをお信じにはならなかった。そして、女への愛欲の念に凝り固まってしまい、夜になると宮殿の裏手からひそかに自分の寝所に女を召し寄せた。近くで見ると、ますますいっそうその美は増してくる。そのまま情欲の虜となって女を抱き、寝所にこもりきりになって国の政治はほったらかし。三日もの間、外にお出ましにならない。僧迦羅はこのことを聞いて、王宮に参上し、

「このままにすればとんでもない大事件が起こります。あれは女に化けた鬼なのです。すぐにも殺すべきです」

と警告した。しかし、誰ひとり彼の言葉に耳を貸す者はいなかった。

それからまた三日が過ぎ、四日目の朝のことだった。女が宮殿から出てきて、外の廊下の端(はし)に立った。見れば目つきが変わっていて、ものすごく恐ろしい形相である。口には血もついていた。女はしばらくあたりを見回していたかと思うと、宮殿の軒先に跳び上がり、そこから鳥のように身を躍らせ雲の中へと姿を消した。国王にこれを

告げようと、お側付きの者が御座所に近づいて中の様子をうかがったが、王のお声は聞こえず気配もない。驚き怪しんでさらに御座所に近づくと、几帳の内側に血が流れていて、王のお姿は見えない。おそれながら、と内に入ると、そこには血まみれの髪がひとつかみ残されているだけだった。

この凶事はまたたく間に王宮内に広まり、上を下への大騒ぎになった。大臣百官が集まって嘆き悲しんだが、すべては後の祭りである。ともかく王がいなくてはどうにもならないと、すぐに皇太子が跡目を継がれた。そして、新しい王はすぐに僧迦羅を召し出され、どういうことなのかお訊ねになった。僧迦羅は、

「これを恐れていたからこそ、私はあの女をすぐにも成敗すべきだとくどいほど申し上げたのです。私は、あの女が立ち戻った羅刹国の場所を存じております。ご命令を受け次第、かの羅刹どもを討伐に参る所存です」

と申し上げた。新王は、

「ただちに羅刹国に向かい討伐せよ。お前が望むだけの兵士を付けてやろう」

とおっしゃった。僧迦羅は、

「では、弓矢を携えた兵を一万、剣を帯びた兵を一万、船脚の速い百の兵船に乗せて出発させてください。彼らを引き連れて討伐に向かいます」

と答えた。新王は、「要求通りにしてやろう」と、即刻二万の兵力出動の命が下った。僧迦羅はこの軍勢を指揮して、羅刹国へと漕ぎ寄せた。まずはかつて自分がここにたどり着いた時のように、商人に変装した者たちを十人ほど浜辺に出して、あたりをうろうろさせた。すると、今度もまた、美しい女たちがやはり十人ほどあらわれ、歌を唄いながら近づいてきて、うちとけた様子で商人姿の者たちに話しかけてきた。やがて、女たちに先導された先遣隊の十人が城内に入ろうとするところを、うしろからつけていった二万の軍勢が一気に乱入した。そして、女たちを切り倒し、射殺した。それでもしばらくの間、女たちは恨むような様子を見せたり、なまめかしく媚びたりしていたが、僧迦羅が大声を発して走り回り、容赦なく兵を指揮したので、ついに羅刹の正体をあらわして飛びかかってきた。大口を開けて襲いかかってくるそれらの鬼たちの首や肩や腰を、剣で散々に打ち落とし、打ち折ったので、手傷を負わない鬼はひとりとしていない。なかに飛び去ろうとする鬼がいれば、弓で射落とす。誰ひとり逃れられた者はいない。

その後僧迦羅は、家々に火を放って焼き払い、すべてを灰にしてから国に戻って国王に討伐が完了した旨を報告した。国王は、報償として羅刹国を彼にお与えになった。そこで僧迦羅は島の王になり、共に討伐をした二万の軍を率いてそこに住むようになった。故郷での暮らしより、島の暮らしは安楽であった。以来、今に至るまで、彼の子孫はその国に住んでいる。羅刹は永久に絶えた。こうした次第で、その国を僧迦羅国[6]と呼ぶのである、と、こうして今に語り伝えられている。（巻第五第一）

捨てる定めの母をかくまった大臣の話

今は昔、七十歳を過ぎた人々を他国に流し遣ってしまう国が天竺にあった。その国に、年老いた母を持つ一人の大臣がいた。彼はことのほか親孝行な人物で、朝な夕な一所懸命母の世話をしていた。そうした日々が過ぎていき、いつしか母は七十歳を越えた。大臣は、

「母の顔を朝見ていても、夕方に見なかったりするだけで、堪えがたいほど心配になるのに、はるか遠い他国に送り出してそのまま顔を見ることもできなくなるなんて、到底耐えられる話ではない」

と思い、ひそかに家の片隅の地下に穴蔵を掘り、そこに母親をかくまった。ほかの家

族も知らないことで、まして世間にはこのことはまったく洩れなかった。

　こうして何年かがたった頃、隣国から見分けがつかないほど似通った二頭の雌馬が送られてきた。送り状には、

「この二頭のどちらが母で子かを判別し、印をつけて送り返せ。もしもできないようなら、軍を発して七日のうちにそちらの国を滅ぼす」

とある。困った国王は大臣を召し出し、

「いったいどうしたものだろうか。なにか思いつく名案はないか」

とご下問になった。大臣は、

「これは難題で、簡単にはお答えいたしかねます。いったん退出いたし、よくよく考えてあらためて御返答申し上げます」

と答えを保留したが、内心では、

「かくまっている母は年の功で、このようなことについてなにか聞き及んでいるかもしれない」

と思って、急いで家に戻った。

6　セイロン島（現スリランカ）。391ページ、注15「執獅子国」参照。

帰るとすぐに母のいる地下蔵に忍んでいって、くだんの難題を説明し、

「なにかご存じのことはありますまいか」

と訊いた。すると母は、

「昔若かった頃、こんなことを聞いたことがあります。そっくりな馬の親子を判別するには、二頭の真ん中に草を置いてみるといい。すぐに食べはじめるのが子で、子に思うまま食べさせたあとで食べるのが親である、とのことでした」

と言った。大臣が、その答えを携えて王宮に戻ると、国王は待ちかねたように、

「なにかいい考えが浮かんだか」

とお訊きになる。大臣は、母が言ったとおりのことを、さも自分が思いついたかのように言上した。すると国王は、

「おお、それは名案だ」

と喜ばれ、すぐさま草を持ってこさせて二頭の馬の真ん中に置かせた。すると、一頭はすぐにがつがつ食べたが、もう一頭はその食べ残しをゆっくり食べた。そこで、それぞれの馬に判別の札を付けて隣国に送り返した。

それからしばらくして隣国は、今度は一本の木を同じ太さに削って漆を塗ったものを送りつけてきた。

「この木のもともとの先端と根元を判別せよ」

と言うのである。国王は、また大臣を呼び出し、

「いったいどうしたらいいだろう」

とおっしゃった。大臣は前回と同じように返答し退出するや、母のいる地下蔵に行って「かくかくしかじか」と難問の答えを求めた。母は、

「答えは簡単ですよ。水に浮かべてみて、少し沈む方が根元の方です」

と言った。大臣は宮殿に戻ってこのことを報告したところ、ただちに国王は木を水に入れてご覧になった。すると、一方の端が少し沈んだので、そちらに「根元」という札をつけて送り返した。

三度目の難題は、象だった。象が一頭送られてきて、

「この象の重さを測って言って寄越せ」

と申し入れてきた。国王は、

「こうも次々に難題をふっかけてくるとは、まことに困ったことだ」

と思い悩まれ、またしても大臣を呼んで相談なさった。

「いったい全体どうしたらよいのだ。今回はまた、ひときわむずかしい問題ではないか」

と仰せられる。大臣は、

「じつにまったく仰せの通りでございます。しかしながら、このたびも退出いたし、よくよく思案してご返事申し上げたく存じます」

と言って、例のごとく家に戻った。その様子に国王は、

「大臣め、わが面前でも考えをめぐらすことはできるだろうに、いちいち家に戻るとはすこぶるおかしな話だ。家にどういう仕掛けがあるのだろう」

とお疑いになった。

やがて大臣が戻ってきた。国王は、いくらなんでも今回の難題には答えは見つからないだろう、とひどく心配しながら、

「妙案はうかんだか」

とお訊ねになった。大臣は、

「少々思いついたことがございます。まず、象を船に乗せて水に浮かべます。船がその重さで沈みますから、その時の吃水線(きっすいせん)に墨で目印をつけておきます。そのあと象を船からおろします。次に、今度は石を船に運び入れ、象が乗った時の吃水線と同じになるまで積み込みます。その石をひとつひとつ秤にかけて重さを測ったのち、それらの目方を足し合わせれば、それが象の目方ということになります」

と答えた。国王はこれを聞き、大臣の言ったとおりに計量して、「象の重さはこれこれである」と書いて隣国に返書した。

敵である隣国は、相手が三つの難題をひとつとして間違えることなく解決し返答してきたので、感嘆し褒めたたえ、

「あの国は賢人が多いと見える。なまなかの才智ではとても返答できないようなことを、すべて見事に言い当てて寄越した。これほど賢い国にうっかり戦いをしかけたりしたら、かえって計略にかかってこちらが滅ぼされてしまうだろう。ここはお互い仲良く友好関係を結んだ方がいい」

という判断を下した。そして、長年にわたる敵対的な態度をきっぱり改め、和平の文書を取り交わして友好国となった。

国王は大臣を召し出し、

「わが国を屈辱から救い、敵国を友好国に変えられたのは、すべてそなたの働きゆえだ。朕(ちん)は、ことのほかうれしく思うぞ。だが、どうやってあのような難問を解き明かすことができたのだ？　申してみよ」

と仰せられた。その瞬間、大臣はこぼれ落ちる涙を袖で押しぬぐいながら、国王に申し上げた。

「この国には、昔から七十を過ぎた老人を他国に流し遣る習わしがございます。今に始まった政令ではございません。ところが、わが母は七十を越えますこと、今年で八年に及びます。その母に朝夕親孝行をしたいがために、ひそかに家の中に地下蔵を掘り、八年の間ずっとそこに隠し置いたのでございます。今回の難題がふりかかりました時、年老いた者は見聞も広いので、もしやなにか見聞きして知っていることもあろうかと思い、御前から下がって家に戻って問い訊ね、母の返答通りのことを言上いたしたのでございます。この老母がおりませんでしたら、どうなっておりましたことか」

大臣の告白を聞いた国王は、

「どういう理由で、老人を捨てるという風習がかつてできたのであろうか。だが、今回のことで、老人は尊ぶべきものであるということを、朕は肝に銘じて悟った。すぐにも宣旨(せんじ)を下して、これまで遠い場所に流し遣った老人たちは、身分男女を問わずすべて召し返すようにしよう。また、老人を捨てる国という名を改め、老人を養う国と称するようにしよう」

と仰せられた。

これよりのち、この国は平和に治まり、民は平穏に暮らし、国中が豊かになった、と、こうして今に語り伝えられている。[7]

（巻第五第三十二）

文字ひとつに救われた話

今は昔、肥後[8]の国の役所に一人の書記が勤めていた。毎日きちんと職場に通い、長年勤勉に働いていた。ある日急な仕事があって、いつもより早くに家を出て役所にむかったのだが、その時は従者も連れず、馬に乗ってひとり役所に急いでいた。書記の家から役所まではせいぜい十余町なので、いつもならほどなくたどり着くはずである。

7　北魏（三八六年～五三四年）で漢訳された仏典『雑宝蔵経』に、本話の原拠が収められている。その話では、老母は老父で難問も九つある上に、そこには仏教教理の問答的なものが含まれる。これは、原話が釈迦の本生譚だったからであろう。すなわち、老父は釈迦の、国王は阿闍世王の、そして大臣は舎利弗の前世なのである。本話は、それをわかりやすい孝養教訓の形に変化させたものと考えられる。

8　現在の熊本県。

ところが、その日はどうしたわけか、馬を歩ませれば歩ませるほど役所は遠くなっていき、いっこうに到着しない。そのうちに道に迷って、どことも知れない広い野原に出てしまった。その野原をうろうろしているうちに丸一日が過ぎ、いつしか日もとっぷり暮れてきた。だが、宿を取ろうにも、あたり一面ただの原っぱである。

書記は悲嘆に暮れ、どこかに人里はないものかと必死で探し回るうちに、小高い丘の上に出た。すると下の方に、立派な構えの家の屋根があるのがちらりと目に入った。「ああ、やっと人里に出た」と思ってうれしくなり、急いでその家に近づいていった。だが、近くに寄ってみると、人の気配がない。家の周囲をめぐりながら、

「どなたかおいでになりませんか？　この里はなんというところでしょうか？」

と声をかけた。と、それに応じて、家の中から女の声が答えてきた。

「どなたがおっしゃっているのですか。どうぞ、ご遠慮なくさっさと中にお入りください」

書記は、この声を聞きひどく恐ろしく感じた。しかし、その思いをこらえて、

「わたしは道に迷った者です。急ぎの用事の途中ですので、ゆっくりしてはいられないのです。道だけをお教えいただきたいのですが」

と言った。すると女の声は、

「それなら、ちょっとそこで待っていらしてください。お目にかかって、道案内をいたしましょう」

と言って外に出てくる気配がしたが、それがたとえようもなく恐ろしい感じなのだ。

そこで、書記は馬の首を返して逃げ出そうとした。その足音を聞いた女は、

「おいおい、ちょっと待て」

と言って、家から出てきた。振り返ってその姿を見ると、背丈は家の軒と同じくらいで、眼をらんらんと光らせている。

「さては鬼の家にうっかり来てしまったか」

と思い、書記は馬に鞭を入れて必死で逃れようとした。女は、

「お前はなんで逃げ出すのだ。止まれ、こやつめ！」

とわめく。その声音はもう、恐ろしいなどという段ではない。肝をつぶし動転しながらもう一度相手を見ると、背は一丈ほどで眼と口からは稲妻のように火炎を放射し、大きく口を開けて、手を打ち鳴らしながら追いかけてくる。ひと目見ただけで気が遠くなり、あわや馬から転げ落ちそうになった。だが、それをこらえて何度も馬に鞭を入れて走った。その間、

「観音さま、どうかお助けください。危ういこの命をお救いください」

と一心に祈ったのだが、とうとう乗っていた馬がばったり倒れてしまった。書記のからだは、鞍から飛んで前の方に落ちた。「ああ、もう、喰われる」と観念しかけた瞬間、目の前に墓穴があるのに気づき、無我夢中でそこに転がり込んだ。

ひと足遅くそこに来た鬼は、

「きゃつめ、どこに消え失せた？」

と言う。その声で、鬼が来たなとわかったが、鬼は書記をさがす前に、まず倒れた馬に喰らいついた。その物音を聞きながら書記は、

「馬を喰い終われば、次はまちがいなく俺に襲いかかってくる。なんとかこの穴に隠れたことに気づかないでくれ」と願い、ひたすら「観音さま、どうかお助けください」と念じ続けた。

やがて馬を平らげた鬼は、書記が隠れた穴に近寄ってきて、

「この者は、わたしの今日の獲物なのです。それをなんで取り上げておしまいになるのですか。いつもいつもこういう非道なことをなさいますが、あんまりのお仕打ちでございます」

と訴えた。この声を聞いて、「鬼は俺が穴に隠れたことをちゃんと知っていたんだ、もうだめだ」と書記が思うと同時に、穴の奥から声が響いた。

「いや、この者は私の今日の獲物と決めてあるのだ。だから、お前にやるわけにはいかない。お前はさっき喰った馬で充分だろう」

書記はこれを聞き、

「ああ、もうどうやっても命はないものと決まった。さっきの鬼ほど恐ろしいものはないと思っていたが、この穴の中にはもっと恐ろしい鬼がいて、俺を喰らおうとしている」

と、身も世もなく悲しい気持ちで涙がこぼれる。

「観音さまのお助けを必死で念じたが、その甲斐(かい)もなくここで命は終わる。これも前世の定めなのだろう」

と、ついに観念した。

その間も、穴の外では鬼が何度も哀訴していたが、穴の中の声は許そうとはしない。結局、鬼はすごすごと戻っていった。その気配を察した書記が、「これで俺も穴の奥に引き入れられて一巻の終わりだ」とふるえていると、穴の中から声が語りかけてきた。

「お前は今日、鬼の餌食(えじき)となるはずだったが、真心をこめて観音を念じ奉(たてまつ)ったので、この災難を逃れることができたのだ。お前はこののち心から仏に帰依して『法華経(ほけきょう)』

を深く信じ、常に読み唱え申し上げるのだぞ。そもそも、こうやって話しかけている私が何者であるか、お前は知っているか？」

書記が知らないと答えると、声は、

「私は鬼ではない。その昔、ここに尊い聖人がおいでになり、西の峰の上に卒塔婆を立てて、その下のこの穴に『法華経』をお納めになったのだ。それから長い月日が経って、卒塔婆も経もすべて朽ちてなくなってしまった。しかし、『法華経』の『妙法蓮華経』で始まる経文の最初の文字である『妙』だけが、今も残っているのだ。かく言う私は、その『妙』のひと文字である。私はこの穴の中にあって、あの鬼に喰われようとした人を、これまでに九百九十九人助けてきた。今お前を加えて、これで千人となった。お前は、すぐにもここから出て家に帰りなさい。そして、くれぐれも仏を念ずる心を忘れることなく、決して怠らずに『法華経』を唱え奉るのだぞ」

とおっしゃった。そして、きりりとした童子をひとり供につけて、書記を家まで送ってくれた。

書記は泣く泣く穴の前で礼拝し、童子に導かれて自宅にたどり着いた。童子は書記の家の門まで来ると、書記に向かって、

「お前は『法華経』を信じ、心を込めて読み唱えるのですよ」

と言い置き、かき消すようにいなくなった。書記は、童子が消えた場所を感涙にむせびながら拝んだ。そして家の中に入ったが、時刻はもう真夜中ごろであった。心配していた父母や妻子にことの次第を話すと、皆心から喜び感激した。こののち、書記は熱心に『法華経』を読誦(どくじゅ)し、いよいよ深く観音を信じ敬い申し上げた。

このことからもわかるように、「妙」のひと文字でさえ、朽ちずに残っていれば人を救ってくださるのだ。まして、正しいやり方で誠心誠意『法華経』を書き写すなら、その功徳ははかりしれない。現世におけるご利益がこれほどのものであるなら、後世での苦しみから救われることは疑いないことである、と、こうして今に語り伝えられている。

（巻第十二第二十八）

9　仏舎利を安置したり、供養・報恩・追善などをするために建てた塔。日本ではとくに五輪形式の石塔や、上に塔の形の刻みを付けた細長い板を指す。

わざと罪を犯して罪人を救う話

今は昔、春朝（しゅんちょう）[10]という修行僧がいた。彼は、『法華経』を肌身離さず持ち歩き、日夜それを読み唱えていた。家もなく流浪の身で、ただひたすら『法華経』を念じ唱えることに身を捧げていたのである。人を深く憐れみ、他人の苦しみや喜びをわがことであるかのように苦しみ、また喜ぶという心根の持ち主であった。

ある時、春朝は京の都にある東西ふたつの牢獄[11]を見て、心から哀れを感じた。

「ここに入れられている囚人たちは、たしかに罪を犯して刑罰を受けている身だ。だが、私はなんとかして彼らに御仏の善き教えの種を植えつけ、苦しみから救ってやりたい。このまま獄舎の中で死ねば、彼らは間違いなく後世はふたたび三悪道[12]に堕（お）ちてしまう。よし、私はわざと罪を犯して牢獄に入り、心をこめて『法華経』を唱え、罪人たちに聞かせることにしよう」

そう決心すると、とある貴族の家に忍び込み、金銀の器をひと揃い盗み出した。それからすぐに博打場に行き双六（すごろく）[13]勝負をして、その賭金に盗んだ金銀の器を見せた。そこに集まっていた者たちは器の素性を怪しみ、

「これは、さる貴人のお屋敷から最近盗まれたものだぞ」

と騒ぎだした。この騒ぎはそのまま自然と噂になって広まり検非違使の耳に届き、結果春朝は捕らえられた。取り調べを受けたところ、春朝が盗ったことが判明したので、そのまま牢獄に入れられた。聖人は獄舎に入ることを心から喜び、かねてからの願いを遂げようと、真心をこめて一心に『法華経』を唱えて囚人たちに聞かせる。その声を聞いた多くの罪人は皆涙を流して頭を垂れ、読経を心から尊ぶのであった。春朝はこの様子をうれしく思い、いっそう心をこめて日夜読経し続けた。

この有り様が知れ渡り、上皇さまやそのお后方をはじめ、多くの皇族方から、検非違使庁の長官宛てに「春朝聖人は、長年にわたる法華経の行者である。決して拷問な

10　『法華験記』には、「沙門春朝、是権者なり。直人（ただびと）に非ず」とあるが、未詳。
11　左京・右京それぞれにあった獄舎。左獄（東獄）は現在の京都府庁舎西側の丁子風呂町付近、右獄（西獄）は中京区西ノ京西円町あたりにあった。
12　衆生が輪廻する六道のうち、畜生道、餓鬼道、地獄道のこと。三悪趣とも。377ページ、注5参照。
13　当時は、複数人が競争して上がりを目指す「絵双六」ではなく、ふたりで対戦する「盤双六」が主流だった。さいころによる偶然性の要素が大きく、賭博として隆盛した。

どしてはならぬ」という手紙が遣わされた。また、それ以外にも長官は不思議な夢を見た。その夢では、光り輝く普賢菩薩[14]が白い象に乗ってあらわれ、飯を入れた鉢を捧げ持って、獄舎の門の前にお立ちになっている。長官が、

「どうして獄舎の前に立っていらっしゃるのですか」

とお訊ねすると、普賢菩薩は、

「法華経の行者である春朝が牢獄に入っているので、彼に飯を与えようと思ってこうして毎日持ってきているのだ」

とお答えになった。そのとたん、長官は夢から覚めた。心底驚いて恐れおののいた長官は、すぐさま春朝を獄舎から解放した。ところが、春朝はそれからもわざと罪を犯して五度も六度も捕まった。しかし、そのたびごとに、罪状を取り調べることもせず、検非違使庁は彼を釈放した。

それでもなお、春朝はしつこく罪を犯して捕まる。とうとう検非違使庁では会議を開き、

「春朝はやはり重罪人と言うべきである。それを毎回不問に付してしまうために、図に乗って気まま放題に人のものを盗むのだ。ここはどうしても重い刑罰を科さねばならない。両足を切り、徒刑囚とする罰をくだそう」

と決めた。そして役人たちは春朝を右近衛府の馬場[15]に引き出し、そこで足切りの刑を執行しようとした。引き据えられた春朝は、声を張り上げて『法華経』を読み唱える。すると、その声を聞いた役人たちはその尊さにただもう涙を流すばかりで、刑などまったく行えない。結果、またしても春朝は放免されることになった。するとまた、検非違使庁[16]の長官は夢を見た。髪をみずらに結った気高くうるわしい童子が、正装である束帯姿[17]であらわれ、

「春朝聖人は、獄舎の罪人を救わんがために、わざと罪を犯して七度も獄に入った。これは、御仏が衆生を救おうとされる時にお使いになる方便(ほうべん)[18]と同じことである」

と長官に告げた。長官は夢から覚め、いよいよ恐れかしこまったのだった。

その後、春朝は宿る家もないままに流浪し、ついに右近衛府の馬場の近くで亡く

14　文殊菩薩とともに、釈迦如来の脇侍として、仏の理・定・行の徳を司る。475ページ、注20参照。
15　右近の馬場に同じ。
16　15ページ、注14参照。
17　貴族の正装。510ページの図版参照。
18　257ページ、注47参照。

なった。亡骸はそこに置かれたまま始末する人もなく、やがて髑髏だけになった。ところがそれからというもの、毎夜『法華経』を読み唱える声が響くようになったので、あたりに住む人たちはそれをこの上なく尊んだ。ただ、誰が唱えているのかまったくわからず、皆不思議がるばかりであった。そんなある時、ひとりの聖人がおいでになり、春朝の髑髏を拾って深い山に持っていって葬ることにした。すると、経を唱える声はぱたりと聞こえなくなった。それで、髑髏が経文を唱えていたのだ、とあたりの人々はわかったのである。

春朝聖人は、ただの人間ではなかった、神仏がこの世に仮の形であらわれたお方だったのだ、と当時の人々は噂した、と、こうして今に語り伝えられている。

（巻第十三第十）

亡くなった母親を写経で転生させる話

今は昔、越中[19]の国の役所に勤める書記がいた。子供は、男の子ばかりが三人。書記は、毎日朝から夕刻まで勤勉に働いていた。ところが、この男の妻が急に病に倒れ、数日床についていたかと思うと、そのまま死んでしまった。夫である書記も子供たちも、嘆き悲しみながら葬儀を執り行い、ねんごろに供養した。何人もの僧を家に呼んで籠もらせ、四十九日[20]のあいだというもの心をこめて手厚く仏事を営んだのだった。

やがて四十九日は過ぎたが、残された家族の悲しみは癒えず、皆が皆亡き妻、亡き母を慕い続けた。この家の庭では、植えれば嘆きを忘れるという忘れ草[21]も生え育たないにちがいなかった。子供たちは、

「お母さんがたとえどんなところに生まれ変わっていようとも、もう一度会いたいものだよなあ」

といつも言い合った。

さて、越中の国には立山[22]という場所があった。まことに尊い霊妙な深山で、山道は

19　現在の富山県。
20　原文は「七々日（なななぬか）」。人が死んでから次の生をうけるまでの期間とされる。
21　萱草（かんぞう）の別名。これを身につけることで憂いを忘れられるとされた。
22　富山県の立山連峰。山岳信仰の霊場。

けわしく、お参りをするといっても容易ではない。その山中には、さまざまな地獄の沸き湯が噴きだしていて、見るも恐ろしい景色の場所がいくつもあった。ある日のこと、書記の子供たちはこんなことを話し合った。

「いつまでお母さんを恋い慕っていても、気持ちは暗くなるばかりだ。ひとつ立山にお参りして、地獄が沸き立つ様子を眺め、お母さんが今どんなところにおいでなのかを思い、それであきらめの心を持つようにしようじゃないか」

そう決めて、供養のために尊い聖人と一緒にお参りをすることにした。

山に入って地獄をひとつひとつ見て歩いたが、その光景の恐ろしさは耐えがたいほどである。一面に燃え焦げて、そこここに炎が上がり熱湯がぐらぐらとたぎっている。遠くから眺めているだけでも、それらがからだにふりかかってくるようで猛烈に熱い。あのたぎる釜で煮られる人の苦しみはいかばかりか、と思いやられ、胸がつぶれるような思いである。同行した聖人に、錫杖[23]をふりながら偈[24]を唱えてもらったり、『法華経』を読んでもらったりすると、心なしか地獄の炎がおさまったようにも感じられる。そんな風にして、地獄を十か所ほども見て回ったのだが、その中でもことのほか恐ろしい様子の地獄にたどり着いたので、他の地獄と同じように錫杖を振りながら『法華経』を読んでもらった。経が読まれている間は、この地獄でも炎が少しおさまるようである。

と、その時、姿は見えないのだが、自分たちが明け暮れ恋い慕ってやまない母の声で、「太郎や、太郎や」という呼びかけが岩の隙間から洩れてくるではないか。あまりに思いがけないことなので、空耳かと思いしばらく返事をためらっていると、しきりに同じ声で呼びかけてくる。そこで、こわごわ、

「お呼びになっているのは、どなたでしょう」

と問いかけると、岩の隙間から洩れる声は、

「何を言っているのです。あなたがたの母の声を忘れてしまったのですか。わたしは生きている間に、人に物を与えないという罪を犯しました。それで今、この地獄に堕ちて計り知れない苦しみを受けているのです。昼も夜も休まることなく苦しみは続いています」

と言った。

23　杖の一種。杖の頭部の金属製の輪に小環を数個つけて、振って鳴らす。読経の調子を取るのにも用いられる。

24　仏の徳や教えを讃美した韻文。

恐ろしくも不可思議な出来事なので、子供たちはまずは怪しく思った。夢などでのお告げというのは、よくある話である。だが、実際に死者の声がするなど、聞いたためしはない。とはいえ、母の声であるのは間違いないのだから、疑うわけにもいかない。そこで、

「どのようなご供養をしてさしあげれば、そのお苦しみをまぬがれることができましょうか」

と子供たちは問いかけた。岩の隙間の声はそれに応えて、

「わたしの罪業は深いから、なまなかのことでは苦しみから解き放たれないのだよ。お前たちは貧しいから、盛大な供養をしてもらうこともできない。たぶん、未来永劫この地獄からは離れられないでしょうよ」

と言う。

「たしかに私たちは力が足りませんが、それでもどれほどのご供養をすれば救われるのか、どうか教えてください」

と、子供たちはふたたび頼んだ。すると、岩間の声は、

「一日のうちに『法華経』を千部書写するという供養をしてもらえれば、きっと助かりましょう」

と答えた。

子供たちは、

「一日で『法華経』一部を書写するのだって、よほどの財力がないとむずかしい。まして、十部でも百部でもなく、千部というのだから、とうてい及びもつかないことだ。けれど、母上があぁして実際にお苦しみになっているのを知った以上、家に戻ったところで心安らかになどしていられるはずもない。こうなれば、自分たちが地獄に入っていって、母上の苦しみを肩代わりするのみだ」

と嘆く。それを聞いた同行の聖人は、

「親の苦しみを子供が肩代わりするなどということは、この世であればできない話ではないが、冥土(めいど)ではまったく無理です。死んだのちは、おのおの自分の前世の業によって罪を受けるのですから、代わろうとしてもできるわけがありません。ここはすみやかに家に戻って、ご自分たちの力がおよぶ限り、たとえ一部でも『法華経』を書写なさい。そうすれば、御母上の苦しみをいくぶんなりとやわらげることができるはずです」

と言った。子供たちは、たしかにそうかもしれないと思い、泣く泣く家に帰り、父親の書記にこの不思議について語った。書記は、

「ほんとうに哀れで身が切られるような気がするが、『法華経』千部の書写というのはとても無理だ。だが、かなわぬまでも誠心誠意、全身全霊をふりしぼって書写しよう」

と言って、まず三百部の書写供養を目標とした。

この不思議な話をある人が越中の国の役人に伝えたところ、その人は非常に信心深い人物だったので、書記を呼びだして直接事の次第を問いただした。書記が一部始終を語ると、役人は慈悲心がわき上がったらしく、

「私も、書写の企てに参加しよう」

と言い出し、隣にある国々、能登や加賀、越前の縁故を頼って協力を求めた。こうしてその役人をはじめ、有力者が心をあわせて手助けしてくれたので、ついに千部の書写を一日で行う法会(ほうえ)を営んで供養を果たすことができた。

これで、子供たちはようやく心安らかになり、

「母上も、今はきっと地獄の苦しみをまぬがれられたことであろう」

と思うようになった。そんなある夜、母が美しい着物をまとって長男の夢枕に立った。

そして、

「わたしは書写供養の功徳で、地獄を離れることができました。今はありがたくも、

忉利天[25]に生まれ変わることができました」と告げ、そのまま空に昇っていった。夢は、そこで覚めた。長男は心から喜び、それからというもの、この夢のお告げを多くの人々に語り広げ、『法華経』のお力を尊んだ。

しばらくしてのち、子供たちはまた立山に登って地獄を見て回ったが、二度と岩の隙間から声が聞こえてくることはなかったという。立山の地獄は、今もその地にある。

この話は、千部の書写供養から六十年余りも経った頃、比叡山に住む八十を越えた老僧が語ったものである。この老僧は若い時、越後[26]の国に下ったことがあり、その途中の越中で自分も千部書写に参加した、と言っていたとのことである。

それにしても、実に珍しい話である。地獄に堕ちたことを夢ではなく実際に声で告げるというのは、いまだかつて聞いたことがない、と、こうして今に語り伝えられている。

（巻第十四第八）

25　31ページ、注26参照。
26　現在の佐渡島を除く新潟県。

世にもすぐれた人相見の話

今は昔、登照(とうしょう)[27]という僧がいた。人々の人相や声音(こわね)、からだの動きなどを見て、寿命の長短や財運、出世するかどうかといったことを占った。その占いが当たることはそれはもう恐ろしいほどで、一度たりともはずしたことがない。そのため、京の都じゅうの老若男女が、僧侶俗人の別なく、皆先を争って登照の僧房(そうぼう)[28]に押し寄せた。

ある時のこと、登照は用事で外出して、朱雀門[29]の前を通りかかった。門の下には老いも若きも取り混ぜて、多くの男女が腰をおろして休んでいた。彼らにふと目をやった登照は、ぎょっとした。なぜなら、門の下にいる人々すべてに、今にも死ぬという相があらわれていたからだ。「いったい全体どういうことだ?」と思って、足を止めよくよく眺めてみたが、人々の死相はいっそうはっきり浮き出してくる。不審に堪えない登照は、その訳がなんであるか、いろいろ思いめぐらしてみた。

「ここにいる人々がいっぺんに死ぬ、というのはどういう場合だろう。悪人がやって来て彼らを殺すにしても、まさか全員をひと息に殺すのは無理だ。全員いっぺんに死ぬ、ということはありえない。奇怪至極だ」

そうしてさまざま首をひねって考えているうちに、はたと、

「ひょっとしたら、朱雀門が倒れるのかもしれない。そうなれば、門の下敷きになって、一瞬のうちにひとり残らず死ぬはずだ」

と気づいた。そこで、彼は門の下で休んでいる人々にむかって、

「おおい、気をつけろ。もうすぐ門が倒れるぞ。押しつぶされて、皆死ぬぞ。早く逃げろ」

と大声で叫んだ。休んでいた者たちは、これを聞いてあわてふためき、蜘蛛の子を散らすように門の下から逃げた。

登照も門から遠く離れて立ち、様子を見守った。すると、風も吹かず、地震も起こらず、建物にほんの少しのゆがみもないのに、みるみるうちに門は傾きだし、そのまままどうっと倒れてしまった。[30]下にいた人々のうち、急いで逃げた者は助かった。だが、

27　平安時代中期の僧侶。花山天皇から後一条天皇の時代（十世紀末〜十一世紀初頭）の、有名な人相見。
28　455ページ、注62参照。
29　大内裏の外郭の南面中央にある門。41ページ、注42参照。

登照の言葉を疑ってなかなか動こうとしなかった者たちは、つぶされて死んでしまった。この出来事を、登照があとになって人に話したところ、聞いた人は「やはり登照の人相判断は、摩訶不思議としか言いようがない」と感嘆した。

また別のある時、春雨がしとしとと降り続く夜のことだったが、一条大路[31]に面した登照の僧房の前を、笛を吹きながら通る者がいた。登照はその音色に耳を澄ましていたかと思うと、やおら弟子を呼んだ。そして、

「あの笛を吹いて通る者は、誰だかわからないが、もうすぐ命を失う相が音色にあらわれている。それを教えてやりたいのだが」

と告げた。しかし、雨が小やみなく降っているためか、笛を吹く者は急ぎ足でどんどん行ってしまい、結局そのことを告げられないままになってしまった。

翌日は、からりと晴れた。夕暮れになる頃、昨夜笛を吹いて通り過ぎた者が、また笛を吹きながら戻ってきた。その音を聞いた登照は、

「あの笛の音は、昨夜の者と同じ音色ではないか。いやはや、不思議なことがあるものだ」

と首をひねりながら弟子に言った。弟子は、

「たしかに昨晩と同じ音色です。ですが、なにが不思議なのでしょうか？」

と聞き返した。登照はそれには答えず、

「あの笛を吹いている者を呼んできなさい」

と命じたので、弟子はすぐさま走っていき、相手を呼び止めて連れてきた。見れば、若い男である。宮仕えをする身分の低い男のようだ。

　登照は、その男を前に坐らせ、

「あなたをお呼びしたのは、ほかでもありません。昨晩あなたが笛を吹いてこの房の前を通られた時、笛の音色にお命が今日明日にも終わる相が出ておりました。それをお知らせしようと思っておりましたが、雨がひどく降っていましたし、あなたはどんどん通り過ぎて行ってしまわれた。それで申し上げずじまいになり、まことにお気の毒なことだと思っておりました。ところが、今宵あなたの笛の音を聞きましたら、短命どころかたいそう命が延びておいでだ。昨夜はいったいどのような勤行(ごんぎょう)をなさったのですか？」

と訊ねた。

30　『日本紀略』に、朱雀門は九八九年（永祚元年）に大風で倒壊したとある。
31　437ページ、注48参照。

男がそれに答えて、

「昨夜はこれといって勤行などはいたしておりません。ただ、ここから東に行った川崎というところで、ある人が普賢菩薩[32]の功徳をたたえる法会(ほうえ)を催されておりましたので、わたくしも唱えられている偈(げ)に合わせて笛を一晩中吹いておりました」

と言った。登照はこれを聞き、

「さては、普賢講で笛を吹いたことで仏縁が結ばれ、その功徳でたちまち罪が消え去って延命したのだな[33]」

と思い、深く感動した。そして、泣きながら男を礼拝した。宮仕えの若者も喜び、御仏の功徳を尊びながら帰っていった。

これは、ごく最近の話である。このような霊験あらたかな人相見もいるのである、と、こうして今に語り伝えられている。（巻第二十四第二十一）

32　629ページ、注14参照。
33　普賢菩薩から派生した密教系の普賢延命菩薩は、除災、長寿などを祈念する修法「普賢延命法」の本尊とされる。この延命菩薩は、十世紀から十一世紀にかけて日本の宮廷社会で盛んに信仰された。

官職

区分	官職
官	神祇官
	太政官（左右弁官）
省	中務省
	式部省、民部省、治部省、兵部省、刑部省、大蔵省、宮内省
職・坊	中宮職（中務省に所属）、大膳職（宮内省に所属）、京職（左右）、修理職　春宮坊
寮	大舎人寮、図書寮（以上中務省に所属）、大学寮（式部省に所属）、雅楽寮、玄蕃寮、諸陵寮（以上治部省に所属）、主計寮、主税寮（以上民部省に所属）、木工寮（宮内省に所属）、左右馬寮、兵庫寮
	内蔵寮、縫殿寮、内匠寮、陰陽寮（以上中務省に所属）、大炊寮、主殿寮、典薬寮、掃部寮（以上宮内省に所属）、斎宮寮
司・監・署	正親司、内膳司、造酒司（以上宮内省に所属）、市司（東西）
	隼人司（兵部省に所属）、織部司（大蔵省に所属）、采女司、主水司（以上宮内省に所属）　主膳監　主殿署、主馬署（以上春宮坊に所属）
	弾正台
衛府	近衛府（左右）、衛門府（左右）、兵衛府（左右）
	大宰府
	鎮守府、按察使
	斎院司、勘解由使
国司	大国
	上国
	中国
	下国

位階

位階	
正一位（しょう）	
従一位（じゅ）	
正二位	
従二位	
正三位（さんみ）	
従三位	
正四位（しい）	上 下
従四位	上 下
正五位	上 下
従五位	上 下
正六位	上 下
従六位	上 下
正七位（しち）	上 下
従七位	上 下
正八位	上 下
従八位	上 下
大初位（だいしょい）	上 下
少初位（しょうしょい）	上 下

注：官職表は主要の官のみ掲載。官位相当は時期によりさまざまな変遷がある。

都大路の図

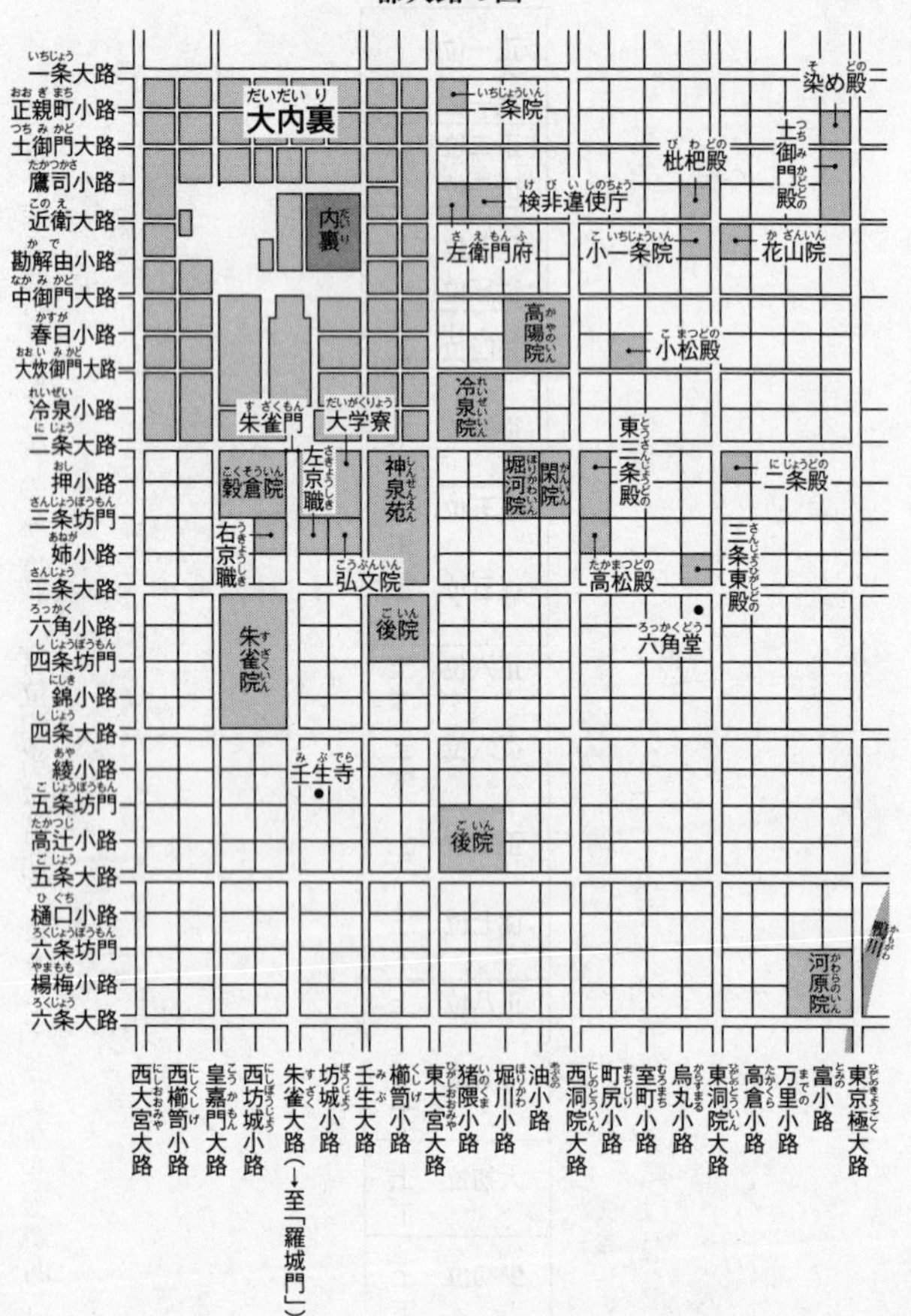
一条大路
正親町小路
土御門大路
鷹司小路
近衛大路
勘解由小路
中御門大路
春日小路
大炊御門大路
冷泉小路
二条大路
押小路
三条坊門
姉小路
三条大路
六角小路
四条坊門
錦小路
四条大路
綾小路
五条坊門
高辻小路
五条大路
樋口小路
六条坊門
楊梅小路
六条大路
大内裏
内裏
一条院
染め殿
土御門殿
枇杷殿
検非違使庁
左衛門府
小一条院
花山院
高陽院
小松殿
朱雀門
大学寮
冷泉院
東三条殿
二条殿
穀倉院
左京職
神泉苑
堀河院
閑院
右京職
弘文院
高松殿
三条東殿
六角堂
朱雀院
後院
壬生寺
後院
河原院
鴨川
西大宮大路
西櫛笥小路
皇嘉門大路
西坊城小路
朱雀大路（↓至「羅城門」）
坊城小路
壬生大路
櫛笥小路
東大宮大路
猪隈小路
堀川小路
油小路
西洞院大路
町尻小路
室町小路
烏丸小路
東洞院大路
高倉小路
万里小路
富小路
東京極大路

解説――『今昔物語集』の5W1H――

大岡玲

『今昔物語集』（以下『今昔』と略す）は、平安時代末期に成立したと考えられている仏教説話集である。天竺（インド）部・震旦（中国）部・本朝（日本）部の三部構成を持ち、巻数は欠巻も含めて三十一巻。収められている説話の数は千話を超えていて、日本のみならず世界的レベルでも屈指の大説話集といえる。そして、芥川龍之介を代表として他にも何人かの近代作家が、『今昔』に想を得て作品を書いたことでもよく知られている。

芥川は「今昔物語鑑賞」という一文に、『今昔物語集』の、とりわけて「本朝」篇が、「美しい生(な)ま々々しさを漲らせて」いて、それは「優美とか華奢とかには最も縁の遠い」「brutality（野性）の美しさ」だ、と記している。『源氏物語』に代表される優美な王朝文学の対極にあるこうした「美」に惹かれて、彼は「羅生門」や「鼻」といった名篇を著したわけである。

芥川が述べるこの「生(な)ま々々しさ」が生じる理由のひとつは、『今昔』が説話集である点にもとめられるだろう。説話は、広義には口承などによって古くから伝えられてきた物語一般を指すが、『今昔』に引き寄せて考えるなら、「実際にあった（とされる）事柄がエピソードとして伝承されたもの」ということになる。といっても、もちろん、本集に収められた話が今日の「歴史学」的視点で「事実」だったかといえば、当然そんなことはない。むしろそれは、なんらかの興味深い実際の出来事が「噂」として語り伝えられ、やがて物語として結晶したもの、という風に捉えるべきものである。

国文学者の池田亀鑑（きかん）は、「説話文学の特性」（『国語と国文学』昭和一六・一〇月）で、「説話文学は、ゴシップの文学である」と定義している。そして、さらに、「説話の本質、即ち説話を他の文学の諸形態から独立させる特性は、やはり事実性にあると言はなければならない。説話の面白さは、それが現実的に実在したものであるといふ前提の上に生まれて来る。誰々が、かういふ事をしたといふ、そのゴシップ的な興味が説話の面白さの大部分である」と述べている。『今昔』においては、この「事実性」への固執がきわめて強く、他の似通った説話を収めている説話集、たとえば『宇治拾遺物語』などとは、そこが一線を画す大きな特徴にもなっているのだ。

が、その「固執」の意味を考える前に、まず『今昔』全体をめぐる謎を述べておく必要があるだろう。古今東西、古典文学には謎が付き物だが、本集もその例に洩れず多くの不明点がある。まず、著者が誰であるのかわからない。さらに、正確な成立年がはっきりしない。写本のみがあって原本は現存しない。出来上がってから三百年ほどの間、世に出た記録がない。欠巻や説話の抜けは、伝承途中に失われたのではなく元々なかった、つまり、実は本集は完成していなかった。また、現存最古の写本に記された『今昔物語集』という書名にしても、この集のすべての説話が「今（ハ）昔」という書き出しで始まり、幾例かを除いて「トナム語リ伝ヘタルトヤ」という結びの句で終わることによると考えられるが、しかし、その命名者が本集のそもそもの著者だったかどうかはさだかではない、などなど、「ないない尽くし」の書なのだ。

そんな「ないない尽くし」でありながら、「美しい生々しさ」に満ちた膨大な数の説話を収めた『今昔』の魅力に、江戸後期以来あまたの研究者がとりつかれ、これらの謎を解明すべく挑んできた。ここでは、そうした貴重な研究成果によりかかりながら、『今昔』の5W1Hを素描してみようと思う。「事実性」を最重要視する新聞記事の要諦は、「いつ（When）」「どこで（Where）」「なにを（What）」「だれが（Who）」「どのように（How）」「なぜ（Why）」行ったかをきちんと述べることにある、とよく言われる。著者が「事実性」にこだわり抜いたとおぼしい『今昔』だからこそ、そんな形でこの説話集の「謎」を描写してみたい（5W1Hの順序は、少し前後するが）のである。

なお、この小文では『今昔』の書き手に、いくぶんのためらいを感じつつも、明治期以降一般化した「著者」という用語を当てる。本来であれば、さまざまな説話をさまざまな先行書物から「撰んで編んだ」者ということで、撰者もしくは編者という言葉を当てるべきだろう。しかし、一方で本集の一千余におよぶ説話群は、単に撰んで機械的に記されたのではなく、書き手によって手を加えられた形で収載されたのである。その加筆や修正に、深い創作性とまではいかないながら、書き手の独自性・思想が反映している。その点を鑑み、撰者・編者ではなく著者を採用した。つまり、編者以上作者未満というところであろうか。読者よろしく了とされたい。

いつ（When）

最初の謎は、『今昔』の成立時期である。もっとも、本集が「未完」だと考えるなら、厳密には「成立」とは言えないのかもしれないが、ともかく現在では、解説冒頭に記したように「平安時代末期に成立」したとされている。よりくわしく記すなら、西暦一一二〇年から五〇年までの間ではないか、と考えられている。収められた説話のうち、一番新しい時代のものだと判明しているのは、武士たちの活躍を収めた巻二十五に入れられている陸奥・出羽を舞台にした戦いの話である。「前九年後三年の役」(後三年の役については、説話の題のみがあって本文は元々存在しない)に関するエピソードがそれで、「前九年の役」が一〇五一年〜六二年、「後三年の役」は一〇八三年〜八七年。ということは、少なくとも『今昔』は「後三年の役」が終結して以降に書かれたことになる。

そして、「後三年の役」についての話が書かれなかった理由が、依拠すべき戦記などの資料を著者が見つけだすことができなかった、もしくは、そういうものがまだ文書化されていなかったことによる、と考えるなら、本集は「後三年の役」からそう遠くない時期に成立したのでは、という推測が成り立つ。「前九年の役」については、『将門記(しょうもんき)』とともに軍記物の嚆矢とされる『陸奥話記(むつわき)』が十一世紀後半にすでに成立していて、『今昔』に収められた説話もそれに依拠している点で、この推測の妥当性は高い。さらに、著者が『今昔』に収める説話を採った書物で最も遅く成立したのは、源俊頼(みなもとのとしより)によって書かれた歌論書『俊頼髄脳(としよりずいのう)』だと判明している。この書は、一一一四年(一一一三年説もあり)成立とされる。このような研究の流れの中で、成立の上限は前述のように一一二〇年あたりということになってきたのである。

それでは、成立の下限年代はどうなのかというと、これを定めるのは上限以上にむずかしいようである。いくつか挙げた謎の中に、『今昔』は出来てから三百年ほど世に出た記録がない、と記したが、もう少しくわしく言うなら、この集の名称が書かれた現存最古の記録は室町時代のものである。奈良の興福寺大乗院・第十八世門主だった経覚（きょうがく）の日記『経覚私要鈔』がそれで、一四四九（宝徳元）年の七月四日の条（くだり）に、「今昔物語七帖を貞兼（ていけん）僧正にお返しした」という意味の文言がある。貞兼僧正は、経覚もそうだったが興福寺の別当や大乗院の門主を務めた僧で、当時学問に造詣が深いと評されていた人物である。

『今昔』が興福寺の中で貸し借りされていたという点は非常に興味深いが、それはひとまず措き、この経覚の日記まで文書上に『今昔』の痕跡がないのであれば、成立の下限は室町時代まで延びてしまう。が、それはもちろん、ありえない。たとえ何人もの人間が『今昔』を書き継いで三百年ののちに世に出た、という推測をするにしても、その間にあった世の中の大変動が説話として集の中に反映していなければおかしい。

たとえば、一一五六年には、朝廷が後白河天皇方と崇徳上皇方に分かれて争った「保元の乱」が起きている。収められた説話から考えて、『今昔』の著者は武士の台頭に並々ならぬ関心があった。したがって、この時代にまで下ってもなお執筆していたのであれば、きっとこれに関連する説話を採集したにちがいないのだが、そうしたものは本文はおろか題名さえ存在していない。そこで多くの研究者のコンセンサスを得ている下限が、一一五〇年というあたりになるのである。二〇〜三〇とさらに短く切る説もあるが、いずれにせよ、これは「院政期」と呼ばれる歴史区分の真っ只中にあたる。

ここで、「院政期」という時代について、少し言を費やしておきたい。「院政」とは、天皇が生前に皇位を後継者に譲って上皇となり、後継者の天皇に代わって政務をとる政治形態（上皇を「院」とも呼ぶことから「院政」と言う）を指す。この院政期の時代区分については、研究者によって見解の違いがあるが、全体としては白河天皇が譲位し上皇として政務をとりはじめた一〇八六年から、後鳥羽上皇が鎌倉幕府の執権・北条義時を討伐するべく起こした承久の乱に敗北し、配流された一二二一年までの百四十年ほどと考えていいだろう。

平安中期以降天皇の外戚として権力をふるった藤原北家の「摂関政治」は、北家を外戚としない後三条天皇の即位以降衰退し始める。後三条によって、違法な手続きで作られた全国の荘園を整理する「延久の荘園整理令」が発された結果、摂関家領の荘園にも審査の手が及んだことは、その衰退にある程度影響したであろう。そして、後三条のあとに続く白河天皇（上皇）は、弱体化した摂関家に代わり天皇家の権力を再構築する政策を打ちだしていく。たとえば、従来政治を牛耳ってきた藤原氏を筆頭とする貴族ではなく、受領階級や武士を側近として重用することなどがそれである。彼ら下級貴族は、荘園寄進や財物の提供などを通して上皇を富ませ、上皇の権力を背景に摂関家や有力寺社と対立した。彼らの間での権力闘争もまた激しく、やがてそれは平治の乱の一因ともなった。

もっとも、受領階級の重用は、すでに摂関期にも行われていた。本来は地方行政にたずさわる国司四等官の中で現地に赴任する者の筆頭者、という意味でしかなかった「受領」の位置づけは、律令制の根幹である戸籍・班田収授による租税徴収制度が十世紀頃から崩れだしたあたりで大きく変化した。その変化の中で、彼らは大きな権限を握るようになったのである。具体的には、うまく機能しなくなった現地の徴税を在地の有力者・荘園主である富豪層に請け負わせ、それらに関する行政責任を全面的に負ったのである。その結果受領階級は、自らの管轄地を私領であるかのように扱うことすら可能になったのだ。

公領と私領、荘園寄進の構造、国司（受領）と在地豪族・富豪（郡司なども含む）の協力と対立などなど、この当時の社会経済状況の複雑さをわかりやすく説明する技量は持ち合わせていないので、このあたりでとどめておくが、受領たちは、任期が終われればさらに利益が見込める地方に転任できるよう、摂関家をはじめとする有力者に取り入った。院政による変化は、受領人事に介入するのが摂関家ではなく上皇になり、受領に任じられる者が摂関家の家司から上皇の側近に代わったことだけだ、とも言えるのである。

『今昔』では、こうした時代背景を反映して、高位貴族に仕えつつ地方で大きな権力を握る武士や受領階級、荘園主などが多く登場する。今回訳出した説話では、中央官庁からの租税納入要請を国守がとんでもない方法で回避した「越前守為盛が臭い計略をめぐらす話」や、逆に国守が富裕な荘園主からなんとか税を取り立てようとする「腹黒い金持ちが猫におびえる話」などが、税関連の話。地方の有力者である武士の話は、芥川龍之介の「芋粥」の原話である「利仁将軍が五位の侍に芋粥をご馳走する話」。また、「文書改竄を命じた書記を口封じに殺す話」は、受領階級の悪行を描いている。

そして、朝廷を中心とする貴族社会から、台頭してきた武士階級に政治権力が徐々に移行していく変革の時期である院政期は、仏教における変革期でもあった。一〇五二年を「末法第一年」とする仏教の時代区分は、当時の世相とからみあって「終末思想」へと変化した。仏の教えが失われ、現世での救済の可能性が否定された「末法」時代の到来に、貴族も庶民もみなおびえたといっていい。そのおびえに対する救いは、死後に極楽浄土へと導いてくれる教え、すなわち浄土教であった。

七世紀前半に日本に伝わったこの浄土思想＝浄土教は、平安中期に成立した源信(げんしん)の『往生要集』などによって、広く人々に浸透した。この書は、浄土へ往生するための実践的方法として、阿弥陀如来を観想する念仏と称名(しょうみょう)する念仏の重要性を説いたのだが、念仏を唱えさえすれば極楽浄土に生まれ変われる、という単純さは庶民にとっても大きな影響力を持ったのである。また、平安中期の中級貴族で文人だった慶滋(よししげの)保胤(やすたね)が著した『日本往生極楽記』も、浄土信仰によって極楽往生を遂げたと言われた人々の伝記の集成として、浄土教普及に貢献した。加えて、天台と真言といった宗派の違いを越え、浄土教は当時の仏教界の基調にまでなっていたのである。

やがては法然や親鸞を生むことになるこの教えは、もちろん『今昔物語集』「本朝」部の基調音になっている。とりわけ浄土教の重要経典である「法華経」によって救われた人々の話は、実にたくさん収められている。今回の訳出分でいえば、安珍・清姫伝説の原型「女の執念が凝り固まって大蛇になった話」や、「文字ひとつに救われた話」、「わざと罪を犯して罪人を救う話」などがそれに当たる。加えて、浄土教を庶民に布教した聖も本集の重要な登場人物である。もっとも、『今昔』に登場する聖たちの中にはあまり芳しくない連中もかなり交じっているのだが。

ともあれ、院政期は、政治権力が天皇・貴族から武士階層へと移行していく時代であり、仏教思想においても鎌倉期にかけて興隆していく新宗派の土台が用意されていく時代、すなわち変革期だったのである。文化的な面でのそのあらわれは、類聚文化の隆盛だろう。時代の変革期・転換期になると、前代までに蓄積された文化を集大成して、混迷の中の指針にしようとする傾向が学芸の分野においてよく見られるが、この時期にも漢和辞書の『類聚名義抄』、十一世紀末から三十余年の年月をかけて編まれた二十巻本の歌合集成『類聚歌合』、仏事法会で朗誦される「表白文」を集めた二十二巻本『表白集』（現存は、第八・十一巻を欠く全三七六篇の表白文集成）など、多くの類聚作品が著された。釈迦の生涯を描いた説話に始まり、仏教が中国に伝播し、やがて日本に到達して発展を遂げた姿を、千余の説話によって映しだそうとした『今昔』もまた、こうした文化の精華なのである。

どこで（Where）

『今昔物語集』をめぐるミステリーの中で、この「Where」の重みは、ちょっと見には幾分軽いように感じられる。漢字片仮名交じり文で書かれ、本朝＝日本で実際に起こったさまざまな出来事をもとにした説話がいくつも収められている以上、日本で執筆されたことは疑いようがない。また、これだけ大部な類聚本を編むのにふさわしい環境が、当時の日本の片田舎にあるとは考えにくい。どう考えても、都もしくはそれに準ずる場所のどこかで、仏教に深い学識のある人物が編んだというのが妥当な答えになるだろう。であれば、それ以上の詮索をせずとも作品自体を享受することにはなんの支障もない、とも言える。

ただ、しかし、『今昔』の思想的骨格について、この「Where」が関係性を持つということになれば、話はおのずと違ってくる。漠然と「仏教に深い学識がある」という捉え方をするのではなく、どのような宗門・宗派の思想性が色濃くあらわれているかによって、著者が説話に加えた独自の観点の読み方もまた異なってくるかもしれないのだ。その点を考慮するなら、『今昔』が「どこで」編まれたかを追究することの意味は小さくない。多くの研究者が、さまざまな方法論（そこには、写本の科学的分析まで含まれる）でこの問いに取り組んだのも当然だろう。

これらの研究や論争を二つに大別するなら、平安京（北都）の天台宗系大寺院、たとえば比叡山での成立論VS.かつての平城京である奈良（南都）の大寺院、たとえば興福寺での成立論ということになる。この二種の論には、著者が僧侶であるということが含まれているのだが、それにはあらためて触れることにして、まずはこの研究における最も重要な「物的証拠」について見ておこう。それは、『今昔』最古の写本である「鈴鹿本」である。

この写本は、京都の吉田神社の神官を代々務めていた鈴鹿家で所蔵されていたもので、現存するのは全三十一巻のうち九冊である。『今昔』には、この鈴鹿本以外にもいくつかの信頼すべき写本があるのだが、馬淵和夫の「今昔物語集伝本考」（「国語国文」昭和二六・四月）などに代表される研究によって、他の写本はすべてこの鈴鹿本を祖本として筆写されたものであると判明した。と同時に、これが原本でないこともほぼ確実とされていて、つまり現在読むことのできる『今昔』の全貌は、鈴鹿本とその他の写本をつなぎ合わせたものということになる。

鈴鹿本の筆写時期については、かつては意見が分かれていて、平安末期から室町初期まで幅があった。しかし、鈴鹿本が一九九一年に京大附属図書館に寄贈され補修を受けた際、前述の科学的手法（炭素14の測定）を使った「とじ糸（紙のこより）」の測定により、最古のとじ糸は西暦一〇〇〇年から一二〇〇年に綴じられたこよりだとわかったのである。したがって、「When」の項で述べた原本の推定成立時期と合わせれば、鈴鹿本は原本が「成立」した時期からそう遠くない時期に筆写された最古の写本だということになる。しかも、後日の補訂を期した欠文・欠字のある「未完成」の原本を、なんらかの理由でそのまま複写する必要に迫られて作成された、という想像も成り立つ。

この写本は、江戸末期に奈良付近の古寺から鈴鹿家の手に渡ったことが記録に残っている。その他の証拠からも、鈴鹿本が奈良、すなわち南都の寺院に保管されていたことが強く推定されるのである。ということは、自然に考えれば、原本もまた奈良で成立した可能性が高いといえるのではないか。前項で述べた『今昔』が奈良の興福寺内で貸し借りされていた、という『経覚私要鈔』の記録を考え合わせると、その匂いはいよいよ濃くなる。もちろん、別の場所で書写されたものが奈良に運ばれて保管されていた、そして一四四九年に経覚が貸し借りしていたのは、その写本＝現在の鈴鹿本、もしくはさらにそれを写したものということもありうる。だが、奈良で成立した原本が火災などで失われ、複写本のみが生き延びた、というのもひとつの有力な推論であることは疑いえない。

ところが、従来長らくこの南都成立論は疑問視されてきた。写本本体や伝承の経過など、「外形的」な証拠は南都に有利であっても、『今昔』の説話内容という「内部的」な事柄については、必ずしもそうではないというのである。この点については、一九七〇年代に研究者同士の活発な論争があったが、その後も南都説は通説化しなかった。

『新版 今昔物語集の世界 中世のあけぼの』(池上洵一 一九九九)の「『今昔物語集』への招待」の章には、南都成立説懐疑の論拠と南都成立説の双方がわかりやすく紹介されているが、懐疑論を一、二引いてみよう。まず、「説話に現われた撰者の知識も京都や比叡山には詳しいけれども奈良のことにはあまり詳しくなかったように思われる」というのがそれだ。そして、詳しくなかっただろうと考える「わかりやすい例」として、巻十一の第十三話が挙げられている。この説話は、聖武天皇の東大寺建立を伝える話なのだが、その冒頭には「銅ヲ以テ居長(ゐたけ)□□丈ノ盧舎那仏(るしゃなぶつ)ノ像ヲ鋳サセ給ヘリ」と書かれ、像の高さを示す箇所が空白になっている。この空白は、『今昔』の重要な特徴である「意識的欠字」であり、後日情報を得た暁に補塡するために空けてあるのだ。ということは、著者は東大寺の大仏の高さを知らなかった、ということになる。これは、奈良に住んでいる僧侶としては不自然ではないか。

また、池上は同じ章で、「『今昔』とひじょうに多くの共通説話を持つ作品」である『打聞集』について記している。『打聞集』もまた平安末期に書かれた仏教説話集で、一一三四年に栄源という僧侶によって書写され、現在は下巻のみ残っている。これは、仏教講説を筆録したもので、天竺・震旦・本朝の仏教説話が二十七篇収められ、加えて天台宗の僧の簡略な記事などが附記されている。

池上はこの『打聞集』に、収められた二十七篇中二十二篇が『今昔』の説話と共通すると述べた上で、この説話集が使用済みの文書の裏側を利用して書写されている点を指摘する。そして、その元々の文書がすべて「比叡山延暦寺関係であり、しかもたんなる反古などではなく、寺の正式な文書」であると書く。「こういう文書は処分後もそう簡単に寺の外に持ちだされることはなかったはずであるから」、『打聞集』が書写されたのも比叡山の内部であり、となればきわめて近しい内容を持つ『今昔』もまた、比叡山内で成立していたとしてもおかしくない、というのである。ただし池上は、今回私が翻訳の底本とした『新 日本古典文学大系』の『今昔物語集 三』の解説では、『今昔』の著者が説話による日本仏法史を構想したとおぼしい巻十一とそれに続く巻十二に、興福寺を筆頭とする南都寺院の重視がはっきり見えるとも述べている。

　こうした比叡山成立を主張してきた多くの研究者に共通しているのは、『今昔』における「法華経」の重要性の指摘である。「法華経」が浄土教で重んじられる経典であることはすでに述べたが、天台宗においては大乗仏典において諸経の王とも呼ばれるこの「法華経」を根本仏典にしている。そして、『今昔』は、「法華経」の功徳を謳う説話で埋めつくされた巻十四をはじめ、「法華経」だらけといっても過言ではない。その点で、法相宗や華厳宗といった南都＝奈良の仏教教義とはズレがあり、南都の寺院と『今昔』の縁は薄い、ということで、比叡山での成立論が長く優位だったのである。

　しかし、二十世紀も終わる頃から、南都成立論があらためて優勢になってきている。たとえば、『今昔物語集南都成立と唯識学』（原田信之　二〇〇五）では、『今昔』全体の構成が詳細に検討され、それが法相宗や華厳宗などの南都六宗および天台・真言の平安二宗の教理に照らし合わされている。私には、この研究書をきちんと読み解く仏教教義の知識がないため、微に入り細を穿つ著者の検討方法のすごさにただ圧倒されるのみなのだが、とにかくここで原田は『今昔』の書き手が、法相宗教理に基づく全巻の編纂を意図していたと述べている。さらに、仏教宗派において重視される師資相承（宗門の師が弟子に口訣もしくは経論などを渡して、仏法の奥義を伝えていくこと）に関する説話が『今昔』には多く収められているが、その中で法相宗の相承のみが天竺から本朝まで途切れることなく記されていることも発見している。

ほかにも、『三一権実諍論』で天台宗の創始者・最澄と論争した法相宗の僧・徳一を始めとして、法相宗の僧侶に意識的に敬称がつけられていたりする点、一一七三年に興福寺の学問僧・覚憲が著した『三国伝灯記』が、『今昔』と同内容の天竺・震旦・本朝の説話を多く利用している点などなど、『今昔』南都成立論の可能性を強く示唆する主張が述べられている。

今回の訳出では、この南都VS.北都論争で検討対象となっている仏教説話は、残念ながらほとんど採っていない。法相宗と密教が対峙する説話として唯一採話したのは、「弘法大師が修円僧都に挑む話」である。これは、真言宗の宗祖である空海＝弘法大師と、法相宗を代表する僧侶で興福寺の別当を務めた修円が法術を争い、その後呪殺合戦になって空海が勝つという物騒な話である。当然これは史実ではなく、この説話の冒頭にあるように修円は「柔軟な考えの持ち主」で、空海とも良好な関係を持っていたようであり、最澄から灌頂も受けている。しかも、この世を去ったのは、空海の方が三か月ほど早い。にもかかわらず、このような説話が採られているのはなぜなのか。法相宗・真言宗いずれの教義もまったく語られることなく、『今昔』の著者が話末に述べる評語も、正直意味不明である。この話が著者にとっていかなる意味を持っていたのか、ぜひ聞いてみたいという気がする。

なにを（What）

『今昔物語集』は「なにを」収めた書物であるのか、という問いの答えは、まずは本解説の冒頭に記したように「仏教説話」ということになる。さらに、それに加えて「世俗説話」も収載され、天竺・震旦・本朝の三国合わせて一千余話の偉容をなしている。と、いったんは書いてみたものの、「仏教説話」と「世俗説話」がきれいに切り分けられるものであるのかについては、さまざまな論がある。例を挙げれば、天竺・震旦部に収められた世俗説話のあるものは、実は釈迦の「本生譚」、つまり釈迦の前世の物語が世俗説話化したもの（今回の訳出分では、震旦篇巻十から採った「父親と一緒に盗みをした息子の話」がそれに当たる）だったというようなこともあり、なかなか複雑である。写本に著者の意図をうかがわせる序や跋文、奥書の類いも存在しない以上、すべては現存する内容から推測するほかはない。しかし、「どのようにうとした痕跡ははっきりしている。その点を踏まえつつ、「なにを（What）」につい（How）」の項でも後述するが、『今昔』の著者が集全体をきわめて堅牢に構造化しよ

て眺めてみよう。

まず、今回の翻訳は全体の構造をバラバラにした形での再編抄訳なので、あらため

て『今昔』の全体像を簡略に記しておく。全三十一巻のうち、巻一から五までが天竺の説話、巻六から十までが震旦、そして本朝が巻十一から三十一である。一見して本朝部のボリュームが大きいことがわかるだろう。そして、説話の種類は三国それぞれの国において「仏教説話」と「世俗説話」に大別される。「世俗」という用語は、本朝篇に「本朝付世俗」という題が見られることからの敷衍なのだが、ともかく「仏教説話」ではないと考えられるものを便宜的に「世俗説話」と呼称するのである。天竺部では巻五がそれに該当し、震旦は巻十、本朝では巻二十一から三十一という風に考えることができる。ここでも、本朝における「世俗説話」の多さが印象的だ。

三国とも、はじめにその国の仏教の始まり（天竺では創始、震旦・本朝では伝来）とそれが広まっていく過程が「仏教展開史」の形で語られる。そののちに、今度は仏宝・法宝・僧宝のいわゆる三宝にかかわる霊験説話が順に並ぶ。仏宝は、釈迦をはじめとする真理を体得した仏が霊験を顕した話を並べ、法宝は諸仏が説いた教え、つま

り経典の霊験を語り、僧宝とは仏法を修業体得した菩薩や聖人の霊験を記すものである。この霊験説話のあとにくるのが、因果応報説話だ。これらを合わせたものが、「仏教説話」である。

『今昔』においては、この仏教伝来という大きな流れのいわば終着点である本朝の「仏教」を、一際高く称揚したい意識がかなりはっきりと表現されている。今回の訳出では割愛したが、天竺の「天狗」が海の水の中から尊い経文を唱える音がするのを不審に思い、その音をたどって日本の比叡山まできたところ、比叡山の僧侶たちの小水が流れる川水がその経文の音の大本であったので仰天した、という巻二十第一の説話などに、それを見ることができる。

天竺部に話を戻すと、巻一から三までは釈迦八十年の生涯を語っている。生まれてから解脱するまで編年的な釈迦の言行に始まり、やがて多くの弟子たちや衆生を導き教化していく筋道が、簡潔かつ力強く語られていく。そして、巻四「天竺付仏後」は釈迦入滅後の天竺における仏教の消息を伝え、巻五「天竺付仏前」は釈迦出現の前の出来事、天竺の王の物語や報恩を主題とする説話などが収められている。もっとも、仏前・仏後の時代区分が錯誤していたり、収める巻が間違っている説話があったり、前述のように釈迦の前世譚がそれと明記されないただの世俗説話の形で収められたりと、構成に乱れが見受けられる。これが、単に『今昔』著者の錯誤や依拠した資料の問題であるのか、あるいは著者自身がそこも含めてある種の「方便」として編纂したのかは不明である。

震旦部の「仏教史」は、秦の始皇帝の時に天竺から僧が仏法の教えを広めようとやってきたが弾圧され、伝来が後漢の明帝の時代まで遅れた話から開始される。続く後漢・明帝の説話では、僧と道教の道士が術競べをして僧が勝つエピソードが語られ、このの ち仏教が震旦全土に浸透していったと述べられる。こうした伝来説話が巻六「震旦付仏法」第一から十に置かれ、そのあとは天竺部同様に、巻七の「震旦付仏法」までが仏宝と法宝の霊験説話、そして菩薩の霊験が収められる予定だった第八巻は欠巻で、巻九「震旦付孝養」が孝行譚を軸とした因果応報説話、最後の巻十が「震旦付国史」ということになる。この「国史」では、秦の始皇帝と二世皇帝・胡亥の盛衰譚を皮切りに、漢の高祖や武帝、孔子や荘子といった思想家、名のある武将たちの逸話が収められている。

本朝部の最初も、聖徳太子が仏教を受容し、古来の神を崇める反対派を抑えるありさまが描かれ、彼が日本に仏教を定着させた最初の人であるという「開祖説話」が展開する。この話で、聖徳太子の母が夢に救世観音菩薩を見て太子を懐妊する部分は、そのまま釈迦を懐妊する摩耶夫人の夢と同じであり、聖徳太子を釈迦になぞらえる説話といえる。日本におけるこうした仏教創始説話は巻十一から巻十二第十まで続き、そのあと巻十四まで仏宝と法宝の霊験説話が入っている。そして、巻十五に阿弥陀仏信仰による往生説話がはさまり、巻十六・十七が菩薩などの霊験譚、巻十八は欠巻だが、おそらく高僧・聖人の霊験エピソードが予定されていたのではないかと考えられている。巻十九と二十は、因果応報説話である。分量が多いことを除けば、ここまでの「本朝付仏法」すべてが天竺部・震旦部とほぼ同様の構成になっていて、『今昔』著者の形式統御は利いているというべきであろう。

問題は、巻二十一から巻二十三までの部分である。巻二十一は欠巻で、二十二と二十三はただ「本朝」とだけ題されている。巻二十一以降が、天竺部や震旦部の「世俗」箇所と同じ構想であれば、まず国の成り立ちに関する説話が入るはずである。とすれば、そこには当然天皇家にかかわる説話が集められるべきだろう。それが元々欠けている（後世失われたのではない）のは、どうしても著者の意図にそぐわない事情が存在したからではないかと思われる。

それがなんであったかは定かではないが、想像するに、「仏」と「神」の問題があったのではないか。つまり、聖徳太子の説話が、「仏」を重んじ従来の「神」への信仰を排する内容になっていることから見ると、天皇家が「神」の子孫であるという伝承がうまく処理できなかった可能性が高い。聖徳太子に関する説話は『日本書紀』が原拠になっているので、天皇の祖先が神である、という前提を著者は飲みこんでいたはずである。しかし、「神」を第一義的に尊崇する立場を取らない『今昔』では、結局「国史」としての天皇史を作ることができなかったのである。そして、聖徳太子のエピソードが載る巻十一で、推古帝や天智帝と寺院の起源を組み合わせた説話を語るというような、仏教と関わる形でのみ天皇は姿を見せるのである。また、今回訳出した巻二十九第十四の「醍醐天皇が女の泣き声を聞いた話」などは、天皇個人の異能を「仏」とも「神」とも決定づけない形で表現している点に、著者の苦心が見えるような気がする。

巻二十一に続く巻二十二についても、収められているのはわずかに八話。構想的には、天智朝から朝廷を支えてきた藤原氏の重要人物を列伝的に記述しようとしたのだろうが、資料の問題なのか、あるいは著者の意図にうまく合致しなかったのか、未完成に近い状態のままである。今回の訳出では、きわめてロマンティックな雰囲気をただよわせる「雨宿りをして不思議な契りを結ぶ話」をこの巻二十二から採ったが、朝廷の功臣を紹介する説話という風には受けとめにくい気がする。むしろ、「前世の因縁」を主軸に据えた恋愛譚の趣きが濃い。そして、巻二十三以降は、それこそ芥川龍之介が称揚した「美しい生ま々々しさ」が百花繚乱の様相を呈する。

『新編 日本古典文学全集』(小学館)の『今昔物語集』1の解説で、国東文麿は「巻二十二以下巻三十一までの十巻は収載説話の種類によって、文化的な観点から二巻ずつ対応させるとともに、社会的な観点からその二巻を中央的説話の巻と地方的説話の巻のいずれかとし、原則的に前者を前に置くというのが基本方針」と記しているが、『今昔』著者はその基本方針を必死で守ろうとしつつ、しかし、集めてきた説話の持つ本然的な力に時に圧倒され方針をまっとうできなかったようにも感じられる。本来なら、都で権力を握る藤原氏の巻の次は地方で朝廷を支える武士たちのエピソードになったはずだが、それはなんらかの理由で巻二十五に集められている。おそらく、朝廷からの武士の自立性が圧倒的に感じられて、著者は別立ての巻にしたのではないかと思う。今回「武人の誉れ」の章で、そこからの五篇を訳した。

そもそも、『今昔』の著者は「対」ということに強い執着を持っていたとおぼしく、それについては国東文麿が『今昔物語集成立考』(一九六二)でこの説話集が「二話一類様式」で成立していると提唱したことにより、広く認知されるようになった。これは、ごく簡単に言うなら、説話Aの内容がそれに続く説話Bと強い関連性で結ばれ、その一対はさらに説話Cともある種の連関・連想でつながり、CとDもまた対になり、という二連の鎖によって全体が構想されている、というものである。

たとえば、芥川の「藪の中」にインスピレーションを与えた「大江山の藪の中で縛られた男の話」の前に置かれた説話（未訳出）は、女が追剝(おいはぎ)に遭うという内容という点で「大江山」の話と呼応する。しかも、「大江山」の前話の追剝は女を犯したあと、召使の少女の着物も合わせて身ぐるみ剝いで逃走する。一方、「大江山」の犯人は、女を犯したのち着物を奪うことなく去る。この対比があるために、「大江山」の犯人は「まことに感心である」と評されるのである。

「仏教説話」と「世俗説話」という対もまた、『今昔』著者のこうした形式感覚の反映と考えられるのだが、小峯和明は『今昔物語集の形成と構造』（一九八五）でさらに踏み込み、「世俗」は「王法」と捉えるべきだと論じた。「王法」とは「仏法」の布教に不可欠な世俗権力を指す。相互に依存しあう「仏法」と「王法」のありようを「天竺」、「震旦」、そして「本朝」と描いていくのが『今昔』著者の意図だった、と小峯は捉える。その上で、その関係性が明瞭だった「天竺」「震旦」、本朝の巻十一から二十五までとは異なり、巻二十六から三十一までの六巻、「本朝付宿報」「本朝付霊鬼」「本朝付世俗」「本朝付悪行」「本朝付雑事」（「雑事」は三十と三十一の二巻）では、全体を貫いてきた「仏法」・「王法」の構想が見えにくい、とも述べている。
この事実は、他の多くの研究者も認めているのだが、ではなぜ非常に厳格だった『今昔』著者の形式感覚には必ずしもそぐわない、「仏法」の型枠からずれた説話が多数採録されたのか。思うに、そこにこそ『今昔』の最も魅力的な「What」がひそんでいるのではないか。日本語学者の山口仲美は、それを「『どのみち死ぬならやってみる』というチャレンジ精神」、と『すらすら読める今昔物語集』（二〇〇四）の中で書いているが、まさしくそういう人間のあり方を『今昔』は称揚していると思える。そして、その精神を尊ぶがゆえに、時に仏教説話であってもその枠からはみ出すように見える場合さえある。例を挙げれば、訳出した「悪法師の企みから危うく逃れた若夫婦の話」などがそうだろう。危難を逃れさせたまえ、と長谷観音に祈って悪法師を殺害する若い夫を、「菩薩行」であると称揚する「方便」に、『今昔』著者の熱い意志を感じずにはいられないのである。

どのように（How）

すでに触れてきたように、『今昔』は先行するさまざまな書物に収められた説話の中から著者が撰んだものを、厳格な秩序意識のもと配列した説話集である。『今昔』研究において、この出典研究はきわめて重要な柱のひとつであり、すでに江戸時代後期に研究の端緒が見られる。その後昭和に至るまで、『今昔』の説話数の多さや天竺・震旦・本朝三国にわたる多彩な内容から、かなり長い間著者が典拠にしたであろう文献は膨大だろうという推測がなされていた。そして、編纂が多くの人の協力体制のもとで行われたという説、院政期における公的事業だったのではないかという説なども提出された。さらに、出典不明の世俗説話が本朝篇に多数あることから、著者みずからが口承の説話を採録した可能性が指摘されたこともある。

しかし、精密な考証研究が著しく進展した現在では、前記の諸説はほぼ否定されている。そして、『今昔』のおそらく全説話が書物由来であること、著者が採話に使用した文献は多くはあっても膨大とまではいかないこと、出典に手を加える手法・文体に一貫性が認められる点で主要な書き手は一人であったこと、今は失われたある大きな説話集が、出所不明説話の出典と考えられることなどが、定説になってきている。

出典考証で直接の出典であることがほぼ確定しているものに、二十内外の文献がある。中国で成立した漢籍では『三宝感応要略録』『冥報記』『大慈恩寺三蔵法師伝』『弘賛法華伝(ぐさんほっけでん)』『孝子伝』など、日本で書かれた漢文(いわゆる変体漢文も含む)の書籍は『日本霊異記』『本朝法華験記』『注好選』など、和文は『俊頼髄脳』『伊勢物語』『古今和歌集』などがそれである。そして、「今は失われた大きな説話集」というのは、和文で記されていたとおぼしい『宇治大納言物語』がそれであろうと考えられている。『今昔』と多くの同内容説話を共有する『宇治拾遺物語』は、「『宇治大納言物語』から漏れた話題を拾い集めて出来た」物語という表題であり、序文でもそのことについて言及している。それによれば、『宇治大納言物語』は、「宇治大納言」と称された源隆国（みなもとのたかくに）が著したもので、天竺・大唐・日本の尊いことやおかしいこと、おそろしいこと、またあわれなことを集めた十四帖（もしくは十五帖）の説話集だ、とある。隆国が宇治の別荘に避暑に行き、行き来する人々を呼び止めて「昔物語」をさせて書きとめた、とも記されている。江戸期には、『今昔』はこの『宇治大納言物語』と同一視されていたため、著者も隆国と考えられていた。いずれにせよ、同内容説話が非常に似通った形で『今昔』『宇治拾遺』『古本説話集』に見られることから考えて、これらの集には共通母胎があり、それが『宇治大納言物語』であった蓋然性（がいぜんせい）が高いというのが、現状広く共有された認識である。

興味深いのは、『今昔』における「仏教説話」と「世俗説話」の、出典傾向の違いである。その違いとは、仏教に関わる話の出典は漢文資料が多いのに、世俗の箇所はそうではないという点だ。池上洵一は前掲『新版 今昔物語集の世界』で、震旦部にある思想家・荘子の説話がそもそもの原典「荘子」由来ではないことを論じたのち、こう書く。「『今昔』撰者が原典を利用しなかったのは『荘子』だけではない。巻一〇に集められた震旦の世俗説話四〇話はすべて、この荘子説話の場合と同じように日本化した説話資料に拠っており、歴とした漢籍には何ひとつ接した痕跡がない。」「撰者は『史記』や『漢書』はもちろんのこと、彼にとっては恰好の取材源になりえただろうと思われる『蒙求』のようなごく初歩的な啓蒙書でさえ直接には利用した形跡がない」。そして、「彼が利用したことが確実とされているのは源俊頼の歌論書『俊頼髄脳』」や「『宇治拾遺』との共同母胎的資料（説話集）」のように、「原典の漢籍を遠く離れて日本化した話ばかり」だと述べている。

そして、池上は「震旦の仏教説話については『三宝感応要略録』・『冥報記』・『孝子伝』・『弘賛法華伝』など、種類は多くないにしてもある程度の漢籍を用意することができたのに、なぜ世俗説話については漢籍を用いなかったのか」と記した上で、撰者が仏教人であったから世俗的な漢籍にうとかったからだとする「常識」的理由に対しては疑問を呈している。つまり、そのような一種物理的な理由ではなく、『今昔』の書き手のパーソナリティそのものに関係しているのではないか、という風に池上は考えているように思われる。

この問題を、『今昔』の文体および語りという別の角度から眺めてみよう。まず、『今昔』の文章表記は、大きく書かれた漢字が縦に並び、漢字同士の隙間の右および左側に助詞・助動詞・用言の活用語尾などが片仮名で小さく書かれるというスタイルになっている。これは、天皇の命令を漢字だけの和文体で記した文書「宣命」の文体が元になっているもので、助詞などは元は万葉仮名だったが、のちに片仮名になった。平安時代後期に、この表記法は僧侶や学者の間で一般化したのだが、これこそ私たちが今日使用する漢字仮名交じり文の始祖なのである。『今昔』の原文（現在では、片仮名は大きく表記されている）が、古文に馴れない者にも比較的読みやすいのは、このことにもよるだろう。

このスタイルが採用された理由は、単に『今昔』の著者にとって使い慣れた形式だったからかもしれない。ただ、もし『今昔』を公的色彩を帯びた類聚にするつもりであれば、著者は当然漢文で記述したにちがいない。しかし、『今昔』は漢文訓読文体から和文にかけてのグラデーションの中で綴られている。もちろん、みやびな平仮名文にはほど遠いが、「事実」に基づく説話をわかりやすく語るには、ちょうどよい味わいを持った書き方だ。ということは、著者がどこか啓蒙的な意識でこの書き方を選んだという想像をすることもできる。実際、「啓蒙」という観点から、『今昔』が浄土教で重要視された「唱導(しょうどう)」(現代で言うところの法話プラス節回し)のために編まれたという説もある。

加えて、『今昔』は他の多くの説話集とはかなり趣きを異にしていて、著者の介入の度合いが大きい。著者は出典の文章を相当に読み込んだ上で、出典を尊重しつつも自分のスタイルに改変しながら集を編み上げていったとおぼしいのである。依拠する資料が漢文であれば、それを忠実に訳すというのではなく大意を取り、修飾や内容付加をする。全体的には、状況説明や心理描写を細かく加えるために会話文を多用したり、自然描写や人物の動作、服装といったものをくどいくらいに書き込んだり、擬音語・擬態語をことあるごとに使用したり、俗語がふいにあらわれたりと、その方法はなかなか多彩で懇切である。また、著者が話中の人物と重なり合ったかのような表現が見られたり、類型的な直喩表現の中にふいにあまり見かけない直喩が登場したりもする。接続詞が頻出するのも、特色のひとつだろう。

こうした『今昔』の文体については、馬淵和夫や山口仲美といった泰斗の研究があるので、これ以上云々することはしない。が、世俗説話に漢文原典を使わなかった著者の前述の姿勢は、「わかりやすさ」「親しみやすさ」をどこかで意識したものだったのではないかという思いもよぎる。むろん、仏教説話こそそうあるのが当然だという異論もあるはずで、それに対してはこれは単にあやふやな感想に過ぎない、と逃げておくが、そんな著者の「思い」をなんとなく感じながら今回の訳出をしたことはたしかである。

もうひとつ、著者の方法論として忘れてはいけない事柄がある。それは、「欠文」である。これについても、馬淵和夫の先駆的な論文「今昔物語集における欠文の研究」(「国語国文」昭和二三・一二月)や池上洵一による「欠文の語るもの——今昔物語集研究の序章——」(「文学」昭和三九・一一月)以降、いくつものすぐれた論考が発表されている。到底素人が安易に踏み込める主題ではない(他の事柄もすべてそうなのだが)ので、ここではごくおおざっぱな輪郭を述べるにとどめておく。

「どこで(Where)」の項でも取り上げたが、『今昔』の写本には「欠巻」や題名のみがあって説話がない「欠話」以外にも、本文中の空白部分＝「欠文」・「欠字」が多数存在する。この欠落についてまず思い浮かぶのは、経年による虫喰いや破損だろう。だが、重要なのは、そうした自然脱落ではなく、専門家によって「意識的欠文(欠字)」と呼ばれているものだ。人名、時、場所といった、それこそ5W1Hのような情報を空白にしたままの部分。それから、「はづす」「たぶる」「あきる」といったもともと漢字表記の習慣がない和語に、なんとか漢字を当てようとして果たせないまま空白になったと思われる箇所が、「意識的欠文」である。

これら欠巻・欠話・欠文・欠字にあらわれているのは、『今昔』著者の過剰なほどに厳格な編集方針であり、またその厳格さ律義さがこの説話集を未完成に終わらせる運命に導いた大きな要素だと考えられる。正確なものからきわめて胡乱なものまで、膨大な情報がインターネットを介して手に入る現代ではないのである。協力者を含めてもごく少人数で、かつ、当時としては多かったかもしれないが、それでも限られた資料によって編纂していた『今昔』に対して、いわばその「能力」を超えた要求を、著者は「欠文」という形で提出しているのだ。

人名や地名が出典に記載されていない場合でも、著者は意図的にそこにわざわざ空白を作り、後日の補塡を期す。本朝部の人名で空白なのは、多く貴族や宮廷関係者であるため、あるいは後日埋め得たかもしれない。しかし、たとえば資料も限られている天竺部で、そこに登場する庶民の名を空白にした場合、それを補塡することなどできただろうか。人名が未詳であると明記する説話も収めているので、著者が補塡の不可能をまったく念頭に置いていなかったわけではないはずだ。では、なぜそのような措置をとったのか。

これを「語り」の工夫と捉えるならば、「事実性」を読み手に強く印象づける方法論とひとまずは言えるだろう。埋めることができればもちろん善し、そうでない場合も、欠損そのものによって、むしろその説話が実際にあったことなのだという迫真性が担保される。著者はそんな風な意識を持っていたのだろうか。そうだとすれば、説話の語り方としては異様と言わざるを得ない。「昔々あるところに、おじいさんとおばあさんがいました」と始めても、説話は充分に成り立つ。むしろ、その方が本来だろう。にもかかわらず、『今昔』の著者は国立公文書館ばりの厳密さを説話に課し、ある意味説話の本義を踏みはずした律義さで、集全体を未完にしてしまった。奇観というほかない。そして、なぜかそこには不思議な美しさがある。

だれが（Who）

そんな律義で不器用（？）だった『今昔』の著者は、では、いったいだれだったのか。

前項で述べたように、『今昔』は『宇治大納言物語』と同一視され、著者は源隆国だと考えられた時期もあった。この説は根強く、二十世紀後半に至ってもその主張は存在した。また、平安漢文学を専門とし比較文学者としても著名だった川口久雄は、『今昔』は南都北嶺の、おそらくは南都で、有力な人物の指導のもと、僧団が「唱導」の種本として企画編集したという説（「今昔物語集と古本説話集について」・「文学」昭和三〇・四月）を立てている。国東文麿も『今昔物語集成立考』（一九六二）では白河院の指導による院の側近と筆記者のグループによる集団制作としたが、のちの『今昔物語集作者考』（一九八五）ではそれを撤回し、『俊頼髄脳』の著者である源俊頼が白河院のような権力者の意志を受けて書いた、という説を立てている。『今昔』の膨大さ多様さを思えば、高位権力者の後ろ盾による集団企画、という説もうなずけるところではある。

しかし、今回の訳出を通して私が得たのは、ここまでで述べてきた内容で察しがつくように、どうも一人の人間、それもさほど高位ではない僧侶による仕事であるようだ、という感触である。その感触の拠り所として専門家の説に頼るなら、今野達の「今昔物語集の作者を廻って」（「国語と国文学」昭和三三・二月）がそれ、ということになる。今野はまず源隆国が『今昔』の著者であるという考えに対して、それが成立しないとする諸点を明らかにしていく。隆国と同時代を生きて、彼と親しかったはずの人物にかかわる『今昔』の説話に、見過ごせない誤りがあることや、隆国であれば当然知っていたであろう事実を『今昔』著者は知らなかったことなどなど、くわしく『今昔』の本朝部の説話を検証して隆国説を否定する。

さらに、著者が貴族社会の内情に疎かったことや、詩文や和歌の道にも暗かったことも合わせ述べつつ、「内典外典の別なく幾多の典籍を読破し」、「漢文和訳にも概ね正確を保ちつつ今昔物語集をものした」著者を、以下の五つの条件を備えた人物ではないかと推測している。

1. 貴族社会に生活基盤を持っていない。
2. 実務能力はあるが、詩歌や有職故実には暗い。
3. 生活において仏教が日常化しているが、一宗一派に偏していない。仏教教学の点では常識的で、深い哲理に達してはいなかった。
4. 内外の典籍を自由に読める立場にあった。
5. 時間的余裕に恵まれ、多量の筆紙や墨に事欠かなかった。

こうした推測をもとにして『今昔』の著者は、南都北嶺のような大寺院で書記役を務め、図書の管理や筆写なども行っていた中下級の僧侶ではなかったか、という具体的な人物像を描きだしている。

今回の訳出にあたって『今昔』全巻を精読した感触からすると、今野のこの論に賛同したくなる部分が多い。詩歌に暗いというのは、漢詩や和歌にかかわる説話が後半部に多く収められた巻二十四を読んでいると、よく納得できる。著者がそうした説話に加える評言の隔靴搔痒、文学的センスの欠如などによって、説話自体の輝きもだいぶ曇る印象である。そのため、この種の説話群からは、それこそ和歌に暗い男の滑稽譚である「無学な男が和歌を詠みかけられて怒る話」や能・「芦刈」の原話など四篇ほどを訳出するにとどまった。

と同時に、漢字片仮名交じり文体の描写を練り上げていくことについては、並々ならぬ執念があったという風にも思える。『今昔』が、天竺・震旦篇および本朝篇の前半あたりまでは、漢文訓読調の文体で叙述され、それ以降は和文調になるという文体変化を持つことは早くから指摘されてきた。私見では、それは『今昔』の著者が、公的な漢文ではなく、また貴族の私的な日記などに見られる変体漢文でもない、新しい文体によって説話の新しい語り方を探ったその軌跡ではなかったかと思うのである。読者を想定した書き方、「事実性」にこだわり、臨場感のある面白い書き方を志向した著者の、「文学的」姿勢がそこにはある気がする。

末法思想が行き渡り、浄土教への信仰が多くの人々を吸い寄せる転換期の世相。貴族的官僚制が揺らぎ、受領階級や武士たちの台頭が著しい院政期。そうした風潮の中で、おそらくは中年以降であっただろう一人の僧侶が、類聚の極致といっていい三国包摂の仏教説話集を構想する。身分は高くないが、受領や武士に属する階層ではなさそうだ。武士に対する関心は相当に高いが、その存在への距離感や畏怖の感情も持ち合わせている。仏教に対する信仰は厚く、その力が人間の究極の救済であると信じている一方で、危機に際して人を救うのは、死に物狂いの努力であるとも考えている。

貴族や官僚、僧侶が犯す悪事・醜行に対しては厳しい視線を浴びせ、それを強く断罪する倫理観を持ち、恋愛沙汰にも断罪的な態度をあらわにする。律義で形式へのこだわりは過剰なほど強く、そのことのために説話集の編纂の実際に関しては不具合も生じる。仏教書や実録的な説話は淫するほど読み、しかし、詩歌や王朝的な文芸にはうとい。みずからの文章に生々しい表現を持ち込むことに、ことのほか熱心である。ただし、編纂している説話内の事象に対しての評言は、しばしば凡庸でつまらない。会話をしても、あるいはそれほど楽しく話が弾むタイプではなかったようにも感じられる。

そして、仏法と世俗がかみ合い溶け合ってこそ、仏の世界が輝くと思っていたこともたしかだろう。そのため、一見仏法とは関係ないような世俗の話までもたくさん集めてしまう。ただ、その関心はあくまでもブッキッシュなもので、現実の生々しさは御免こうむる、という風だったのではないか。ちょっと偏屈だったかもしれない。そんなお坊さんの姿が、私の脳裏には今浮かんでいる。

なぜ（Why）

ようやく5W1Hの最後の項（順不同ではあったが）にたどりついた。『今昔』の著者は、「なぜ」この巨大な説話集を編もうと思い立ったのか。

しかし、すでに指摘したように、単純な事実として、未完成だった『今昔』には序も跋も存在しない。それがあるなら、著者がどういう意図を持って大部な説話集を編纂しようと思ったかがつかめるわけだが、ない以上はここまでに述べてきたことを基盤にし推測するほかない。ということであれば、天竺・震旦・本朝にまたがる壮大な仏教伝来の歴史を、膨大な説話群によって描きだそうという計画が著者の心のうちにまず最初に存在したことは、疑いえない。しかも、ひとつひとつの説話に対して、出典をそのまま訳したり、写したりするのではなく、自分なりの表現を使って肉付けを行っているのだから、創造的な野心もあった可能性はあるだろう。

また、唱導の種本として企図されたという説もあるが、その意識も著者の脳裏にはあったかもしれない。『今昔』の書法である宣命体は和文ではあるが、漢字だけを読んで意味を取るという一種の速読も可能な書き方であるから、ざっと内容を知りたい読み手を考えての方法論だったと考えることもできそうだ。

もっとも、ならばあまりにも律義な「欠文」はどうなのだ、という気もする。唱導で使う場合には、そのあたりは実際の法会の際に適当にぼかすなりとばすなりという手も当然あるが、しかし、そういう使い方を著者がうべなうかどうかは、正直疑わしい。と言いつつ、くわしい描写や会話文、擬態語・擬音語を出典の説話に書き加え、躍動感や生気を吹きこもうとしたのは、あるいは声に乗せて語った時の効果を狙ったのではないか、と思えたりもする。

が、ここまで書いてきて、『今昔』の著者がどのような動機でこの壮大な説話集を編もうとしたのかについて、実はこれ以上言を重ねる必要がない気もしてきている。むしろ、編みはじめた説話集が巨大になっていくに従って、きっと著者が感じたにちがいない思惑違いをこそ、現代に生きる私は称揚したいのである。すでにそれは天竺篇・震旦篇の世俗説話にも姿を見せているが、本格的になるのはやはり本朝篇の後半、とりわけ武士の活躍を描いた巻二十五や巻二十六以降の世俗説話群に輝かしくあらわれている。世俗の中にも仏の真諦（しんたい）がある、あるいは人々が右往左往する世俗の出来事の中で一筋の光として機能する仏の尊さこそが仏法の本質である、といった考えには決して収まりきらない余分、うまく処理できないはみだしの数々が、そこにはある。要するに、説話に活き活きした命を吹きこむべく著者が律義に努力したことが積み重なるうちに、説話たちはどんどん「美しい生ま々々しさを漲らせて」いったのである。著者もまたその予想外に気づき、驚いたにちがいない。そして、そのことにたぶん困惑しつつも、自らが生みだした美に魅了されたのではないかと私は想像するのである。所期の目的からは少々逸脱してしまったそれらの説話群を書き進めながら、著者は説話集の未完も予感したのでは、と感じる。序も跋も書かず、未完のまま『今昔』を死蔵する決断をしたのは、著者本人だったように思えるのだ。そして、彼はそれを必ずしも残念だとは感じていなかったのではないか。もちろん、妄想ではあるが、そんな風に感じるのである。

編訳について

今回の編訳の方針その他に関して、最後に述べておきたい。

千に余る『今昔』の説話群からその一割ほどを選んで訳すとなった時、何をどう選ぶかは相当な難問である。この種の抄訳の場合、従来は本朝部の説話のみを訳出する場合が多かった。私が中学生時代に馴れ親しんだ河出書房新社版『日本の古典』シリーズの『今昔物語』（福永武彦 訳）も、天竺・震旦を省いた本朝部百六十篇からなっている。ある意味で、『今昔』の魅力を知るにはそれで充分とも言える。しかし、今回翻訳をするにあたっては、それでも幾分かは『今昔』著者の企図、すなわち三国＝世界を写しだすという試みの匂いは生かしたいと考え、わずかながら天竺部と震旦部の説話も選んで訳出した。

ただ、緊密な構成をもって『今昔』を編んだ著者からは、間違いなく大目玉を喰らうことだろう。彼が苦心惨憺しただろう二話もしくは三話連結の構造はばらばらにしてしまっているし、仏教が日本に伝来する歴史の流れを追う本来の企図も完全に無視してしまった。欠文・欠字に関しても、底本にした岩波書店版『新日本古典文学大系』の『今昔物語集』一～五及び『今昔物語集索引』と、補足底本とした小学館版『新編 日本古典文学全集』の『今昔物語集』、講談社学術文庫版『今昔物語集 全訳注』一～九の脚注・補注を参考にして、補塡できるものは補い、そうでないものは明示を避けた訳にしたので、きっと泉下の著者のご不興を買うことになるであろう。

が、このように大目玉を喰らうことを承知の上で私がもくろんだのは、『今昔』の著者が心惹かれただろうさまざまな「人間の業」を取り出して並べてみる、ということだった。男女の悲喜こもごもから始めて、人間以外の世界も包含しつつ、仏の救いという主題にむけて九十ほどの説話を選んで配列したのは、そうした意図にもとづくものである。

訳出にあたっては、現代の感覚でそのまま読んでも違和感がないことを主眼にし、なるべくうるさい注釈はつけないことを心がけたが、歴史理解のよすがになりそうな注は積極的につけたので、結局うるさいことになってしまったかもしれない。この点はお詫びする。

また、『今昔』の本朝部に収められた説話は、時代背景にかなりの幅があるため、たとえば原文に「侍」と書かれていても、その意味は説話によってかなり違う。いわゆる「武士」の意味合いを持つ場合もあれば、単に貴族の家に仕える下働きを意味することもある。こうした語については、その背景を考えつつ説話内容に対応する形で訳した。逆に、「国守」というような地方官をあらわす言葉については、そのまま原文に近い形を残した。これは、「いつ（When）」の項で記したように、国家制度自体に大きな変化があったことが、『今昔』の世界に影響しているからである。律令制が曲がりなりにも機能している時代であれば、「国守」は「行政長官」「地方長官」「知事」といった現代語で表現することも可能だが、摂関制度下や院政期においては必ずしもそうではない。そういう時代背景の振れ幅を考慮して原文に近い形を残し、必要な場合には注を付した。

（文中敬称略）

底本及び主要参考文献

底本

＊『今昔物語集』一〜五及び『今昔物語集索引』（新日本古典文学大系　岩波書店）
＊『今昔物語集』1〜4（新編　日本古典文学全集　小学館）
＊『今昔物語集　全訳注』一〜九（国東文麿　講談社学術文庫）

主要参考文献

＊『今昔物語集』（日本文学研究資料叢書　有精堂）
＊『説話文学』（日本文学研究資料叢書　有精堂）
＊『今昔物語集成立考』（国東文麿　一九六二　早稲田大学出版部）
＊『今昔物語集作者考』（国東文麿　一九八五　武蔵野書院）
＊『新版　今昔物語集の世界　中世のあけぼの』（池上洵一　一九九九　以文社）
＊『今昔物語集の形成と構造』（小峯和明　一九八五　笠間書院）
＊『今昔物語集を読む』（小峯和明　編　二〇〇八　吉川弘文館）
＊『今昔物語集の世界』（小峯和明　二〇〇二　岩波ジュニア新書）
＊『今昔物語集の研究』上・下（片寄正義　一九七四　藝林舎）
＊『今昔物語集論』（片寄正義　一九七四　藝林舎）
＊『今野達説話文学論集』（今野達　二〇〇八　勉誠出版）
＊『今昔物語集南都成立と唯識学』（原田信之　二〇〇五　勉誠出版）
＊『言葉から迫る平安文学3』（山口仲美　二〇一八　風間書房）
＊『今昔物語集の生成』（森正人　一九八六　和泉書院）

＊『今昔物語集の世界構想』（前田雅之　一九九九　笠間書院）

『今昔物語集』関連年譜

八二二年（弘仁一三年）頃
『今昔物語集』の重要な典拠、日本最初の仏教説話集『日本国現報善悪霊異記』（通称『日本霊異記』）成立か。著者は薬師寺の僧・景戒。

九〇三年（延喜三年）
『伊勢物語』の初期形、この頃成立か。

九〇五年（延喜五年）
最初の勅撰和歌集『古今和歌集』成立。こののち、数年間にわたり増補改訂された。

九八四年（永観二年）
仏教説話集『三宝絵詞』（『三宝絵』とも）成立。

九八五年（寛和元年）
『往生要集』成立。著者は、天台宗の僧・源信。

九八五年〜八七年（寛和年間）頃
『日本往生極楽記』（慶滋保胤著）成立。

一〇〇四年（寛弘元年）
散佚した『宇治大納言物語』の著者と目される源隆国生まれる（一〇七七年・承保四年没）。

一〇四〇年～四四年（長久年間）
仏教説話集『大日本国法華経験記』（通称『法華験記』）成立。著者は、天台宗の僧侶・鎮源。内容は、『三宝絵詞』や『日本往生極楽記』に依拠するところが大きい。

一〇五一年（永承六年）
前九年の役始まる（～一〇六二年・康平五年まで）。

一〇六三年（康平六年）頃
前九年の役の顚末を記した軍記物語『陸奥話記』は、この頃から後三年の役までの時期に成立か。

一〇八三年（永保三年）
後三年の役始まる（～一〇八七年・寛治元年）。

一〇八六年（応徳三年）
白河上皇による院政が始まる。

一一一一年（天永二年）頃
『今昔物語集』の典拠のひとつと考えられる『江談抄』が成立か。学者・歌人で正二位権中納言まで昇進した大江匡房（一〇四一～一一一一）晩年の談話を、藤原実兼（一〇八五～一一一二）が筆録した説話集。漢詩文関係の故事や文学論、宮廷の有職故実、宮廷人の逸話などを収める。藤原実兼は、保元・平治の乱で中心的な役割を担った僧侶・信西の父である。

一一一四年（永久二年）
源俊頼によって書かれた歌論書『俊頼髄脳』成立（一一一三年・永久元年説も

あり）。

一一二〇年（保安元年）以前
この頃より前の二十年ほどの間に、『今昔物語集』の「震旦篇」などの典拠となった『注好選』が成立か。上・中・下の三巻で、上巻は中国故事、中巻は仏とその弟子の事績、下巻は動物にまつわる説話を収める。

一一二〇年（保安元年）頃
この頃から二十年ほどの期間内に、『今昔物語集』が書かれたと考えられる。

一一二六年（大治元年）頃
『今昔物語集』と共通の説話を多く含む『古本説話集』が、この年以降に成立したか。ただし、成立年代には諸説あり、上限が一一二六年で、下限は鎌倉時代に入った一二〇一年といった具合に幅が大きい。

一一三四年（長承三年）
『今昔物語集』との共通説話が二十七篇中二十二を数える説話集『打聞集』（下巻のみ現存）が、僧侶・栄源によって筆写される。これは、仏教講説を筆録したもので、説話がどのように利用されていたかについての実例として貴重。

一一五六年（保元元年）
保元の乱が七月に起きる。朝廷が後白河天皇方と崇徳上皇方に分かれ衝突した政変で、崇徳上皇が敗北し讃岐に流された。その後の武士政権につながる端緒となった。

一一五九年（平治元年）
後白河上皇の近臣間の勢力争いによる政変・平治の乱が起きる。争いを制した平清盛によって、平氏政権が成立した。

一一八〇年（治承四年）
平氏政権を打倒しようとする治承・寿永の乱始まる（〜一一八五年・元暦二年）。一般的には「源平合戦」などとも言われるこの争いは、日本最初の全国的な内乱である。

一一八一年（治承五年）
平清盛死去。

一一八五年（元暦二年）
『平家物語』のクライマックスにもなった「壇ノ浦の戦い」で、平氏は滅亡。

一一九二年（建久三年）
源頼朝、征夷大将軍に任官。鎌倉幕府の統治が本格化する。

一二一五年（建保三年）頃
奈良時代から平安中期にかけての逸話を収めた説話集『古事談』成立。著者は、源顕兼。貴族社会の逸話・伝承が主体だが、秘事醜聞に属することもあからさまに記しているところが特色。『宇治拾遺物語』の典拠にもなっている。

一二二〇年（承久二年）頃
『宇治拾遺物語』成立か。

一二二一年（承久三年）

朝廷と鎌倉幕府が武力をもって争う、承久の乱が起きる。朝廷側の敗北で後鳥羽上皇が隠岐に配流され、「院政」は幕を閉じた。

一四四九年（宝徳元年）

奈良の興福寺大乗院・第十八世門主・経覚の日記『経覚私要鈔』七月四日の条に、「今昔物語七帖を貞兼僧正にお返しした」という意味の文言がある。これが、『今昔物語集』の名称が書かれた現存最古の記録である。

一五八三年（天正一一年）

『多聞院日記』の十一月八日の条に、「今昔物語十五帖を南井坊に返却した」という意味の文章が記されている。『多聞院日記』は奈良興福寺の塔頭多聞院において、一四七八年（文明一〇年）から一六一八年（元和四年）の百四十年間、三代の筆者によって書き継がれた日記である。

一七二〇年（享保五年）

熊本藩の国学者・井澤長秀（蟠龍）が『考訂今昔物語』の前篇十五巻を刊行。後篇十五巻は一七三三年（享保一八年）刊行。この書は、『今昔物語集』の本朝篇から多くの説話を恣意的に選び、かつ他の作品から抜き出した説話も交えて改編したもので、内容も井澤によって加筆されている。また、序文で井澤は『今昔』と『宇治大納言物語』を同一視し、著者は源隆国であると述べている。が、この改編本が流布したことで、『今昔物語集』の古典としての位置が定まった。滝沢馬琴（一七六七～一八四八）は、この校訂版本で『今昔』に接した。

一八三三年（天保四年）

この年、国学者・伴信友が、現存最古の『今昔物語集』写本である「鈴鹿本」の巻十二を奈良で調査・校合した。さらに、十一年後の一八四四年（天保一五年）に、伴は京都の吉田神社の神職を務める鈴鹿家で、この写本の巻二十七、二十九の調査を行った。緻密な文献学的態度によるこの調査から、他の伝写本と「鈴鹿本」（信友は「奈良本」と呼んでいる）の先後関係をその欠字、欠文の様子から推察している。この発見は後の研究者に書誌学的精査を促すきっかけになり、『今昔物語集』の成立事情研究に具体的な手がかりを与えることになった。

一八五〇年（嘉永三年）

国学を重視し、数万に及ぶ古典典籍を集めた紀州新宮藩主・水野忠央が、山田常典はじめ国学者たち数名に命じ、蔵書中から選書・編纂させた「丹鶴叢書」に、この年『今昔物語』が入れられた（五三年まで刊行続く）。この叢書は校訂の厳密さと造本の美しさで知られる。叢書全体の刊行期間は、一八四七年（弘化四年）～一八五三年（嘉永六年）。

一九一三年（大正二年）

東京帝国大学国語国文学教授・芳賀矢一が『攷證今昔物語集』を刊行。底本は東京帝国大学所蔵の田中頼庸旧蔵本。田中は、幕末から明治にかけて活動した薩摩藩の国学者。芳賀は本書の序文で、底本について「伝来は詳ならぬが、頗る古い系統の本らしい。」と記している。

一九一五年（大正四年）当時の鈴鹿家当主・鈴鹿三七は、十二月から翌年にかけて、京都帝国大学文科大学機関紙『芸文』に、「今昔物語補遺」と題して二十四篇の説話を発表した。これらは「丹鶴叢書」などにも未掲載のもので、この紹介により「鈴鹿本」の存在が学会に広く知られるようになった。その後、改めて一九二〇年（大正九年）鈴鹿三七は、所蔵する「鈴鹿本」九巻（巻二、五、七、九、十、十二、十六、二十四、二十九）の内容を『異本今昔物語抄』と題してまとめ、刊行した。芥川龍之介は、この年の『帝国文学』十一月号に「羅生門」を発表。この作品は、『今昔物語集』巻二十九「羅城門登上層見死人盗人語第十八」を基本に、巻三十一「太刀帯陣売魚嫗語第三十一」の内容を交えた内容になっている。そして、翌年、第四次『新思潮』の創刊号に、巻二十八「池尾禅珍内供鼻語第二十」をもとにした「鼻」を掲載。さらに同年九月、『新小説』に「芋粥」を発表。この短篇は、巻二十六「利仁将軍若時従京敦賀将行五位語第十七」を下敷きにしている。

一九五九年（昭和三四年）
「鈴鹿本」の翻刻を反映した『今昔物語集』が、岩波書店の『日本古典文学大系』に収められた。全五巻（22〜26）。刊行は六三年（昭和三八年）三月まで続いた。

訳者あとがき

日本の古典文学でなにが一番好きですか、と問われたら、間髪を容れず『今昔物語集』です、と答えるだろう。半世紀近く前にはじめて福永武彦の訳でこの説話集に出会って以来、ずっとその気持ちに変わりはない。そんな私であるから、古典新訳文庫で『今昔』を訳しませんか、とお誘いを受けた時、文字通り飛び上がるほどうれしかった。即座に「はい！」と申し上げた。

が、「好き」だからといって、それが仕事になった時にすらすらうまく進むか、といえば、もちろんそうはいかない。今回の訳出で、まず私の前に立ちはだかったのは、千余話の説話群から九十話前後を選びだす、という難題だった。

従来の現代語訳では、天竺・震旦・本朝の三国のうち、圧倒的に本朝＝日本の説話にかたよって訳出するケースが多かった。しかし、『今昔』が天竺から震旦を経て本朝に仏教が伝来した歴史を重視している以上、そこをばっさり切るというのは忍びなかった。そこで、人間の尽きぬ欲望＝「業」を主軸においた構成を考え、天竺も震旦も本朝も「業」においては変わらないのだ、というラインで説話を選んだ。

正直に告白すると、天竺篇と震旦篇の説話には、本朝篇のそれに横溢する「生々しさ」が幾分とぼしい観がある。釈迦の伝記にしても、よく知られているエピソードが多い点で、現代の私たちにとって目新しさがあまりなかったりもする。また、『今昔』の著者が依拠した資料の文体に引きずられたせいか、本朝篇に比してふくらみや余韻の少ない文章になっている場合も多々ある。結果、天竺・震旦から選んだ説話は、当初の思惑よりもかなり少なくなってしまった。

また、本朝篇からの選択で、今回特に力こぶを入れたのは武士にかかわる説話である。巻二十三にまとめられるはずだった武士の活躍が巻の二十五にあふれだしたため、『今昔』が三十一巻という字余り的な状態になったのではないか、と考えられているほど、著者は時代の新しい担い手になった武士に興味を抱いていた。著者の変革期へのおそれと期待が、『今昔』に描かれた武士像に結晶しているように思え、全体のバランスとしてはかなり多めになるのを承知で、「武人の誉れ」の章を立てた。

ただ、解説でも触れたが、この「武士」という言葉ひとつをとっても、実際の翻訳ではさまざまに苦労した。『今昔』本朝篇の説話群の時代背景には、およそ五百年の振れ幅がある。「武士」という階層は、その振れ幅の後半で徐々に形成されていったわけだが、単に貴族に仕える＝「さぶらふ」＝「侍」から武士へと至る道のりには、まことに豊かな紆余曲折がある。それに思いをいたしつつ訳したため、彼らはその時々に応じて「家来」、「侍」、「武人」、「武士」、と言い換えられて登場している。おおまかに言えば、「家来」や「侍」は貴族に仕えるサラリーマン的存在という位置づけで、「武人」は武勇ある貴族、「武士」はあきらかに軍事的専門家である人々、というようなイメージで受けとっていただけるとありがたい。

ほかにも著者の描写の細かさ、とりわけ衣装の色合いや形などが、わからないことだらけで難渋した。また、武具もむずかしく、矢を入れて携行する「やなぐい」などは、矢筒と訳すとどうもしっくりこないため、そのままにした。

中でものべ二週間ほど呻吟したのは、「不思議な女盗賊の話」に登場する「笞打ち用の磔台」である。原文には「幡物（はたもの）」とあって、要するに元来は機織り機だったものが刑罰道具に転用された経緯が背後にあるのだが、それがどんな形であるのか見当がつかない。縦糸を垂直に張る原始的な竪機（たてばた）由来なのか、あるいは水平機（すいへいばた）の転用なのか、さまざまな資料にあたったがやはりわからない。十九世紀に中国で撮られた笞打ち台（人をうつぶせにして台木に縛りつける形）の写真が一番近いかとも思ったが、最終的にはあいまいにしてしまった。そんなにこだわることもないのだが、ちょっと残念である。

とはいえ、そうした難渋もまた、山を越えてみれば楽しかったというほかない。これまでも大好きであった『今昔物語集』を、さらに煮詰めたように好きになれたことは、私にとっては大きな幸福である。説話という形式が持つ不思議な魅力を、みずからの仕事にも生かせる道を探っていきたいと思っている。こういう機会を作ってくださった、担当の佐藤美奈子さん、古典新訳文庫編集部の皆さん、そしてこのシリーズの生みの親である駒井稔さんに心から感謝申し上げる。

二〇二一年四月

大岡 玲

こんじゃくものがたりしゅう
今昔物語集

著者　作者未詳（さくしゃみしょう）
訳者　大岡玲（おおおかあきら）

2021年8月20日　初版第1刷発行

発行者　田邉浩司
印刷　萩原印刷
製本　ナショナル製本

発行所　株式会社光文社
〒112-8011東京都文京区音羽1-16-6
電話　03（5395）8162（編集部）
03（5395）8116（書籍販売部）
03（5395）8125（業務部）
www.kobunsha.com

落丁本・乱丁本は業務部へご連絡くだされば、お取り替えいたします。
ISBN978-4-334-75448-8 Printed in Japan

いま、息をしている言葉で、もういちど古典を

長い年月をかけて世界中で読み継がれてきたのが古典です。奥の深い味わいある作品ばかりがそろっており、この「古典の森」に分け入ることは人生のもっとも大きな喜びであることに異論のある人はいないはずです。しかしながら、こんなに豊饒で魅力に満ちた古典を、なぜわたしたちはこれほどまで疎んじてきたのでしょうか。

ひとつには古臭い教養主義からの逃走だったのかもしれません。真面目に文学や思想を論じることは、ある種の権威化であるという思いから、その呪縛から逃れるために、教養そのものを否定しすぎてしまったのではないでしょうか。

いま、時代は大きな転換期を迎えています。まれに見るスピードで歴史が動いていくのを多くの人々が実感していると思います。

こんな時わたしたちを支え、導いてくれるものが古典なのです。「いま、息をしている言葉で」——光文社の古典新訳文庫は、さまよえる現代人の心の奥底まで届くような言葉で、古典を現代に蘇らせることを意図して創刊されました。気取らず、自由に、心の赴くままに、気軽に手に取って楽しめる古典作品を、新訳という光のもとに読者に届けていくこと。それがこの文庫の使命だとわたしたちは考えています。

このシリーズについてのご意見、ご感想、ご要望をハガキ、手紙、メール等で翻訳編集部までお寄せください。今後の企画の参考にさせていただきます。
メール　info@kotensinyaku.jp

★続刊

ペスト　カミュ／中条省平・訳

オラン市で突如発生した死の伝染病ペスト。市外との往来が禁じられ、人々の戸惑いが恐慌に変わる一方、リュー医師ら果敢な市民たちは、病人の搬送や隔離など事態の対応に死力を尽くすが……。人間を襲う不条理を驚くべき洞察力で描く小説。

戦争と平和6　トルストイ／望月哲男・訳

ナポレオン軍を迎え撃つパルチザン戦で若い命を落とすペーチャ。フランス軍は敗走を重ね、ついにロシアの地から撤退する。捕虜から解放されたピエールとナターシャの、再会したニコライとマリヤの、そして祖国ロシアの行く末は……。全6巻完結。

未成年1　ドストエフスキー／亀山郁夫・訳

知識人の貴族ヴェルシーロフと使用人との間に生まれたアルカージー。生い立ちのコンプレックスを抱えた彼は、父の愛を求めながら、富と力を手にする理想を胸にもがく。未成年の魂の遍歴を描くドストエフスキー五大長篇の一つ。（全3巻）